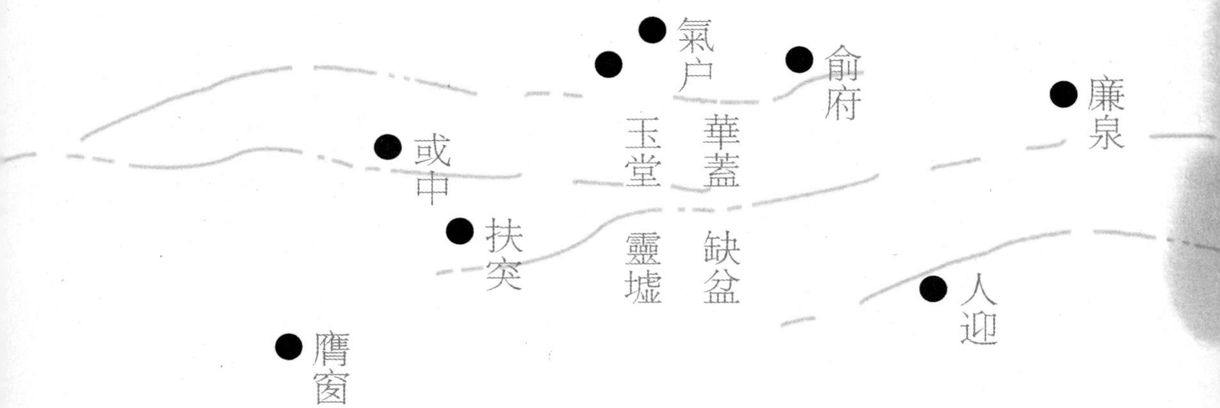
氣户
俞府
廉泉
或中
玉堂
華蓋
扶突
靈墟
缺盆
人迎
膺窗

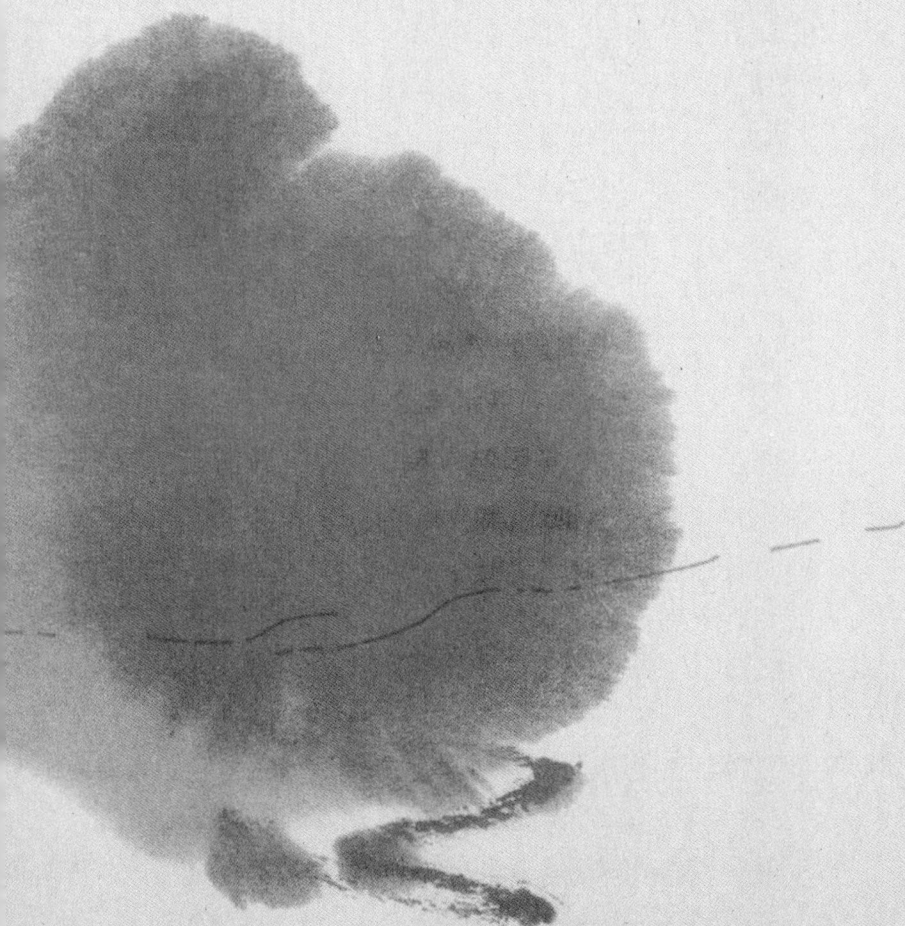

经络山河

赵树义 著

山西教育出版社 山西科学技术出版社

图书在版编目（CIP）数据

经络山河 / 赵树义著. — 太原 : 山西教育出版社 : 山西科学技术出版社，2020. 11（2021. 3 重印）
ISBN 978-7-5703-1324-2

Ⅰ. ①经… Ⅱ. ①赵… Ⅲ. ①报告文学—中国—当代 Ⅳ. ①I25

中国版本图书馆 CIP 数据核字（2020）第 221601 号

经络山河

JINGLUO SHANHE

赵树义 著

出版发行 山西教育出版社 山西科学技术出版社
地　　址 太原市水西门街馒头巷 7 号
邮　　编 030002
电　　话 0351-4729801

责任编辑 康　健
特约编辑 宋　伟
复　　审 邓吉忠
终　　审 郭志强
篆　　刻 唐　晋
书籍设计 王春声
印装监制 蔡　洁

印　　装 山西人民印刷有限责任公司
开　　本 720mm×1020mm 1/16
印　　张 22. 5
字　　数 238 千字
版　　次 2020 年 12 月第 1 版 2021 年 3 月山西第 2 次印刷
书　　号 ISBN 978-7-5703-1324-2
定　　价 88. 00 元

Introduction

赵树义，1965 年生，山西长子人，现居太原。中国作协会员，供职人民代表报社。出版有《虫洞》《虫齿》《灰烬》《远远的漂泊里》《低于乡村的记忆》《且听风走》等。著有长篇小说《虫人》。《虫洞》获 2012—2015 年度赵树理文学奖散文奖，《失忆者》获第六届西部文学散文奖。

——采药图【宋】

——采药图【宋】

目录

序章　表里山河

由表里而脏腑，由脏腑而经络，由经络而人体宇宙，群群乎『如环无端』，茫茫乎『终而复始』，谈天说地之间，便点破生命密码之玄妙。

此所谓如环无端，莫知其纪，终而复始，此之谓也。

——《黄帝内经·灵枢·动输》

表里山河，这是山西不可替代的地理符号。

表即山。东有太行，可俯瞰一望无际的华北平原；西有吕梁，与黄河对岸的陕甘黄土高原毗邻；南有中条山，临黄河与秦岭东脉遥遥相望；北有佛教圣地五台山、五岳之一恒山，与内蒙古高原以长城为界；而在中部，太岳居中调停，与众山经络相连。

里即河。诸山环抱当中流淌着汾河、涑水河、沁河、漳河、滹沱河、桑干河等，山河之间又错落着众多河谷盆地，海拔低者300余米、高者1000余米。其中，最典型的是东南的上党盆地，西北的静乐盆地，由北而南迤逦而走的大同盆地、忻州盆地、晋中盆地、临汾盆地、运城盆地等。三晋大地山河纵横，盆谷棋布，最令人魂牵梦绕的自然是绕西南浩荡而行的黄河，老牛湾、娘娘滩、碛口古镇、军渡、石楼湾、乾坤湾、壶口瀑布、龙门、风陵渡等，便是黄河留给山西的不老风光。

山西以太行作屏，以黄河为堑，夹峙在太行山和黄河中游峡谷之间，北依长城，轮廓略呈东北斜向西南一路走低的平行四边形，就像大陆架漂移时斜插在山河与长城间的一块舢板，看似简陋，实则万物欣荣。山西东西狭窄，南北狭长，又俨然横卧大地的人体，头顶游牧文明，脚踏农耕文明，根系与北京、西安、洛阳、开封等古都纠缠交错。或因如此，山西文化或融合，或兼容，或差异，或尚实，先天兼有渗透性、适应性、保守性和封闭性，就像一济方药，君臣佐使，天地人和。当然，南北文化差异也很明显，譬如南部礼让文雅，中部精明重商，北部粗犷尚武，但总体而言，山西人还是中庸、宽容、忍耐、务实和节俭的。山西独特的地貌多是中生代燕山运动以来岩层剧烈皱褶和断裂的产物，峻拔处多断崖陡壁，深陷处多河谷堆积，雄浑险要处又处处可见平正，表里之间“如环无端”，恰如人体之脏腑。山西四季分明，又有众多山脉构成的高原、山地、丘陵、台地，最适合草本植物生长，其为中医药大省可谓得天独厚。

山西的地名也大有讲究。因位于黄河以东，故称河东；因位于太行之西，又称山西；因太行、吕梁并列东西两厢，首府古称并州。一河浩大东去也罢，两山巍峨并峙也罢，三家鼎立分晋还罢，山西总归是农耕文明和游牧文明的融合之地，既与中原文化手足相牵，又与匈奴、契丹、鲜卑、蒙古等族往来频密。尤其北部，或为汉人管制，或为少数族裔统领，山西人因之兼有南人和北人的气质，感情上婉约，性格上豪放。当然，这里的南北是以黄河为界的，若与长江之南相比，山西人显然是地道的北人，与更地道的南人相比，山西人便是安土重迁、甚或土气的。

不过，山西人的土气是黄河的颜色，是黄土地的颜色，是汤药的颜色。最重要的，山西人的土气还是华夏文明的颜色，中华文明诞生于斯，广大于斯，神农尝百草、精卫填海、后羿射日、嫦娥奔月等上古神话便是最好的例证。

假托神农氏之名，《神农本草经》横空出世，神农氏炎帝无疑是中国草药的开山鼻祖！

假托岐黄之名，《黄帝内经》经纬千载，轩辕氏黄帝俨然中国医学的奠基者！

华夏之族，炎黄子孙，当与此有关！

表里山河不仅关乎中华文明，还关乎中国医药学？

在日常生活中，表里二字所指内容宽泛。譬如表面和内部、内和外："表里遂通，泉之不涸，四支坚固。"（《管子·心术下》）譬如事物内外情况、一切原委："究观方士祠官之言，于是退而论次，自古以来用事于鬼神者，具见其表里。"（《史记·

孝武本纪》）譬如衣服面子与里子："左氏传于经犹衣之表里，相持而成，经而无传，使圣人闭门思之，十年不能知。"（《新论》）譬如地理邻接："取淮之中流为界，而与宋为表里。"（《金史·地理志》）

很显然，这里所说表里多是自然的或文化的。若从中医学角度观察，表里关系更显复杂：一曰表里相对而存在，犹如阴阳相对而存在，表属阳，里属阴；一曰体表为表，体内为里，《黄帝内经》认为外部为表，包括皮毛肌腠，内部为里，指体内脏器；一曰脏腑互为表里，五脏属里，六腑属表。在《黄帝内经》中，还把人体内部主要器官分为"脏""腑"两大类。"脏"指实心或有机构的器官，包括心、肝、脾、肺、肾等；"腑"指空心的容器，包括小肠、胆、胃、大肠、膀胱等。与此说法相仿佛，还有弹得一手好琴的嵇康。当年，嵇康住在太行山南侧一个叫云台山的地方，"越名教而任自然"，与魏晋名流阮籍、山涛、向秀、刘伶、王戎、阮咸等躲在竹林里喝酒、赋诗、清谈、佯狂、吃五石散，曾著《养生论》曰："又呼吸吐纳，服食养身，使形神相亲，表里俱济也。"由是，表里便由生活概念、地理概念、医学概念，上升至哲学概念，精神虽一以贯之，意味却大有不同。

《黄帝内经》认为，人体有十二经脉和奇经八脉。各条经脉循环不同，联络脏腑不同。五脏便与“金木水火土”一一对应——肺属金，肝属木，肾属水，心属火，脾属土。五行之说本是道家的宇宙观，又反过来描述五脏六腑的关系，中医学认为，人体与天地一样，也是一个独立的宇宙，人体的运行规律自然与天地相通。更有意思的是，岐黄在谈论物物关系时，物物之间并非非此即彼的对立关系，而是既对应又相生相克的依存关系，恰如老庄所说的无中生有，知白守黑。

人体作为一个整体，离不开繁复的经络，所谓“夫十二经脉者，内属于腑脏，外络于肢节”（《黄帝内经·灵枢·海论》）。中医学关于经络的阐述经天纬地，但在现代医学看来，似乎有些不可理喻，解剖学甚至一度否认经络的存在。好在伴随着科技的进步，有人认为经络是一种生物液晶一样的材质，也有研究表明经络是流体的“间质组织”，仿佛“流动流体的高速公路”。总之，经络就是人体中的一个神秘存在，其意义不亚于时间之于空间，精神之于肉体。如此，脏腑之间错综复杂又存在一一对应的关系：心脏对应小肠，肝脏对应胆囊，脾脏对应胃，肺对应大肠，肾对应膀胱，心包对应三焦。经络俨然一张若隐若现的信息网络，其中十五络脉、经脉、经别纵横交错，入里出表，通上达下，联系人体的各脏脉组织；经筋、皮部联系肢体筋肉皮肤；浮络和孙络联系人体更细微部分。经络使人体变成一个有机整体，进退有据，运行自如。所谓牵一发而动全身，经络理论在岐黄学术中的地位由此可见一斑，故而，明代儒医李梴在《医学入门》中直截了当地指出："医而不知经络，犹人夜行无烛，业者不可不熟。"

"夫十二经脉者，人之所以生，病之所以成，人之所以治，病之所以起，学之所以始，工之所以止也。"《黄帝内经·灵枢·经别》云。

"经脉者，所以能决死生，处百病，调虚实，不可不通。"《黄帝内经·灵枢·经脉》又云。

其实，当今世界早已进入万物互联时代，物与物皆可建立联系，何况血气弥漫、经络纵横的人体！

由表里而脏腑，由脏腑而经络，由经络而人体宇宙，群群乎“如环无端”，茫茫乎“终而复始”，谈天说地之间，便点破生命密码之玄妙。

宇宙中最不可理解的事情，就是宇宙是可以被理解的，爱因斯坦说。

人体亦如是。

中医药亦如是。

第一章 寒湿疫？湿温疫？

中医有不知之症，无不治之症。司外揣内，见微知著，以不变应万变，这是中医人的法则，也是中医人的底气，因为在中医人的世界里，只有疫病之辨，并无病毒之说，就像吴又可《温疫论》所言：『夫温疫之为病，非风、非寒、非暑、非湿，乃天地间别有一种异气所感。』

是故圣人不治已病，治未病；不治已乱，治未乱，此之谓也。夫病已成而后药之，乱已成而后治之，譬犹渴而穿井，斗而铸兵，不亦晚乎？

——《黄帝内经·素问·四气调神大论》

庚子鼠年。春。

年关将至，于国人而言，不管喜欢不喜欢、情愿不情愿，都要筹备过年。远的不说，仅较于20世纪，年味便越来越淡，可毕竟又忙碌一年，但凡国人，心中还是会装着“年”的，甚或，“年”就是遗传在民族记忆中的文化因子，其柔软的内核不只是阖家团聚，还有民族认同。是的，文化是柔软的，有着血气一样的特质，还是通达的，就像民族的经络。科技昌盛，交通发达，生活节奏一步步加快，当地球越来越像个“村”的时候，“家”的概念便日趋碎片化，仿佛一个悖论：距离越近，联系越紧；联系越紧，个体越活跃；个体越活跃，内里越松散。但任何时候，“年”都是国人的黏合剂，至少每年的这几天，“年”都是国人身边实实在在的存在。纪年方式可以改变，“年”之要义却千年未变，这就是中国文化的魅力。国人无宗教信仰之传统，却有文化信仰之渊薮，中华文明之所以绵延数千年而不断，便与此息息相关。远离故土的，不管为官、行商、求学、做工都要回家看看，所谓有钱没钱，回家过年；漂洋过海的，或衣锦还乡，或万里祭祖，“年”总归是梦乡里割舍不断的乡愁；同城生活的，很早便开始筹划举家旅行，即便不喜欢热闹的，也会预备几场饭局，兄弟姐妹轮流坐庄，给长辈一份天伦之乐，给孩童一次亲情启蒙。总之吧，春节就是一场寻根大戏，不管远的、近的，动的、静的，穷的、富的，兴趣广泛或行为散淡的，“年”都是国人心目中不可或缺的盛宴。

一切按部就班。一切日复一日，寻常如昨。飞机在天上飞，火车在地上跑，私家车甲壳虫一样挤满各商厦周边的街道。米面油，烟酒茶，地方特产，应时鲜花，年货花样翻新，采购的热情从网上漫延到网下。然而，就像冬春之交“贼风”嗖嗖——《黄帝内经·素问·四气调神大论》曰：“贼风数至，暴雨数起，天地四时不相保，与道相失，则未央绝灭。”《黄帝内经·素问·生气通天论》又曰：“故风者，百病之始也，清静则肉腠闭拒，虽有大风苛毒，弗之能害，此因时之序也。”——一场猝不及防的瘟疫早已悄无声息地潜入每扇门、每扇窗，侵入营养过剩或操劳过度的脏腑。突如其来，凶猛无比，看似无踪无影，实则有迹可循。冬去春来的间隙，不分肤色，不分种族，不分信仰，不分性别、年龄、贵贱、贫富和社会制度，所有国家，所有族群，几乎无一幸免。早已习惯了安逸，骤然遭此大疫，人们顿时失去方寸，就在我们犹豫它到底来或不来、从什么地方来、到什么地方去的时候，它已颠覆我们曾经的经验和常识，猛然把我们结结实实地打翻在地。有人说是天灾，有人说是人祸，有人说天灾人祸兼而有之，是大自然对人类无节制开发的警告和惩罚——“夫百病之始生者，必起于燥湿、寒暑、风雨、阴阳、喜怒、饮食、居处”（《黄帝内经·灵枢》），即人与人、人与自然关系的失和！总之，这场瘟疫影响地域范围之广，感染人数和家庭之众，涉及社会问题之多——包括生命、医疗、经济、政治、社会、家庭、消费、心理诸领域，都十分罕见，令人细思极恐，不寒而栗！毋庸置疑，就在人类为自己改变自然的伟大成就沾沾自喜之时，人类为之付出的生命、社会和经济成本也前所未有，且将对经济、政治、教育制度、政府治理方式等产生长远的、难以估量的影响，甚至有可能改变人类的传统生活方式和历史运行轨迹。

长期以来，人们总喜欢将目光投向气候变化、科技革命、恐怖主义、核武竞争、地缘政治演变，甚至外星人侵入，却从未想过偷袭我们的竟是一种新型病毒。最让人尴尬的是，当这场公共卫生危机肆虐全球的时候，人类居然不知道它叫什么名字，更遑论它有怎样刁蛮的习性。

未知，诡异且凶残，这就是我们当下对它的全部认知，这就是我们有聊胜于无的不是答案的答案，潜台词仿佛在说，不是人类太无能，而是病毒太狡猾。是啊，自高自大、自以为是的人类怎么会无能呢？怎么可能无能呢？可病毒不关心人类怎么想，人类梦寐以求的人人平等却在瞬息之间被病毒无差异实现！

荒诞乎？

蓦然与一头看不清面目的怪兽迎面相撞，恐慌、无措甚至无知——譬如群体免疫，譬如天气变暖它便会自动消失，还譬如戴口罩无用甚或只有不健康的人才戴口罩，类似场景次第上演，挫败感无以复加，混乱难以想象。

我们该怎么办?

早在1976年，威廉·麦克尼尔便在《瘟疫与人》一书中发出警告:“现代医学并非是无往不胜。”他进而解释道:“技术和知识，尽管深刻改变了人类的大部分疫病经历，但就本质而言，仍然没有也从来不会，把人类从它自始至终的生态龛（作为不可见的微寄生关系和一些人依赖的巨寄生关系的中介）中解脱出来。”

敲钟人常有，听钟人常有，明白钟声之隐喻的人不常有，有谁真正关心过警钟到底在为谁而鸣?将近半个世纪过去，科学技术，包括医学技术，早已不复当年样貌，相似的灾难却仍被威廉·麦克尼尔不幸而言中，这是敲钟人的悲哀，还是听钟人的悲哀?

生活也是哲学，不管生活荒谬不经，还是一本正经。就在现代医学忙着命名、忙着分析病毒基因序列、追溯病毒起源的时候，中医人却从容自若。因全国各地气候、地理环境、人群体质等各有不同，东南西北中的中医人得出的结论也不同，或曰寒湿疫，或曰湿温疫，或曰温疫夹湿，或曰寒疫夹湿，但不管是南方的国医大师，还是北方的中医专家，都在不约而同地强调四个字：辨证施治。

人类史就是一部疾病史，瘟疫是其中最惨烈、最黑暗的一页。无论东方还是西方，鼠疫、黑死病、雅典瘟疫、流感、狂犬病、天花、结核病、霍乱、疟疾、艾滋病、登革热病毒、埃博拉病毒，还有并不遥远的“非典”，都曾给人类拉过一张长长的死亡名单，可一转眼，这一切又都随风消散。人类喜欢遗忘，却非讳疾忌医那么简单，究其原因，有生理学的，有社会学的，有经济学的，有政治学的，也有宗教和文化的。但在中国，每逢大疫，必有大医，这是中医传统，也是华夏文明绵延不绝的保障。历数史上大疫，中医都居功至伟，然近百余年来中医却屡遭质疑，这无疑是个怪现象。更奇怪的是，那些质疑的人从不曾扪心自问过中医到底是什么，中医对国人究竟意味着什么。当然，这样的问题并非谁都能想明白的，也非一两句话可以讲明白的，但稍有常识的人都明白，中医的“骨骼”是中国的，中医的“肌理”是中国的，中医的智慧更是中国的，而中国智慧是独一无二的！

黄帝曰：余闻五疫之至，皆相染易。无问大小，病状相似，不施救疗，如何可得不相移易者？

岐伯曰：不相染者，正气存内，邪不可干，避其毒气，天牝从来，复得其往。

此问答出自《黄帝内经·素问·刺法论》。

整个世界都陷于惶恐不安、惊惧无措当中，我们的先祖却早在2000年前，便为我们准备好中国答案，何其幸哉！

这个春节来得有些早，有些跌跌撞撞，王晞星却对此浑然不觉。忙碌了大半辈子，王晞星每天除了处理日常管理事务之外，一心看病，很少关心外面的人情世故和冷暖。如今，终于可以像大多数人一样，开启自己"退休"后的第一个阖家度假模式了，王晞星才突然意识到，世上原来还有另外一种生活。

2019年6月10日，王晞星卸任山西省中医院院长一职，主政十三年又两天，一路走得充实、踏实，却又恍然如昨。王晞星是2006年6月8日走马上任的，山西省卫健委领导原本打算6月8日宣布他光荣"退休"，不巧那天是个周六，王晞星只好在院长位子上"多"干了两天。组织希望"圆满"，这也是对做出贡献者的信任和奖赏，但天下事终归不可能件件圆满。

出门诊，散步，写字。自"退休"那日起，王晞星便过起"老中医"的自在生活，再不过问单位事务，更不插手单位事务。不在其位，不谋其政，王晞星一向自律，如今自己就是个"老中医"，首要的也是唯一的事，就是一如既往地为患者好好看病。其实，于院长他虽到龄，于中医他并不算"老"，在全国评定的第一批100名名中医中，他是最年轻的。很显然，王晞星这个"老"与年龄无关，与医学造诣有关，在部下和患者心目中，大家早把他看作“老中医”了。

从前又当院长又出门诊，王晞星忙得像只陀螺，如今有暇选择自己的生活，他心中惦记的第一件事，便是补上天伦之乐，毕竟，就做丈夫和做父亲而言，他算不上称职。女儿、女婿都在北京301医院工作，妻子9年前退休，大多数时候在北京帮女儿带孩子。王晞星“孤军奋战”多年，虽然省中医院就是他的家，但此家非彼家，他也渴望多陪陪家人，弥补心中的亏欠。

春节前，女儿帮王晞星订好去海南的机票，妻子和外孙也早早飞到海南。

1月21日，腊月二十七。王晞星出完年前的最后一次门诊，已是中午1点多。那时山西还没有新冠肺炎确诊病例，护士长付微微送来三只口罩，让他路上戴，王晞星担心飞机上遇到发热乘客，又多要了几只。仅是职业习惯而已，那时候，王晞星还不知道新冠肺炎病毒有多猖獗。出了门诊大楼，王晞星直奔武宿机场，飞向海口。终于不用春节值班，终于可以安心过个年，王晞星难得轻松，俯身朝舷窗外看去，感觉冬日的霞光也格外绚丽。女婿、女儿已提前请好假，女婿订了除夕的机票，女儿订了大年初二的机票。一切都在按计划进行，老少三代都在静等全家团圆。于一个医生之家而言，这是最大的奢望，也是最大的奢侈。加班、加班、加班，这是王晞星的常态，尤其任院长期间。想到年仅五岁的外孙，想到即将到来的团聚，王晞星心底竟涌起一股暖流，这种感觉如此陌生，又如此幸福，忍不住让人想流泪。但王晞星没有流泪，他是带着微笑降落在海口的。从寒冷的山之西，到温暖的海之南，想到这个假期将无比温馨，王晞星眼角的笑纹更舒展了。

然而，到海口的第三天，空气便陡然紧张起来。第四天，全家人憧憬的团聚也随海风消散而去。

1月23日，武汉宣布封城。次日，女婿打来电话，告知假期取消。接着，女儿也打来电话，说随时准备上发热门诊。王晞星隐隐感到不安，他打算回太原，女儿却说，这是我们年轻人的事，您已经“退休”了，就别操心了。

理虽是这个理，可王晞星毕竟是个医生，眼见形势越来越紧张，他不可能置身事外。王晞星开始关注新闻，海南、山西疫情通报排名靠近，他又去留心当地人的反应。大年初二，王晞星专门跑到海口海鲜市场，人虽少，还算正常。初三、初四，王晞星与来海南度假的老朋友小聚，街上人来人往，也还正常。初五，饭店突然关门，只有海滩可去，但必须戴口罩。王晞星再也坐不住，当即给女儿打电话，让她马上帮自己订回太原的机票，越早越好。医者父母心，何况女儿也是医生，当然知道父亲因何焦虑。但连续三天，不是无票，便是航班取消，女儿天天抱着手机查看实时航空动态，好不容易抢到一张票，还是初九的。

2月2日，星期日。茫茫夜色中，王晞星降落太原。

次日吃过早餐，王晞星先和省中医药管理局局长冀孝如通了电话，向冀报到。接着又和省卫健委副主任冯立忠通了电话，向冯报到。冯冀二位嘴上不说，但王晞星听得出来，自己能星夜赶回请战，他们心里高兴。紧接着，王晞星安排他的徒弟、肿瘤科副主任兼科教科主任郝淑兰收集省内及全国新冠肺炎相关信息。同时，又安排赴潜江援鄂的呼吸科副主任关炜收集湖北相关患者的四诊资料。几通电话打罢，王晞星心情稍稍好些，就在这时，副院长刘光珍敲门进来。二人是大学同学，住对门，王晞星离职后新院长尚未到位，由刘光珍主持日常业务。在王晞星飞赴海南之前，刘光珍已按照冯立忠的部署，组织院内专家商讨新冠肺炎预防方案。这期间，刘光珍知道自己这位老同学是“工作狂”，多年未休过假，怕他知道情况后会改变行程，一直未去打扰他。就在王晞星从海南回来的当天，刘光珍又组织院内专家研讨新冠肺炎治疗方案。现在知道老同学提前结束度假归来，刘光珍明白他这是要上火线了，便直接登门，将前期准备工作简要向王晞星做了通报，好像王晞星还是院长似的。10时许，院党委书记谭利国打来电话，一番嘘寒问暖后言归正传，约定面商下一步工作。王晞星明白，非常时期，自己必须当仁不让，离岗不下岗。谭利国与王晞星搭档多年，知道大难之际，王晞星不会坐视不管，今果见王晞星紧急回援，心里踏实下来。王晞星也不客气，电话里建议立即成立省中医院抗疫领导组，谭利国担任组长；成立抗疫专家组，自己担任组长。谭利国正有此意，便在电话那端明确表态，坚决做好后勤保障工作，全力支持专家组开展各项科研和救治。王晞星也亮明态度，大疫当前，省中医院决不能缺席，现在就是战时，不管老少，都得上！

下午3点，王晞星、刘光珍、郝淑兰和呼吸科主任薛晓明、医务科主任张锦峰等“聚集”在住院部18层王晞星的办公室，根据收集到的省内及湖北确诊患者的相关病历、症状和影像资料，研究制订省中医院新冠肺炎中医防治方案。见面时大家都戴着口罩，感觉怪怪的，不禁相视一笑。打开舌象资料，王晞星吃惊地发现，确诊患者的舌苔竟似皴裂的木头，有的甚至就是一小块枯木，颜色黑紫，几无血色。王晞星不禁倒吸一口凉气，他设想过各种可能性，却未想到竟如此凶险。王晞星和大家一起对病历逐一分析、逐一辨证，还不时与湖北潜江的关炜连线，详细询问前方的临床情况，对比本地确诊患者与湖北确诊患者的异同。最后，王晞星判定山西确诊患者的症状是湿温病，病理主要为湿、热、毒、瘀，发病脏器主要在肺，它可以向心、肝、脾、肾四个脏器传变。早期湿热疫邪犯肺，内外合邪，卫气同病，湿重于热，患者以发热、干咳、乏力为主要表现，潜伏期为1至14天不等。中期正邪交争，湿热疫邪在上焦不解，中焦之邪势渐重，湿热蕴结不解，由气及血，但以气病为主，患者发热甚至高热、咳嗽、喘促、胸憋，伴有血氧饱和度下降、呼吸困难等。晚期湿热蕴结不解，化生湿毒，毒损血络，使肺通调水道和肃降水液功能失调，导致水毒射肺，出现呼吸循环功能衰竭。重症患者发病迅猛，多在一周后出现呼吸困难和（或）低氧血症，严重者可快速发展为急性呼吸窘迫综合征、脓毒症休克、难以纠正的代谢性酸中毒和出凝血功能障碍及器官衰竭等，引起死亡。辨证结束，王晞星的目光虽依然沉静似水，心中却豁然开朗。王晞星长期与炎症病人打交道，见识过各种疑难杂症，譬如慢性阻塞性肺疾病、间质性肺炎和胸部肿瘤放疗引起的放射性肺炎，以及炎性包块、炎性结节等，王晞星还曾编著《中医肠炎》一书，直觉新冠肺炎治疗难度并不大，只是发展速度快、传染性强，只要早介入，很容易控制。2009年H1N1禽流感流行，王晞星研制的金荞除瘟颗粒十分走俏，治疗传染病也驾轻就熟。王晞星心中有了底，便建议根据山西的气候特点和疾病变化的不同阶段，采取分期施治策略，治疗思路与仝小林不谋而合。大家看到王晞星成竹在胸，要出方案了，不禁互相对望一眼，心领神会，气氛顿时轻松起来。王晞星对三仁汤、藿朴夏苓汤等古方予以加减化裁，口吐莲花一般，当场口述四个处方，薛晓明一一记录在案。紧接着，王晞星又对四个方剂一一做了方解，交由薛晓明整理。中医人有个特点，工作时间大多不喝水。大家寒湿、湿温、温疫夹湿、寒疫夹湿，山西、湖北，湖北、山西的，七嘴八舌讨论了三个多小时，"湿"是出现频率最高的一个词，似乎"湿"说得多了，便谁都口不干、舌不燥了。中间有人进进出出，王晞星端坐办公桌前，不曾挪动半步。黄昏压过古香古色的屋檐，爬进窗户，落到王晞星些微谢顶的头上。王晞星摘下眼镜，朝桌上一扔，揉揉眼睛，轻舒一口气。老将出马一个顶俩，仅半天工夫，方案初稿敲定，内容几乎覆盖病程全周期：预防用药（益气除瘟颗粒），治疗早期方（除湿清肺颗粒），中期方（解毒护肺颗粒），恢复期方（补肺健脾颗粒），同时沿用国家重症方剂。

预防用药（益气除瘟颗粒）：

根据中医“正气存内，邪不可干”的预防医学思想，从益气固表、清热解毒立论，以补益正气，外固其表，避邪内犯，调节免疫功能和抗感染能力预防新冠肺炎病毒感染。本方适用于具有本病流行病学史、接触史及相关联人群，年老、儿童及素体虚弱易感者，发热门诊及定点收治医护人员、消杀转运等与本病间接相关人员。

方药：黄芪10g、白术10g、防风10g、金银花10g、连翘10g、芦根10g。

功能：益气固表，清热解毒。

方解：方中黄芪甘温，内补脾肺之气，外可固表御邪，为君药；白术健脾益气，助黄芪以加强益气固表之功，金银花、连翘清热解毒，具有抑菌、抗病毒的作用，芦根清热生津，此四味为臣药；佐以防风走表而散风邪，合黄芪、白术以益气固表祛邪，且黄芪得防风固表而不致留邪，防风得黄芪祛邪而不伤正，有补中寓疏、散中寓补之意。

服药方法：上方水煎服，每日一剂，早晚分服，空腹为宜，每次150ml，5日为一疗程。

治疗方药

根据本病发病季节、致病邪气、病机变化及证候转变，结合山西患者发病特点，分为早期、中期及恢复期进行施治，指导思想是中医早期介入，贯穿全过程，及早调整免疫系统功能，阻止病毒在体内繁殖，截断病情的进展，缩短轻症患者恢复时间，预防轻症向重症、重症向危重症的转变。同时，阻止重症和危重症患者病情进展，让患者平稳度过危险期。

早期方（除湿清肺颗粒）：

方药：藿香10g、厚朴10g、半夏10g、茯苓10g、陈皮10g、苦杏仁10g、苍术15g、白蔻仁6g、柴胡10g、黄芩10g、金荞麦30g、党参10g。

功能：清热化湿，宣肺和胃。

适用于新型冠状病毒感染的肺炎疑似患者和早期确诊患者。证属湿热犯肺型。症见：发热或低热，干咳，乏力，胸闷，恶心，纳呆，舌淡红苔腻，脉濡数。

方解：藿香芳香化湿为君药；厚朴既助藿香化湿和中、又合半夏燥湿运脾除满，厚朴和半夏共为臣药；茯苓渗湿健脾，使水道畅通，则湿有去路，苍术、白蔻仁燥湿健脾，柴胡、黄芩透散邪热，金荞麦清热解毒，祛肺卫邪气，党参健脾以助运，陈皮醒脾理气燥湿，苦杏仁调节免疫力，此九味共为佐使，共凑清热化湿、理气和胃之功效。现代药理研究证实，藿香、半夏、苍术、柴胡、黄芩、金荞麦等具有抑制病毒繁殖、抗感染的作用，茯苓、党参、苦杏仁等可以调节免疫功能的活性。

服药方法：上方水煎服，每日一剂，早晚分服，空腹为宜，每次150ml，5日为一疗程。

中期方（解毒护肺颗粒）：

方药：冬瓜子30g、黄芩10g、连翘10g、葶苈子10g、牡丹皮30g、桃仁10g、藿香10g、白蔻仁10g、薏苡仁20g、芦根30g、浙贝母10g。

高热为主加生石膏30g。咳喘为主加生麻黄10g。

功能：解毒利湿，活血化痰。

适用于新型冠状病毒感染的肺炎确诊患者。证属湿热蕴肺型。症见：发热，咳嗽，气短，痰少或黄或白，口渴，不欲饮水，乏力倦怠，纳差，或伴腹胀，舌质红、暗红，苔黄厚腻，脉滑数。

方解：方中冬瓜子清肺化痰、解毒利水为君药，针对肺实质性损害用药，抑制炎性产物渗出，促进炎性渗出物吸收；黄芩、连翘、葶苈子苦寒泻肺，清热解毒，助君药抑制病毒繁殖，减轻炎症进展，为臣药；牡丹皮、桃仁凉血活血，预防肺间质纤维化；白蔻仁，藿香芳香化湿，行气宽中，畅中焦之脾气，薏苡仁甘淡性寒，渗湿利水而健脾，使湿热从下焦而去；芦根甘寒质润，清肺生津，浙贝母清肺化痰，共为佐使，全方共凑解毒利湿、活血化痰之功效。

服药方法：上方水煎服，每日一剂，早晚分服，空腹为宜，每次150ml，5日为一疗程。

恢复期方（补肺健脾颗粒）：

方药：生黄芪30g、党参10g、桑白皮6g、麦门冬15g、五味子10g、砂仁6g（后下）、竹叶10g、焦麦芽15g。

功能：补肺健脾，益气生津。

适用于新型冠状病毒感染肺炎治愈后恢复期患者。证属肺脾两虚型。症见：气短、倦怠乏力、纳差，舌淡胖，苔白，脉虚弱。

方解：生黄芪、党参补肺益气健脾为君药；麦门冬、五味子养阴生津，益气敛肺为臣，砂仁、焦麦芽醒脾开胃共为佐药，桑白皮、竹叶利水以消余热为使药，全方共凑补肺健脾、益气生津之功效。此方可进一步帮助恢复器官功能，恢复免疫功能，恢复胃肠道功能。

服药方法：上方水煎服，每日一剂，早晚分服，空腹为宜，每次150ml，5日为一疗程。

方案甫定，已是7点，天已黑透。大家顾不上吃饭，谭利国立即主持召开了院领导和相关专家联合会议，研究成立了省中医院抗疫领导组、专家组，讨论通过了新冠疫情中医防治方案。同时决定双管齐下，一边将方案紧急上报省卫健委、省中医药管理局申请批文，一边赶制药剂，向一线医务人员、确诊患者、疑似患者免费统一配送。

至此，由王晞星主导的省中医院版的新冠肺炎“山西方案”初具雏形。

回想起那个下午，刘光珍依然兴奋，虽说我主持工作，可只要晞星回来，站在最前面的就必须是他。这个吕梁汉子特别强调“必须”二字，生怕我不信他的话似的。紧接着，他又补充道，别说我们中医院，就是山西中医界的大局，也只有他能撑起来。他这个人格局大，有气场，你不服不行。

郝淑兰具体负责科研项目申报。2月14日，省中医院收到省药品监督管理局、省卫健委的正式批复，开始在本医院和24家全省新冠肺炎医疗救治定点医院调剂使用。回忆起那一天，郝淑兰说，就像打仗，不过，有王院长在，大家心里有底。

《黄帝内经·灵枢·逆顺》有云：“上工治未病，不治已病，此之谓也。”

中医所谓“治未病”，实际上就是预防。在当今社会，预防之工当在政府和全民，因而，当今最大的“上工”并非某个医家，而是政府和全民。如何主动出击，做好预防，是政府的首要职能，而要做好预防，就必须引导全民参与。

早在新冠肺炎疫情暴发之初，山西省委、省政府便密切跟踪研判，做出周密细致部署。1月16日，山西召开全省电视电话会议，在确定16家集中救治定点医院的同时，又紧锣密鼓地调配医疗物资，提前做好打硬仗的准备。冯立忠分管中医药管理局，第二天，他便到省中医院、山西中医药大学附属医院检查安排防疫工作，要求两家医院尽快组织专家、收集资料，研究制订预防用方。

1月21日，山西白求恩医院发现首例新冠肺炎疑似病例，他们立即把样本送到太原市疾控中心。市疾控中心不敢怠慢，检测确认后又第一时间送到省疾控中心。省疾控中心是山西的最后一道检测防线，他们确认后又第一时间封存样本，专人专车连夜进京，送到中国疾控中心。次日，山西第一例疑似病例被确诊为新冠病例。任斌知是“重大传染性疾病防控与诊治山西省重点实验室”首席科学家，他清楚记得，从1月22日开始，每天都有样本从全省各地陆续送来，他们随到随检，三个多月都吃住在办公室，一场看不见硝烟的战役打下来，人憔悴得好像一阵风就能吹跑。

山西警报拉响，省委、省政府迅速启动了覆盖11市的联防联控机制，成立了由省委书记楼阳生、省长林武任“双组长”的省疫情防控工作领导小组，实行每日值班疫情“零报告”制度。

太原市第四人民医院是山西治疗SARS、甲型H1N1、H7N9禽流感等传染病唯一省级定点收治医院，敢打硬仗，能打胜仗，曾荣获“全国抗击‘非典’英雄集体”称号。新冠肺炎疫情来袭，这支铁军当仁不让，勇毅前行，迅速成立了以党委书记郭永芳、院长董永康为共同组长的救治领导组，组建了6个专业工作组、2支医疗救治梯队，启动了重症救治楼负压病房和负压感染性疾病楼。刚退休的老院长范梦柏重新出山，担纲医疗救治专家组组长。随着全省重症、危重症患者从各地陆续转来，医院又将轻重症分开收治。对重症、危重症患者，医院与省级专家组成立联合治疗组，抽调40余名重症呼吸内科及检验专业骨干支援医疗救治工作。

1月23日上午11时，武汉封城一小时后，山西省委常委会召开会议，专题传达学习习近平总书记重要指示精神，研究部署疫情防控工作。省委书记楼阳生在会上强调：习近平总书记做出的重要指示，明确了应对新冠肺炎疫情的目标要求、重点任务、科学方法，为做好疫情防控提供了根本指南。目前，我省存在较大的输入和扩散风险，防控形势严峻。各级各部门要强化风险意识，决不能麻痹大意、掉以轻心。一要抓源头防控，坚决防范和遏制疫情扩散；二要抓重点场所，消除疫情传播风险；三要抓病例医治，全力以赴救治；四要抓工作保障，满足防控需要；五要抓健康教育，提高群众预防意识和预防能力。

楼阳生提出的五点要求无不围绕着“治未病”展开。当天下午，一道道指令便从省疫情防控工作领导小组接连发出：省卫健委第一时间向全社会通报疫情信息；省财政第一时间拨付首笔581万元防控补助经费；省工信厅第一时间调配医疗防护物资；省医保局第一时间出台患者个人负担部分全额补助政策；省市场监管局第一时间开展防护用品价格检查；省科技厅第一时间组织编制专项研究项目指南……

经受过“非典”严峻考验的山西，应对再次来袭的疫情愈显从容，无论城市还是乡村，防控的篱笆一夜之间便扎得紧紧的：小区、村口设卡严控；图书馆、电影院关闭；机场、火车站、汽车站、高速路口开始检测体温；发热门诊严阵以待；电视屏幕上防控提示和心理疏导节目也多起来，就连民间的大喇叭也是防控的宣传站、加油站……表里山河顿时被一张防护网严严实实罩起来。

1月24日，太原再增1例确诊病例，大同、长治、运城首次出现确诊病例。

1月25日，晋中、阳泉首次出现确诊病例，全省疑似病例数字急速攀升。省委、省政府当即启动重大突发公共卫生事件一级响应。

1月26日，楼阳生主持召开第一次省委专题会议暨省疫情防控工作领导小组会议，部署调度疫情防控阻击战。从这天起，领导小组会议两天一次，雷打不动，先后做出批示159次，一系列有效举措形成了完整的疫情防控指挥体制、运行机制、工作体系，全省疫情防控工作科学、有力、有序展开：

坚持全国一盘棋，锁定“双零”目标，坚持“三线”作战，防控治研“四环”联动，落实“五严五防”“四后”防控，全面压实法人单位责任，抓好“两个统筹”，实施分层分区分级响应、精准精确精细防控，早发现、早诊断、早报告、早隔离、早治疗，就地处置。

严把入口关，防输入。721个卫生检疫站在交通要道全部设防到位，一个个村庄、社区、单位成为作战单元，无缝对接，形成闭环……

严把内控关，防扩散。公安、疾控联动流调，动态清零、不落一人；核酸检测范围扩大到密切接触者的密切接触者；大型活动取消，聚集性就餐叫停，活禽交易市场关闭……

严把出口关，防输出。坚决守好入京通道防线，不漏一车、不漏一人，当好首都“护城河”。

及早介入，强力保障。第一时间开展心理援助、恢复期血浆抗病毒治疗、使用血必净注射液抑制全身炎症反应等前瞻性工作。多学科联合、诊防治贯通，迅速组建省级医疗救治巡回指导组、中医药防治专家队伍和医护人员梯队。呼吸机、人工膜肺（ECMO）、抗病毒药物等医用急需物资，优先保障定点医院。

应收尽收，精准施策。134例确诊患者，全部集中到省、市两级定点医院。130名专家第一时间入驻救治主阵地太原市第四人民医院，“一人一方案、一人一小组、一日一会诊”。坚持中西医结合，发挥中医药优势，13名全国、全省名中医加入省级救治专家组。

1月29日，山西首例新冠肺炎患者武某经过8天的紧张救治，痊愈出院。武某的家人用过年剩下的半张红纸，写下“危难之时，大爱无疆”八个大字，送到医院，表示感谢。闻讯，楼阳生专程来到太原市第四人民医院看望医护人员，为大家加油鼓劲：“看到危重病人和重症病人一天天好起来，很高兴！你们的诊治工作是卓有成效的，希望大家不辱使命，继续努力，为‘双零’目标做更大贡献!”楼阳生还特别强调：“对重症患者，只要有一线希望，就要尽百分之百的努力。”

2月7日晚，省政府新闻办召开新闻发布会，省卫健委副主任张波就“防”“控”“治”通报情况：

“防”——从流调、检测、排查入手，努力做到“三个快速”。快速流调：发现疑似病例、确诊病例、轻症病例、无症状感染者以及聚集性疫情，24小时内完成病例流行病学调查；快速检测：组织检测单位24小时全天候接收样本，4至5小时完成检测，结果实时反馈；快速排查：坚持省、市、县联动，卫健、公安、铁路、民航、通信等多部门联动，省与省之间联动，全面排查重点疫区来晋返晋人员和密切接触者。

“控”——落实“双返”“双防”措施，坚持“三个到位”。监测管理到位：开发利用“湖北入晋人员管理APP”，以村庄、社区为单元，实行网格化管理，做到分片包干、责任到人。发挥家庭医生作用，落实“一支体温计、一个口罩、一个表格、一个宣传册、一支笔”，做到追踪随访、医学观察、记录登记、信息报送全部到位；隔离观察到位：县（市、区）政府开设集中隔离点125个，覆盖全省11个地市117个县。对所有密切接触者以及不具备居家隔离条件的湖北来晋返晋人员，全部集中隔离医学观察；科学指导到位：及时制订下发社会公众、学校、机关、企事业单位防控指南，以及公共场所等11个消毒技术指南，组建12支心理救援医疗队，开通12320全天候咨询服务热线和心理援助热线，指导社会各界科学防疫。

“治”——部署医疗救治定点医院24所、负压病床183张、呼吸科和重症医学科床位855张，梯队配备医师228人、护士703人，选派呼吸和重症专家加强各市力量，确保确诊病例全部集中隔离救治。组建省、市中医专家组，全面参与会诊救治。对确诊患者全部实施中医药早期干预和介入治疗。对全省密切接触者由省中医院配发中药，实行预防性干预。建立省级专家日会诊制度。全省所有重症病例全部集中到综合力量最强的省级定点医院，由省级高级专家组制订最佳方案，集中指导救治。省级专家组加强对治愈病例的研究总结，及时形成专家共识，指导全省救治工作。推动“重大传染性疾病诊防山西省重点实验室”建设，紧急批准立项14个科研专项。

就在王晞星飞往海南的那一天，王晞星的徒弟、山西中医药大学附属医院院长李廷荃和他的专家团队，全国名中医、儿科专家贾六金，副院长、经方研究室主任高建忠，肝病科主任李双全等已按照冯立忠的要求，开出山西第一版预防新冠肺炎预防方四种，或清热解毒、疏风散邪、消食导滞，或补肺通腑、升清化浊、预防冬春外感，或益气养阴、扶正固本、化湿透邪。当时，山西还没有新冠肺炎确诊患者，但各位专家已各显神通，料敌在先。中医主张针对不同情况采取不同治疗策略，但在疫病流行初期，病人多而医生少，人人把脉开方并不现实，中医便根据同地同时患者发同一病症的主要规律，以通治方用药，事半功倍。山西中医初步介入防疫，采取的便是这种策略。即便仝小林、张伯礼等驻守的武汉，起初也是在主方的基础上，针对发热、咳喘、纳差、气短乏力等症状拟定了4个加减方，在“大水漫灌”的同时，尽可能实现“精准滴灌”。

李廷荃对叶天士的温病学情有独钟，认为冬春交替之日，亦是“戾气”“疫气”多发之时，新冠病毒肺炎在山西的表现属于“温病”范畴，由感染“疫戾”之气所致。武汉湿冷，病人多表现为肌肉酸痛、发热、咳嗽、咯痰，舌质淡舌苔厚白，证为寒湿侵犯，属寒湿疫。山西气候干燥，室内温度高，病人多表现为发热、怕冷、恶心、呕吐、咳嗽、咯痰，苔白或又白又黄，舌质偏红，症状相比武汉要轻，证为湿热侵犯，属湿温疫。中医常用三仁汤、藿朴夏苓汤、甘露消毒丹治疗湿温病，李廷荃对上述古方进行化裁，开出山卫中克冠1号方，也即防感1号颗粒预防处方小柴胡汤方。

组方：柴胡6g、黄芩6g、清半夏6g、人参3g、生姜9g、大枣8g、苍术6g、重楼9g、防风6g、连翘6g、沙参6g、金银花6g、甘草6g。

方解：人参、生姜、大枣、甘草调中和胃、益气扶正；苍术、防风、生姜、沙参驱寒润燥；柴胡、苍术、半夏行气化湿；金银花、黄芩、连翘、重楼清热解毒。诸药合用，以凑调和表里、扶正祛邪之效。

服用方法：7剂，水煎服或免煎颗粒开水冲服即可。每日1剂，早晚分2次服用。

1月22日，省卫健委、省中医药管理局正式组建山西省疫情防控中医专家组，李廷荃担纲组长一职，刘光珍担纲副组长一职，二人同为省级救治专家组核心成员。李廷荃自知责任重大，先把他的专家团队、中医专家组成员贾六金、高建忠、李双全调动起来，经过反复酝酿讨论，于当天下午3点52分在山西中医药大学附属医院公众号上将四种预防方对外正式发布。袁晓霞负责宣传，她制作的微信引经据典，画风温馨，仿佛疫情时期的一缕和风："风雨寒暑不得虚，邪不能独伤人"，请保持充足睡眠；"虚邪贼风，避之有时"，外出请戴口罩；年关将近，宜清淡饮食，谨和五味。这条微信的阅读量很快冲上10万+，这在附属医院的微信史上十分罕见。

1月27日上午，林武赴省卫健委调研督导疫情防控工作，副省长、领导小组第一副组长吴伟参加。林武一行来到设在省卫健委的省应对疫情工作领导小组办公室，看望坚守岗位的工作人员，听取疫情防控工作调度、措施落实、物资保障等情况汇报。林武指出，疫情就是命令，防控就是责任。领导小组办公室要按照省重大突发公共卫生事件一级响应要求，进一步完善预案、细化措施，切实发挥中枢作用，配强力量、健全机制，加强上传下达、统筹协调，确保政令畅通、组织有序、应对有效。要加强医疗设备、检测试剂、防护物资等协调调度，全力保障疫情防控需求。与此同时，疫情防控工作指导组正召开动员培训会，当天下午，指导组成员将分赴各市开展工作。林武专程看望了指导组成员，要求他们把疫情防控措施弄懂吃透，为基层疫情防控提供科学有效指导，叮嘱他们一定要做好个人防护、保护自身安全。在专家研判评估中心，林武特别感谢了专家组成员连日来的辛勤工作，听取了病例认定、治疗方案、防控措施等情况介绍，询问了专家组成员对疫情防控的意见建议和存在的困难问题。林武要求组织专家学者和专业机构团队，加紧探索有效治疗方案，科学救治患者，巩固诊疗成效。

就在这一天，国家中医药管理局《新型冠状病毒感染的肺炎诊疗方案（试行第四版）》下发各地，以临床“急用、实用、效用”为导向，“中医药防治新冠肺炎有效方剂临床筛选研究”专项也紧急启动。山西被列为进行临床疗效观察的四个省份之一。中午1点，国家中医药管理局召开视频会议。会后，山西应急科研项目组成立，李廷荃任组长，刘光珍任副组长，专家组结合山西实际研读方案后，决定选定其中两个方案，三天一疗程，由省中医院负责制剂，第二天配送全省各市定点医院。有效方剂临床筛选研究项目已启动，方剂却未公布名称。1月30日，李廷荃向国家中医药管理局副局长王志勇汇报临床应用情况时，建议把方剂命名为清肺解毒汤。王志勇在微信中回复说，国家项目组暂定名为清肺排毒汤，与李廷荃建议名仅一字之差，可谓英雄所见略同。王志勇还说，北京专家对李廷荃提出的建议很认可，但考虑到该方剂是针对武汉病人而定，山西病人服用三副药后效果如何，可由当地专家会诊确定是否继续服药。山西病人分两类，一是湖北输入性病人，一是本地感染者，事后证明，前者用此方的效果明显好于后者，中医辨证施治之神奇无时无地不淋漓尽致地体现出来。

清肺排毒汤是中国中医科学院特聘研究员葛又文研制的。他按照普适、速效、决胜的原则，依据前期有关资料，综合分析本次疫情特点，统筹考虑张仲景《伤寒杂病论》中的经典处方，将麻杏石甘汤、射干麻黄汤、小柴胡汤、五苓散4个方剂21味药进行有机组合，化裁而成：

麻黄9g、炙甘草6g、苦杏仁9g、生石膏15g至30g（先煎）、桂枝9g、泽泻9g、猪苓9g、白术9g、茯苓15g、柴胡16g、黄芩6g、姜半夏9g、生姜9g、紫菀9g、款冬花9g、射干9g、细辛6g、山药12g、枳实6g 、陈皮6g、藿香9g。

这个新方剂不以药为单位，而以方剂为单位，方与方协同配合，团队作战，可使其在同等药量的情况下产生几倍量的效果，寒湿热毒排出的速度更快。

葛又文出身中医世家，苦心钻研药典多年。1月20日，王志勇打电话找他，希望他能尽快拿出针对核心病机的关键方剂。葛又文人在北京，心在武汉，之前已掌握了大量的疫情发病时间特点、人群共性和区域等资料，经过综合研判，他决定三因制宜，调方遣药，既发挥中医药的前瞻性优势，阻断病情，同时做到攻守兼备，对可能受到伤害的脏腑提前保护。在这个新方剂中，最关键的一味药是细辛，可用量大小让葛又文颇费思量：若剂量不大，很难防止痰饮阻肺及炎症风暴发生；用量若超过药典（通常3g），虽可增强药力，祛除体内病邪，但也有风险。思来想去，葛又文决定亲身试药，以验证方剂的安全性、有效性，确保万无一失。

六天后，葛又文来到国家中医药管理局，把自己“亲身试验”过的处方交给王志勇。那是中午，王志勇如获至宝，饭也顾不上吃便连线科技攻关组和专家进行研讨，最后判定：此方可用。王志勇在北京中医学院专攻中药材，医学博士。曾全程参与2003年抗击“非典”，专业学养深厚，实战经验丰富。当晚，王志勇独坐灯下，反复研读处方，彻夜未眠。之前，为搞清疫病特性，研判收集各种处方材料，王志勇每天仅睡三四个小时，其间还引发两次心梗。如今新方剂终于出炉，王志勇很是兴奋，越琢磨越觉得这个处方匠心独运，不但与王永炎院士、仝小林院士和国医大师薛伯寿对核心病机研判一致，还在考虑肺部疾患治疗的同时，充分关注对心、肝、脾胃和肾的协同保护，周全而精妙。虽连轴转了数日，身心俱疲，但在这一刻，王志勇睡意全消。凌晨3点，王志勇郑重写下承诺书：

全国新型冠状病毒肺炎疫情异常严峻，我们必须与死神和时间赛跑。为贯彻落实习近平总书记正月初一抗击疾病的重要指示，加快临床有效方剂的筛选，我决定在山西、河北两省启动临床观察。处方所有权、知识产权归葛又文同志，课题研究成果由课题组成员共享。全部责任由我承担！

王志勇是山西长治人，在“神农尝百草”之地长大。如今虽无须以身试草，但在关键时刻，他还是想起了山西。

临床观察研究事关全国防疫大局，省应对疫情工作领导小组非常重视，吴伟亲自坐镇指挥，冯立忠亲自前线督导。李廷荃作为省中医专家组和应急科研项目组双料组长，忙得不可开交，便推荐他的臂膀李双全负责全省定点医院的临床指导、疗效统计和判定，向国家中医药管理局项目组一日一报。刘光珍代表省中医院主动接过免费煎制清肺排毒汤的重任，牵头成立了质控专家组、药学专家组、药品配送组，并申报了“清肺排毒汤治疗山西省新型冠状病毒感染肺炎的临床疗效观察”项目。从领导到专家，上下协调一致，通力合作，运转高效。省中医院冲在最前面，在严把制剂质量关的同时，还免费将清肺排毒汤配送到全省16个定点医院，确保原方使用。

1月28日，大年初四。天气寒冷，疫情逼人。顺丰快递小哥全副武装，一大早便等候在省中医院制剂室门外，除了太原、晋中，他们将负责把清肺排毒汤配送到全省各市定点医院。快递小哥前脚刚出发，谭利国押着一辆专车，刘光珍押着一辆专车，也先后驶出省中医院大门，分赴太原市第四人民医院、晋中市传染病医院。第一批清肺排毒汤很快送到患者手中，一线医护穿行在病床之间，指导患者用药，采用图像、录音、短视频及病例报告表记录等方式收集患者临床信息，一一整理、汇总，报到李双全处，李双全再上报国家项目组。

山西纳入观察的133个确诊患者中，有102人使用了清肺排毒汤，效果明显。在全国，第一批临床观察病例214例，有效率达90%以上；第二批10个省（不包括湖北省）66个定点单位，临床收治病人1262例，有1253例治愈出院，其中57例为重症患者。

2月6日晚6点50分，国家中医药管理局科技攻关组公布了清肺排毒汤前期临床观察结果，同时公布了处方和用法。3月4日，《新型冠状病毒肺炎诊疗方案（试行第七版）》将清肺排毒汤列入中医临床治疗期首选，适用于轻型、普通型、重型患者，在危重型患者救治中可结合患者情况合理使用。清肺排毒汤横空出世，可谓此次武汉乃至全国抗疫战场上的一支“奇兵”。

省中医院拥有山西最大的中药制剂中心，截至3月6日24时，他们共为湖北及山西调剂、煎制、配送预防及治疗中药80262人份，其中汤剂20665人份、103325剂、206650袋，制剂59597人份。免费为湖北一线提供用药4162人份，其中汤剂688人份、3440剂、6880袋，制剂3474人份。免费为山西密切接触者、疑似患者、确诊患者、无症状感染者和一线医护人员配送11267人份，其中汤剂9188人份、45940剂、91880袋，制剂2079人份。总价值300余万元。

1月28日，山西各地中医组成立，省中医专家组成员一人负责一个市。

1月29日，李廷荃主持召开视频会议，对全省各地专家进行培训。当天，省中医专家组结合山西特点，推出《山西省新型冠状病毒感染的肺炎中医药防治方案（试行）》，指导各市抗疫工作。

这天上午，贾六金接到省卫健委的紧急通知，他来不及回家，便穿了件白大褂火速赶往太原市第四人民医院，会诊一位从平遥转来的危重病人。路上，贾六金给老伴打电话，让她把自己的日常生活用品和换洗衣服准备好，以防万一被隔离。贾六金年已八旬，是山西防疫战线的一员老兵，预见性强，经验丰富。早在2003年"非典"时期，他便是山西中医专家组成员，是山西委派去广州学习的第一人。这次专家组第一次讨论时，贾六金便指出新型冠状病毒与SARS冠状病毒有很大的同源性，推测新冠肺炎与"非典"在流行特点和临床特征方面会有相同地方，应学习防控"非典"的经验，尽早将所有医院门诊、诊所停诊，实行封闭管理。他还特别提醒：核酸检测的最佳时间在什么时间段合理？会不会出现假阴性？他反复列举支原体感染后肺炎的最佳检测天数为一周来论证自己的观点，而当时，在场的中西医专家、疾控专家、医学影像学专家、实验学专家和统计学专家等并未意识到这些问题。事实证明，贾六金的顾虑是有前瞻性的，核酸阳性的确存在不稳定因素。两天后，国家卫健委明确“临床诊断”和确诊病例应采取同样措施治疗。

贾六金赶到太原市第四人民医院时，重症病房传来气管插管的消息。患者姓畅，女，58岁，在平遥被确诊为新冠肺炎，病情有持续发展的潜在危险。贾六金赶紧让护士把患者舌苔拍下，传出来。患者口唇舌质青紫，苔厚腻，白黄相间。贾六金辨证后，判断患者属中医分型中的重型，为疫毒闭肺。因病程较长，有基础病，存在心肺气虚、心肺受损之征，综观为正虚邪实，正气大虚、邪气壅盛致病。贾六金依据散毒—排毒—化毒的治疗思路，由疫毒闭肺方加减，当即开出处方，5剂，分3次给药：

苦杏仁10g、生石膏30g、瓜蒌30g、生大黄6g（后下）、炙麻黄8g、葶苈子12g、桃仁10g、草果6g、槟榔10g、苍术10g、红参6g、生黄芪30g、薏苡仁30g、白蔻仁12g、丹参15g、川贝母10g。

10天后，畅女士康复出院。畅女士是山西中西医结合救治的首例病人，还是山西首个出院的危重病人。

1月31日下午2点半，省中医专家组对各定点医院收治的所有确诊病例进行远程会诊。那时，山西确诊病例39例，中医药参与31例，其中，1例属纯中药治疗，30例是中西医结合治疗。在这31例患者中，有17例病情明显好转、14例症状平稳，中西医结合治疗效果明显。冯立忠在会诊时强调，要针对临床诊疗的关键问题和瓶颈问题，不断优化中西医结合诊疗方案，筛选、确定有效的中医药方剂和中成药，为全国贡献“山西经验”。李廷荃重点介绍了两例重症患者中医参与治疗效果，认为湿热疫毒是这个病的根本病机，山西病人的“湿”不太严重，可考虑玉屏风散加藿香，清热解毒，增加身体免疫能力，有病治病，没病防身。对疑似病人不能坐等确诊，中医药应及早干预。如果是新冠肺炎患者，我们早治早好；如果不是，只要有症状，用药也无不可。

2月6日下午2点，李廷荃、高建忠“忙里偷闲”，风驰电掣般直奔大同。那时高速已封路，他们是“生命使者”，有交警默默护佑，车开得飞快。二人也只有在这个时候，才可以在车上打个盹，在梦中“飞”抵云中。赶到大同市第四人民医院已是傍晚，适逢省专家组为大同的12名确诊患者远程会诊，李廷荃、高建忠全程现场参与。会诊结束，饭都来不及吃一口，二人便把自带的山卫中克冠1号留下，于当晚9点赶到朔州市人民医院。这么晚赶来，朔州的同志还以为他们吃过饭了，也不客套，直接把二人带到医生办公室。李廷荃通过对讲机与隔离病房的医护反复核查6位患者的病况，指导他们运用山卫中克冠1号展开救治。王某腹部不适，日大便2次，不成形，服用山卫中克冠1号三日后，舌苔转为正常，腹部无不适，大便成形，不久痊愈出院。毕某发热，体温37.6℃，咳嗽、咳痰严重，服用山卫中克冠1号后，体温恢复正常，咳嗽、咳痰减至无。其弟疑似，影像学符合临床诊断，服用山卫中克冠1号后，舌苔明显好转。张某最初服用清肺排毒汤，自述心慌，血压升高，嗓子不舒服，感觉有东西排不出，改用山卫中克冠1号后，自述整个人舒服多了，胸口一点也不闷，能咳出痰，服用四天后影像学复查明显吸收，病情平稳，咳嗽、咳痰、胸憋症状均减轻。

李廷荃、高建忠返回太原时，已是凌晨1点。李廷荃回家休息，高建忠去医院值班，在办公室煮了两包方便面。2月29日上午，朔州传来消息，确诊患者全部康复出院，宣告“清零”。闻听喜讯，高建忠说只要能救人一命，天天吃方便面也值！

王晞星是最后“报到”的不是专家组成员的专家，接手的任务却最重——山西危重症患者的“大本营”太原市第四人民医院。

2月3日上午，王晞星直奔“大本营”，找到多年的老朋友范梦柏详细了解患者情况。范梦柏和王晞星一样，刚离开院长岗位不久，也扮演着和王晞星同样的角色。“老”专家见“老”专家，一拍即合，二人初步商定中西医联手，打一场1+1＞2的攻坚战。

当天下午，王晞星、刘光珍一起赶赴榆次。刘光珍包片晋中市，山西新冠肺炎患者多是湖北输入性病例，尤以平遥为多，大多收治在晋中市传染病医院。在此之前，平遥全县已累计报告新冠肺炎确诊病例15例，除宁固、杜家庄、香乐等重点乡镇外，还有个别确诊病例居住在城内居民小区。2月3日这天，平遥又确诊4例，其中，香乐乡香乐村有一家三口于1月22日自驾车离开武汉，于次日返回平遥家中；2月1日，由“120”救护车接至平遥县人民医院就诊，2月3日全部确诊。此外，杜家庄乡苏家堡村也有一名21岁男性患者，于1月16日乘坐私家车返回平遥县城，于1月17日乘坐私家车返回家中；2月2日，由“120”救护车接至县人民医院就诊，2月3日确诊。其时，山西全境仅确诊66例，平遥已确诊21例，几乎占到全省的三分之一。晋中市中医院副院长赵维洪是市专家组副组长，他早已带领精兵强将第一时间进入病区，掌握了大量的一手资料。赵维洪在专家组有话语权，晋中病人又多，中医治疗介入也早，面对很多地方中医大夫难以进入重症病房的窘境，晋中无疑是收集患者四诊资料最理想的地方。何况，赵维洪曾听过刘光珍的课，算半个学生，二人私交甚好。王晞星拉着刘光珍跑到晋中，目的就是想通过这个“内线”更好地观察病人的临床表现，为介入危重症患者治疗做准备。王晞星明白，中医如果不能介入危重症患者的治疗，再是名中医也等于零。所谓“不看广告看疗效”，能够救治最危险的病人就是中医最好的广告，否则，就是把中医吹上天也是枉然。

王晞星在晋中市传染病医院泡了整整一个下午，返回时遇到堵车，深夜才回到家中。

2月4日，接到省卫健委通知，谭利国、王晞星陪同副省长吴伟和省卫健委主任武晋赴平遥、太谷调研。

这一天，平遥又确诊两例。其中一例女性患者也是香乐乡香乐村人，在武汉经商，1月22日，她从武汉家中乘坐561路公交车到达武昌火车站，乘坐Z162次列车于1月23日到达石家庄。同日，她又乘坐出租车到达石家庄北，乘坐K609次列车返回平遥。随后，她乘坐私家车回到平遥家中。2月2日，她被“120”救护车接至县人民医院就诊，2月4日确诊。患者带着病毒出行，流调便需从平遥一路倒查回武汉，防疫难度陡然升级。

平遥是山西第一处捧回世界文化遗产桂冠的地方，是山西文化旅游的一张耀眼名片。联合国教科文组织曾如是评价：“平遥古城是中国古代城市在明清时期的杰出范例，平遥古城保存了其所有特征。而且，在中国历史的发展中，为人们展示了一幅非同寻常的文化、社会、经济及宗教发展的完整画卷。”平遥古城最具影响力的，一是“平遥国际摄影节”，一是“平遥中国年”，每逢这两节，海内外游客络绎不绝，都想一睹这座古城的历史风貌。但说到历史，平遥与武汉其实渊源颇深。早在1683年，即清康熙二十二年，山陕会馆便在商贾云集的“天下第一街”汉正街落成。山陕会馆是山西、陕西两省旅汉在汉人员的会所、办事处、活动中心，武汉人称之为“西关帝庙”，商业地位显重。1895年，山陕会馆重建，耗银二十七万一千六百两，晋商实力由此可见一斑。到了清末，平遥商界大佬大多在山陕会馆留驻过，譬如郝建良、毛鸿翰、宋聚源、周承业等，他们无一不是山西票号史上赫赫有名的人物。平遥商人出现在武汉街头很早，但第一次大规模下武汉三镇，也是在清末。其时，汉正街下段鲍家巷至打扣巷沿线是汉口金融中心，金融机构林立，尤以平遥商人经营的票号最为有名。1823年，中国第一家票号“日昇昌”在平遥诞生，“日昇昌记”牌匾为湖北学子陈沆所题，陈沆其时被誉为“一代文宗”。雷履泰、李宏龄曾在汉口住号，平遥还有多个票号在汉口设有分号。及至辛亥革命，山陕会馆在阳夏之战中遭到损毁，晋商票号辉煌不再。

抗战时期，山陕会馆在日军的空袭中被夷为平地。晋商票号从此退出历史舞台，第一批闯荡武汉的平遥人大多返乡，仅部分留在武汉。

改革开放初期，平遥人依靠传统纺织品袜子再闯武汉。清道光年间，平遥手工纺织户已发展到1400多户。20世纪80年代初，平遥人念念不忘祖上的辉煌，又背着自织的袜子重回汉正街。那时，平遥生产袜子的厂家有450余家，产品远销美国等20余个国家和地区。农民王承祥是最早到汉正街的，他买了一张竹床，把尼龙袜子挂起来，以床作店，同时以租住的旅馆为根据地向外批发，逐渐带火“平遥帮”。

杜家庄乡苏家堡村有500多户、2000多口人，在汉正街经商的有五六百人，年营业额达一亿元，占汉正街贸易总量的

1.2%。20世纪90年代初，在汉正街专营袜子的平遥人仅60多人，5年后增至200多人，平遥人一度垄断汉正街袜子市场。2003年前后，在汉正街做袜子生意的九成多为平遥人，其中，仅宁固镇便有300多户。以万商白马商城为例，那里计有平遥籍商户300余，占商城总商户数的20%。粗略估计，在汉正街谋生的平遥人有三四千之众，他们经营有年，有的还在武汉买房安家。随着贸易规模的扩大，除了袜子和小商品批发，平遥商人还陆续进军钢铁、煤炭贸易、煤化工、环保工程、房地产、印刷、酒店、路桥、医药、机械、食品等行业，年营业额超10亿元。2005年3月，平遥籍商人在汉正街成立了最大的异地商会——汉正街平遥商会。

武汉早已是平遥人实现梦想的第二故乡，疫情在武汉突然暴发，平遥旋即变为“山西的武汉”。伴随大批平遥籍武汉商人返乡过年，平遥疫情防控工作拉响警报。而当时，“我们的节日·春节——平遥中国年”即将启动，平遥县委、县政府哪儿敢有一丝一毫的大意！

1月20日，平遥开始拉网排查新冠肺炎疫情。

1月21日，平遥紧急成立了县委书记、县长任双组长的疫情防控应急指挥部，详细制订实施方案，明确单位职责、运转流程、操作要点，全面启动疫情防控工作。这一天，平遥县卫健体局还发出一则通告，紧急寻找一位1月20日晚8时乘坐晋C60695车辆返回平遥的乘客。所幸第二天，同行的12名乘客便全部找到，指挥部立即对他们及其密切接触人员实行居家隔离。

1月22日，平遥对湖北返乡人员及其密切接触者进行网格化、地毯式排查摸底，统计结果令人心惊：湖北平遥籍返乡人员竟达3414人！

1月23日，农历腊月二十九。贴窗花，贴年画，标志性的大红灯笼高高挂起，过年的气氛越来越浓。而戴口罩的人依然不多，古城里的饭店依然门庭若市。进退维谷之际，平遥县委、县政府相继发出七个涉疫文件，同时果断宣布：2020“平遥中国年”所有活动全部暂停，对进入平遥古城景区的游客展开体温监测。

1月24日，除夕。平遥城内城外张灯结彩，迎薰公园花灯争奇斗艳，古城墙上到处洋溢着中国年的喜气。与此同时，回家的平遥人还走在回家的路上，向往古城的游客还走在向往古城的路上。

1月25日18时，山西正式启动重大突发公共卫生事件一级响应，平遥旋即进入一级响应状态。同时，晋中市委、市政府也组织42名专业医生成立县级救治专家组，邀请省市6名流行病学专家、20名医师、60名护士紧急驰援各地，晋中市公安局也抽调精干力量，组成52人的工作专班进驻15个疫情重点村。

…… ……

王晞星陪同吴伟到达平遥时，平遥正启用首个新冠肺炎疫情密切接触者集中隔离点。同时，抗疫一线也传来好消息：经过一周治疗，上午11点，平遥首批两例新冠肺炎患者在晋中市传染病医院治愈出院。

从最初的2例，到最后的36例，平遥占山西总人口仅六十分之一，新冠肺炎确诊病例却几乎占到全省的三成，平遥无疑是山西的重灾区，也是山西抗击疫情的主战场。吴伟此行，便是考察平遥新建医院和位于太谷的晋中市第二人民医院隔离病房备用情况的，疫情一旦扩大，这两所医院将派上用场。省市领导高度重视，未雨绸缪，平遥党员干部更是冲锋在前。自大年初一始，平遥县委、人大、政府、政协及乡镇、街道和18个重点部门的领导全部取消休假，全员上岗，3000多名党员干部投身到战“疫”一线，300多名公安民警奋战在各重点区域，2500名医务人员“逆行”而上，273名社区志愿服务者挺身而出……平遥人用一己之担当，为周边县市筑起一道防护长城，既未造成户与户、村与村、乡与乡之间的扩散，更无一例外流到周边县市。试想一下，一个54万人口的大县，3400多名武汉返平遥人员，80多万欢度“平遥中国年”的中外游客，还有1.3万余名在太原、榆次从事出租车、家政等服务行业的平遥人，人流不可谓不大，情况不可谓不复杂，防控措施如果失当，后果不堪设想，但在平遥人的词典里没有“如果”，而奇迹于他们早已习以为常！

王晞星见到平遥县委书记武晓花时，她总在反反复复强调一句话：“疫情不能出平遥，疫情不能出平遥……”武晓花作风泼辣，工作扎实，“辨证施治”能力强，她把做什么、谁去做、怎么做、何时完成、责任人是谁等，开处方一般具体化、清单化，任务清晰、责任明晰。为最大限度防止疫情扩散，平遥果断封村212个、封小区159个、封户1443户、封路1664条；果断关停餐饮业2396家、旅馆915家、洗浴23家、酒吧51家、棋牌馆349家、网吧15家、健身馆122家、电影放映馆3家；同时设立卡口518个，抽调公安、交警、交通、卫健、疾控等部门人员24小时严防死守。平遥以旅游业为生，采取如此断然措施，造成的经济损失无法估量，但晋商的后人从来只算大账，不计小账。平遥"舍我其谁"的大无畏气概和牺牲精神令人感佩，晋中市委书记赵建平用一连串"最"给予高度评价："平遥用最强硬的措施响应，最广泛的宣传唤醒，最严密的办法清底，最果断的措施隔离，最有力的手段保障，最严明的纪律跟进，最坚强的堡垒支撑，守住了平遥阵地，打赢了平遥疫情防控阻击战！"

离开平遥、太谷，吴伟一行又去了晋中市传染病医院。结束晋中调研返回太原时，接到太原市第四人民医院电话，刚收治了一位危重病人，姓姚，86岁。吴伟一听，二话不说，带着王晞星等人直奔医院，当晚便安排专家会诊。那是王晞星第一次近距离接触新冠肺炎危重患者，也是山西所有确诊病例中病情最复杂的患者。

第二章 风吹两岸，汾水扬波

中医早介入、早治疗，既可明显减轻患者症状，明显缩短患者病程，还可防止轻症向重症、重症向危重症转变，所谓先敌一步，未病先防，欲病先治，已病阻断或逆转。

虚邪贼风，避之有时，恬惔虚无，真气从之，精神内守，病安从来？

——《黄帝内经·素问·上古天真论》

贼风数至，暴雨数起。

第一次见到李廷荃，他便不断地向我解释什么叫“贼风”。李廷荃在农村长大，20世纪六七十年代，北方气候偏冷，人居条件差，每到冬天，风便“嗖嗖”钻进门窗，冷箭似的，像极了李廷荃反复描摹的“贼风”。或许，那时的风还停留在李廷荃的记忆里，每当他翻开《黄帝内经》看到“贼风”二字，便会想起童年。

20世纪80年代末，气候变暖加速。进入本世纪，人居环境改天换地，留在记忆中的“贼风”杳无踪影。棉衣、棉裤、棉帽、棉手套，这是那个年代的标配，每到冬天，人人都会把自己装在套子里。可如今，冰天雪地远去，行头比从前简省许多，生活却并不因此而轻松。所谓每个年代都有每个年代的烦恼，不论穷富，健康都是人类永远面对的主题。我沿着南沙河沿岸踽踽独行，踏上河岸的地方距省中医院约有400步之遥，而河岸的最西端是汾河，越过汾河上的南内环桥北行约1000米便是山西中医药大学附属医院。李廷荃当年起步于省中医院，8年前转战到这里，只是那时汾水荡漾，风和日丽。而在这个4月，沿途几无行人，路边树木渐绿，鸟鸣寂寥而清脆。偶尔，有麻雀成群地从身前斜斜掠过，钻进灌木丛中。喜鹊在草地上觅食，自由自在，目中无人。在城市，很久没有见过这么多鸟了。鸟的胆子也比从前大了许多。鸟的胆子大了，人的胆子却小了。空气宁静而沉郁，仿佛河道里寂寞的水草，世界空旷得如此不真实，甚至让人怀疑从前的熙熙攘攘都是虚妄的。是的，单从空气清新度和人均占有空间来看，南沙河两岸无疑是疫情期间最理想的散步之所，但是，人们却不敢来。为什么？陌生。什么陌生？肯定不是路边的垂柳、银杏、碧桃、山楂树、西府海棠、龙爪槐，肯定不是路边的紫叶李、楸子、水栒子、榆叶梅、雏菊、三叶草，也肯定不是河道里的水、泥土和石头，而是迎面而来的人——极少的人，几乎遇不到的人。空气再新鲜，空间再开阔，春天的气息再浓郁，都很少有人出门来，只因某时某刻一旦有人戴着口罩出现在你的对面，那个人便是陌生的，陌生便可能携带着病毒。陌生的病毒早已让人焦头烂额，对面再走来一个可疑的人，心底暗藏的恐惧便会几何级数放大。极小的概率，极大的不确定性，这就是这个春天从我们的生活中隐身的原因。世界因陌生而可疑，因可疑而恐惧，因恐惧而更加陌生……难道这就是所谓的“天地四时不相保”？一向豪横的人类终于学会退让，宁肯一家人挤在逼仄的家里，都不肯走出楼门半步。

我逆着晨光而来，空气清新而紧张。我穿过泛绿的植物，南沙河两岸的风很弱，草木清香沁人心脾。我想汾河上的风或会很大，很浩荡，可即便站在南内环桥上，也感觉不到风的凛冽，更别说“贼风”；然而，“贼风”此刻就在吹，一直在吹，只不过，它不是吹在人的脸上，而是吹在人的心里……

李廷荃的案头放着两本书，一本为《金匮要略校注》，一本为《现代秘验方精编审查征集验方》。我有些疑惑，他早已带上研究生了，还在读经典？我盯着那本书看，李廷荃笑一笑说，知天命之年，才越来越感觉到四大经典的精妙。我愈发奇怪，你们上大学时难道不读经典吗？李廷荃又笑一笑说，我们只听老师讲的课。我又问，老师不给你们讲经典吗？李廷荃说，老师讲的是他理解的经典。我的心一沉，老师所理解的经典就像被翻译过来的西方文学名著，它究竟是作者的名著，还是译者的名著？甚或，翻译过来的名著还是名著吗？即便四大经典使用的同是中文，但由古文而白话，其中精髓还能存下几分？李廷荃深有同感，他边在纸上写，边举葛根汤为例道，《伤寒论》说："太阳病，项背强几几，无汗恶风，葛根汤主之。"那么，什么是"项背强几几"？什么是"无汗恶风"？"几几"该怎么理解？"恶风"该如何判定？典籍之妙需用一生体悟，不精研，不细察，是无法明白其中堂奥的。我又盯着另一本书看，感觉书名有些费解，李廷荃似乎明白我的心思，他打开书指给我说，这是阎锡山时期收集的民间验方，有的很好用，有的不太好用，有的根本不能用，每个方子后面都一一做了评点。我终于明白书名上为何会有"审查"二字，敢情这厚厚一本"现代秘验方"也是鱼龙混杂的！

李廷荃喜欢咬文嚼字，或因出身科班。李廷荃至今书生气未脱，或因生长在中医世家。李廷荃的祖上自李朴那一代便开始悬壶济世，历经李舒畅、李湑、李国文、李开喜，到他这里已是第六代。李朴出自乡里，是土生土长的民间中医，到李舒畅，已是闻名和顺甚至晋中一带的名医，药铺也从三奇村开到和顺县城。

据老辈人回忆，民国八年，曾有患者送给李舒畅一块巨大的牌匾，上写“措手成春”四字，朴素无华，笔力遒劲，俨然李氏传家之宝。李舒畅医名卓著，去世时惊动四里八方，前往祭拜者如云，祭品堆积如山。到李廷荃的祖父李国文，也是和顺一带声名远播的医家。李家有耕读传家的祖训，每代人都要有人读书，有人种地。李国文兄弟五人，他是老大，守家行医，四弟便去读太原国民师范学校。李国文固守家风，长子送到左权国民师范学校读书，次子（即李廷荃的父亲李开喜）便只能去种地。因为这件事，李开喜对父亲甚为不满，父子关系一直磕磕绊绊。李开喜30多岁时才开始学医，20世纪50年代曾在太谷卫校进修，开设的“承先厚记”药铺小有名声，但与祖上相比，已有些衰落。1957年，公私合营，药铺合并到公社诊所，李开喜先在李阳镇坐堂，后又在各村保健站行医，最后落叶归根，回到三奇村。李氏家传秘方最有名的是灵药，主治外科疮疡疾病，如骨髓炎等，同样有名的是宣奶疮，专治乳头皴裂。李开喜在镇里或外村行医的时候，李廷荃经常跟着母亲去看他，吃住在诊所或保健站，李廷荃识字便是从药柜抽屉上的药名开始的。我的舅舅也是乡村医生，我小的时候也经常去诊所玩，时常对着药柜上古怪的药名发呆，看到墙上的人体穴位图更觉瘆得慌。或因有相似的童年吧，我很好奇李廷荃对乡村诊所有何印象，李廷荃笑着说，偷吃山楂丸，一副童心未泯的样子。李廷荃葆有一颗童心，这让他做学问更专注，他曾跟着父亲“打药”（制膏丸之类），六七岁便被父亲逼着背《汤头歌诀》，也算家传。不幸的是，李廷荃10岁时父亲去世，他跟着母亲长大。李廷荃有两个哥哥、两个姐姐，或许长兄如父吧，他对大哥一直心存畏惧。母亲早年参加革命，是地下党员，是位有胆识、有见识的农村妇女。对李廷荃这一生影响最大的，便是母亲。

1984年，李廷荃考入山西医学院中医大学班，是王晞星的学弟。李廷荃入学成绩全校第一，却不知什么原因，竟被录为定向生。李廷荃甚觉不公，大学毕业后未回和顺，而是直接考到黑龙江中医研究院，跟随张琳读硕士研究生。1992年，李廷荃学成返晋，来到省中医院消化科，和王晞星前后脚跟师萧汉玺。萧汉玺是民国山西四大名中医萧通吾之子，萧氏学术第八代传人。王晞星拜萧汉玺为师，李廷荃拜王晞星为师，王李二人又同为萧氏学术传人。但那时候，王晞星是李廷荃的上级医师，二人也有师兄弟之谊。王晞星年长李廷荃7岁，二人一起出诊，一起查房，李廷荃的穿刺术便是王晞星教的。王晞星做事从不拖泥带水，第一次带李廷荃做胸部穿刺，王晞星亲手做，李廷荃一旁看，第二次再去，王晞星便让李廷荃上手，自己一旁看。王晞星带徒一向都是把你直接扔到水里，让你自个去扑腾，郝淑兰对此深有体会。

李廷荃是个学霸，博闻强记，行为却很散淡。有一次查房，王晞星看到李廷荃前一天的病历还未填写，一脸不高兴，冷冷地对他说，当医生就不要怕辛苦，怕辛苦就不要当医生。其实，病历都装在脑子里，李廷荃只是不急着写而已。可听到王晞星如此告诫，李廷荃很是震动，从此，值班再也不敢偷懒。做医生必须有个好习惯，好习惯都是日常养成的，用王晞星的话说，养一个好习惯至少要半年，把好习惯坏掉只需半天。在李廷荃的记忆里，那是王晞星对他最严厉的一次，也是唯一的一次，即便后来拜了师，王晞星也再未为难过他。其实，师徒二人年龄相差并不大，李廷荃见到王晞星却总有些畏惧，问其原因，李廷荃说，或许父亲去世早，跟着哥哥长大的缘故吧。长兄如父，于李廷荃而言，这是一种情结，或许在他眼中，王晞星也是一位父亲一般的兄长，或者兄长一般的父亲吧。

2000年，李廷荃考到上海中医药大学，攻读马贵同的博士研究生，三年后返回省中医院。2010年，李廷荃出任省中医院副院长，和王晞星搭班子。2012年，李廷荃从汾河东岸来到汾河西岸，出任山西中医学院（今更名为山西中医药大学）附属医院院长，开始独挑大梁。

李廷荃爱琢磨，对方剂最是上心。在黑龙江求学的时候，他看到陈玉洁大夫用芍药甘草汤加减治疗骨质增生的颈腰椎病，张琪大夫用乌头汤加减治疗痹症，效果很不错，便牢记于心。此后，他在临床中反复试用，又由乌头煎和独活寄生汤加减化裁出一方，用于治疗椎间盘突出和骨质增生，很是效验：

> 独活30g、白芍30g、木瓜30g、生薏苡仁30g、当归10g、川芎10g、川断30g、川牛膝30g、元胡30g、刘寄奴30g、伸筋草30g、甘草6g。

萧汉玺遣方用药灵巧、活泼，浑然天成，四两拨千斤，李廷荃跟师抄方多年，深受影响。但若说到处方之简，李廷荃最佩服朱进忠。刚到省中医院工作不久，李廷荃遇到一次会诊。山西农业大学有位副教授，姓牛，患有肾病、肝硬化、糖尿病，体内积有大量腹水，症状接近尿毒症，怎么都排不出来。住进省中医院后，时任副院长王裕颐组织王宁、朱进忠、萧汉玺、于家菊、尹翠梅等一众专家会诊，消化、泌尿、肾科各说一套，莫衷一是。这时，朱进忠不急不慢道，要不我写个方子试试？

麻黄3g、生石膏9g、白术9g、泽泻6g、白茅根15g、甘草3g、附子3g、生姜3片、大枣3枚。

朱进忠1933年出生于河北定州一个中医世家，幼承庭训，1956年考入北京中医学院（现北京中医药大学），师从刘渡舟、方药中等名家，毕业后分配到山西省中医研究所，历任中医基础理论研究室主任、中医文献研究所所长。朱进忠为全国第二批名老中医药专家学术经验继承导师，曾跟师李翰卿，得其真传。朱进忠开的方子叫越婢汤加减，用药极简、极轻，也极便宜，当时1块钱可抓3副。那天晚上，恰逢李廷荃值班，他便留心起病人用药后的变化：喝药半小时后尿量增加，但小便依然不通。又过一个多小时，小便终于排出，却浑似小米粥一般。此后，又服几副药，小便量增加，腹水减少，水肿消退。李廷荃再次亲历中医之神奇，甚为叹服，之后临床常用此方治疗肾病、糖尿病等引起的腹水症，屡用屡验。

王晞星处变不惊，沉稳干练，在同事的眼中，不管多大的事，只要有他在，天就塌不下来。这是格局，学不来的；当然，还是自信，与生俱来。但目睹新冠肺炎患者舌象或如枯木，或如酱肉，王晞星还是暗暗吃惊。最让他放心不下的就是危重症患者，病毒如果侵入身体引起炎症因子风暴，肺部渗出物骤增，便会变成一枚“液体炸弹”，一旦引爆，多器官功能就会瞬间衰竭，凶多吉少。

王晞星参与救治工作晚，但喜欢挑战，遇到困难人便兴奋，天性中藏有“拆弹专家”的因子。于中医而言，预防不过是家常便饭，遇到疑难杂症手到病除、妙手回春才是真章。岐黄之学是以我为主之学，但凡发病，皆自身失和所致，皆身体启动防御机制与病毒斗争的结果。疫情来袭，有的人传染，有的人不传染，与人体自身免疫功能是否强大有关。有的人患病后症状非常轻，有的人患病后急剧加重，也和人体自身免疫功能是否强大有关。换句话说，凡得病，皆自身免疫功能弱小之过，在自身免疫功能尚未强大之前，阻击病毒侵入或扩散最为重要。患者染病从发现到确诊有个过程，在这个过程中，中医早介入、早治疗，既可明显减轻患者症状，明显缩短患者病程，还可防止轻症向重症、重症向危重症转变，所谓先敌一步，未病先防，欲病先治，已病阻断或逆转。

2月6日，王晞星按照省卫健委的安排，到定点医院会诊巡视。专家组组成时，王晞星正在海南度假，冯立忠、冀孝如觉得他刚“退休”，不好意思打扰，便未将其列入其中。但王晞星毕竟是全国名中医，他火速赶回太原后，每次会诊，冯立忠都要叫上他，还把太原市第四人民医院的包点任务交给他。

这天下午3点，省中医院熬制的益气除瘟颗粒、除湿清肺颗粒、解毒护肺颗粒、补肺健脾颗粒散发着中草药的浓香，新鲜出炉，装箱上车。谭利国、刘光珍、李辉、张锦峰、郝淑兰、赵惠峰等一行和王晞星一道去晋中市传染病医院会诊，还把自制的中药一并带去，送给患者和一线的医护。王晞星为几位患者把过脉，开过处方，听取了院方关于病人收治情况的汇报，同时，还主动向院方推荐使用省中医院自制的方剂。王晞星明白，药再好，没人用也是白搭，他每次会诊的一项不是任务的任务便是向医护和患者推介中医，让他们相信中医。晋中会诊结束，王晞星准备去太原市第四人民医院找范梦柏，但返程时遇到公路设卡检查，进城的车辆排成长龙。无奈，王晞星只好与范梦柏电话约好第二天见面。但那天晚上，耄耋老人姚某某又病情告急，王晞星接到通知，当即赶赴太原市第四人民医院，参与专家会诊。那天晚上，王晞星第一次在众人面前亮明自己的观点：受地域、环境及气候影响，山西患者和湖北患者的病症并不完全一样。湖北湿气重，山西气候干燥，患者如果在太原发病，热性要比武汉重，更易出现伤阴。也就是说，山西患者表现出来的症状并非寒湿疫，而是湿温疫！王晞星当场葶苈子方加减，开出一方，那是他为危重症患者开出的第一个方剂。

第二天一早，刘光珍出门诊，王晞星带着郝淑兰如约来到太原市第四人民医院，找范梦柏讨论危重症病人救治方案。王晞星已掌握了大量患者的四诊资料，他想听听西医专家范梦柏的意见，看看西医是如何判定的。七层小会议室临时改为小型会诊室，范梦柏把所有重症和危重症患者的中医四诊资料和西医影像资料一一展示给王晞星，他告诉王晞星，这次病毒感染是直入肺脏，上呼吸道的卡他症状不明显。轻者免疫力高可自愈。发热、咳嗽症状有，但短时间内出现喘憋，血氧下降。同时毒素攻击心脏、肝脏，出现心、肝损害。重症期患者胸部CT主要表现为肺外带的磨玻璃样改变，炎性渗出明显，甚则肺水肿、肺实变。王晞星对重症和危重症患者有了更直观的感受，也从中医角度谈了自己的看法，认为重症和危重症患者属于湿热蕴结不解，化生湿毒，毒损血络，使肺通调水道和肃降水液功能失调，导致水毒摄肺，凌心犯肝。两位"前院长"开诚布公，智慧碰撞，虽表述方式不同，譬如重症期新冠肺炎CT影像学上的微小血管炎、炎性渗出、磨玻璃影，病理解剖学的暗红色出血、炎性渗出物，在中医上则称之水饮、湿、痰，病名虽不同，指的却是同一个物质，预测后果也完全一致，那就是"炎症风暴"。二人或沉思，或蹙眉，或沉默，或莞尔，仿佛两个太极高手过招，虽偶有意见不一致，却从不争吵。二人反反复复讨论了两个多小时，最后，王晞星建议改用中医泻肺之法，即不走呼吸道、不走肠道，走水道，全力保肺，兼顾祛邪、护胃、保护心肝。前一天晚上会诊时，范梦柏已经见识过王晞星的手段，对王晞星的思路非常认可，商定由王晞星针对此期的重症患者制定专用处方，并配合辅助呼吸等支持治疗，中西结合，携手逆转多脏器衰竭和阻止病情进入DIC。说白了，就是中西医联手，共同将"炎症风暴"遏制于无形。

中午12点，王晞星、郝淑兰匆匆赶回省中医院，召集刘光珍等一起加班，围绕泻肺、利水、养心、护肝、凉血、清热等功用，对前一天晚上的方剂进行优化。王晞星牵头制订的"泻肺利水、凉血清热”组方由葶苈大枣泻肺汤合三仁汤、生脉散化裁而来，当时是汤剂，后来制为颗粒，王晞星把这个组方最终定名为葶苈泻肺颗粒。

方药：葶苈子15g、白茅根30g、牡丹皮30g、生地黄10g、苦杏仁10g、白蔻仁10g、薏苡仁10g、茯苓30g、黄芩10g、茵陈30g、太子参30g、麦门冬10g、五味子10g。

功能：泻肺利水，护肝养心，凉血清热。

适用于新冠肺炎炎性渗出明显已转入重症期的患者。证属水湿停肺型。症见：喘促，气紧，胸憋，干咳，乏力，纳差，甚则呕吐不能进食，舌淡胖，苔黄白略腻，脉沉细。

方解：葶苈子、白茅根泻肺利水为君，能显著改善心肺功能衰竭；牡丹皮、生地黄清热凉血，能减轻肺部炎性渗出和预防DIC发生为臣，苦杏仁、白蔻仁、薏苡仁、茯苓、黄芩健脾利湿清热，调节免疫功能，促进炎性渗出吸收；太子参、麦门冬、五味子、茵陈一方面养心护肝，保护心肝功能，另一方面在中西医结合治疗方案中，发挥增效监督作用，共为佐使。

服药方法：上方水煎服，每日一剂，早晚分服，空腹为宜，每次150ml，5日为一疗程。

“君臣佐使”调遣完毕，王晞星如释重负。王晞星让郝淑兰把处方发给范梦柏，范梦柏看后无异议，刘光珍立即安排药房煎药。下午3点，熬好的中药汤剂被送到太原市第四人民医院。

次日，两名重症患者开始服用。

其时，刚从晋城转诊来一名危重症患者，李某，女，24岁，武汉返乡人员。2月3日，李某开始间断出现发热、伴胸憋气短，活动后加重，自行口服连花清瘟胶囊，肌注柴胡、安痛定，效果欠佳，体温最高37.9℃，查胸部CT提示双肺磨玻璃影。2月5日，采集咽拭子送检，提示新冠病毒核酸阳性，遂入院。住院期间，李某气紧，活动后加重，纳呆，大小便正常，舌红苔薄黄。查体温37.8℃，指脉氧85%，听诊两肺呼吸音粗，可闻及干湿啰音，诊断为新冠肺炎重症期。入院给予左氧氟沙星注射液抗感染，干扰素a-2b雾化，口服奥司他韦（日2次），阿比多尔（0.2g，日2次），体温恢复至36℃至37℃，但气紧仍无明显缓解，持续无创呼吸机辅助呼吸情况下血氧饱和度91%至93%。2月7日，复查胸部CT提示双肺磨玻璃影明显，小叶间隔明显增厚。血液学检查谷丙转氨酶42.83U／L、肌酸激酶（CK）35.44 U／L。中医诊断为水毒犯肺证，治法为泻肺利水、凉血清热、养心护肝。李某服用葶苈泻肺汤的同时，西医继续进行对症抗病毒、减轻炎性渗出、补蛋白脱水、增强免疫力治疗。没想到第一副中药下肚，李某便睡了确诊以来的第一个安稳觉；喝完第二副药，咳嗽症状明显减轻；第三副药服后咳嗽几乎消失，体温恢复正常，气喘也明显好转；第四副药下肚，气喘完全没有了，下地活动、去厕所都没有问题；第五副药服完顿觉浑身轻快，和正常人一样。2月13日，李某脱离呼吸机，复查胸部CT提示双肺磨玻璃影明显吸收，咽拭子新冠病毒核酸检测阴性。

毕某，男，70岁，也是武汉返乡人员。1月26日，毕某劳累后出现纳差、乏力，不思饮食，因无头晕头痛、恶心呕吐、腹痛腹泻等症状，便未予重视。2月4日，毕某开始间断发热，体温最高38.1℃，伴干咳、肌肉酸痛。2月6日，胸部CT提示双肺多发斑片状磨玻璃影。2月7日，咽拭子新冠病毒核酸检测阳性，口服阿比多尔（0.1g，日3次）、洛匹那韦利托那韦抗病毒（1片，日2次）、左氧氟沙星（0.5g，日1次）、炎琥宁（320mg，日1次）抗感染治疗，症状未见缓解，干咳较前加重，伴呼吸困难。2月8日，再次鼻咽拭子新冠病毒检测核酸阳性，遂入院。住院期间，毕某发热，神疲乏力，纳差，大小便正常，舌红苔腻。查体温37℃、脉搏89次／分、呼吸20次／分、血压145／87mmhg、指脉氧91%。血液学检查谷丙转氨酶44U／L、谷草转氨酶49U／L、肌钙蛋白0.02ug／L、肌红蛋白78.4ng／ml。听诊两肺呼吸音粗，可闻及干湿啰音。复查胸部CT双肺多发斑片状磨玻璃影，以肺野外周为著。西医治疗鼻导管高流量吸氧（30L），干扰素雾化吸入（50ug，日2次），连花清瘟胶囊（4粒，日3次），洛匹那韦利托那韦抗病毒（2片，日2次），甲强龙减轻炎症反应（80mg，日2次），补充白蛋白，呋塞米脱水，血必净清热解毒。中医诊断为水毒犯肺证，治法泻肺利水、凉血清热、养心护肝。毕某服用葶苈泻肺汤7剂，2月14日复查，胸部CT提示肺部炎性渗出明显吸收。

在常人印象中，中医治病见效慢，远水不解近渴。这其实是对中医的极大误解，中医仅是慢症慢治、急症急治而已。王晞星遵循重症期患者“急则治其标”的原则，将西医病理及影像检查纳入中医辨证过程中，将中医水饮、痰、毒与炎性渗出、细胞因子风暴有机结合，辨证辨病同用，化裁出葶苈泻肺汤逆转“炎症风暴”，手到擒来，立竿见影。看到中药竟有如此神奇的效用，范梦柏悬着的一颗心终于落到肚里。再见到王晞星，二人相视一笑，心有灵犀。

2月11日，省中药局组织中医专家会诊，王晞星和李廷荃师徒终于会师在抗疫一线。王晞星一口气参与了4例重症、2例危重症的会诊。在会诊过程中，王晞星发现这些患者大都有糖尿病、高血压病、冠心病、脑梗死等基础疾病，从症状上看，并不适合用葶苈泻肺汤。于是，王晞星又针对60岁以上，有基础病、合并症的危重症患者，提出“一人一证、一证一方、一人一策”的治疗思路。在王晞星看来，治疗疫病就像两军对垒，我不一定要消灭你，但必须提高自身的战斗力，以达到新的力量平衡。人体是一个以五脏为中心的有机整体，五脏、六腑、形体、官窍以经络相联，构成心、肝、脾、肺、肾五个生理系统，相互制约，相互促进，“内外调和，邪不能害”（《黄帝内经·素问·生气通天论》）。“和”是生命活动的最佳状态，“血气不和，百病乃变化而生”（《黄帝内经·素问·调经论》），“阴阳乖戾，疾病乃起”（《黄帝内经·素问·生气通天论》）。王晞星倡导“和法”辨治疾病有年，所谓疑难痼疾，唯“和”能调，正如清人周学海在《读医随笔·卷四·证治类》所言：“窃思凡用和解之法者，必其邪气之极杂者也。寒者、热者、燥者、湿者，结于一处而不得通，则宜开其结而解之。升者、降者、敛者、散者，积于一偏而不相洽，则宜平其积而和之。故方中往往寒热并用，燥湿并用，升降敛散并用，非杂乱而无法也，正法之至妙也。”

2月13日上午9点，冯立忠、冀孝如携省级中医专家组到太原市第四人民医院为全省新冠肺炎危重症患者进行现场会诊。王晞星、李廷荃、刘光珍、李双全等悉数到场，同时参与会诊的还有市卫健委副主任张泽、市中医管理科主任赵伟、市第四人民医院院长董永康等。范梦柏介绍了危重症患者情况，专家们一起查看了患者舌苔及相关检查、化验结果等，并为6位危重症患者逐一开具了中药处方，其中4人70岁以上。当然，主导者是王晞星、李廷荃师徒。会诊结束，冯立忠再次强调：要充分发挥中医药优势，让中医药早期介入，贯穿新冠肺炎发生的各阶段，用到每位患者身上。要因人施治，一人一方。要中西医融合，相互促进，建立长期会诊机制，不定期沟通。

下午3点，省中医院将熬制好的汤剂送到6位危重症患者的手中。

2月14日上午9点，吴伟组织专家组全体成员，在市第四人民医院会诊危重症患者。中西医大腕云集，会诊直入主题。两位重症组组长分别介绍了患者的情况后，中西医专家各抒己见，王晞星重点讲了如何避免轻中度患者转重症、重症患者转危重症，一旦发生，如何在3至5天内再由危重症逆转到重症、重症逆转过渡到平稳。王晞星认为，危重症多是老年人，并发症多，要一人一证一方，个体化治疗。对部分症状消除但核酸久不转阴的病人，也不能大意。

会诊结束，吴伟强调，生命重于泰山，要按照省委、省政府的要求，坚持中西医结合，实现双赢。中医一定要介入，一定要防止病情的突然恶化。中医一定要在阳性无症状患者、核酸久不转阴问题上下功夫。

很显然，吴伟对王晞星的治疗思路很感兴趣。当天下午，吴伟又特意约见王晞星，武晋、冯立忠等在场。吴伟详细听取了王晞星关于预防、治疗、恢复等整体方案的汇报，要求王晞星尽快拿出无症状感染者及新冠肺炎症状体征好转后核酸久不转阴者的解决办法。

在此之前，王晞星已治疗几例无症状感染者及新冠肺炎症状体征好转后核酸久不转阴者。朔州任某某，34岁，车祸骨折后感染新冠肺炎，经过治疗，肺部显示已无症状，但核酸检测仍呈阳性。前几次会诊时，院方多次拿出这个病例讨论，苦无良策。《医宗必读·积聚》有云："正气不足，而后邪气踞之。"王晞星认为，所谓无症状感染或新冠肺炎症状体征好转后核酸久不转阴，皆为气虚正气不足以鼓邪外出，致毒邪留恋，也即"正虚之处，便是留邪之所"。对于此类患者应采用益气祛毒的治疗方法，使毒去后核酸快速转阴。王晞星据此开出一方，任某某仅吃两剂，便立竿见影。任某某住在应急二病区，山西医科大学第二医院是支持单位，二院一位大夫开玩笑说，王院长运气太好了，一上手病人就立马转阴了。王晞星笑一笑，不置可否。应急二病区主任段慧萍十多年前曾找王晞星看过病，对王晞星很是信任，这次火线相遇，虽戴着口罩，她还是认出了王晞星，便邀请王晞星为其他几个病人诊治，也先后转阴。有了这几次临床实战，王晞星胸有成竹，欣然领命。从吴伟的办公室出来，王晞星立即安排郝淑兰收集了20位无症状感染者、新冠肺炎症状体征好转后核酸久不转阴者的病历，整体辨证后，对前期处方进行修订、完善，研制出核酸久不转阴方（益气祛毒颗粒）。

方药：生黄芪30g、党参10g、苍术10g、升麻6g、柴胡10g、当归10g、陈皮10g、金银花15g、连翘15g、黄芩10g、芦根30g、白蔻仁6g、麦门冬15g、炙甘草6g。

功能：益气补肺，清热祛毒。

适用于新型冠状病毒无症状感染者及新冠肺炎症状体征好转后核酸不转阴者。证属气虚毒恋型。

方解：生黄芪、党参益气健脾为君；金银花、连翘、黄芩清肺热祛邪毒，芦根清热生津，四药共为臣药；苍术燥湿健脾，白蔻仁化湿行气，陈皮理气健脾，当归养血和血，升麻、柴胡既助芪参升提中气，又能解毒透邪，麦门冬养阴，七药共为佐药；甘草解毒调和诸药为使药。全方共凑益气补肺、清热祛毒功效。

服药方法：上方水煎服，每日一剂，早晚分服，空腹为宜，每次150ml，5日为一疗程。

2月25日，益气祛毒颗粒正式获批并开始在省中医院和24家全省新冠肺炎医疗救治定点医院调剂使用。

“君臣佐使”被王晞星如此这般再次调遣一番，以省中医院为主的“山西方案”包括预防用药（益气除瘟颗粒）、治疗早期方（除湿清肺颗粒）、中期方（解毒护肺颗粒）、重症期方（葶苈泻肺颗粒），恢复期方（补肺健脾颗粒）和核酸久不转阴方（益气祛毒颗粒）便全部出炉，囊括新冠肺炎治疗过程全周期。

师父“老”骥伏枥，徒弟岂甘落后？李廷荃领衔成立了附属医院科研课题专家组，6项新冠肺炎研究被国家中医药管理局、省科技厅、省卫健委立项，其中《清肺排毒汤治疗新型冠状病毒肺炎疗效观察》《清肺排毒汤治疗新型冠状病毒肺炎发热和无发热对核酸影响的相关性研究》立项国家中医药管理局攻关课题，《中西医结合治疗新型冠状病毒肺炎策略和方案研究》立项省科技厅紧急攻关课题。

2月12日下午，省新冠肺炎疫情省级中西医联合会诊视频会议公布了一组数据：截至2月11日24时，全省124例确诊病例中服用中药汤剂及中成药的达122例，使用率98.4%。其中，经过中医药一个疗程（三天）以上治疗的97例，经中西医结合治疗，症状改善的58例，治愈出院的29例，其余患者病情平稳，总体有效率达90%。

2月15日，山西省汾阳医院传来好消息：吕梁市第6例新冠肺炎确诊患者治愈出院，吕梁成为山西首个“清零”的市。闻听喜讯，李双全不禁热泪盈眶，这热泪为患者，也为自己日日夜夜的奔波。

李双全师从温病大家郭谦亨和国医大师张学文，从事内科临床及科研教学三十多年，对肝胆胃肠消化系统疾病、感染性疾病、内科疑难杂症具有独到的见解和丰富的临床经验。李双全曾于2003年参加过抗击“非典”的战役，是当时附属医院第一例确诊病例的首诊医师，久经沙场。1月27日，大年初三。这天是周一，李双全上午8点半参加中西医专家会议，会后刚进家门又被召回省卫健委参加国家中医药管理局召开的视频会议，国家有效方剂临床筛选研究项目正式启动。视频会议结束，已是下午3点半，李双全来不及喘口气，便驱车赶赴100公里外的吕梁市医疗救治定点医院——山西省汾阳第二人民医院。

李双全是吕梁兴县人，李廷荃让他包片吕梁，便是考虑到他与当地人比较熟悉，开展工作便利。那天下午，李双全刚到汾阳二院，感染科主任张耀武已等候在门口，老朋友见面来不及客套，直奔医生办公室翻阅病历，查看检验报告，与主管医师讨论病情。省卫健委要求专家一线巡诊不能只听汇报，要进重症病房，掌握第一手资料。可吕梁市离汾阳较远，市卫健委刚接到通知，还未把防护服送到汾阳，李双全已捷足先登。李双全向张耀武说明情况，张耀武二话不说，把汾阳医院“珍藏”的防护服“捐献”出来，还打趣说，就是我们不穿，也要保证专家安全。李双全全副武装，从容进入隔离病区，成为山西首个进入隔离病房的中医专家。李双全个子不高，略胖，他左手持病历本，右手为病人把脉，颇有几分“白衣执甲”的壮士豪情。在人们的印象中，中医大夫都是“慢郎中”，李双全的性子也的确比较“慢”，但在那一天，他俨然就是“急先锋”。李双全为3位确诊患者一一观舌切脉，诊察病情，完整记录四诊资料，还不时现场指导医护人员遇到紧急情况时该如何开展救治。确诊患者中有一例重症患者，60岁，是武汉返晋人员，入院后出现高烧不退、呼吸衰竭等症状，指氧饱和度曾下降至89%，生命垂危。之前，专家组曾为她会诊过，出发前，李廷荃还依据病人舌象资料开出一方，让李双全带在身上：

桑叶15g、苦杏仁10g、浙贝母15g、沙参10g、枇杷叶10g、蝉衣6g、生石膏30g、麦门冬15g、麻黄6g、瓜蒌18g、黄芩19g、西洋参10g、甘草6g。

问诊后，李双全发现患者年龄偏大，患有糖尿病、高血压等基础病，与他们之前掌握的资料略有出入。李双全认为患者中医病机以肺肾气阴两虚、感染疫疠之邪为主，肺失宣肃，咳痰乏力，痰粘不易咳出，气道不畅，更加重了呼吸困难。于是，李双全果断放弃李廷荃赠送的“锦囊”，麦味地黄汤加减，为患者另行制订了治疗方案。

麦门冬18g、五味子6g、生地黄30g、山茱萸15g、牡丹皮15g、泽泻12g、北沙参18g、知母15g、百合15g、白芍30g 、生黄芪18g、桑白皮12g、黄芩9g、浙贝母9g、地骨皮24g、生麦芽30g。6剂，水煎服，日一剂，分两次温服。

患者配合，当地医生支持，中西医联合救治一周余，患者病情明显好转。2月6日，待李双全二赴汾阳时，患者各项指标均符合出院标准，顺利出院。

讲到这个故事，李廷荃开心地笑了，说，这就是中医，各有各的治法，才不管你是不是院长呢。接着，他又补充道，刚听到病人出院的消息，我还暗暗高兴了一会儿，以为是我的方子起作用了。可李双全主任一点也不给面子，直截了当地告诉我，院长，我没用你的方子，他连“骗”我一下都不肯。我把李廷荃这番话转述给李双全，李双全憨厚地笑笑，将在外君命有所不受嘛。完了又嘀咕一句，我咋能骗人呢？李双全说这句话时，吕梁人和中医人的厚道表露无遗，即便一句调侃，他也会当真。

中医专家组由各医疗机构临时抽调人员组成，并无下设工作机构，具体事务多落在李双全身上，李双全便是专家组事实上的“办公室主任”，仅各种专题报告就起草了十四五篇，其中包括《山西省新型冠状病毒感染的肺炎中医药防治方案（试行）》。同时，李双全还要兼顾附属医院正常就诊患者，参与湖北省仙桃市和山西省内确诊患者的远程会诊及现场会诊，参与、主持四项国家和省厅级抗新冠肺炎应急科研课题。于中医而言，临床就是最好的科研，时间、地点、气候不同，患者体质不同，对药物的反应也不尽相同，服药后出现的反应也各异。为了观察判断患者用药后的点滴变化，李双全随身装着笔记本，随诊随记。一个月下来，笔记本上密密麻麻写满会诊、参会、病例、方剂等，事无巨细，是诊疗手记，也是难得的疫情日记。我本打算摘选几则以飨读者，奈何大夫的字大多天马行空、龙飞凤舞，李双全那些日子马不停蹄，行色匆匆，字也写得愈发潦草，很多字如今连他也不认得，只好作罢。

自大年初一始，李双全每天都在打仗，很少有时间睡个囫囵觉，即便困顿在梦中，也是在问诊。睁眼是病人，闭眼还是病人；出诊时在制订治疗方案，吃饭时在琢磨治疗方案。随时随地都要打起十二分精神，患者病情在变，治疗方案也在变。所谓一人一方，因人制宜，说起来容易，做起来难，归根结底都是精力，都是心血，都是没日没夜的付出。那段时间，为了不影响家人，李双全吃住都在办公室。李双全身强体壮，结实健康，可即便铁打的也有扛不住的时候。由于劳累过度，李双全时常会感觉胸闷，为了防止出现意外，他的身上和枕头旁一直备着硝酸甘油片。

初见关炜，感觉他身材、个头和相貌与李双全颇为相像，只是更年轻些而已。其实，这是我的错觉，二人都穿白大褂，都一脸忠厚，都一副忙忙碌碌的样子，二人相像的不是形貌，而是职业，或者说，二人给我留下同样的职业印象。

关炜是太原人，1979年出生，山西中医学院毕业后赴广州中医药大学攻读硕士研究生，2007年曾短暂就职于广州从化中医院。妻子是他的大学同学，在广西读研，毕业后也去了广州。关炜是家中独子，父亲患有慢性肺炎，为了照顾父亲，夫妻双双返回太原，应聘到山西省中医院，关炜在呼吸科，妻子在乳腺科。近几年，关炜独立开展了纤维支气管检查和介入治疗，支气管镜下透壁肺活检技术全省领先。关炜擅长中西医结合诊治间质性肺疾病、肺癌、支气管哮喘、慢性阻塞性肺病、肺源性心脏病、呼吸衰竭等，担任呼吸科副主任后，又专攻呼吸危重症诊治技术，多次参加院内外会诊。关炜是全国第六批名老中医继承人、三晋英才、山西省中医院的后起之秀，省中医院派他出征湖北，便是看好他在中西医结合治疗各种肺病及多次参与危重症患者抢救的临床经验。

1月26日，大年初二。山西第一批援鄂医疗队137人乘机离开太原，奔赴湖北抗疫一线。晚上8点45分，飞机降落在武汉天河国际机场。昔日灯火辉煌的“天河”，此刻仿佛一条“冻河”，繁忙景象不再，除了运载各地援鄂医疗队员和物资的包机，天上星辰隐身，停机坪上的跑道灯孤单而寂寞。机舱内静得可怕，机舱外静得更可怕，口罩上面的一双双眼睛仿佛天上寥落的星辰，凝重、沉郁，还有一丝焦虑。透过飞机舷窗，看到一座曾经沸腾的城市跌落到冰点，关炜的心伴随飞机的降落，也在缓缓下沉。

省中医院参与此次援鄂医疗行动的有8人，其中2名大夫、6名护士。医疗队紧急集结时，关炜接到的指令是支援武汉，登机后突然一队改三队，分赴仙桃、天门、潜江三地。一省援三市，如此安排在全国援鄂医疗队中最为特别，指挥部为了兼顾中西医配置，省中医院的8名队员3人去了天门，4人去了仙桃，关炜独自一人奔赴潜江。去的时候，医院让他们带了不少医疗物资，突然被分到三处，关炜有些措手不及，曾向领队张晓清提出可否调整，张晓清告诉他，这样的安排是从大局出发的。关炜明白这是“战时”，不能讨价还价，便与同事互道一声珍重，各奔东西。凌晨两点半，潜江医疗组一行40人在夜色中抵达酒店，稍事休整，下午便开始“上岗”培训。次日，又培训一天。1月29日，医疗组全员离开酒店，正式入住潜江市应急医院，从此，这里既是“战场”，也是吃住的“营房”。

潜江医疗组建有工作群，每天早上7点微信晨会都如期召开，医疗、护理、院感三个小组在群里安排工作、通报信息，紧张而有序。山西白求恩医院呼吸与危重症医学科副主任成孟瑜是一位参加过抗击“非典”的“老兵”，1月29日早上，他在群里发出一条“指令”，也是一条战前“动员令”。

> 潜江医疗组：今天全体队员入住潜江市应急医院，全面接管两层病区，要求大家：1. 提高警惕，加强院感防护意识；2. 精准施治，中西医结合，发挥山西经验和方案；3. 针对患者病情，辅以适当的呼吸康复和心理辅导；4. 应院方要求，对其人员进行机械通气等技术的培训和指导。

万事筹备得当，只等一声号令。为了掌握病人的实际情况，医疗组决定派医护人员进入隔离病房，把来自晋地的温暖和希望带给楚地渴望帮助的人。说起晋鄂，缘分颇深，且不说随州炎帝陵与长治发鸠山或羊头山上的炎帝有着扯不断理还乱的关系，也不说咸宁羊楼洞茶马古道曾是晋商的重要地理符号，单单一个鄂字，便远比“虽楚有才，晋实用之”源远流长。商时，黄帝的姞氏子孙封于今山西乡宁，建了鄂国。鄂人以捕鳄为生，乡宁东30里有鳄山，鳄与鄂通假，即鄂山。山下有鄂水，流经鄂谷入黄河。叔虞封唐，晋国崛起，鄂地被晋国兼并，鄂人逃到河南南阳，仍称鄂国。周夷王时，周鄂交恶，鄂国遭到周、虢联军讨伐，鄂人继续南逃，到了今湖北鄂州市的梁子湖畔。楚国第六任君主熊渠称霸江汉，灭掉鄂国，封次子熊红为鄂王，建鄂王城。熊红继位后定都于此，晋地之“鄂”从此扎根荆楚大地，生生不息，就连湖北简称都不叫“楚”，而叫“鄂”了。

华夏儿女，同气连枝。号令一下，报名者踊跃，关炜拔得头筹，成为潜江医疗组第一个穿上防护服的医疗队员；更有意义的是，关炜还是潜江医疗组最后一个脱下防护服的医疗队员，可谓有始有终。

下午3点，准备工作开始，关炜之前曾接受过防护服穿戴培训，但穿着防护服工作还是第一次。摘掉手表、饰物等随身物品，脱掉外套，在秋衣秋裤外套上手术服。这仅是第一步，之后，还要在院感医生的指导下，严格按照操作规程，帽子、口罩、里层手套、护目镜、防护服、鞋套、外层手套，一件一件披挂整齐，每一步都容不得一丝马虎。湖北气候阴冷，防护服看上去严实似宇航服，其实并不保暖，防护服内外温差又较大，人一呼吸，护目镜面屏便霎时蒙上一层薄雾，什么都看不见。这是关炜到达湖北后遇到的第一个意外，当时并无好的解决办法，只能靠汗水在护目镜上冲刷出的印痕或头部倾斜时的余光艰难辨识外部情况。这显然是个新情况，不临战难以发现。但这点困难显然难不住他们，关炜很快便找到解决方法：在面屏上均匀涂抹一层洗手液或碘伏。

2月3日，关炜接到后方电话，王晞星让他尽量多地收集病人四诊资料，尽快传回。之前，关炜已调研了部分确诊患者中医症候在早中期的变化、湿邪在本次疫情中的表现等情况，但按照规定，医护不得带手机进入病房，收集舌象资料困难。关炜把这一情况及时上报医疗队，医疗队与当地医院沟通后，在每个楼层配备了一部公用手机。有当地的积极配合，关炜很快拍摄到29位患者的舌象资料，连同之前收集的资料一并传回大后方。之后，医疗组又接管两层病区，关炜将其余患者的四诊资料陆续传回，共计118位。山西和湖北气候不同，患者证候也不同，王晞星一再叮嘱关炜要因地因人制宜，以三仁汤、霍朴夏苓汤加减，随机处置。潜江医疗组有8名大夫，只关炜一位中医，但他们收治的患者中仅有10人未用过中药。关炜随时与后方保持联系，遇到疑难与大家一起讨论。当地医院也非常配合，关炜的处方一写好，潜江中医院的刘汉波主任便第一时间安排煎药，第一时间送到病人床前。潜江医疗组采取中西医结合，将救治关口前移，在潜江取得“轻病零转重、病后零转危、重症零死亡”的三“零”战果。这一战果来之不易，既与前方将士日夜拼搏分不开，还与当地政府和医疗机构的积极配合分不开，更离不开后方强大的支援。换句话说，援鄂医疗队在支援湖北，山西这个大后方则在支援整支医疗队。

回想潜江奋战的57个日夜，最让关炜难忘的是一位产妇。她是在生产时感染新冠肺炎的，孩子一出生，医院便将母子隔离。见不到孩子，自己又被感染，产妇焦虑、恐惧甚至绝望，整日以泪洗面。关炜以逍遥散加减为她疏肝理气，症状虽有所缓解，心情依然抑郁。这时，冯立忠接替张晓清前方总指挥一职，前来潜江看望医疗队员，他了解到这一情况后，当即做出人性化安排，在确保母子平安的前提下，让她们“见”一面。护士把孩子裹严实，戴好口罩，抱进病房，母子俩隔着两米远，母亲其实只能看到孩子两只滴溜溜转的黑眼睛。即便如此，母亲已欣喜若狂，眼泪在眼眶里打转，笑意在眉梢上飞扬，看到孩子无恙，病情很快好转。回想起那一幕，关炜眼圈红了，他说，你知道的，那一幕真的很感人，真的让人心碎。“你知道的”是关炜的口头禅，他的每句话几乎都以此开始或结束，这句口头禅或与他长期与病人打交道有关——病人大多对未知的将来感到恐惧，一句“你知道的”或可让病人释怀。说到产妇，关炜又想起一位小朋友，只有4岁，感染严重。可孩子嫌中药苦，拒绝吃，而他年龄太小，很多西药又不能用。没有办法，大家只能轮流做孩子的工作，关炜一遍又一遍的“你知道的”终于赢得孩子的信任。孩子同意吃中药，10天后转阴出院。

3月23日，关炜结束援鄂任务，乘机返回太原。次日早晨，站在山西饭店的窗前，看到自己熟悉而久违的城市，关炜脑海里闪过“岁月静好”四个字，心情难以平静。就在这时，关炜收到一条微信：“关大夫，您安全回到太原了吗？请原谅我不能送您，我今天也完成隔离观察回家了，谢谢您！”看到这条微信，关炜遥望南方，眼角不由湿润了。

患者姓邵，在“潜江医患一家亲”群里，她的名字叫“3床邵某”。住院之前，“3床邵某”的丈夫、父亲都因感染新冠肺炎住进医院，所幸的是，家里年迈的母亲和幼小的孩子未被感染。“3床邵某”对新冠肺炎知识知之甚少，入院后明显感到害怕、恐惧，情绪低落，对能否治好信心不足。关炜是她的主治大夫，便鼓励道，邵姐，你知道的，这个病可防可治，加上我们山西的中药，你一定能战胜病毒，请相信我。完了，又补充一句，我肯定能治好你的，你知道的。关炜以益气祛毒颗粒方加减，为“3床邵某”制订了治疗方案，还坚持每天去看她，稳定她的情绪。

有一天，“3床邵某”低声道，关大夫，因为住院特别急，好多生活用品没有带，您可以帮我买个指甲刀吗？“3床邵某”

有些难为情，关炜却回答说没问题，第二天便把自己的指甲刀送给了她。

“3床邵某”转入应急医院前，已在潜江中心医院治疗一周。关炜接管5天后，常规复查，“3床邵某”胸部CT明显好转，核酸检测呈阴性。“3床邵某”正式出院，进入医学观察，在此期间仍与关炜保持微信联系，互报平安。“3床邵某”24日才能完成医学观察，得知援鄂医疗队23日将返回山西，她多次恳求管理人员，希望能亲自送医疗队一程，但未获批准。规矩不可破坏，“3床邵某”只好告诉关炜，你们离开的时候，我会在窗户上一直看着你们，给你们深鞠一躬。关炜回复道，我也会向你隔离的酒店挥手，表达我的祝福。

关炜回到山西的第二天，“3床邵某”在“潜江医患一家亲”群里发出邀请：等疫情结束，请你们来品尝潜江美食财鱼面、鳝鱼面、炕豆丝、火烧巴、猪油锅盔，还有远近闻名的油焖虾……

胡志耕在新疆乌鲁木齐出生，在青海西宁长大，是一个说走就走的“逆行者”。胡志耕是山西中医药大学附属医院心病科主任，祖籍沁源。父亲胡雨1930年出生，是个孤儿，在太岳中学长大，15岁参军，16岁入党，1947年随陈谢大军过黄河，成长为一名译电员。1950年，胡雨参加了解放海南岛战役，当时负责与中央联络的仅二人，他是其中之一。紧接着，胡雨又跨过鸭绿江抗美援朝，任司令部机要员，见过彭德怀、毛岸英。从朝鲜战场归来，部队安排胡雨在南京军委干部学校学习一年，在长沙高级工程部学校学习两年半，之后转战酒泉卫星发射基地，任特种工程兵司令部保密室主任。胡雨戎马一生，耿直倔强，胡志耕跟随父亲走南闯北，漂泊不定，骨子里遗传了父亲的基因。1979年，胡雨转业地方，胡志耕随父回到山西，考入太原十五中，住在太原水西关南街。当时去派出所上户口，住的地方没有街名，警察有些犯难，胡雨却很爽快，有什么难的，在水西关街南面，就叫水西关南街吧。于是，太原市就有了一条个人命名的街道，当时很偏僻，现在却是城市中心。

1987年，胡志耕高中毕业后考到山西医学院学习临床医学。胡志耕学的是西医，却被分配到山西中医学院附属医院，从事中医临床。胡志耕习惯了西医的线性思维，遇到喜欢横截面看问题的中医，怎么都转不过弯来。2008年，胡志耕又去山西中医学院读书，拿到中医学士学位，终于可以在中西医思维间自由切换。山西第十一批援鄂医疗队组建，李廷荃派胡志耕出征，便是考虑到她中西医皆通，便于应对湖北可能出现的复杂情况。与胡志耕同行的共5人，其中一位叫南志勇，是一位中医全科医师，李廷荃派他上战场，便因这一特殊身份。提到这位“80后”，宣传科科长袁晓霞很是自豪，中医全科医师非常难考，我们医院就他一个！

2月18日，山西第十一批援鄂医疗队整装待发，目的地武汉市肺科医院。临行前，胡志耕并不清楚前方的情况，但从此前收集到的信息看，“炎症风暴”无疑是患者最大的敌人。胡志耕有乃父遗风，习惯从最坏情况做打算，明白“炎症风暴”诱发犹如瀑布，很难控制，西药通常采用激素治疗，副作用大，效果不理想，而中医药通过调节免疫功能，虽可以把人体免疫功能调整到最协调状态，抑制病毒繁殖，尽可能避免出现“炎症风暴”，但如果遇到特殊情况，中医也只能“以毒攻毒”，药物毒性较大，为了安全起见，改口服用药为外用法或更为妥帖。有了这番考虑，临出发前，胡志耕让护士长紧急制作了两瓶外用药，带在身上，以便应急。

第一次穿着防护服穿过医务人员通道进入病人通道，胡志耕感觉进入了另一个世界。胡志耕是在兵营长大的，并不害怕，只是觉得那种气氛太过压抑，令人不安。未知的，便可能心存恐惧，医护如此，患者同样如此。即将与患者面对面，胡志耕早已做好打恶仗的准备，可当她真正面对患者时，反倒释然。患者症状大多为咳嗽、气喘，部分伴有便秘、腹泻、恶心、呕吐等消化系统症状，并没有想象中那么严重。但因为恐惧，患者大多存在焦虑、恐慌、心绪不宁，甚至一夜一夜失眠。病房实行分组管理，一个病区五个组，每组三四个大夫，每个班或八小时或六小时。摸清了情况，适应了环境，胡志耕便琢磨着如何对症下药。但他们所在的肺科医院没有中医资质，一人一方开展治疗并不现实，当时病人虽也在用中药，但都是通治方，患者用后久不转阴，情绪有些急躁。就在这时，冯立忠前来看望医疗队员，携带了一大批省中医院研制的制剂，留给他们便宜使用。胡志耕当即让自己主管的病人用上益气祛毒颗粒，谁知效果竟出奇的好，有几位病人很快转阴出院。消息传出，有病人找上门来，胡志耕便逗他们，你们谁表现好，我就给谁吃。病人就像孩子，常常会闹点小情绪。有病人需要转区，病人坚决不走，说别的病区没有山西的中药，大家劝说半天，病人提出带两盒山西的药就转区。胡志耕本想让病人换药改善一下情绪，不料歪打正着，竟然收到意外疗效。这件事启发了她，她便把自己来时带的药做成贴敷，治疗患者失眠，效果同样明显。胡志耕牛刀小试，初见成效，便与同来的急诊科副主任杨斌商量扩大使用范围，但武汉市肺科医院没有中药房，需要后方支持。他们把这个情况向附属医院做了汇报，李廷荃对此十分赞赏。2月24日下午，副院长乔之龙、高建忠及治未病中心主任陈燕清、针灸一科主任王丕敏、针灸二科主任刘书立与医疗队队长李耀平、附属医院的五位医疗队队员举行视频会议，就贴敷穴位和组方展开讨论，最终确定了11个治疗穴位及具体实施方案。最具中医特色的中药贴敷疗法就这样出炉，医疗队报请武汉市肺科医院医疗组同意，决定由附属医院统一制作后免费提供前方。视频会议一结束，药剂科便组织人员加班加点制药，火速寄往武汉。3月3日，杨斌值班，和以往不同的是，这天他为隔离病房的患者带来一份来自山西的特别礼物——中药穴位贴敷。

当我们近距离接触到患者时，真正感受到了疫情为他们带来的痛苦。这种痛苦不仅仅是身体上的，还有心理的。作为中医人，我们迫切希望用中医药的方法来帮助他们。回忆起那段在武汉"拼命"的历史，杨斌如是说。

通过两日治疗，贴敷疗法效果喜人，尤其失眠贴，最受欢迎。患者用武汉话说：山西带来的中药贴敷已经成为隔离病房里的"尖板眼"（宝贝）啦！

胡志耕一行五人，在武汉战斗了整整42天。在此期间他们穴位贴敷患者100余人次、医务人员50余人次。

南志勇性格外向，谈吐诙谐。出征前，门诊来了一位5岁小朋友，发热、咳嗽，家人三四天没合眼，孩子受到惊吓，哇哇大哭。南志勇见状主动拉起孩子的手，陪孩子聊天，为孩子做小儿推拿，孩子情绪渐渐平稳，体温下降。孩子放松下来，家人也不再着急，很快完成新冠肺炎筛查。南志勇擅长与患者沟通，到了武汉后，除了日常诊疗，他还是患者的“兼职管家”，经常与患者交流病情、拉家常，义务帮特殊隔离患者购买急需品，还把私人联系方式主动公开，随时为患者答疑解惑。南志勇“80后”式的工作方法得到医疗队认可，效仿者众。业余时间，南志勇还承担起医疗队的部分文宣工作，发表战地日记多篇，被多家自媒体推送。

2月21日。周五。多云。

经过两天的认真学习及严格的前期准备，今天新病区正式开始运作了。早上，我很早就醒了，再一次翻看了学习笔记，收拾好东西，7：30接送车准时带我们前往医院，与一起工作的“战友们”顺利会师。

这个新病区在武汉肺科医院11层，开放床位60张，由山西省第十一批医疗队整建制组建，共80名护士、19名医生。其中我们医院包括我、杨斌主任、胡志耕主任都在这个病区。

更衣、洗手、院感老师进行考核、熟悉工作流程及病例书写系统……上午10点多接诊了该病区第一位新冠肺炎患者。我们经过询问病史，会诊后开出了第一份医嘱单。又接着写病历、开化验单……一天的工作有条不紊地展开，多日积攒的热情和“内功”在我体内产生了神奇的化学反应。

能够接诊新病区的第一位患者，对于我而言，这既是种缘分也是份殊荣，更是一份沉甸甸的责任。内心有些许紧张又异常兴奋，本以为能进病房查房近距离接触病例，但考虑到患者病情平稳，为了节约有限的医疗物资，我们采取视频查房的方式与患者进行了第一次沟通。

这里的工作流程非常方便。全程无纸化办公，护士统一审核药方后由药房按点集中配送。所有的化验结果、影像结果也及时共享。这样有序的工作环境，也缓解了我刚来武汉时的担忧。

工作6小时后回到了驻地，这里有志愿者们设置的免费爱心超市，只要医疗队扫码就可以领取，工作餐的盒饭味道也很可口。

这些记录可能有些琐碎了，其实就是希望关心我们的人可以放心。我们会牢记使命，尽我所能帮助武汉走出阴霾，待到春暖花开，繁花与共！

网络时代，距离不是阻隔。南志勇人在武汉，却把中医人的一份爱心送到了海外。

李廷荃在一个老乡群看到有人求援，便把南志勇的微信推送给对方。患者姓沈，旅居英国伦敦，3月12日突然发烧、干咳、伴有腹泻，他的多位同事也出现类似症状。沈先生意识到可能感染了新冠肺炎病毒，多次联系社区医生、国民医疗体系，甚至拨打999急救，始终得不到有效治疗。沈先生连续9天高烧不退，体温达39摄氏度。情急之下，3月21日，沈先生向国内家人求救。南志勇视频诊断后，为沈先生开出处方，沈先生服药后第二天体温开始下降，3月26日，体温恢复正常。此后，南志勇继续为沈先生开药调理，直至完全康复。在此期间，南志勇还为另一位在英国的同胞进行了治疗。沈先生有两个女儿，年龄还小，可以想象，居家隔离期间面对房间外面年幼的孩子，他该是怎样一种心情！沈先生在写给附属医院的感谢信中说："医者仁心，南大夫的第一副药，就是信心，让我战胜了恐惧感、孤独感，树立起了战胜病毒的信心，也使我感受到了中医药的博大精深……不仅我的命是南大夫救回来的，而且他还挽救了我全家人的幸福！多谢南大夫，多谢国粹中医药！多谢贵院培养出南大夫这样优秀的中医大夫！"

4月20日，南志勇回到久违的工作岗位。这一天，他收到一块木质牌匾，上写"中医抗疫，名扬英伦"。这份特殊礼物是沈先生赠送的，当他得知南志勇这天要重返岗位，便特意委托岳父、岳母来到附属医院，当面致谢。

3月13日下午，山西最后一例新冠肺炎确诊患者李女士走出晋中市传染病医院。至此，山西133例确诊病例，特别是24例重症、危重症病例全部治愈，且无一例复阳。其中，132例确诊患者服用了清肺排毒汤和益气除瘟颗粒、除湿清肺颗粒、解毒护肺颗粒、葶苈泻肺颗粒、补肺健脾颗粒、益气祛毒颗粒、山卫中克冠1号等中药汤剂，中药使用率达99.2%。山西作为国家新冠病毒肺炎中医药专项应急救治工作四个试点省份之一，得到国家中医药管理局充分肯定。清肺排毒汤应急项目组获得“全国卫生健康系统新冠肺炎疫情防控工作先进集体”称号，李廷荃作为应急项目组骨干受到表彰。王晞星牵头研制的六个治疗新冠肺炎医疗机构制剂全部获批，是全国该类型制剂品种第二多的省份，且六个制剂全部纳入医保，省中医药研究院（省中医院）也因此被记大功。

5月2日，山西新增的一例湖北返晋确诊病例也在一周后治愈出院。截至5月14日，31名无症状感染者全部解除隔离措施。

确诊病人“零病亡”、医务人员“零感染”、出院患者“零复阳”、确诊疑似和隔离医学观察人员“零输出”。山西在牢牢守住阵地的同时，还在切断病毒传播途径、有效救治患者方面为全国探索了经验，中央应对疫情工作领导小组简报九次推广“山西做法”。山西用优异的战绩战果，践行了习近平总书记“生命重于泰山”的重要指示，践行了人民利益高于一切的初心使命！

这份成绩单无疑值得每个中医人骄傲，王晞星作为领军人物之一，问他可有遗憾，他说，没有去武汉！

医者仁心！

那些日子，郝淑兰一直追随王晞星左右，透过她的出诊日记，可见战“疫”中的“逆行者”是如何负重前行的。

2月15日。下午5：00。电话随访太原市第四人民医院，听说姚某某体温降至正常，升压药减量，再次感叹团队合作的伟大、专家的伟大、中医药的伟大……晚上10：30，整理好发过来的患者CT图片，看着不错，发给王院长了，没想到11：00他又打来电话，询问叮嘱一番，好感动啊！中医人的医者仁心，中医人的生命至上，中医人对职业的敬畏！看了看，晚上11：12分了，还是给冀孝如局长和冯立忠副主任都发了吧，让他们也安安心。

一下午不停地联系患者用药，随访时得知张某某服药后有点泻，请示王院长，如果拉肚子不是很严重（日不超过3次）怎么办。王院长回复，可以继续服，放到饭后。如果饭后还拉肚子，可以减半量饭后服，能促进恢复。

2月16日。上午8：30接光珍副院长电话，总结危重症患者的治疗情况，又紧急约来李晶主任。幸亏前期有随访，要不还真总结不出来东西。总计8人，其中1人仍危重，1人出院，4人核酸转阴，4人CT显示好转，有2人未随访到。

冯立忠副主任给我打电话，好惊讶！我们（省）卫健委的好领导、好同志啊，没有身份地位，没有上下级关系，涉及疫情，可以直接指示任务，为我们的领导点赞。加油！……又跟宋泽民老师一起总结了省里疑似病例的预防用药效果，感觉中药真是棒棒哒，了不起的效果啊！加完班回到家就下午2：00了，感觉很充实。晚上又跟四院的医生护士随访了部分患者。真希望大家都能及早用上中药，让患者早日康复……

2月17日。上午去了太原市第四人民医院，冯立忠副主任、冀孝如局长以及省内中医专家组成员王晞星、李廷荃、刘光珍、李双全全去了。太原市中医专家组成员也在，还碰到了太原市中医院的王济梅主任等。又给6个患者做了会诊，给前期会诊的患者做了咨询，4个患者核酸转阴，1个出院，1个转普通病房，4个病情转平稳。好欣慰啊，中医确实了不起！努力学习，做一名优秀的中医人。

2月21日。昨晚许主任打电话，第二天一早去太原市第四人民医院，（省）卫健委下文，省里要求所有的重症患者，中医必须参与。一早去了，冀孝如局长主持，冯立忠副主任已经去了武汉（2月20日下午），武晋主任委里有事，还有太原市卫生局的领导和专家组成员。主要听取了1例危重、3例重症的汇报。张某某危重，邵某某、郭某某、毕某某重症（附病历和处方）。

中午接许主任电话，下午4：00到山大二院，参加（省）卫健委医政医管局组织的远程专家会诊，主要对仙桃、天门、潜江的重症患者进行会诊（附病历和处方）。

2月22日。下午2：30在山大二院，远程会诊湖北仙桃重症病例1人，参加人员王晞星、李卉、杨志明、乔晞，主持（人）二院虎子（附病历和处方）。

2月23日。上午9：00，省中医局冀局、郭君伟组织专家王晞星、李廷荃、刘光珍、李双全、薛晓明参加对核酸不转阴方案的专家论证，谭利国参加，郝淑兰记录。整理形成专家论证意见，拟申报抗疫制剂。

整理完这些资料，又把成立省级重大传染性疾病（重点）实验室要的资料整理完整，准备周一发给省疾控中心霍老师。

下午参加在二院召开的远程会诊，会诊患者许某某，核酸阳性。发热，停用激素发热就反复，肺部炎症加重，影响到心脏（附病历和处方）。

2月24日。（省）卫健委2层（会议室）远程会诊武汉患者，共10人（附病历和处方）。

2月28日。下午2：30出发，去晋中市传染病医院，受（省）卫健委委托，对晋中市核酸不转阴患者进行会诊。（参加人）王晞星、刘光珍、赵惠峰、郝淑兰（附病历和处方）。

2月29日。下午2：30。中午接（省）卫健委中医局郭君伟电话，下午（省）卫健委医政处组织对全省核酸不转阴患者进行远程会诊，共21例患者。点名要王晞星教授参加。约了光珍（副）院长，下午2：00出发，去（省）卫健委2层（会议室）参会。还有西医同仁5位，共8人参加。分别给4位患者开了中药，其余服用省药监局已经批准的制剂颗粒，我们医院统一配送，将需要的信息发送给郭君伟。又是忙碌的一天，上午门诊，下午会诊（附病历和处方）。

3月6日。晋中市传染病医院赵维洪院长打电话，约王院长、刘院长会诊患者。下午3：00，在手机远程下跟燕大夫约好，会诊患者3人，目的是促进核酸转阴（附病历和处方）。

3月7日。省委领导听取王晞星院长的汇报。

远程通过医院援鄂医师段淑琴，给湖北患者开中药。后随访，该患者别某，已由危重转轻（附病历和处方）。

…… ……

无独有偶。全国中医人在武汉的壮举，同样值得大书特书。

中国工程院院士、中国中医科学院院长黄璐琦率领的第一支国家中医医疗队接管的武汉金银潭医院，截至3月30日，他们共收治重症和危重症患者158人，140人治愈出院，重症和危重症患者治愈率89%。中国工程院院士、天津中医药大学校长张伯礼带领的中医团队，整体接管江夏方舱医院，收治了567例新冠肺炎患者，无一例患者转为重症，无一例患者出舱后复阳。

张伯礼频频出镜，面对记者的提问，他曾讲过这样一番话："中医没有特效药，但是中医有有效方案。"张伯礼说得很委婉，他的潜台词其实就是：中医药就是特效药，能够治好新冠肺炎的药就是特效药。

2月20日，在湖北省武汉市举行的国务院新闻办公室发布会上，中央指导组成员、国家中医药管理局副局长余艳红介绍，张伯礼院士、北京中医医院院长刘清泉团队在武汉的102例临床对照研究显示，中西医结合治疗轻症患者，临床症状消失时间缩短2天，体温恢复正常时间缩短1.7天，平均住院天数缩短2.2天，CT影像好转率提高22%，临床治愈率提高33%，普通转重症比率降低27.4%，淋巴细胞提高70%。黄璐琦院士团队在武汉的临床研究显示，中西医结合治疗重症患者，住院天数、核酸转阴时间平均缩短2天以上，血氧饱和度明显提升，脱离吸氧时间缩短，淋巴细胞百分数、乳酸脱氢酶等理化指标明显改善。

3月23日，国务院新闻办公室在武汉举行中医药防治新冠肺炎重要作用及有效药物发布会，张伯礼院士、黄璐琦院士、刘清泉教授和东南大学附属中大医院副院长邱海波等出席。余艳红在会上介绍，在此次新冠肺炎疫情防控中，中医药人第一时间上场，彰显了特色优势，贡献了重要力量。一是从全国调来4900余名中医药人员驰援湖北，约占援鄂医护人员总数的13%，其中有院士3人，专家数百，中医药援助队伍规模之大、力量之强，前所未有。二是轻症和恢复期治疗中医药早期介入，重症、危重症实行中西医结合，制订了相应的治疗规范和技术方案。在武汉疫情暴发早期，许多疑似病人在隔离点等待确诊，通过及时给予中药汤剂或中成药，有效缓解了病情发展，缓解了医疗资源紧张的压力。三是推动科技攻关，对已纳入第五、第六、第七版诊疗方案的中成药和方剂进行了临床疗效的同步观察，已筛选出金花清感颗粒、连花清瘟胶囊、血必净注射液和清肺排毒汤、化湿败毒方、宣肺败毒方等有明显疗效的“三药三方”。余艳红还指出，全国新冠肺炎确诊病例中，有74187人使用了中医药，占91.5%，其中湖北省有61449人使用了中医药，占90.6%。临床疗效观察显示，中医药总有效率达到90%以上。

回溯中国疾病史，伤寒、瘟疫、痢疾、霍乱、麻风等在东汉前便有记载，天花始于东晋，肺结核、梅毒见于隋唐，麻疹发于宋代，水痘、鼠疫、白喉、猩红热盛于明清。血吸虫病、乙型脑炎、出血热等则流行于当代早期。1958年6月30日，《人民日报》以《第一面红旗——记江西余江县根本消灭血吸虫病的经过》为题，报道了当地消灭血吸虫病的消息。毛泽东读罢“浮想联翩，夜不能寐。微风拂煦，旭日临窗。遥望南天，欣然命笔”，挥毫写就《送瘟神》二首：

其一

绿水青山枉自多，华佗无奈小虫何！
千村薜荔人遗矢，万户萧疏鬼唱歌。
坐地日行八万里，巡天遥看一千河。
牛郎欲问瘟神事，一样悲欢逐逝波。

其二

春风杨柳万千条，六亿神州尽舜尧。
红雨随心翻作浪，青山着意化为桥。
天连五岭银锄落，地动三河铁臂摇。
借问瘟君欲何往，纸船明烛照天烧。

20世纪以来，山西也多次发生疫情。1917年至1918年，山西鼠疫流行，名中医曹元森、杨浩如等人与西医协同防疫，效果显著。1924年，太谷流行“烂喉痧”传染病，“青年儿女一经传染，医治罔效，夭折者不胜计”。太谷中医冯世泽用平生所学，救治“烂喉痧”患者无数。这一年，山西还再次发生鼠疫，山西中医改进研究会选派3名医生，中西医结合主持防疫，及时控制了疫情，事后编制了分别列明中医、西医治疗情况的详细报告。

而上溯2000年，中医可谓是在各色疫病的千锤百炼中茁壮成长起来的。

张仲景、王叔和暂且按下不表，晋代葛洪（284—364）堪称传染病防治的先驱。葛洪字稚川，自号抱朴子，丹阳句容（今属江苏镇江）人，自称“少好方术，负步请问，不惮险远。每以异闻，则以为喜。虽见毁笑，不以为戚”。葛洪所著《肘后备急方》，顾名思义，便是置于手边随时翻阅的救急方，书中对伤寒、霍乱、时气等传染病做了详细记载，并备有治疗方药。古人称急性传染病为“天刑”，葛洪专注于此，认为“天刑”不是鬼神引起的，而是中了疠气。葛洪所记“天行发斑疮”是世上最早有关天花的记载，其用青蒿治疗疟疾启迪了屠呦呦，中国人因此而摘得第一个诺贝尔医学奖。古人对狂犬病束手无策，葛洪推断疯狗咬人定是狗嘴里有毒物，能不能用疯狗身上的毒物“以毒攻毒”呢？葛洪把疯狗捕来杀死，取出脑子，敷在狂犬病人伤口上，果然见效，这一做法比欧洲免疫学家巴斯德早了1000多年。葛洪还对“尸注”（肺结核）、“沙虱毒”（恙虫病）进行仔细观察，并记录于案，这样的微生物学思想弥足珍贵，遗憾未能及时光大，否则，引导微生物学革命的将是中国人。葛洪一生著作宏富，自谓有《内篇》二十卷、《外篇》五十卷、《碑颂诗赋》一百卷、《军书檄移章表笺记》三十卷、《神仙传》十卷、《隐逸传》十卷，另有《金匮药方》一百卷、《肘后备急方》四卷，惟多有亡佚，甚为可惜。

孙思邈（541— 682）是京兆华原（今陕西铜川）人，人称“药王”。孙思邈自谓“幼遭风冷，屡造医门，汤药之资，罄尽家产”，因病而从医，好老庄学术。隋开皇元年（581），孙思邈见国事多端，便隐居终南山，寻医问药。孙思邈认为“人命至重，有贵千金，一方济之，德逾于此”，故而将自己所著临床医学著作冠名为《千金要方》和《千金翼方》。《千金要方》三十卷，全书合方、论五千三百余首，集民间单方验方广泛，内容涵盖诊法、证候等医学理论，包括内、外、妇、儿等临床各科，尤其置于《千金要方》之首的《妇人方》三卷、《少小婴孺方》二卷，开启了研究妇、儿科疾病治疗技术之门。《千金要方》分二百三十二门，涉及解毒、急救、养生、食疗、针灸、按摩、导引、吐纳等，已非常接近现代临床医学的分类方法，为中国最早的医学百科全书，被后人誉为“方书之祖”。《千金翼方》三十卷，是孙思邈晚年著作，是对《千金要方》的全面补充。全书分一百八十九门，合方、论、法两千九百余首，涉及本草、妇人、伤寒、小儿、养性、补益、中风、杂病、疮痈、色脉及针灸各方面，尤以治疗伤寒、中风、杂病和疮痈最见疗效。孙思邈首创以砷剂（雄黄等）治疗疟疾，比英国人用砒霜所制“孚勒氏溶液剂”（亚砷酸钾溶液）早一千年。唐太宗李世民即位，召孙思邈入长安，见他七十多岁竟如同少年，感慨“故知有道者，羡门、广成岂虚言哉！”赞其“巍巍堂堂，百代之师”。孙思邈精通内、外、妇、儿、五官、针灸各科，认为“良医之道，必先诊脉处方，次即针灸，内外相扶，病必当愈”。孙思邈曾远涉十余省寻求因战乱散失的《伤寒杂病论》，直到八十多岁才找到比较完整的抄本，随即收入《千金翼方》中，单独构成九、十两卷，成为唐代仅有的《伤寒论》研究性著作。唐高宗显庆四年（659），孙思邈接受朝廷邀请，完成世上第一部国家药典《唐新本草》。孙思邈还是第一个完整论述医德的人，《大医精诚》堪为后世中医人行医操守指南。

及至宋代，儒医盛行，学派林立。庞安时（1042—1099），字安常，自号蕲水道人，蕲水（今湖北浠水）人，被誉为“北宋医王”。庞安时出身医学世家，旁涉经史百家，最难得的是，他排除理学干扰，在医学理论和实践上有所创新。庞安时治伤寒从病因、发病入手，认为伤寒是“寒毒”，只因感受邪气的时间、地域、体质不同，而表现出伤寒（指狭义伤寒）、中风、风温、温病、湿病、暑病等不同证候。庞安时著有《伤寒总病论》，他提出的“五脏温毒”辨治理论对温病学影响颇深。庞安时与苏东坡交情甚笃，苏东坡好墨，庞安时便从患者那里讨来祖传名墨转送苏东坡，去换苏东坡的字。苏东坡以为自己捡了便宜，逢人便说庞安时医术高明。许叔微（1079 —1154），字知可，号近泉，真州（今江苏仪征）白沙人。许叔微屡试不举，遂弃儒习医。建炎元年（1127）真州疾疫大作，许叔微为百姓诊治，十活八九。后许叔微南渡居常州，又迁太湖马迹山。绍兴二年（1132），许叔微中进士，因不满宋高宗苟安江南，遂退隐乡里，行医济人，与抗金名将韩世忠过从甚密。岳飞被害后，韩世忠自请解职，移居苏州，常渡太湖访许叔微。许叔微专研《伤寒论》，对辨证施治理论多有阐述和补充，认为“伤寒治法，先要明表里虚实。能明此四字，则仲景三百九十七法，可坐而定也”。许叔微一生著述颇丰，辑有《本事方》（又名《类证普济本事方》）十卷、《续本事方》十卷，皆收入《四库全书》中。著有《伤寒百证歌》五卷、《伤寒发微论》两卷、《伤寒九十论》，合称《许氏伤寒论著三种》，并有《治法》《辨证》《翼伤寒论》《仲景脉法三十六图》等书问世。郭雍（1106—1187），字子和，祖籍河南洛阳，出身儒门，其父师承程颐，专研《周易》。郭雍隐居峡州（今湖北宜昌），游浪长杨山谷间，自号白云先生。乾道年间（1165—1173），湖北帅张孝祥多次向宋孝宗举荐他，旌召不就，赐号冲晦处士。宋孝宗知其不愿做官，便命所在州郡岁时致礼存问，后又封为颐正先生。郭雍有感于《伤寒论》残缺，便采《素问》《难经》《千金方》《外台秘要》诸书所论及朱肱、庞安时、常器之等诸家之说，予以补充，于1181年撰成《伤寒补亡论》二十卷，一时洛阳纸贵。

李东垣（1180—1251）又名李杲，字明之，晚年自号东垣老人，真定（今河北正定）人。李东垣为金元四大家之一，首创普济消毒饮治疗大头瘟，他所提倡的从补脾胃入手而固护正气之说，便是最早的人体免疫学。李东垣富甲一方，曾师从张洁古，认为饮食不节、劳役所伤及情绪失常，易致脾胃受伤、正气衰弱，引发多种病变。在治法上，李东垣重视调理脾胃和培补元气，扶正以祛邪，所著《脾胃论》《内外伤辨惑论》《兰室秘藏》等，流传较广。李东垣精通医术，却不行医，晚年收徒罗天益，将一生之学悉数传授于他。1257年，罗天益悬壶仲景故里邓县，其时多雨，民多痢疾，罗天益不避腥臭，以葛根芩连汤、白头翁汤加减，愈民甚多。罗天益撰写《卫生宝鉴》时，还把邓县采集到的治痢效方白术安胃散和圣饼子方收入其中。

万全（1495—1580），号密斋，湖北罗田人，祖父万杏坡、父亲万筐皆为医学家，尤善儿科。万全与李时珍齐名，明代有

“万密斋的方，李时珍的药”之说。万全原是廪生，科场不得志，便接过父辈衣钵，医药济世。儿科又称“哑科”，概因如此，万全临证尤注重望诊。他在家传十三方的基础上归纳出小儿三种病因，提出不滥吃药、以预防为主的方针，颇有创见，他发明的“万氏牛黄清心丸”至今仍是治小儿急惊风的良药。万全也精于妇科，他根据妇女生理、病理特点，指出应培补气血、调解脾胃，这一见解在中医妇科史上影响深远。万全行医足迹遍及罗田、蕲水、营山、麻城、黄冈，远至武昌、郧阳等地，活人甚众。万全一生专注于儿童天花、麻疹治疗，晚年集三世经验著成《万氏痘疹全书》，成为护佑儿童的“万全”之书。

明末清初，以吴又可、叶天士等为代表的温病学派在江南异军突起，吴又可所著《瘟疫论》堪为温病学术奠基之作，叶天士所著《温热论》为温病学说提供了理论和辨证基础，标志着中医学防疫正式从张仲景的伤寒时代进入吴氏的温病时代。紧随其后，温病学专著叠出，对后世产生深远影响的有薛雪所著《温热条辨》、何梦瑶所著《伤寒论近言》、杨栗山所著《伤寒温病条辨》、熊立品所著《瘟疫传症汇编》、余霖所著《疫疹一得》、吴塘所著《温病条辨》、王士雄所著《霍乱论》《温热经纬》等。众医家前赴后继，接力开创了中国疫病防治新纪元，并在相当长的时期内，雄居世界科技领先地位。此次抗击新冠肺炎，中医人手中最有力的理论武器便是温病学说。

新中国成立后，中医防治传染病屡建奇功。1956年，石家庄流行乙型脑炎，葛可民经用仲景白虎汤加减，疗效超过世界水平。1957年，北京乙脑流行，蒲辅周用温病学说做指导，创立

“乙脑”治疗八法，疗效达90%，周恩来赞其“高明中医，又懂辨证法”。从二十世纪五十年代末到七十年代中期，近二十年间，米伯让二十二次深入疫区，治疗钩端螺旋体病、流行性出血热、流行性乙型脑炎、麻风病和传染性肝炎、流行性感冒等传染病，创造了中医药治疗钩体病疗效达到百分之九十九的纪录，其所著《中医防治十病纪实》堪为当今经典。

第三章 中西医合璧的黄金时代

人如植物，自有生长规律，循规蹈矩便欣欣向荣。人亦如植物，吃五谷杂粮不可能不生病，病而得治，人情使然。所谓『上医治未病，中医治欲病，下医治已病』，仅是时间顺序，并非要从中分出高下。或曰，在岐黄看来，医者只不过应先治未病，再治欲病，最后治已病，仅此而已；至于医术，岐黄显然不会去分三六九等的。

正气存内，邪不可干。邪之所凑，其气必虚。

——《黄帝内经·素问·刺法论》

青年路上的银杏叶子又绿了。

我喜欢银杏树的叶子，叶形扇状，叶脉细密，看似槐叶，却又不同。槐叶叶脉横生，形状窄长，不似银杏叶饱满。秋风一起，槐叶便落满尘埃，憔悴而黯淡，银杏叶却依然青翠而干净。国槐是山西的省树，几乎植遍整座太原城，旧街巷里百年古槐有之，千年古槐也有之，但最有名的还是晋祠唐槐。而在当下，几乎每条街道皆可见银杏树，大有取国槐而代之之势。晋祠有两棵银杏树，为明代重臣王琼所植，一雌一雄，分立王琼祠左右，开绿花，结白果，被称为连理银杏，虽无法与圣母殿东西两侧的龙凤柏相提并论，距今也五百多年。青年路上的银杏还年轻，也就十多岁的样子，与晋祠那两棵古树相比，叶子更圆润一些。银杏是中生代孑遗稀有树种，已在地球上存活2.7亿年，在常人眼里，它不过是一种景观，但在医家眼里，它的叶片和果实都有极高的药用价值。

李时珍在《本草纲目》中说：

银杏，宋初始著名，而修本草者不收。近时方药亦时用之。其气薄味厚，性涩而收，色白属金。故能入肺经，益肺气，定喘嗽，缩小便。生捣能浣油腻，则其去痰浊之功，可类推矣。其花夜开，人不得见，盖阴毒之物，故又能杀虫消毒。然食多则收令太过，令人气壅胪胀昏顿。故《物类相感志》言：银杏能醉人。而《三元延寿书》言：白果食满千个者死。又云：昔有饥者，同以白果代饭食饱，次日皆死也。

果叶食之，疗愈疾病。万物予人，不拘名状。世间药性，天始人成。医家的眼光总归与常人不同，万物不只是风景，还多为药材。

之前，青年路东边的路牙子上长着几丛连翘，黄花开时，很多人把它们误作迎春花。其实，它们是连翘，是一味常用药材，性味苦，微寒，归肺、心、小肠经，能解毒、消痈、散结，为疮家要药。迎泽公园也植有几片连翘，我老家的山上也野生着许多连翘。可不知什么时候，青年路边的连翘看不到了，取而代之的是海棠。

各领风骚数百甚至数十年，树木如此，人如此，文化也如此吗？在《黄帝内经》中，岐黄之对答其实阐释的是人之生长，即人应该怎样好好长大。人如植物，自有生长规律，循规蹈矩便欣欣向荣。人亦如植物，吃五谷杂粮不可能不生病，病而得治，人情使然。所谓“上医治未病，中医治欲病，下医治已病”，仅是时间顺序，并非要从中分出高下。或曰，在岐黄看来，医者只不过应先治未病，再治欲病，最后治已病，仅此而已；至于医术，岐黄显然不会去分三六九等的。

1985年夏天，我即将大学毕业，和同学乘坐3路电车去迎泽公园拍照。从山西大学校门口坐到并州西路口，下车后步行到公园东门，路经省中医研究所。我是学化学的，那时对研究所一类的单位很是敬仰，便透过铁栏大门多看了几眼。三层砖混结构的门诊楼，低矮陈旧；院子不大，周边种有几株柳树；院墙不高，大门两侧的水泥柱上各安装了一盏路灯。如果不是同学指点，如果不是大门两侧的牌子——山西省中医研究所、山西省中医研究所附属医院、山西省气功按摩保健中心——我是不会注意到它的。那是我第一次看到省中医研究所，几十年来，它在我的脑海里就一直是这个样子的。

那一年，王晞星也大学毕业。他读的是山西医学院中医大学班，比普通院校多读一年。讲起大学校园里的往事，王晞星回忆说，毕业答辩那天下午，他和同学跑到迎泽公园拍照去了。名为答辩，实际上是面试，成绩优秀者可以留校。王晞星是班长，班主任张达信很器重他，希望他留校，可他想回老家稷山，县卫生局的领导还专门跑到学校，劝他回去。那天下午，张达信在校园里到处找王晞星，却怎么也找不到。天快黑时，王晞星才返回学校，张达信好一顿埋怨后告诉他，已跟主持答辩的老师说好，第二天可以单独为他再举行一次面试，希望他好好把握机会。王晞星拒绝了张达信的好意，仍想回稷山。张达信说不通，副校长韩忠又找上门来，他劝王晞星说，你想回稷山可以，不过，以后若是后悔了，我可没本事把你弄回太原来。又说，你如果留在太原，想什么时候回稷山就什么时候回，容易得很。王晞星有些犹豫，同学赵雯也劝道，人往高处走，水往低处流。赵雯轻描淡写的一句老话，终于让王晞星下了决心，他决定留在太原，但没有留校，而是去了省中医研究所。无疑，这是王晞星的一次重大人生抉择，帮他做出选择的不只韩忠，还有赵雯。赵雯毕业后去了北京，王晞星再也没有见过她，但至今仍记得她说过的话。转眼35年过去，假如王晞星当年回了稷山，很可能不会有今天的全国名中医王晞星。对此，王晞星心存感激，或许在他心里，觉得自己还欠老同学一声当面的谢谢。

往事如烟，人生中的每个坎都是疑难杂症。所谓命运，不过是某味药用或不用、用多或用少般的抉择。

想起35年前的故事，王晞星与我相视一笑。我不知道，我去公园那天是不是王晞星去公园那天，但从时空上判断，那是他与我最有可能交集的一天。

清明断雪，谷雨断霜。随着气温回升，青年路上的行人渐渐多起来，路边的银杏叶子被阳光一照，很像人的眼睛。尤其这个春天，银杏叶子看上去就是戴着口罩的医护人员的眼睛，清澈，干净，会笑。

王晞星也长着一双会笑的眼睛。戴着口罩时，王晞星眼镜片后面、口罩上面的目光也是笑的，不过，他的笑很可能是职业习惯。问诊时，王晞星的目光会微微斜向下看，这肯定是常年把脉养成的职业习惯。如果摘掉口罩，王晞星的嘴角也是挂着笑的，在患者眼里，王晞星就是个和蔼可亲的“老中医”。但早年跟着王晞星到肿瘤科一起创业的护士长杨晋田谈起对老领导的印象，却不很确定，或者说，有些矛盾。王院长很少骂人，可我们见了他都有点怕。问她为什么怕，杨晋田想一想说，我也说不出来，不怒自威？也许就是这个意思吧。反正他往那儿一站，就自带气场，他当科主任的时候，很少要求这个要求那个，却没人敢偷懒。郝淑兰也说，王院长没退休之前，我们没事从不去他的办公室。退休以后，很多年轻人都主动去找他，想跟着他学习。我问是拜师吗？郝淑兰说，也不是，中医师徒关系要求很严，要在国家中医药管理局备案的，算跟师吧。

山西本地新冠肺炎确诊患者归零以后，王晞星又回到门诊楼302室出门诊，但戴着口罩。当然，他的徒弟南晓红和跟师学生也戴着口罩，诊室外排着长队的患者也戴着口罩。一位老太太坐着轮椅进来，进门便大声问道，王院长，还记得我不？王晞星笑一笑，你嗓门那么大，怎么能不记得？中医回头病人多，疫情暴发期间，大家都宅在家里，医院如今回归正常，见面如此打招呼，多少有些劫后余生的感觉。当然，也有欢喜。

王晞星记性好，触觉更好，他的手机常年处于振动状态，他用坏的手机都是振动出了毛病。王晞星出诊时把手机往旁边一扔，不愿受到任何干扰，但手机每次振动他都能感觉到。不过，王晞星最好的还是悟觉，他告诉我，看病是有节奏的，一旦打断，需要重新看三四个病人才能找回来。王晞星每周二、四、五上午出门诊，需提前半月预约，每次网上放号80个，都是秒光。王晞星每次出诊至少五个小时，诊断不会少于90人，多时超过百人，这额外超出的部分都是外地的。外地人看病吃住开支大，王晞星将出诊时间延长到中午一点多，这延长出的时间便是留给他们的。王晞星每次出诊都带六七个学生，有负责先期“闻、问”的，有负责写方子的，有负责留存资料的，而他只管坐镇中军帐，“望”患者一眼，便开始切脉，看片子，诊断速度很快，短则三分钟，长则五分钟，疑难症者不超过十分钟，诊断后当场口授处方，南晓红随他出诊的主要工作，就是写处方。快，但绝不敷衍。王晞星习惯左手诊脉，右手扣住患者的手，仿佛钢琴师抚摸琴键。中医看病医患要“亲密”接触，医者的每个微小动作对患者都是一种心理暗示，看似不经意，却给患者安慰和信心。王晞星行医四十多年，一直坚持一人一策，随证化裁，注重体质、病证、症候相结合，同病不同治，同病不同方，即便一方多治，个中也有些微差异。王晞星半天开处方一百个左右，从不重复，所谓一人一证，一证一方，这是中医最精妙之处，也是王晞星的执业规矩，雷打不动。中医归根结底讲的是道，所谓“谨道如法，长有天命”（《黄帝内经·素问·生气通天论》），病理九九归一，患者却是独一无二的生命个体，尤其于疑难杂症患者，岂可百人一方、千人一药？但这也是中医最难把握之处，须有悟性，要有阅历，故而有“老中医”之说。王晞星诊脉如抚琴，脉搏跳动仿佛音乐回旋，病症不过是琴弦上的杂音，或强或弱，时隐时现，须细心体察，因而有节奏之说。王晞星对药材也异常敏感，他每写下一味药，眼前便会出现这味药生长时的样貌、根部的样貌，甚至能看到药物在病人体内的运行。他每写下一个处方，眼前便会出现一座立体森林，植物的，动物的，矿物的。每个病人在他眼里都是一个生命体，每味药在他眼里也是一个生命体，一张处方落下，便知疗效如何。肿瘤科主任刘丽坤是王晞星的大学同学，她曾问过王晞星，你是不是开好方子，就知道能不能治好病？王晞星点头称是，说，如果开方子时犹豫，治疗过程大多会反复。刘丽坤轻易不佩服谁，对这位老班长却心悦诚服，她当年放弃老年科的优厚待遇，跟王晞星一起创建肿瘤科，就是因为信任。从学生，到主任，到院长；从学徒，到医师，到大师，说起王晞星，刘丽坤很是感慨，不管什么资历，不管什么背景，从他当院长那天起，就没人为难过他，人在他面前，就像药在他面前一样，都很听话。

王晞星当院长十三年又两天，中医院的变化可谓翻天覆地。作为过路者，我也经见了它的外部更迭。

十年前，我搬到大营盘附近住，上下班步行要横穿迎泽公园，要从公园东门进出。进公园前要路经一片工地，出东门时会看到一片工地，这种状况断断续续持续了六七年。那片工地便是新建中的省中医药研究院，从前的省中医研究所。印象中，那一带一直被围着，青年路上的唯一进出口，早晚都会堵车。

我来来去去六七年，一直从旁边经过，却没有进去过。

南沙河快速路开通以后，我穿越迎泽公园改走南门，青年路去得少，也未在意工地消失后的省中医院是个什么样子。那些年，城市到处都是工地，我没有精力关心如此层出不穷的变迁。直到这次采访，我才走进那座大院，才发现它早已脱胎换骨。或者说，我记忆中的那个大院叫中医研究所，现在这个大院叫中医药研究院。是的，由医而医药，由所而院，名字虽早变更了，但这次不是改头换面，而是脱胎换骨——临青年路是古色古香的门楼，上写“山西中医院”；临并州西街是门诊楼，高23层；院东综合楼与门诊楼相连，也是23层；院南是住院部，高19层。这里所有的一切都是新建的，当时设计师问王晞星想把医院建成什么样子的，王晞星说，远看像医院，近看像中医院，走进楼里，是现代化的中医院。这番话看似简单，其实是一种管理思想，与中医理论倒有几分相似。王晞星主政十三年又两天，门诊和综合大楼投资3.8亿元，住院部大楼投资1.8亿元，医疗设备投资3亿元，他离职时账上还趴着2.6亿元。我问他给这里留下的最大财富是什么，他却说：人才！

中医讲究传承，讲究人与人的缘分、人与医的缘分，甚至医者与患者的缘分。王晞星问诊重视人，管理珍惜人，培养新人之时，还推崇和敬重故人。省中医院住院部从一层到十九层的电梯间各自矗立着一位先贤的雕像，譬如黄帝、扁鹊、张仲景、华佗、孙思邈、葛洪、李时珍、叶天士等，但占据一层位置的是自家人，叫李翰卿，占据二层位置的还是自家人，叫贾得道。李翰卿是省中医研究所第一任所长，伤寒经方一代宗师，山西中西医结合的黄金年代，就是从他手中开启的。将近半个世纪过去，王晞星又接过李翰卿的衣钵，把中西医结合的薪火传承下来。

李翰卿又名希缙，号华轩，生于1892年，卒于1972年，山西灵丘上沙坡村人。李翰卿的舅舅叫张玉玺，亦儒亦医，李翰卿跟着舅舅读私塾，有空便钻到舅舅的诊所里玩，对脉诊、戥子、碾槽、药幌之类很是好奇，常常摆弄来摆弄去，乐此不疲。张玉玺膝下无子，看到外甥如此喜欢与医药有关的物件，便叮嘱他记诵《药性赋》《汤头歌》。李翰卿天资聪颖，不几日便倒背如流。张玉玺心中欢喜，教习诗文之余，又指导他研习医学。李翰卿少小入门，15岁即可单独开方看病，应对常见疾病诊断准确，处方用药自如合理，人称“童医”。长大后，李翰卿在本村小学教书，每有闲暇便为人看病，方圆十里渐有名声，求治者盈门。

任何年代，任何人，兴趣都是最好的择业导师，李翰卿天生就是做医生的。

1919年，李翰卿27岁，风华正茂，被灵丘县推荐参加省立医学传习所全省首次招考，轻松摘得头名。

省立医学传习所由阎锡山独立创办，1919年8月成立，位于太原精营东二道街，即今山西医科大学第二医院所在地，是川至医专前身。1917年，阎锡山执掌山西军政大权，大力推行“用民政治”，提倡发展民德、民智和民财，社会比较安定、生产有所发展，获誉“模范省”。山西暂时平宁，河南、山东、河北等邻省的灾民大量涌入，寻求安居乐业之所，其中不乏名老中医。省立医学传习所创办之初，“以中医为主，兼授西医，以期发明中国医理，改进中国医术”，但在当时中医正遭受前所未有的打压，“废止中医论”甚嚣尘上，省立医学传习所并未得到国民政府的承认。西风渐进，山西中医不可能独善其身，不过，李翰卿还是接受了相对完整的中医学教育。1932年1月，阎锡山重新出任太原绥靖公署主任，提出“自强救国”“造产救国”等口号，又想起他这个没有“准生证”的“儿子”。阎锡山素以“中的哲学”立身，遂将省立医学传习所改建为私立山西川至医学专科学校。阎锡山字百川、伯川，所谓“川至”，暗含百川恩泽所至之意。阎锡山亲任董事长，学制由三年改为五年，教学内容由中西医结合改为纯西医，附属医院改称川至医院，留日归国西医博士靳瑞萱担任校长兼医院院长。1932年8月，私立川至医专首次向国民政府教育部呈报立案，教育部派人考察后认为“该校实习设备仅解剖方面略具规模，专任教师不敷支配，致有兼任多种性质完全不同之学科及授课时间过少情形，在教学上殊难得良好效果……”，未准。1933年8月，经过整改后第二次呈报，同年10月，教育部以9648号文批准，私立川至医专终于获得合法地位。

李翰卿入学前已有12年乡村从医经历，这对他系统研修《黄帝内经》《伤寒论》《金匮要略》《神农本草经》等医学经典，研习唐、宋、金、元、明、清历代名医名著，有非常大的帮助。毕竟，临床经验对理解深奥的中医理论至为重要，王晞星便感慨自己60岁才会看病，李廷荃知天命之年又去读经典，皆与此有关。三年寒窗，李翰卿有机会接触当时最新的医学成果，眼界大为开阔。1922年，李翰卿以优异成绩毕业，应邀先后在太原复成堂、体乾堂行医，三年后又应聘到山西中医学校任教。从1919年到1927年，短短8年时间，李翰卿历经求学、临床、教学三个阶段，完成一个医者向一个学者的身份蜕变，用现在教学体制衡量，相当于硕博连读。此时，李翰卿35岁，正是年富力强的时候，遂自立门户，悬壶并州，渐次在省城声名鹊起，不久被公推为太原国医公会执行委员。

1938年，日军侵占太原，李翰卿的三弟被日寇杀害。1943年，日伪政府多次以高官厚禄“聘请”李翰卿出山，均遭拒绝。

1949年4月24日，太原解放。大军进城的消息传来，李翰卿欣喜若狂，敞开怀抱迎接新世界。无以为贺，李翰卿遂将自己珍藏多年的《万有文库》一套，计1942册，悉数捐赠。6月19日，山西公学图书室在创刊不到两月的《山西日报》上刊登了一则鸣谢启事，向李翰卿郑重致敬。同年下半年，太原成立中医研究会，李翰卿作为山西四大名医（李翰卿、韩玉辉、白清佐、萧通吾）之首，德、才、名、望兼备，毫无悬念地被推举为会长。

1954年，李翰卿受命筹备山西省中国医学研究所，省政府还专为他配备了一辆黄包车。在当时，这就是“高级轿车”，有相当级别的官员才可以坐的。李翰卿是专家，已年过花甲，组织爱惜人才，便破格给了他如此待遇。

1956年，山西省中国医学研究所正式成立。山西省中研所为全国最早成立的四家省级中医研究机构之一，李翰卿出任第一任所长，其时，他64岁。同年8月，李翰卿加入中国共产党。

建所之初，日常管理业务皆由副所长兼附属医院院长李渠负责，李翰卿作为研究所的第一块“金字招牌”，主要精力投注到临床和科研上。李翰卿继承不泥古，发扬不离宗，治病尤尊仲景，可谓仲景跨越千年的知己。张仲景人称医圣，与神医华佗齐名，但在汉末三国并未受到史家重视，陈寿《三国志·方技传》、范晔《后汉书》对华佗毫不吝啬笔墨，对张仲景却只字不提，颇耐人寻味——《方技传》以善技者为传主，华佗故事本就极富传奇色彩，倒也好理解，《后汉书》莫非也将古人最看重之“道”置于脑后吗？总之，这是个谜，但谜在其人，而非其书。太医令王叔和（201—280）从残章断简中整理出《伤寒杂病论》伤寒部分，原作便被拆解为《伤寒论》和《金匮要略》两部，不经意间，传世之四大医学经典张仲景实占其二，这也算对张仲景的一种额外补偿吧。当然，这仅是我的猜测，经典一分为二实不得已而为之。王叔和，名熙，魏晋脉学大家，所著《脉经》序中曾赞张仲景曰：“夫医药为用，性命所系。和鹊至妙，犹或加思；仲景明审，亦候形证，一毫有疑，则考校以求验。”在《伤寒论》前言中，王叔和又用寥寥十二字概括了张仲景的生平和著书大事：“汉长沙太守南阳张机仲景述。”

张仲景约出生于150年至154年间，约卒于215年至219年间，名机，字仲景，南阳涅阳（今河南邓州）穰东镇张寨村人，曾任长沙太守。东汉时期，时局动荡，战乱频仍，旱灾、蝗灾、地震接踵而至，灾后大疫如影随形。《古今注》记曰，建武十三年，扬、徐部大疾疫，会稽江左甚。建武十四年，会稽大疫。二十六年，郡国七大疫。至汉桓帝，疫病更频。据《后汉书·五行志》记载，从119年至217年的近百年间，大疫流行十余次，仅一次发生于初夏，其余皆为冬春：安帝元初六年（119）四月，会稽大疫；安帝延光四年（125）冬，京都大疫；桓帝元嘉元年（151）正月、二月，京都大疫，九江、庐江大疫；桓帝延熹四年（161）正月，大疫；灵帝建宁四年（171）三月，大疫；灵帝熹平一年（172）正月，大疫；灵帝光和二年（179）春，大疫；灵帝光和五年（182）二月，大疫；灵帝中平二年（185）正月，大疫；献帝建安二十二年（217），大疫……每逢大疫，必有大医。张仲景便为这八个字而生，他亲身经历过东汉末年八次大疫，疫情发生时间多为冬天，或为春，冰天雪地，寒风凛冽。所谓“风为百病之长”，张仲景便把痢疾、霍乱、麻风等瘟疫统统归结为伤寒，顶风冒雪，写下《伤寒杂病论》。

今人对《三国演义》耳熟能详，火烧赤壁的故事更是妇孺皆知。但这都是“演义”，在赤壁之战中，曹操其实并非为孙刘联军所败，而是为疟疾、痢疾、血吸虫病等瘟疫所累。曹操曾写信给孙权曰："赤壁之役，值有疾病，孤烧船自退，横使周瑜虚获此名。"这个"横"字足见曹操多么不服气。然时也运也，曹操父子一生似乎注定为疫病所困，记录疫情的诗文也多。建安二十二年（217），曹丕写信给元城令吴质曰："昔年疾疫，亲故多罹其灾，徐、陈、应、刘，一时俱逝，痛可言耶！"徐、陈、应、刘指"建安七子"之徐干、陈琳、应玚和刘桢。不久，王粲也疫死于曹操征吴军中，阮瑀也染疫而死。总之吧，除了孔融为曹操所杀，风流倜傥、潇洒俊逸、特立独行的"建安七子"，竟有六人死于大疫，该是何等惨烈！曹植《说疫气》记曰："建安二十二年，疠气流行，家家有僵尸之痛，室室有号泣之哀；或阖门而殪，或覆族而丧。"据《东汉会要》卷二十八记载，汉桓帝永寿二年（156），全国户数1607万余，人口5006万余，到三国末年的魏景元四年（263），魏蜀吴三国合计户数不到百万，人口537万余，仅十存其一，确是"白骨蔽平原，千里无鸡鸣"。

张仲景家族也在劫难逃，他在《伤寒论》自序中记曰：

> 余宗族素多，向余二百。建安纪年以来，犹未十稔，其死亡者，三分有二，伤寒十居其七。

瘟疫肆虐年代，家国不幸医家幸，张仲景便硬生生被瘟疫逼成一代旷世名医，令人不胜唏嘘。张仲景10岁师从本郡名医张伯祖，"其识用精微过其师"。张仲景久慕扁鹊之名，"余每览越人入虢之诊，望齐侯之色，未尝不慨然叹其才秀也"。张仲景历经十年，著成我国首部临床医学巨著《伤寒杂病论》十六卷，其书被奉为“方书之祖”，其人被誉为“经方大师”。张仲景当官政绩平平，行医却声名远播。据《长沙市志》记载，汉时官员不得随意出入百姓家，张仲景承袭家门、做长沙太守时，便发布了一则公告，规定每月的初一、十五为出诊日。每到这一天，张仲景大开衙门，不问政事，亲坐公堂之上为百姓望闻问切，渐成惯例。张仲景此举被世人传为佳话，还因此成为史上首个坐“堂”医生，后人开设医馆多以“堂”为名，便是对他的致敬。

王叔和所整理的《伤寒论》，著论二十二篇，记述三百九十七条治法，载方一百一十三首，总计五万余字，但原书杂病部分没了踪迹。八百年后，翰林学士王洙在翰林院书库发现一本“蠹简”，书名《金匮玉函要略方论》，其中一部分与《伤寒论》相似，另一部分则是论述杂病的。名医林亿、孙奇等奉宋仁宗之命校订《伤寒论》，将其与《金匮玉函要略方论》对照，知为仲景所著，便更名为《金匮要略》，计二十五篇，载方二百六十二首。《伤寒论》《金匮要略》在宋代得到校订和发行，除却重复药方，两书共载药方二百六十九个，使用药物二百一十四味，基本概括了临床各科的常用方剂，创造了三个世界第一：首次记载了人工呼吸、药物灌肠和胆道蛔虫治疗方法。此外，张仲景还著有《张仲景疗妇人方》二卷、《张仲景方》十五卷、《张仲景评病要方》一卷、《张仲景口齿论》等。上述书目，有的可能是《伤寒杂病论》分解出来的部分内容的单行本。

《伤寒杂病论》成书近两千年来，曾有四五百位学者对其理论方药进行探索，留下近千种专著、专论，形成中医学术史上甚为辉煌的伤寒学派。而在近当代，李翰卿无疑是其中翘楚，他临证治学每以《伤寒论》为宗，对《伤寒论》研究颇深，论述也多：

> 伤寒是百病的基础，伤寒之方，通治百病，善治伤寒者，杂证自易，确实如此。例如，承气汤不是单纯治伤寒的，当归四逆汤也不是单纯治伤寒的。曾用承气汤治腹泻、痢疾、失眠、昏迷、咳嗽、发热、郁证、虫证、瘀证、痰证、火证、湿证等病证，均取得良效，特别是一些危急重证，用之更是得心应手，往往一剂承气，即可救危难，使病人转危为安。日人用当归四逆汤治疗冻疮，我曾用桃仁承气汤治疗宫外孕……均说明一个道理，即伤寒为百病之基础，伤寒方通治百病，关键在于掌握伤寒每一方剂之功能、主治病证和应用规律，临证运用，才会得心应手。

李翰卿治病如做人，不逾矩，随心所欲，守法度，却不拘于定法。李翰卿善用经方，但不拘泥于经方，用当今的话讲，叫与时俱进。道理其实很简单，中医讲究此时此人此证，古方、成方不可能尽合今病，依样画葫芦是大家的忌讳，何况治病救人的医学？李翰卿对此颇有心得，他常讲，应用仲景经方，只要脉证病机与其完全符合，用之即有效验，此时若再加减，不是治错，便是画蛇添足。但方证只要有一方面不符，即须加减适宜才行，不论伤寒、杂病，皆是如此。李翰卿重视古方的精神法则，反对原药原量，死搬硬套。他举例道，麻杏石甘汤究竟起什么作用？什么情况下可用？只有问明白，想清楚，临床遇到该证才能灵活应用。又比如，需要辛温发汗不一定非用麻黄汤，用柴姜汤、胡椒汤也未尝不可。用古方治今病，要抓重点，要领会方剂精神，师其意，随证加减，面面周到，才能用之有效。譬如治腹胀，川朴为君，兼虚者加人参，兼呕者加姜夏，即师法厚朴生姜半夏甘草人参汤之意。如系实胀，加枳实、大黄，即承气之意。寒者加干姜，寒热者加柴胡，腹痛者加芍药。寒热夹杂者，往往干姜、黄连寒热并用，仿泻心汤、黄连汤之意。总之，用古方、成方治病，贵在师其法而非拘泥于方药，不论固守原方，还是因事加减，皆应做到方由证定，药随法出，病、药相符，效如桴鼓。

1962年，“北斗三星”之一、北京中医学院教授刘渡舟携学生数人，专程到省中医研究所，拜在李翰卿门下，执弟子礼。1987年3月，刘渡舟主编的《伤寒论讲解》由光明日报出版社出版，书中详细记述了李翰卿使用烧裈散的心得：

> 关于阴阳易之病是否存在，烧裈散是否有效，历代医家都有所探讨，至今也未成定论。据山西省中医研究所已故名医李翰卿先生1963年介绍，此病确有，用本方也确有疗效，李老以典型病例六七例，说明本病临证特点有三，一是头抬不起来，即“头重不欲举”；二是少腹拘挛疼痛并牵引外阴拘挛；三是全身乏力，倦怠少气。治疗使用烧裈散，皆已获效。李老的经验之谈，很值得重视。

李翰卿不只专研伤寒，还精于内科、妇科、儿科、外科和老年病，是少有的中医临床全科医学通才，其一生之所以敢于构建一套中医学体系，与此不无关系。李翰卿生前留下四百余册读书笔记和大量的治疗病案记录，涉及临床各科常见病证，其中尤以内科疑难大病见长，常以简、便、廉、验的外治称奇。李翰卿常用的治疗小儿腹泻、厌食症的丁桂填脐散堪为经典。

李翰卿的女儿李映贞在一篇文章中回忆说：

> 丁桂填脐散，是我们小时候就常用之药。我父亲经常说，像这样的两味药谁也离不开，你们一定要记住，尤其小孩腹泻，不想吃饭，用肉桂、丁香各半捣碎研细，用水调起来敷在肚脐上，用白胶布贴住即可，一天一次，特有效。这是一种简单的小方方，尤其是我的小孩小时经常用。

新中国建立初期，全国掀起西医学习中医、中医结合西医的浪潮，李翰卿身体力行，既是中西医结合的倡导者，也是中西医结合的实践者。李翰卿认为，中医、西医分别根植于东方传统文化和西方近代科学文化的不同背景，有着截然不同的思维方法和诊治疾病的手段。中西医各有所长，各有所短，应当相互学习，取长补短。李翰卿说："西医没有长处就不能发展，中医没有长处就无法生存。既然它们均能获得生存发展，就足以证实其各有长处。"李翰卿认为西医的输血、输液、部分手术，以及对某些疾病局部认识之深刻，就是它的长处。中医对人体和疾病的整体认识，辨证论治，以及对某些病理、生理与周边自然、社会环境广泛关系之认识，就是中医的长处。中西合流，如珠联璧合，会创造出新的奇迹。

李翰卿对中西医间的争论看得十分透彻，曾一针见血地指出，中医、西医之间存在着两大问题：其一是只看到自己的优点，看不到对方的优点和自己的缺点；其二是不以实践第一的观点看问题，而是以自己的某些固有观点看问题。科学是以事实为依据的，凡是在实践中证明其是存在的，即能够经得起实践检验的，就应该承认它是科学的。至于它的道理有时可能暂时解释不清，但我们决不能因为一时的解释不清，就否定它的科学性。李翰卿当年看到的问题至今依然存在，不得不说是个遗憾，其中缘由值得深思。

宫外孕是妇产科急腹症之一，发病急，演变快，如若处理不及时或不得当，很容易危及患者生命。在二十世纪五十年代，宫外孕患者一经确诊即行手术已成定论。手术治疗虽有其优越性，比如术中直观、治疗周期短等，但给患者造成的创伤也较大，还为患者术后再孕带来一定的负面影响。1958年，李翰卿与山西医学院教授、第一附属医院妇科主任于载畿合作，开始研究中西医结合非手术疗法治疗宫外孕。于载畿1942年毕业于北京大学医学院医疗系，后留校任附属医院妇产科主治医师。1949年，她为了支援山西建设，自愿来到山医一院，一直工作至今，是山西妇产科的奠基人之一。其时，李翰卿虽对西医解剖学及病理学不甚熟悉，但他实事求是，常将自己不懂的东西记录下来，不耻下问。年逾花甲尚有如此学习精神，令人钦佩。李翰卿曾在笔记中写道：

必须通过参考书籍或西医的具体介绍，了解西医对本病的理论认识和治疗经验；询问西医同志一个月的胚胎体积有多大？询问解剖学中有无输卵管的图形，和实物体积大小对比是否相同？卵巢去掉后身体有无异常反应？后穹隆放血能否把溢出的血一次放尽，最多数量有多少？疼痛是否是输卵管破裂的征兆？

李翰卿详细制订了“中西医配合治疗宫外孕的计划”，认为中医方面必须亲眼看到手术部分的具体情况，必须调查全国治疗本病的方法和结果，实事求是、有计划地记录、总结治疗过程的经验和教训，不断发现新情况，创造新方法。西医方面也须抱持同样的态度，避免各执己见。

辨证施治是张仲景留下的重要医学遗产之一，李翰卿深谙此中奥妙。为了掌握宫外孕的本质和病机，李翰卿多次观摩不同类型的宫外孕手术，对照分析宫外孕患者的中医四诊资料和西医解剖资料，仔细辨析其根本病理。其间，李翰卿一直在思考几个问题：中药能否把在宫外的胚胎消灭掉？输卵管既能输卵，说明它本身有输送排泄的作用，但宫外的胚胎为什么输送不出去？胚胎既然附着在管壁上不能自然输出，那么，辅助一些药品是否可以帮助输送出去？李翰卿根据手术中所见病灶、病位等，结合患者发病急、少腹痛、拒按、出血等主症，发现所谓西医的宫外孕，其实就是中医的少腹血瘀证。参透这一层，便如拨云见日，李翰卿决定以活络效灵丹为主方，以活血祛瘀为治则，在确保病人安全的前提下，先从宫外孕包块型开始观察，取得经验后，再向宫外孕最重型——休克型发展。找到解决方案，便找到前行的方向，经过大量病例研究、观察，1965年，“中西医结合非手术疗法治疗宫外孕”终获成功。

1970年初冬，在北京召开的首届全国中西医结合卫生工作会议上，“中西医结合非手术疗法治疗宫外孕”的研究成果公开发表，开创了中西医结合治疗急腹症的先河，改写了宫外孕必须手术治疗的历史。会议期间，“宫外孕非手术疗法科研组”受到周恩来总理的亲切接见。研究成果先后被评为“全国十大医学科研成果”“卫生部级科研发明奖”及“1978年全国科学大会重大贡献一等奖”等，宫外孕Ⅰ号、Ⅱ号方被载入各种医药学辞典及教科书，《中华医学杂志》《中医妇科学》发布了宫外孕Ⅰ号方：

> 拼音：gongwaiyun Ihao fang。
>
> 处方：丹参15g、赤芍15g、桃仁9g。
>
> 功能主治：活血祛瘀，消癥止痛。治宫外孕破损后不稳定型早期及休克型经治疗纠正后，腹腔、盆腔内血液尚未形成血肿包块者。
>
> 用法用量：水煎，二次分服。

丹参，赤芍，桃仁，寻常得不能再寻常，便宜得无法再便宜，仅三味中草药，便可替代见刀见枪、见骨见血的西医手术，过程安全，成本低廉，还无副作用、无后遗症，这该是何等的功德啊！

中医最深奥也最神奇的，其实就是医理。医理通，万事通，药到病除。

李翰卿与于载畿强强联手，堪称中西医合作的典范，其最值得借鉴甚至最应该广大的，便是借助西医手段辨证，沿用中医原理施治。尤其在脉诊式微以后，先进的医疗检测手段无疑是当下最好的脉诊术。所谓东方不亮西方亮，世事更迭，有得便有失，失并不可怕，可怕的是抱残守缺。李翰卿担任所长十一年，为省中医研究所奠定了坚实的中西医合作基础，开创了中西医合作的黄金时代。其后，西医出身的中医专家韩经环发现了中医可以逆转肝硬化，西医出身的中医专家于家菊开创了中西医治疗肾病先河，如此等等，不胜枚举。到了21世纪，王晞星也十分看好中西医结合的前景，认为医学的未来就是中西医合璧，他和刘丽坤联手创建的肿瘤科便是这样一个实验基地。王晞星还把一大批学西医的尖子生挖到省中医院，亲手把他们培养成中医大夫，当时很多人不理解，如今，他们是省中医院的中坚，也是省中医院的未来。

王晞星刚出任院长时，曾打算为“中西医结合非手术疗法治疗宫外孕”项目申报国家科技进步奖，以告慰李翰卿在天之灵。可按规定，逝者不能申报，王晞星便去找于载畿，想以她的名义申报。于载畿拒绝了王晞星的好意，她说，这项成就主要是李翰卿先生完成的，我不能贪天之功。

李翰卿在回忆与于载畿合作治疗宫外孕的情况时，曾讲过这样一段话：

若想发现自己的缺点和优点就得大胆实践，不实践就不知道哪些是自己的长处，哪些是自己的短处。宫外孕是个什么病？起初我不懂，我就向于主任请教，她们动手术时，我就亲自去看。通过多次反复了解，我发现这病我不但常治，而且治疗效果还很好。于是，我们就逐步开展了宫外孕非手术疗法的研究，终于取得了中西医结合非手术疗法治疗宫外孕的成功。在研究宫外孕非手术疗法的同时，还发现中药对有的肠梗阻效果很好，有的却无效，经过手术与非手术的反复观察，了解到凡是中药疗效不好的肠梗阻，都是绞窄性肠梗阻。于是，我又认真学习了西医诊断肠梗阻不同类型的诊断方法，掌握了绞窄性肠梗阻的诊断要点，发现治疗肠梗阻时，仅仅知道以通为用是不够的，还应该注意虚、实、寒、热，否则，应用大承气汤不但难以取效，而且常常误事，造成不应有损失。

李翰卿务实求真，早在20世纪60年代，便总结出中西医工作者协调、配合做好工作的十六条原则，至今仍有借鉴作用：

1. 在一个病房工作的中、西医师，应定期交换双方对同一病人或疾病的一切主张和意见。

2. 规定中西医双方均能认可的病历书写方法。

3. 中西医不单要从思想上，而且应从行动上真正团结起来，因为中医加西医，会产生1+1大于2的疗效。

4. 中西医合流的重要性，两方面必须都有具体而深刻的认识，而不是停留在口头上的认识。

5. 在患者初入院时，中西医必须通过研究填写好共同的病历，首先应注意术语的规范。

6. 在诊断上，病名方面以西医为主，中医为辅；辨证方面以中医为主，西医为辅。

7. 在治疗时，必须通过相互研究，西医认为有特效的办法时，先让西医治疗，中医从旁观察，一方面体会西医用药的精神，一方面学习西医治疗的办法，并提出自己的看法。如中医认为对此有特效的办法时，应让中医先行治疗，西医从旁观察，一方面体会，一方面学习，同时也提出自己的看法，以供中医参考。当中西医都没有特效的办法时，应由中医先行治疗。我认为，这正是中医院和西医院的不同之处。

8. 在治疗阶段，中西医都必须不断地搜集有关资料或阅读书籍或寻师访友，以充实自己对于治疗本病的能力，同时写出总结，并不断加以修正提高。

9. 中西医必须真正地抱着相互尊重、相互学习、相互帮助，共同想尽一切办法解除患者疾病和痛苦，具有把祖国的医药学术提高或超过世界医学水平的愿望和决心，才能够正确地走向中西医合流的道路。如果任何一方或口是心非，或貌合神离，只找对方缺点，不注意对方优点，只宣传坏的部分，不宣传好的部分，那么，中西医是不会真正合作并走向合流的。

10. 中西医之间，对于病人，无论时间长短，都必须具有认真负责的态度，耐心听取病人的反应。在每日临床时间，要绝对避免或防止草率应付从事或粗枝大叶，互相推靠的态度。

11. 在病人跟前，中西医都要绝对防止说出引起病人顾虑、怀疑，或失掉信心、或增加思想包袱等不良刺激性的语言。

12. 中西医之间，对于双方有缺点的时候，都应在讨论提意见的时间内相互善意地、本着帮助对方的精神予以提出，决不可当面不说，只等到大会上才反映给领导，反映给群众。采取打击报复的态度，这是中西医结合团结的最大障碍，万万要不得。但双方有关原则性的批评无法在当面进行时，也可反映给领导，以期从另一方面达到帮助的目的。在这种情况下，要注意防止有意抬高自己，打击别人的表现。

13. 中西医之间，都必须订出互相帮助的办法和互相学习的计划。

14. 中西医对于相互间的理论、诊断、治则、治法、药品等重要部分，最低限度都必须有一个概括性的了解，特别是有关临床实践中的经验和教训部分。这样才能避免主观臆测、不符实际的种种流弊。

15. 中西医必须认真地相互学习，绝对不能有丝毫的自高自大，总认为人家不如自己的狂妄思想或表现。

16. 中西医必须从内心里真正认识到双方的学术问题，都是各有所长，各有所短，双方必须真正地把它融合起来，才能够超过世界医学的水平。否则，任何单方面的行动都是有其局限性的。

李翰卿是个有“野心”的医家，他的“野心”便是以中医各科疾病和症名为纲，以病、证、方、药为目，撰写一部汇集古今各家学术之长，中西医人皆适用的临床必备工具书。无疑，这是一项浩大的系统工程，完成这项艰巨的工作须有脑力、眼力、魄力，还要有体力，要看得清风云，装得下沟壑。李翰卿从原始文献资料搜集整理入手，孜孜矻矻，一日不敢懈怠。作为一所之长，李翰卿白天诊务、管理工作繁忙，他便抓紧八小时之外，每天凌晨四点闻马蹄表的铃声而起，日出东方时案头已整齐摆放好一沓新的资料。

李翰卿废寝忘食，笔耕不辍，最早完成的是《伤寒论113方临床使用经验》，现有1959年油印本（韩玉辉藏）和1960年手稿本存世。2000年，省中医研究所根据这两个版本整理出版了《伤寒论113方临床使用经验精要》。书中对每个方子均列有方义、药品、加减法、煎法服法、用药大意、主治经验摘要、主证症、禁忌症、应参考的方剂等九项，论述简明扼要，是对《伤寒论》极大的阐释和补充。李翰卿还就此写了编写说明：

“方义”　系说明本方对各种疾病的主要作用。

“主治”　系说明主治疾病和具体症状，根据实践指出在使用时必须注意的关键现象，以便易于掌握，并避免发生错误。

“药物”　列出原方的组成药品，并根据经验定出一般使用范围，以便临床斟酌采用。

“加减法”　以原有的加减药品为限，有的略加解释和用量，以便临床易于引申。

“煎服法” 本栏介绍一般用水的数量和服法的大概轮廓，不可能做到十分精确。

“用药大意” 本栏只根据各种药品的共同作用分类集中在一起，说明各类药物的治疗方向，一般不涉及其他不同之处。各药详细部分另详《药物编》。

“禁忌证” 本栏只举出与主治疾病相反的关键证，是为了从反面进一步审查应用方剂是否正确，以避免看法片面的错误。

“类似方剂参考” 本栏是为了加强用方的准确性，只介绍两种情况：一系有关禁忌证的类似方剂，一系有关主治证或轻或重的类似方剂。

在省中医院博物馆，保存着李翰卿的部分影像、笔记、处方资料，照片上的他戴一顶普通军帽、一副玳瑁眼镜，相貌朴实敦厚，看上去不像老中医，倒像个技术工人。那一代名家多葆有民国风范，萧通吾便一绺雪白长髯飘然胸前，颇有几分仙风道骨，李翰卿却一副脚踏实地的工程建造者形象。那个年代没有电脑，没有打印机，收集整理资料很辛苦，体力消耗不亚于搬运工，脑力付出却胜似一台不停运转的机器。李翰卿搜集整理的原始医学资料都一笔一画写在笔记本上，纸质粗劣，装订简陋，字迹却极工整。可以想象，每当凌晨万籁俱寂时刻，他埋首书房，图书数以百计，整理出的资料数以百计，图书笔记本堆于书桌左右两厢，垒如小山，他踽踽独行其间，皓首穷经，那该是怎样一个探索者呢？故纸堆的味道，草本药石的味道，还有密密麻麻的经络穴位图，这一切构成的无疑是浩瀚无垠的中医药宇宙，进出其间，躬耕其中，付出之大绝非常人可以想象。最令人痛心的是，李翰卿从医学史海中淘出的精华心得，竟在“文化大革命”期间大部分散落，愚昧之罪怎不令人扼腕！

李翰卿生前完成的读书笔记和病案记录卷帙浩繁，如今仅剩277册，较完整地保存在省中医药研究院中医基础理论研究所。李翰卿去世后，省卫生厅责成专人整理出版了《中国百年百名中医临床家丛书·李翰卿卷》，书中录有李翰卿临床验证过的二十六首温病方剂，呈现了李翰卿病、证、方、药医学体系的冰山一角，此举虽可慰藉逝者之心，却依然遗憾多多。做不到，无可奈何。做了，做得还极好，却无来由地丢失了，此等命运与近百年来的中医药运命何其相似！

病变无穷，当触类旁通。善中医者，必然通透。或曰，习中医一如悟道。在道地的中国文化中，天地人是变动不居的，岐黄之学只不过是中国文化在医药中的相似性实践，后人岂可固守祖宗之法而不放？中医学的发展不应墨守成规，但也不能数典忘祖。岐黄之道是医学，也是哲学，还是验证过的医学和哲学，辨证之道不会变、也不能变，但辨证之法必须、也必将因时因事因地因人而变化。所谓“道可道，非常道”，概此谓也。

李翰卿重视审查证候，重视加减法，他特别强调：

方药的加减法有两种用意：一种是为了帮助学者解决主治范围以外比较常见的病证。在初学临床的时候，一旦遇到主治范围以外的证候往往会无法下手。因为任何疾病都不是

> 截然分开的，或多或少总有互相牵连的地方，所主治范围以外的证候经常见到。有了这一栏即可按图索骥，按证用药，相当便利。一种是为了帮助解决许多不常见的证候，因为人的病变是无穷的，绝不能把所有的都写出来，有了这一条的启发，可以触类引申或举一反三，得到适当的解决。

李翰卿认为疑难疾病，即慢性、危重、难治性疾病之难治，主因是虚实寒热夹杂证的问题。任何疾病，从其性质来看，不外寒热虚实。单纯的寒证、热证、虚证、实证，以及实寒、实热、虚寒、虚热，不难辨治，但在临床上，往往是单纯者少而夹杂者多，疑难性疾病更是如此。譬如寒中夹热，热中带寒，虚中夹实，实中带虚，还有上焦热而下焦寒，此脏实而彼脏虚等，都需要特别注意。既明兼夹，尚需进一步分析其量的对比，何多何少、何宾何主，都须弄清，治疗才有的放矢。能否正确处理夹杂证，往往是衡量一个医生技术高低的重要标志：

> 一般来讲，慢性病、危重病夹杂证居多，急性病、轻微病夹杂证少见；身体素质好的急性病患者夹杂证少，体质差或兼有慢性病的急性病患者夹杂证多。在夹杂证中，有表里夹杂、寒热夹杂、虚实夹杂、阴阳夹杂、脏病兼腑、腑病兼脏，或数脏之病同见，数腑之病共存，数经之病并发，数络之病齐现等等。在衡量夹杂证时，尤应重视它们之间的比例关系。如在表里关系中，有表而夹里、里而夹表的不同；在寒热关系中，有寒中夹热、热中夹寒的不同；在虚实关系

中，有实中夹虚、虚中夹实的不同；在阴阳关系中，有阳虚中夹有阴之不足、阴虚中夹有阳之微亏的不同；及至脏腑关系中，有脏虚夹有腑之微实、腑实夹有脏之虚损的不同等。怎么鉴别呢?一般采用脉、色、腹、证相互对照之法，即若表里证俱在时，症状的多少是区别表里多少的关键；虚实俱在时，脉、色、腹诊相结合，是区别虚实孰多孰少的关键；至于数脏、数腑、数经、数络共存者，症状表现多者为多，症状少者一般较少。脉象所代表的寒、热、虚、实，则是衡量夹有寒、热、虚、实的重要指标。若大实如羸状，或至虚有盛候，则必须借助腹诊加以辨别。

《伤寒论》中治疗痞满有二方，一为半夏泻心汤，一为黄连汤，从其所治证候表现上看，几乎完全相同，而处方组成却前者多一味黄芩，后者多一味桂枝，何以辨别？脉也。若见滑者，可用半夏泻心汤；弦涩不调者，则用黄连汤。

“张仲景是辨夹杂证、治夹杂证的楷模，若想认识夹杂证，就得仔细钻研《伤寒论》和《金匮要略》。”这是李翰卿关于疑难杂症的经验之谈，无论诊断，还是治疗，他都十分重视分析夹杂，认为难病多瘀、久病多瘀，用药配伍要标本兼顾，寒热并用，既攻补兼施，又攻而不猛、补而不滞。在诊断危重疾病和与腹部有关的疾病时，李翰卿特别重视腹诊，认为“腹诊是确定虚实、寒热、表里和病位的关键”。具体表现为：有压痛者，属实；喜按者，属虚。剑突下小范围内有压痛者，为痰实；整个胃脘有压痛者，属胃中实滞不化；按胃脘而咳喘加剧者，属脾胃寒痰凝结。左胁下有压痛者，属肝寒；右胁下有压痛者，多实热或痰实。脐一旁疼痛而按之疼痛不剧者，为肝郁络瘀或肝郁寒滞；脐部疼痛，按之不剧烈者，属脾肾虚寒；脐部疼痛，时轻时重，或窜痛者，属蛔虫。小腹胀而不痛者，属下焦气滞，或在膀胱，或在大肠，或属肝肾；胀而有压痛者，多属气滞血瘀，或寒凝气结。少腹一侧或两侧疼痛者属肝，其中压痛者，多属气血瘀滞，或寒凝血滞；无压痛者属气滞。整个腹部均剧烈疼痛拒按多属痈、结胸、脏结，若疼痛不剧烈而按之较硬者，属水或瘀血凝结。此外，痛彻心胸者，属心脾；痛彻胁下者，属肝胆；痛彻腰部者，属肾。而内痈尤重里治，李翰卿留下一肝脓肿合并膈下脓肿验案，常为人乐道：

> 张某某，男，50岁。阿米巴肝脓肿合并膈下脓肿，持续高烧不退半年多，某院以西药治疗不效，审其脉弦滑数，胃脘有明显的不可触按之象。李翰卿认为，脓肿应治之清热解毒之法，但根据经验看，凡抗生素有效者，应用清热解毒之剂亦效，无效者亦殊难取效，故不可用清热解毒之法治之。此证应按其腹，寻其脉，若压痛明显者必予攻下，但攻下不可大下，大下则痛难除。脉滑数者应予化痰，弦者重在和解。处方：柴胡18g，半夏12g，黄芩12g，枳实15g，赤芍15g，白芥子9g，瓜蒌30g，桔梗15g，蒲公英30g，银花30g，连翘30g，大黄3g。
>
> 次日，患者家属告知，体温由39.8度下降至38.5度，腹痛大减，饮食稍增。乃嘱其继服2剂。第3剂后，食欲大

增，体温恢复正常。

李翰卿反复强调诊腹的重要性，曾专门记录两则医案，以警醒同道："患者李某某，流行性乙型脑炎，高热昏迷5天，医以西药与中药清瘟败毒饮加减、安宫牛黄丸治之不效。细察其上腹硬痛，予大承气汤加减，一剂神清、热退而解。又如：一休克患者，前用大剂独参汤与西药配合，血压一直不见上升，及至按其胃脘有压痛，予枳实、厚朴、二丑、人参而愈。事实证明，若不诊腹则不知虚实，不知表里，治之必然无效。所以危重疾病必须按腹。"

李翰卿临床辨证细致入微，仅腹诊便总结出八点注意事项，医者可依样临床，方便实用：

1. 发病和特殊反应物的部位：即胁下、脐旁、少腹两侧属肝；剑突下属肺、胃、心；胃脘属心、脾、胃；全腹属脾；小腹（关元穴附近）属肾、膀胱、冲任；脐中属脾肾。

2. 疼痛：喜按者属虚，拒按者属实，按之痛移者属气，喜温热者属寒，痛而胀者属气滞，痛而不胀者属瘀血、虚寒，痛而柔软者属虚，痛而腹肌紧张者属实，痛而起包块者属寒凝气结，痛而冷者属寒，痛而热者属热或瘀血。

3. 包块：坚硬不移者属瘀血，柔软不移者属痰湿，时隐时现者属寒凝气滞。

4. 胀满：胃脘满闷而外形不大者为痞，属寒热夹杂，外形胀大属气滞，有压痛者属实，按之如坚盘一块属寒痰。全腹胀满属脾胃气滞。小腹自感胀满而外形不胀大属瘀血。小腹胀大属下焦寒凝气滞。小腹一侧拘急微胀属肝气郁结。小腹满而小便不利属膀胱气滞。胁下、肝一侧胀满均属肝气郁结。腹满不减、减不足言属实；腹满时减时剧属寒湿或虚寒。下午至前半夜胀满属脾肾虚寒，昼夜均胀满属实热。生气后胀满加重属肝郁结。刮风天腹胀满属风邪入里，阴天前腹胀、晴天后好转属湿。

5. 腹水：按之柔软者属气多水少，按之较硬者为气少水多，腹有青筋属瘀血。腹大而肌紧张、脐突、下大上小属肾；腹大不能自转侧，胁下痛属肝。身重少气不得卧烦躁属心。腹大四肢沉重属脾。腹胀大按之紧者难治。

6. 腹肌紧张度：按之软而薄者属虚，紧硬而厚者属痰湿，条索或一片较硬属寒、瘀；小腹按之紧张属瘀血，上腹紧张多属气滞。

7. 腹部冷热：按之发热属积、湿、痰、食积化热，冷者属寒。自感胃中灼热者寒热夹杂，小腹灼热属肾虚湿热，胁下灼热属阴虚血瘀。

8. 悸动：胃脘悸动属心或心脾虚，脐下悸动属水气奔豚。

李翰卿行医六十余年，其病、证、方、药医学体系是在长期实践中日渐明晰起来的。所谓大道至简，敢于写一部简明扼要的、医生和患者都看得懂的临床实用手册，非宗师不可为也。李翰卿从《伤寒论》入手，本着由易到难、由分到合的原则逐步实施，首先完成的是"方"部分，即《伤寒论113方临床使用经验》。李翰卿将《伤寒论》所载113方分作12大类，即子（桂枝汤类23方）、丑（麻黄汤类8方）、寅（葛根汤类3方）、卯（柴胡汤类6方）、辰（栀子豉汤类7方）、巳（承气汤类14方）、午（泻心汤类13方）、未（白虎汤类3方）、申（五苓散类7方）、酉（真武及理中汤类6方）、戌（四逆汤类11方）、亥（杂方类12方）。每一类都是主方列于前，附方列于后，目的是便于读者查阅和集中体会用药的具体法则。

李翰卿病、证、方、药中医医学体系的另一重要部分，是对伤寒诸证的研究，他编撰的《伤寒百症举要》已初具规模。书的体例如下：

> 这本小册子专以《伤寒论》的症状为主，暂定名为《伤寒百症举要》。其余各科症状陆续写出，为一个整体，以便使人易于融会贯通。
>
> 全部症状都是按照人体各部顺序写出的，如头部症状都集中在头部；渴欲饮水分别集中在口部与饮食部里。
>
> 每一症状都按类细分，每一类并冠以数字及形成各证的理由以及治疗方法和应用药品，最后指出具体方剂。
>
> 在药品方剂方面并注以数字以便于参考。
>
> 人体各部，分为全身症状和各部症状。
>
> 全身症状和各部症状都是根据症状总目结合《伤寒辨证入门》顺序写下的。凡《伤寒论》中没有的缺之。
>
> 每一种症状大体都分为概说、症状解释、形成原因、种

类、鉴别、治法、方剂、药品等项细目。

毋庸置疑，李翰卿用毕生精力构筑的，并非一座让人仰望的大厦，而是一座人人可以自由出入的建筑群。

李翰卿把一切有诊断和治疗价值的信息都叫作“证”，他希望自己建构的医学体系能够做到见证知源、见证知用、见证知方，让人一目了然。作为体系，只洞悉伤寒一科远远不够，李翰卿的设想是“其余各科症状必须按照温病、内科、妇科、儿科、外科等之次序及西医陆续写出，并融会在一起，以期有统一的认识。今特藉《伤寒论》一书，聊做初步尝试罢了”。从现存资料看，李翰卿的研究方向包括湿病、温病、咳嗽、中风、血证、心脏病、头痛、眩晕、痹证、水肿、虚劳、宫外孕、带证等。据知情人回忆，李翰卿尚有关于《伤寒论》用药研究的专稿，李翰卿也在《伤寒论113方临床使用经验》的编写说明中提到“各药详细部分另详《药物编》”，但后人整理他的手稿时却未得见，恐已遗失。

李翰卿建构的医学体系的最大特点是贯通开放，容纳百家。即：病、证、方、药相互贯通，从病可知其类别、辨证、选方、用药，从证可知其见何病、选何方、用何药，从方可知其主治何病何证、有何禁忌、如何加减变通，从药可知其应用配伍、用在何方、主何病证。另外，这个体系所包括的病不仅有中医传统的内伤、外感诸病，也有当时业已深入研究的西医诸病，如宫外孕、肾炎、肝炎等。李翰卿贯穿古今，容纳中西，其初衷是创造世界上的新医学派。李翰卿很早便认识到中西医必将走向合流，他特别强调要“把中西医的理论和方法用病、证、方、药的体系写成系统材料”，而不仅仅是把中医的内容在这个体系下重构。

遗憾的是，李翰卿大业未竟，夙愿未偿，便与世长辞。但他构建的医学体系框架无疑是一把开启中西医合璧之门的智慧钥匙。

李翰卿善用小方、轻剂，所谓“用药如用兵，方不在小而在准，兵不在多而在精，剂轻亦可起重症，四两虽微拨千斤”。在李翰卿的医案中，曾记录这样一则故事，甚是有趣：

> 一李姓患者患二尖瓣狭窄症，于西医医院实施二尖瓣分离术后，不久发生严重心力衰竭，虽经抢救脱险，心衰仍不时发生，半年后转入省中医研究所附院。患者先请某医生以生地15g，麦冬15g，天花粉15g，五味子15g，人参15g，当归9g，茯苓15g治之。服后约20多分钟，心悸气短加剧，咳喘不足一息，腹满浮肿更甚。乃急请李翰卿会诊。李翰卿云：“可予真武汤加减治之。”遂处方：附子0.3g，白芍0.6g，茯苓0.3g，人参0.3g，白术0.3g，杏仁0.3g。服药25分钟后，心悸气短咳喘即减轻，1小时后排尿一次，腹胀浮肿亦减，平卧睡眠数小时，至次日晨，已可以自行翻身，遂照原方继服。3日后，竟能下床走路20余步，且云：“一年来未能步也。”全方药量总共不过一钱，如此小量，竟能起沉疴于顷刻、救危难于即刻，医患均不明其原因，遂求教其理。李翰卿说：“此患阴阳大衰，又兼水肿，乃阳虚至极

也。虚不受补，补其阳，则阴液易伤而烦躁倍加；补其阴，则阳气难支，浮肿短气更甚。故治之宜小剂耳，取《内经》‘少火生气，壮火食气’之意也。”

中医大夫大多爱好书法，李翰卿闲暇时也每以笔墨为乐，曾书写诗句自勉：“献身要读润芝书，报国应行翔宇路”“本草木之精以疗疾病，体好生之德以切恫瘝”“但愿人皆寿，何妨我独劳”……

医家辨证一如文人辨字，证像字一样，也是千姿百态的。所谓“上医治未病”，在常人眼中极寻常的生理现象，在医家眼中，却透露出无数身体信息。

譬如咳嗽。

在寻常医者眼中，咳嗽不过是肺脏病变中的一种常见证候，所谓“有声无痰叫作咳，有痰无声叫作嗽，有痰又有声叫作咳嗽”。李翰卿却发现，这种喉中发出“吭吭”之声的小毛病也是百变的。从临床实践观察看，不论写成文字，还是口头问答，人们往往把“咳嗽”二字作为通用名称，而有痰无声的证候，从未见人用“咳嗽”二字表达。李翰卿敏锐地捕捉到这一差异，主张从“吭吭”之声的有无决定是否属于“咳嗽”：凡是有这种声音者，无论痰的有无，均可叫作“咳嗽”；没有这种声音，虽喉中痰声辘辘，也不得叫作“咳嗽”；至于其他咳嗽的名称，应根据诊疗价值，把它肯定下来，若是质同名异，则既无诊疗价值，又徒乱人意的重复性名称，该合并的合并，该取消的取消，使每一种名称都有明确固定的标准。如“干咳”“燥咳”“气咳”“秋燥咳嗽”等，均与燥邪侵肺有关，临床表现皆以无痰、无血的干咳为其共同特征，故可将上述诸咳合并为“干咳”一种。又如“实咳”“虚咳”“寒咳”“热咳”等名称，过分笼统，应以具体的内伤、外感咳嗽证名取而代之。如此，于医者易于交流方面的统一，于患者也可减少不必要的顾虑。医者说法分歧，每致患者不能信任，因而延误治疗。所谓“名不正，言不顺，事不成矣”，医学无小事，名词术语的规范统一也是其一。

诸咳不同，须当细辨。咳嗽的主症为喉中“吭吭”有声，全身症状则多样。

咳而倚息不得卧，指咳嗽气上逆，睡觉时或俯或仰，倚靠得很高，不能正常平卧者，多为外感风寒，或阳虚水逆，痰饮冲肺所致；咳而声重，指咳嗽声音大而有力，多为邪盛而正未虚之外感、实证咳嗽；咳而无痰，又叫干咳，多由肺燥阴虚所致；痰不易咳出，指咳痰黏稠，不易咯出者，多由燥痰或体虚入嗽，咳痰无力所致；咳痰稀而多，为湿痰水饮之证，源在脾而不在肺，由脾虚水湿失运所致；咳血，指咳嗽而痰中有血，或纯粹咳血，多由外感或内伤化热、化火，灼伤肺络所致，或见于肺痈、肺痨等病；痰中血丝，又名咯血，多为阴虚火旺，或肺有燥邪，热扰肺络所致；偏睡，指侧卧一边，能左不能右，或能右不能左，或能俯不能仰，是虚劳骨蒸内热的证候，或见于瘀血咳嗽；黄昏咳嗽，为阴虚咳嗽的主症；五更咳嗽，多为食积咳嗽的主症，以小儿食积咳嗽为多见；冬季咳甚，春夏即愈，多为阳虚咳嗽之主症；

久嗽，指咳嗽日久不愈，多属内伤虚劳之咳嗽；新咳，指现得的咳嗽，多属外感；气出或吐痰腥臭，是饮酒伤肺，肺热证之一；咽喉不利，咽喉干燥哽痛，为肺热证之一；口苦干燥，为肺热证之一；面目浮肿，可因风寒侵肺或水饮冲肺所致，若兼见喘嗽肩息，脉浮而大者，多系死证；微受风寒即发喘嗽，多因素体气阴或气血两虚，复感风寒所致；失音，多由久嗽或平素有火，复感风寒，火为寒束，寒中包火所致；频吐痰涎，痰的成因极多，内伤外感，均可导致痰的产生，但以脾虚或湿困为根本原因；身体羸瘦，多由虚劳久嗽所致；咳声清亮，所谓金音清亮，多为偏于火而不兼湿之证；咳而少气，即咳嗽气短，少气懒言，为肺气虚之证；咳声重浊，重浊为土音，若兼痰多不渴，乃湿邪困脾，水饮过甚之证；连声咳嗽，即咳声连绵不断，持续时间较长，多见于小儿百日咳，或慢支久咳；胸痛，咳而胸中隐隐作痛，多见于肺痈；鼻燥，多为燥热咳嗽，必兼咽喉干燥等症。

大学问见于日常。

一个小小咳嗽，李翰卿便总结出如此多症状，可见辨证之难，也可见其学问之深。对咳嗽病的诊断，李翰卿主张先辨清属外感还是内伤。外感咳嗽大部分是新病，即新咳，但也有久病复感新邪者；内伤咳嗽大部分是久病，但亦有新病因内伤而引发者。外感方面，须辨清风、寒、暑、湿、燥、火（热），特别是风寒、风热、暑热、秋燥、寒湿、湿热等证；内伤方面，须先辨清肺脏的虚、实、寒、热，其次须深究发病的脏腑，弄明白这种咳嗽是由于肺脏本身发起的，还是由于其他脏腑的疾病涉及肺脏的。治病必求其本，如果是先由肺脏本身引起的，则以治肺为主；如果是先由其他脏腑所起，则须以治其他脏腑为主，否则主次不分，本末倒置，难以取效。具体到辨识各种咳嗽病证，李翰卿还提出识咳六法：

1. 从发病时间、季节上判断：如黄昏时咳嗽，多为阴虚；五更时咳嗽，多为饮食积滞；伤暑咳嗽，多发生在夏暑时节；秋燥咳嗽，必然发生在秋季等。

2. 从咳嗽的声音上判断：如咳嗽声重，咳而有力，多为新病、实证；咳声重浊，即声音虽有力，但混浊而不清亮者，多为脾湿水饮侵肺证；咳声嘶哑，甚或失音者，多为虚证、久病；咳而呀呷有声，即喘息张口，喉中发出的声音，多为痰喘。

3. 从痰之有无、多少、稠稀、颜色、易不易咳出判断：如咳而无痰者，为干咳，多为燥热伤津或阴虚所致；痰少稠黏，甚或黄痰，不易咯出者，多为燥热咳嗽；痰涎清稀色白，易于咯出者，多为寒湿或阳虚。

4. 从发病的原因和其他疾病的先后顺序上判断：如妊娠期咳嗽，多为子嗽；咳嗽日久不愈，胸部饥时作痛，唇上有白点如粟者，为虫咳等。

5. 从年龄的老幼上判断：如百日咳为小儿常见的一种咳嗽；慢支、肺心病之咳嗽，则多为中老年，特别是北方老年人所患的一种疾病等。

6. 从兼症的情况判断：如咳嗽兼见恶寒、无汗、鼻塞或流清涕，脉浮紧或浮缓者，为风寒外感；咳嗽兼发热或恶寒头痛，痰黄黏稠而咳痰不爽，口渴咽痛，或有汗或无汗，脉浮而数者，为风热咳嗽；咳而痰多且稀，舌白滑润，不渴，脉弦滑，不喜冷性饮食者，为湿痰或痰饮咳嗽；咳而兼有表寒的恶寒发热、头痛、脉浮等症，同时又兼见里热的口干、口苦、口渴、喜冷性饮食等症者，为寒中包火咳嗽；燥咳胸痛，咳吐臭脓，或大量吐血，血中似有脓而腥臭，脉数实者，为肺痈咳嗽；咳血证已愈或未愈期间，兼见倚息不得卧，或侧卧一边者，多为瘀血咳嗽；咳而呕，呕甚则长虫出，为胃咳；咳呕胆汁，为胆咳；咳而遗溺为膀胱咳；咳而腹满，不欲饮食，为三焦咳；咳而遗矢，为大肠咳；咳而矢气，为小肠咳；咳而两胁下痛，甚则不可以转，转则两胁下满者，为肝咳；咳而右胁下痛隐隐，引肩背，甚则不可以动，动则咳剧，为脾咳；咳而喘息有音，甚则唾血，为肺咳；咳而心痛，喉中介介如梗状，甚则咽中喉痹，为心咳。

识病如斯，夫复何言哉！

本以为把“咳嗽”细分到如此地步，已穷尽“咳嗽”之种种，谁知还可继续深究下去。所谓学无止境，信焉！譬如常见证候湿痰咳嗽，多因饮食生冷过度，伤及脾阳，或素体脾、肾阳虚，复感寒湿之邪，使脾失健运，聚湿生痰，上渍于肺，肺失宣降，发为痰湿咳嗽。证候表现以咳嗽，痰多而稀，易于排出，胸闷，苔腻，脉滑，饮食减少，不喜冷性饮食等症为特点。针对此证，李翰卿又提出治疗七法。

1. 利水：古人谓“积水成饮，饮凝成痰”，痰之本为水也，故利水之治，可消生痰之源。代表方剂如十枣汤、控涎丹等。十枣汤重在水饮停蓄于胸腹，控涎丹则重在水饮停滞于胸膈。

2. 燥湿：水湿内停，可凝聚生痰，故燥湿为治痰之上源的根本方法之一。代表方剂如加味二陈汤（二陈汤加杏仁、干姜、细辛、五味子），六安煎（二陈汤加杏仁、白芥子）等。

3. 温阳：水饮为阴邪，得温方可消散，故温阳即温化痰饮，为治湿痰咳嗽之常法。代表方剂如苓桂术甘汤、附子理中汤等。

4. 健脾：因脾属土，土能渗湿，又能制水，水湿的布运，全赖脾气的健运，方不至于生湿、生痰。故健脾为治湿痰的根本方法。代表方剂如六君子汤、二陈汤等。

5. 理气：指理肺气，因肺主一身之气，又肺为水之上源，肺气以清肃下降为顺，气行则水行，湿痰随气而行散，不致阻肺致咳，故理气为运化痰湿的重要方法。代表方剂如参苏饮、通理汤等。

6. 散寒：湿痰咳嗽每多内伤、外感合并，如素体有湿痰或水饮，又兼外感寒邪，内外夹攻，使湿痰更甚，此时，解表散寒尤当重要。代表方剂如小青龙汤、杏苏饮等。

7. 补肾：因肾藏一身之元阳，肾脏主水，又脾阳之运化

> 有赖肾阳的温煦，肾气行则脾气运，水自行也，故补肾为治水湿之根本。代表方剂如真武汤、金匮肾气丸等。

从病名规范，到辨证，到识症，到因人因时而治，关于“咳嗽”之学问，竟如此深奥，可见中医之博大精深。常有人感慨中医过时甚或无用之类，其实，并非中医过时甚或无用，而是学中医太难，非有悟性，难入堂奥。就说诊脉，也多讲究。李翰卿主张练习脉诊，主以缓脉为准。

> 缓脉，是不浮不沉、不大不小、不虚不实、不迟不数的一种正常脉象，也就是在无病时的一种脉象。初学练习诊脉的时候，必须先掌握缓脉，就是以缓脉作为标准进行对比。比此脉接近皮肤的就叫作浮，比此脉接近筋骨的就叫作沉，比此脉大的就叫作洪，比此脉小的就叫作微，比此脉有力的就叫作实，比此脉无力的就叫作虚，比此脉快的就叫作数，比此脉慢的就叫作迟，比此脉流动滑利的就叫作滑脉，比此脉流动涩滞的就叫作涩脉。

何某某，女，65岁，半身不遂三月有余，缠绵病床既久，患者和家人甚为苦恼。何某先是住进某西医院，被诊断为脑血栓形成，治疗月余无效。后又延请中医以针灸、中药补阳还五汤加减治疗，依然无效。无路可走时，何某家人登门请求李翰卿到家中诊治。李翰卿欣然前往，见何某面呈忧郁之色，问之不愿多语，把脉，脉象沉而弦。李翰卿心中有数，便微微一笑说，病人是肝郁血滞，血不养筋，治宜养血活血，疏肝理气。遂逍遥散加减，开出一方：

柴胡9g、当归9g、白芍9g、丝瓜络9g、桑枝9g、香附7.5g、郁金6g。

七日后，李翰卿回访，家人说何某服药七剂，诸证大减，左侧肢体已能活动，最让家人喜出望外的，何某居然可以翻身！李翰卿甚是欣慰，叮嘱何某放松心情，继续服药。一个月后，何某痊愈。谈到此中玄机，李翰卿一语道破：补阳还五汤确是治疗半身不遂的好方，但这个方子为补气活血方，如果用于肝郁气滞、筋脉失养患者，气血不但更加壅滞，还会导致筋脉不舒。经云："肝主筋。"患者肝郁血滞、筋脉失养，当以舒肝养血活血治之。

"失之毫厘，谬以千里"，诊病何尝不是如此？

这毫厘之差，便是医者名与不名之根本。

擅音乐者，知弦外之音；擅文字者，知词外之意；擅医者，知微末之辨。

2020年3月17日，第91个"国医节"。

凡节日，多有喜庆之意，可一提到"国医节"，却别有一番滋味。东西方文明发生大碰撞，受冲击最大的居然是与华夏文明相搀相扶数千年的"国医"，颇有些讽刺意味。百年以来，西医兴起，中医冷落，不知何时，中医竟沦为西医的附庸，悲凉，悲哀，悲苦，一言难尽。新春伊始，新冠肺炎肆虐，一夜之间，中医又重振雄风，方惊觉中医并未走远。在这样一个历史节点，民众陌生的“国医节”便有了别样的意义。

陈存仁（1908—1990）毕业于上海中医专门学校，师从姚公鹤、章太炎和名中医丁甘仁（1866—1926）、丁仲英（1886—1978）父子。陈存仁还是社会活动家、理财家，1928年他创办了国内第一份医药卫生常识报刊《康健报》。1935年，他主编了300余万字的《中国药学大词典》。1937年，陈存仁东渡日本，收集日本汉医书籍400余种，整理出版《皇汉医学丛书》数十册。陈存仁曾在《银元时代生活史》中写道：“中医界经过了这一次的大风暴，我们就根据在总商会开大会第一天的日期（1929年3月17日），定为‘国医节’，又称‘三一七事件’。从此之后，年年三月十七日那一天，全国中医界都举行国医节纪念仪式。”

书中所说“大风暴”，指的是1929年民国政府“废止中医案”。

1929年2月23日。南京黄埔路1号。新任卫生部部长薛笃弼与从各地礼聘的医疗卫生专家齐聚一堂，举行全国第一次中央卫生委员会会议。薛笃弼并未学过医，上任之初，他便着手成立了一个政策咨询机构，叫中央卫生委员会。委员共18人，除薛之外，其余皆西医出身。在当时，卫生即西医，西医即卫生，中医被卫生部毫不留情地拒之门外，会上却偏偏讨论起中医问题。

会议从23日开到25日，总计讨论议案49件，涉及中医的有4项，其中最引人瞩目的是中字第14号提案——《废止旧医以扫除医事卫生之障碍案》。提案人叫余云岫，浙江镇海人，早年留学日本，归国后四处呼号，竭力主张废除旧医，也即中医。在会上，余云岫历数旧医种种罪状，声称“旧医一日不除，民众思想一日不变，新医事业一日不能向上，卫生行政一日不能进展……为民族进化计，为民生改善计，不可不取断然手段”。在余云岫眼里，中医简直“十恶不赦”，他所谓的“断然手段”，用“斩草除根”来形容也不为过：限期施行旧医登记，领执照后方许执业；对已登记的旧医进行新医培训，获得证书方可继续执业；旧医年满50岁以上，国内营业20年以上者，可免受补充教育，给特种营业执照，期限15年，但不准诊治法定的传染病及发给死亡诊断书；禁止登报介绍旧医；检查新闻杂志，禁止非科学之医学宣传；禁止成立旧医学校……按照这一设想，中医即便不被一棍子打死，也要被西医“肢解”，脱一层皮。中医呵护中华文明数千年，竟沦落到如此地步，令人惊诧！就这样，一项事关中医命运的“规定旧医登记原则”三项，竟在中医缺席的情况下，被写入2月25日的会议记录第七项，即：甲、旧医登记限至民国十九年（1930）底止。乙、禁止旧医学校。丙、其余如取缔新闻杂志等非科学医之宣传品及登报介绍旧医等事，由卫生部尽力相机进行。

消息传到上海，沪上中医药界立即炸了锅。中医最擅长之事便是调方遣药，沪上中医报刊《康健报》《医界春秋》的创始人陈存仁、张赞臣本就是吹号角的，当即肩起临时“召集人”的责任，充当起护佑中医大纛的“佐使”；更何况，“废止中医案”还提及“检查新闻杂志”，火直接烧到自家身上，岂能袖手旁观？

张赞臣（1904—1993），字继勋，晚年自号壶叟，江苏武进人。祖父张育铭、父亲张伯熙精于外、喉科。张赞臣幼承家学，16岁随父入沪，就读于上海中医专门学校，后又转读于上海中医大学，师从谢利恒（1880—1950）、曹颖甫等名家。民国十五年（1926），张赞臣大学毕业后悬壶沪上。后在中国医学院、新中国医学院执教，与同学杨志一、朱振声等创办《医界春秋》杂志，担任主编，还先后创办了上海国医讲习所、中国医药研究所等。

陈存仁、张赞臣通电商定面谈，可二人人微言轻，便邀请丁仲英、谢利恒出面坐镇。两位大师慨然应允，“君臣佐使”很快凑齐。2月14日，农历己巳年正月初五。师徒四人相聚老城厢五芳斋，商定由谢利恒挂帅，利用《康健报》《医界春秋》的全国订户地址，在各省各市各县各挑出2人，把全国的中医组织起来，进行抵制。

次日下午，陈存仁、张赞臣带着全国300多个县、市中医师名单，前往番菜馆，商量宣传发动工作。那天到会的有二十多人，就在大家讨论得热火朝天的时候，闯进一位不速之客，名叫张梅庵，是位中药师。张梅庵年轻气盛，他提议上海中医药界集体停业半天，举行抗议大会。众皆赞同。

2月21日，上海抗议大会在六马路仁济堂施诊大厅举行。1000多名中医大夫、中药店职员赶来参加，会场被挤得水泄不通。张梅庵带头呼喊口号，谢利恒宣读拟好的通电，宣布3月17日召开全国中医抗争大会。《新闻报》《申报》《时事新报》等媒体刊登了消息，众多社会团体发来声援通电。

3月2日，余云岫在其主编的《社会医报》上，全文照登了未宣布实行的“废止中医案”，更激起中医人的怒火。余云岫等四人还赤膊上阵，撰写文章，接受采访，发表谈话，阐述必须废止中医的理由。中医药界寸步不让，立即派出陈存仁、张赞臣等四人，与西医展开论战。一时热闹非常。

3月17日下午，全国17个省市、242个团体、281名代表云集上海总商会礼堂，召开全国中医抗争大会。社会舆论也支持中医界，喊出“取缔中医药就是致病民于死命”“反对卫生部取缔中医的决议案”等声援口号。

大会进行了三天，议定将3月17日定为中医药大团结纪念日，即后来的“国医节”，同时决定组织请愿团赴南京请愿。谢利恒、丁仲英、张梅庵、陈存仁和南京名中医隋翰英被推举为代表，张赞臣、岑志良为随行秘书。丁仲英提出留守上海，请愿代表改由蒋文芳担任，并邀请南京、上海两地常给政要看病的名中医陆仲安、张简斋当顾问。

3月21日，请愿团离沪赴南京。次日早晨，请愿团到达南京下关车站，数千人列队欢迎。稍事休息，请愿团便赶到总统府递交请愿书，要求面见蒋介石，遭到门房侍从官的拒绝。双方发生争执，陆仲安急忙跑到隔壁房间给蒋介石的生活秘书打电话。秘书赶来，与请愿团诸人寒暄后说：“今天蒋主席肯定是没时间了。明天、后天我帮你们约时间，你们先回去，等我电话。”

见不到蒋介石，请愿团便到国民党三全大会、中央党部、行政院等处请愿。他们先去拜见行政院院长谭延闿。一见面，谭延闿便道：“中医决不能废止。我做一天行政院院长，非但不废止，还要加以提倡。”谭延闿态度明确，还当场撸起袖子让谢利恒为他号脉、开方。次日，谭延闿请中医诊病的新闻见诸报端，有的报纸还把处方登了出来。

接着，请愿团去见于右任。于右任坚决支持中医，他打了个比方，生动，形象，直中要害："中医该另设一个机关来管理，要是由西医组织的卫生部来管理，就等于由牧师神父来管和尚一样。"

见完于右任，已是下午，请愿团又拜见了林森、戴季陶等国民党大佬，最后去了立法院。时任法制委员会主任焦易堂出面接待了请愿团，他透露，薛笃弼是冯玉祥的人，中央让他担任卫生部部长，就是为了拉拢冯玉祥。薛笃弼对中医并无成见，何况冯玉祥推崇中医，他军中的军医一向以中医为主、西医为辅。冯玉祥听说此事后很不满，已打电报严厉申斥了薛笃弼一番，薛笃弼正为此发愁呢。

闻听此事，请愿团很高兴，便故意不去卫生部。

第二天，请愿团继续拜会大员。在李石曾、张静江处，请愿团获悉阎锡山已经打电报给中央，表示强烈反对"废止中医案"。这期间，卫生部派人来请，遭到请愿团拒绝。当晚，薛笃弼又派人送来5份请柬，邀请愿团餐叙。第二天下午，薛笃弼见到请愿团，一再表明自己决不会实施"废止中医案"，相反，卫生部还决定聘请谢利恒、陈存仁为顾问。

3月23日下午，总统府来电话，说蒋主席要接见。随后来了两辆汽车，把请愿团接到总统府。蒋介石跟大家一一握手，说："你们的事，我都知道了，我对中医绝对拥护，你们放心好了。小时候，我有病都请中医看的，现在也常服中药。"蒋介石还当面指示秘书，把他对请愿书的批示从速发出。接见时间仅有5分钟。

任务完成，3月25日晨，请愿团启程返沪，南京中医药界在车站列队欢送，上海中医药界在车站隆重欢迎。请愿团把准备好的《请愿经过报告书》在两地车站散发，次日，各报皆在显著位置做了报道。

几天后，上海收到两份公函，一份是国民政府批谕，明令将卫生部禁止中医的“前项布告与命令撤销”。另一份是由薛笃弼签署的聘请谢利恒、陈存仁出任卫生部顾问的聘书。

反中医阵营的领军人物其实是汪精卫，请愿团赴南京时，汪精卫正好不在，他返回南京后，手下一干人等又开始兴风作浪，国民政府的口头表态并未付诸实施。不久，教育、卫生两部通令中医诊病时，禁用西药及器械；中医学校降格为中医传习所或中医学社，不准用学校的名称；中医医院改为医室等。

“废止中医案”提出时，北京四大名医施今墨、萧龙友、孔伯华、汪逢春等也组织了华北中医请愿团声援上海。施今墨1881年出生在贵州，原名毓黔。年幼时，因母多病，施今墨遂立志学医。施今墨的舅舅、河南安阳名医李可亭见外甥聪颖，在施今墨十三岁时便开始教他学习中医。年方二十，施今墨已通晓中医理论，可以独立行医。1902年，施今墨随父来到山西，入山西大学堂读书，后因参与反对山西大学堂西斋主持人、传教士李提摩太专制而遭开除。1903年，施今墨转读于山西法政学堂。1906年，施今墨被保送至京师法政学堂。这期间，施今墨经人介绍认识了黄兴，又由黄兴介绍加入了中国同盟会。1912年，施今墨以山西代表的身份赴南京参加孙中山临时大总统就职典礼，之后留在陆军部，以客卿身份协助陆军总长黄兴制定陆军法典。1925年，孙中山病重期间，曾延请施今墨诊病。

据施今墨之子施小墨回忆，中医命运多舛时刻，施今墨曾多方寻求支持。其时，适逢汪精卫的岳母患恶性痢疾，每天腹泻十余次，遍请当时名西医治疗，无一有效。病人奄奄一息，有人便向汪精卫推荐了施今墨。汪精卫起初不同意，可又别无他法，只好请施今墨出山，"死马当活马医"。当晚，施今墨为汪精卫的岳母诊治，说到症状，每言必中。施今墨开了10天的汤药。患者问："先生何时再来为我复诊？"施今墨答："您安心服药，3天后痢疾停止，5天后胃口好转，10天后痊愈，不必复诊。"病了这么久，怎么可能一诊即愈？汪精卫和岳母半信半疑。10天后果然痊愈。汪精卫要答谢施今墨，施今墨拒绝了，劝他善待中医，汪精卫取消中医的态度才有所松动。

1930年3月，南京设立中央国医馆，施今墨担任副馆长。

1931年1月，国民党中央执行委员会强令解散全国医药团体总联合会，再次点燃中医药界的怒火。2月1日，中医药界在上海召开临时代表大会，17个省市、223个团体、457位代表参加。中医药界再次派代表赴南京请愿，规模和声势比前一次更大。

1935年11月，在国民党第五次代表大会上，冯玉祥等82名代表联名提出建议：政府应对中西医一视同仁，尽快公布《中医条例》；国家医药卫生机关增设中医；允许设立中医学校。

1936年1月22日，《中医条例》正式颁布，中医在医药卫生系统取得合法地位。

“三一七事件”仅是历次抗争之一，废止中医之滥觞起于清末民间，有几个历史节点中医人永难忘记——

1912年，北洋政府以中西医“致难兼采”为由新定学制，把中医挡在学校门外，此即近代史上臭名昭著的“教育系统漏列中医案”，中医界开始第一次抗争。

1915年，两大西医会团体创立，中国医学团体有了中西之分。

1925年，中医界再次请准中医加入学系，中西医之争卷入上层；同年，上海医师公会创立，废止中医的营垒形成。“废止中医案”发生后，中西医又混战多年，到抗日战争时期才搁置，其间，医界、学界、政界和民众皆卷入其中，集会、请愿、抗争、论战此起彼伏。抗日战争胜利后风波再起，直到新中国成立。

新中国成立初期，卫生部的一位副部长提出，中医是封建时代遗留下来的“悬医”，应随封建社会的消亡而消亡，他要求开设中医进修学校，让中医学习西医，改造中医。此言一出，中医界一片哗然。1953年，有人向毛泽东反映此事，毛泽东说：“今后最重要的是首先要西医学习中医，而不是中医学西医。”毛泽东还指出：“中医药学是个伟大的宝库，应当努力挖掘，加以提高。”

毛泽东一锤定音，这才开启了中西医结合的黄金时代。

“三一七事件”不过是近代中医存废之争的一个标志性事件，西风东渐中，中西医之争一直与中西方文化之争并行，中医不幸沦为西化者的标靶，颇为诡异。回头再看，中西医之争更应是两种医学体系的比较，这种比较一直是近代中国医学史的核心议题，只有在中国才成立。但在当时之表现，显然不是“比较”二字可一笔带过的。汉学家李约瑟曾提出著名的李约瑟难题：“尽管中国古代对人类科技发展做出了很多重要贡献，但为什么科学和工业革命没有在近代的中国发生?”中医的发展无疑是李约瑟难题之一，李约瑟曾言：世界各族疾病历史记载中，中医学几乎是唯一拥有连续性著述传统的。或许这个唯一，才是中医磨难的肇始，所谓“木秀于林，风必摧之”。

弹指百年，中西医之争仍不绝于耳。当年为中医存亡奋力一搏的前辈已驾鹤而去，他们留在中华大地上的足迹却无法抹杀。在上海人民大道西面、上海大剧院对面的威海路有一座2号院，那儿便是陈存仁的旧居。如今，门口虽不再有任何与中医有关的招牌，但门牌号码依然是2号。那栋洋房是陈存仁靠诊金置地建造的，当时曾挂着国医研究所的牌子。人事虽如风飘摇，门口种植的法国梧桐却依然茂盛，老房子的轮廓被遮住，仿佛中医二十世纪以来隐约的形貌。

第四章 一脉流长，照拂众生

脉诊虽居于四诊之末，却最为有效；当然，脉诊也最难把握，不经反复实践，不去细心揣摩、辨认、体会，就不可能达成心中了了，指下分明。

故善为脉者，谨察五脏六腑，一逆一从，阴阳表里，雌雄之纪，藏之心意，合心于精，非其人勿教，非其真勿授，是谓得道。

——《黄帝内经·素问·金匮真言论》

山西中医树大根深，枝繁叶茂，或与山西、河北、河南三地人口流动频繁有关。萧通吾祖籍河北武安，1929年“废止中医案”发生那一年，他39岁，在山西太谷县任村坐堂，虽地居偏远，名声却响亮。其时，离开山西去北京发展的施今墨组织华北中医请愿团声援上海，萧通吾在太谷组织当地中医药人士参加请愿运动，地不分南北，都在为中医生存而呼号。1937年，中华民族处于危难之中。河南籍河北名医杨医亚（1914—2002）创建“国医砥柱社”，以期“保存和发展中医，帮助国人摆脱‘东亚病夫’之名”，萧通吾担任“国医砥柱社”太谷县任村分社助理员。黄河流域是华夏文明的发祥地，晋冀豫之地史上多有名医，那时交通虽不便，往来却十分频密。而山西素有“表里山河”之谓，四季分明，气候独特，阎锡山主政时期还赢得“模范省”之名，更是河南、河北避难者的首选之地，在山西行医的外省籍人氏众多，这在中医史上是个有意思的现象。

1912年，“教育系统漏列中医案”一出，舆论大哗。扬州中西医学研究会创始人袁桂生率先向当局发难，“教育部定章……删中医科目，是可忍，孰不可忍”。1913年，北洋政府教育总长汪大燮提出废除中医中药，这是官方人士第一次就此事公开表态。汪大燮曾任清朝日本留学生监督，目睹日本近代废除汉方医、全盘西化后的迅猛崛起，对待中医的立场可想而知。教育部教育规程公布后，上海神州医药总会会长余伯陶等联合全国19个省市中医界和同仁堂、西鹤年堂等药业人士，组织了“医药救亡请愿团”，要求当局将中医纳入医学系。迫于压力，北洋政府一面搪塞说废除中医的政策不会实施，一面仍拒绝将中医列入教育计划。中医界的第一次斗争虽失败，但也迫使当局公开肯定了中医中药的重要作用，允许民间中医学校先行自谋筹建，于是，便有了丁甘仁于1915年筹建、1917年正式开学的上海中医专门学校在内务部立案成功的先例。

第一次中西医论争中，梁启超是站在西医一方的。然而，1926年，他的一场大病成了中医支持者对西医发起反攻的武器。

3月8日，梁启超因尿毒症入住北京协和医院。经X光透视，医生诊断为癌症。手术后解剖割掉的肾，果见其中有一樱桃大的黑点，却非癌症。更要命的是，病人尿中仍然带血，却查不出病源所在。梁启超被西医“割错腰子”事件一经传出，西医立刻成为众矢之的。原来入院之前，梁启超曾请萧龙友把脉，萧龙友诊断后说：“不是急症，不就是尿里有血吗？任其流二三十年，亦无所不可。”梁启超转投西医，被割掉一个肾，得出的结论居然也是“无理由之出血症”。梁启超的弟弟梁仲策在《病院笔记》里记录了此事，他对中西医各打了一堆板子，当然，对西医略重些：“中医之理想，虽不足以服人，然西医之武断，亦岂可以服中医？”徐志摩在《我们病了怎么办》一文中也提到，西医所谓“科学精神”，原来是“拿病人当标本看”。两篇文章一经登载，当即惹恼学西医的鲁迅。7月5日，鲁迅发表了《马上日记》，开篇便将矛头对准徐志摩：“自从西医割掉了梁启超的一个腰子以后，责难之声就风起云涌了，连对于腰子不很有研究的文学家也都‘仗义执言’。同时，‘中医了不得论’也就应运而生；腰子有病，何不服黄蓍欤？什么有病，何不吃鹿茸欤？”但在当时，舆论对西医的谴责和攻击占压倒性优势，正所谓不是西风压倒东风，便是东风压倒西风，颇有些风水轮流转的意思。

其实，仅就个案说事，本就是最不靠谱的事，就像梁启超被西医“割错腰子”，就说西医不好；中医没有救了鲁迅父亲的命，就说中医“不过是一种有意的或无意的骗子”。但中西医愈演愈烈的争论还是彻底激起中医药界兴学办刊的斗志。在全国70余所中医学校、近200种期刊中，尤以“南丁北施”影响最大。“南丁”即前文所讲的丁甘仁创办的上海中医专门学校，“北施”即施今墨于1931年在北京创办的华北国医学院。

施今墨于1921年正式挂牌行医时，才改毓黔为今墨，意即行兼爱之道而崇尚墨子，修身从医必做当今之绳墨。施今墨一生力主通过“编书籍、办医院、开学校”三条途径复兴中医、发展中医，强调编书籍是总结过去的经验，办医院是实践现在的经验，开学校则是开创未来的经验。1930年，施今墨与萧龙友、孔伯华等在北京创办北平医学校（即北平国医学院），萧龙友任校长，施今墨、孔伯华任副校长。1931年年末，施今墨又与陈宜城、魏建宏等合作创办华北国医学院，办学宗旨为“以科学方法整理中医，培养中医人才，绝不拘泥成法，唯一宗旨希望明先哲遗言，借助新医经验，为人群造福”。施今墨任校长，陈宜城为董事长，在中央国医馆正式立案。校址初选在北平宣武区盆儿胡同；次年迁至西城区大麻线胡同8号，设有诊所；1940年再迁至宣武区西砖胡同36号。华北国医学院始终坚持以医德和医术结合、中医和西医结合、理论和临床结合为办学方针，按近代教育模式设立董事会和教务机构，实行严格的教学和学籍管理体制。学制为4年，办学时间长达18年，入学人数约650人。1935年，校刊《文医半月刊》问世，施今墨于1937年在该刊撰文曰：“学问之道永无止境，去短取长学者本色。当此科学发达之秋，自应舍去吾国医学陈陈相因之玄说奥理，而走向科学化之途。无论中医、西医，其理论正确治疗有效者，皆应信任之，反之摒弃不用也。”

杨医亚是华北国医学院第四届毕业生，一生从事中医教育，著述等身。1935年至1937年，杨医亚担任《文医半月刊》常务编辑。1937年，杨医亚自创《国医砥柱》月刊，如皋名医周倜生自第三期始担任撰述主任。周倜生（1899—1989），字筱斋，如皋东马塘人（今属如东）。2月15日，周倜生在晓塘（马塘古名）惕庐医室挥笔写下月刊发刊序，感慨多年来中西医在中国此消彼长，值此中医危难之秋，“杨君医亚，国医中之有心人也……（周）敢不稍尽绵薄，本‘匹夫有责’之旨，而追随诸先生以谋挽危图存复兴绝学耶”。此后，周倜生接二连三地在《国医砥柱》上发文，为中医申辩。在他的眼中，中医之“公敌”并非西医，而是废国医论者。周倜生曾在《中国医家应取之趋向》一文中提出“沟通中西，取长舍短，不着哲理，不迷科学，摒弃空言，趋重事实”的为医道理。中医对西医一向抱持学习的态度，主张兼容并蓄，西医中的某些人却恨不得置中医于死地，这在医学史上无疑是一种怪现象，仅用同行相斥恐怕很难解释得通，完全归咎于利益之争无疑有“阴谋论”之嫌。当然，中医界并非不存在问题，伪中医行走江湖，骗财害命，自然遭人诟病。伪中医并非中医，但患者如何分辨得清？总之吧，中医之传承一如文化之传承，清流一脉者有之，虫鱼混杂、泥沙俱下者也有之，所谓林子大了，什么鸟都有，中医走上自省自强之路也是必然。

萧通吾长李翰卿两岁，也是山西四大名医之一。只不过，李翰卿是个“全才”，而萧通吾则更“专”，尤其祖传脉学，不敢说独步天下，出其右者也寥寥。萧通吾善切，但并不偏废望、闻、问，四诊合参，尤重脉诊，这才是萧氏学术立派之本。

萧通吾，字广运，1890年出生于一个中医世家。萧氏自萧大鹏始，历经萧元康，萧顺昌，萧东麟、萧书麟兄弟，萧日培，萧安正、萧安中兄弟等，世代行医。20世纪初，河北多地连年遭遇旱灾，民不聊生。1902年，就在施今墨随父入晋那一年，萧通吾也追随伯父萧安正、父亲萧安中迁居山西，在今晋中市榆次区东阳镇安家落户。只不过，施今墨入晋是求学，萧通吾来山西是逃命。历史总会在相似之处显现出不同，就像在医家眼里，再相似的病证也有些微差异。萧安正、萧安中兄弟在榆次、太谷一带医名远播，人称“大萧”“二萧”。“大萧”萧安正善治急性热病，“二萧”萧安中擅长内科虚劳杂症和妇科疾病。萧通吾7岁入私塾，熟读诸子百家，迁往山西那年，他12岁，正式拜伯父、父亲为师，开始研习《汤头歌诀》《濒湖脉学》《萧氏家传脉诀》《药性赋》《医学三字经》等。年稍长，又开始精读和背诵《黄帝内经》《伤寒论》《金匮要略》《温病条辨》等，研习温病学说和内、外、妇、儿各科名家医案医话，尤其对《脉经》《东医宝鉴》《临证指南医案》兴趣浓厚。萧通吾痴迷叶天士，认为叶天士立方遣药变通前人之法，自出机杼，见解独到，让人茅塞顿开。15岁时，萧通吾开始随师侍诊，替伯父、父亲记载病案，抄方取药，还参与中药炮制和丸、散、膏、丹制作，中医药所涉行当无不一一上手。萧通吾深知"熟读王叔和，不如多临床"，在随师出诊时，他会对每个患者进行望、闻、问、切，提出初步诊断和辨证论治、处方用药意见，再与伯父、父亲的诊断结果两相对照，查找其中之别，寻找其中不足，再向伯父、父亲反复求证，直到弄明白自己诊断和用药不当之处，透彻理解其间微妙，举一反三。

有一天，一位30岁左右的患者登门求诊。父亲诊断后信心满满地告诉她已怀孕，只是身体较虚弱，只要平时注意饮食调养，避免过度疲劳，即可足月顺产。萧通吾也上前为患者把脉，似觉父亲诊断有误。《黄帝内经·素问·平人气象论》有云："妇人手少阴脉动甚者，妊子也。"也就是说，妇女怀孕脉象应是两尺脉滑利有力，而眼前这位患者两尺脉浮而细小，两寸关脉细滑，与《黄帝内经》所记不符，与一般妇女怀孕脉象也不符。萧通吾面露疑惑，父亲笑道："育龄妇女一向月经规律，突然过时不来，脉见缓滑流利，两尺滑甚者，为气血充沛，育胎之脉象。今天所诊之妇人月经不行，虽见两尺脉浮而细小，但脉搏按之不绝，是素体阴血不足之表现。两寸关脉细滑，说明气血尚未调和，不影响怀孕，故可诊断为怀孕。”萧通吾闻言大悟，病之为病，各不相同，脉象多变，岂可拘泥于书本和常态?

1913年，萧通吾23岁。父辈先后去世，同族兄弟行医者众多，萧通吾便迁居太谷县任村，开办“隆太和”药铺，独立行医。生儿育女、传宗接代是民间大事中的大事，但在那个年代，婴儿死亡率高，育龄妇女是高危人群，萧通吾善治内科和妇科疑难杂症，无疑是每个家庭的“活菩萨”。萧通吾生得慈眉善目，胸前白须飘然似雪，颇有世外高人气象，患者见之无不信任。萧通吾不枉诊，不瞒诊，对治疗无望的重症病人，他都直言相告。萧通吾可以依据天人相应、五运六气和五行生克制化理论，通过四诊合参，较准确地推算出患者的死亡日期，在当地传为奇人，俨然“算命先生”。其实，萧通吾并非什么“算命先生”，只是透彻认识病理、超然看待生死而已。医者以救死扶伤为天职，钱财皆身外之物，遇到贫困患者，萧通吾不但不收诊费，还馈赠药品，民间口口相传，常有贫困者远道而来。当地流传一种说法，谁家媳妇得了重病，必请萧通吾诊治，即使无效也死而无憾。换句话说，如果病人病重时未请萧通吾诊治，那便是婆家人未尽责尽心，娘家人知道后决不答应，还会打上门来，为过世的女子讨个说法。总之一句话，萧通吾治不了的，谁也治不了，就听天由命吧。如此说法难免夸张，却足见萧通吾医术之精。名医起于民间并非虚言。

1953年，太谷县任村成立第八联合诊疗所，萧通吾将自家药铺归并诊所，开始在诊所行医。数月后，萧通吾突发脑血栓半身不遂，回家休养。1955年，萧通吾身体刚康复，便应太谷县人民医院邀请，任职于中医科。在太谷期间，省城众多患者慕名而来，还不时有中央和省领导光顾。山西是革命老区，老干部多，老红军、老八路多，那代人在战场上舍生忘死，奋勇拼杀，大多留下一身伤病。新中国成立后，国家对这批老革命很关心，而老革命们也大多喜欢中医、相信中医。于是，1962年2月，萧通吾奉省卫生厅一纸调令，来到省中医研究所，在太原市仓门西街37号院高干门诊坐堂。其时，萧通吾已七十有二。这一切，都是李渠一手操办的。

注定的，便是缘分。李渠与何高民的相识便是如此，就像李渠这个河南人命定的要为山西建设一座高规格的中医院，何高民这个河南人命定的要为山西挖掘一个较完整的“傅山”。当然，李渠的大气是促成这一缘分的主因，假如他敝帚自珍——况且，并非“敝帚”——秘不示人的话，“守拙堂”藏本《青囊秘诀》恐已毁于某次意外或“运动”中，末代太医李隐园只能籍籍无名于倾圮的皇城下，《青囊秘诀》只能存在于残本的残本中。

但历史总会在某个时刻制造某种机遇，让某样美好的东西以某种传奇的方式留存下来。

1961年年初，应时任省委书记陶鲁笳之邀，何高民离开宁夏，来到山西，任省中医研究所副所长。何高民原是卫生部中医司副司长，与李渠同为河南人。老乡见老乡，两眼泪汪汪，李渠送给何高民的见面礼，便是《青囊秘诀》的手抄本，首页钤有李渠之父李隐园的藏书堂号“守拙堂”印章。何高民是傅青主医著考据学家，看到如此珍稀之物，眼睛登时就亮了。何高民如获至宝，潜心考证，最后认定《青囊秘诀》就是傅青主的中医外科专著。1962年，何高民以此藏本为底本进行整理，列为“傅山医学著作研究丛书”之三，于1983年10月由山西人民出版社出版发行。

这本《青囊秘诀》先由张士学秘藏，后由“潘子”抄录，再由王大德于雍正元年抄录。张士学为清乾隆、嘉庆年间河南怀庆府济源县庙道镇的医者，晚清时，张氏家道中落，秘藏的《青囊秘诀》抄本流出，为李隐园所获，由李渠带到山西。

李隐园，字扶九，河南沁阳人，清朝末年太医院的太医。李隐园藏书不少，但留存至今的不多，王小芸、赵怀舟、胡公洛等在“守拙堂”医学材料中发现一种《无名抄本》，长16厘米，宽17.5厘米，白麻纸蝇头细字抄成，每页11行至14行不等，每行25字左右。抄本第7页至第25页为《青囊秘诀》残抄本，也就是说，在李隐园的藏书中，有一本较完整的《青囊秘诀》，还有夹在《无名抄本》中的半部《青囊秘诀》。这个残抄本内容有四：河南怀庆济源庙道张士学秘藏序、《青囊秘诀》上下卷目录、制药总论、背疽论和肺痈论。残抄本首起页“青囊秘诀序”五字上用红笔三个圈标示，“制药总论”“背疽论方十四”“肺痈论方六”用红笔两个圈标示，每门病下的具体证型前用红笔一个圈标示，但不单列证型名。

残抄本序曰:

《青囊秘诀》，余阅之，未知其果效与否，而其议论纯正，望之而知其为异书也。因挥汗抄录，带入都门，试之对口、痔漏等症，无不应手而愈。虽扁卢神术，无逾乎此。潘子原本，失其姓氏，书传而人不传，是谁之咎？余闻君子不没人善，异日者当以《无名氏青囊秘诀》弁其眉而付诸梓头。（斯有潘子者出外科一本秘诀云。）

大清雍正元年岁次癸卯巧月帆川王大德撰于金堂之旅次

河南怀庆济源庙道张士学秘藏

《无名抄本》首列为“八法配八卦歌”“八脉交会八穴歌”“八穴配合歌”“八法日上起时歌”等针灸歌诀，最后为《素问精华》等内容。李渠以针灸见长，不敢说与这部家传抄本有关，但家学深厚是毋庸置疑的。

李渠生于1918年，伯父是河南新乡一带的名医。18岁前，李渠在沁阳、天津读小学、高中，1937年始随父在天津学医5年，1943年返回原籍。日本投降后，李渠由早年参加革命、时为沁阳县县长的二哥李盘介绍，在太行山革命根据地从事医疗救护工作。1948年，李渠在河南涉县太行区党委医务所和河北平山县哈里逊医院任针灸医生。在哈里逊医院，李渠结识了针灸学权威朱琏，二人相见恨晚，有暇便交流切磋。1949年，李渠先后任山西省防疫大队副大队长，山西职工医学院中医部主任、副院长等职。1956年10月，李渠受山西省委、省政府委托，筹建省中医研究所和附属医院。上任伊始，李渠便广撒英雄帖，从全省乃至全国网罗了一大批名中医和各医院优秀毕业生，与李翰卿联袂打造了省中医研究所及附属医院第一个“黄金十年”。

何高民到山西那年，李秉刚出生，他在省中医研究所大院长大、就业、娶妻生子，仅比省中医研究所年轻几岁，无疑是这座大院的见证者。李秉刚祖籍河北邱县，父亲李庶民是针灸学专家，擅长治疗面瘫、腰腿疼、中医内科和妇科等病症，曾任省中医研究所针灸科主任兼经络研究室主任。1951年，李庶民来到山西，在太原崔家巷2号悬壶济世。1953年5月，李庶民考入山西省中医进修学校，继续深造。1957年，李庶民响应政府关于“个人执业医生参加联合诊所”的号召，经时任太原市第一中医联合医院院长韩玉辉推荐，来到省中医研究所工作，任针灸主治医师。随后，韩玉辉也受聘省中医研究所。李庶民与李渠是同行中的同行，还是邻居，李渠曾在河北工作过，也算“半个老乡”。二李往来频密，李秉刚小时常到李渠家玩耍，对李渠印象颇深。谈起这位前辈，李秉刚想都不想，便脱口说出三个字：格局大。李秉刚喜书画，好收藏，生性闲散，他有生以来一直待在这座大院，却又似这座大院的局外人，对人对事的判断相对客观，也犀利。省中医研究所大师辈出，譬如李翰卿、韩玉辉、白清佐、萧通吾、王雅轩、张子林等，但他们都是专家，不是管理者。“格局大”这三个字，李秉刚只用在两个人身上，一是李渠，一是王晞星，在他看来，省中医研究所（省中医院）有过两次“黄金十年”，第一次是李渠打造的，第二次是王晞星打造的。

1956年，李渠怀揣一纸批文来到并州西路，他的任务就是在一张“白纸”上，“写最新最美的文字”“画最新最美的画图”。当时，所有家当仅是几排平房，还是日本人占领太原时建的，布局也是日本风格的。李渠两手空空，目标却极为远大——建一座以名老中医为主，体现中药特色、中西医结合的全国“独一份”

的综合型医院。当然，“独一份”是李秉刚的理解，他的说法更接近李渠心目中的蓝图，即把省中医研究所附属医院建成全国最好的康养中心。半个多世纪过去，李渠的构想至今仍不落伍，这也算其“格局大”的一个印证吧。按照当时的规划，省中医研究所北起并州西街，南越邮电后街，西起青年路，东至并州路，占地面积几乎是现有面积的4倍。遗憾的是，“文化大革命”之后，省中医研究所物权、地权管理一度混乱，基建面积大幅缩水，只留下西北一隅，也即现在省中医院所占之地。

建所以来，研究所和附属医院一直是两块牌子、一套人马，人们说所就是说院，说院就是说所，习惯上，简称省中研。附属医院最早落成的是两层“工”字楼，随后，李渠把大院内外布置一新，俨然一座大花园。站在南北二层楼的阁楼走廊上向下俯视，有鱼池，有喷泉，绿树成荫，花草满园。“工”字楼以阁楼分东西两区。西区一层为门诊，有内科、外科、儿科、妇科、皮科、针灸科、放射科、检验科等；二层是住院部，以肝、肾病人为主要收治对象。东区楼下是药房，楼上为行政办公区。省中研所初具雏形，便把一座园林化医院展现在山西人面前，当时有头有脸的人看病住院，首选都是这里。当然，大家来此求诊并不只是因为这儿环境好，而是坐堂的医生个个大名鼎鼎。附属医院刚开诊，便遇到“幸福的烦恼”，病人多，诊室拥挤，病房短缺，大夫连病都看不过来，哪儿有时间进行临床和实验研究？求诊者众，医院一炮而红，李渠看到眼里，又喜又急，一年多后，他又在大院东侧立起一座研究所大楼。大楼分三层，一楼设有图书馆、资料室、临床研究室等；二楼以研究所行政办公为主；三楼是实验研究区，除药化研究室设在二楼外，药理、病理、生化、细菌等实验室和实验动物室、针灸经络研究室都设在三楼。研究所大楼竣工后，李渠又忙着添置人员，购置设备，里里外外，上上下下，既是“总设计师”，又是“后勤部长”。

出门诊的地方有了，搞科研的场所有了，病房依然拥挤，该收治的病人无地方可收，临床研究受到很大限制，李渠又去增建住院部。1960年，正值三年困难时期，粮食极度短缺，施工单位的工人连肚子都吃不饱，根本不揽工程。为了不耽误工期，李渠通过领导、战友等途径，把坦克部队调到工地来，挖坑，填土，打地基，热火朝天。1961年10月，住院部大楼竣工，除扩容病房、诊室外，还建了手术室。有了场地，还需设备，必要的医疗仪器自不必说，凡是西医院设置的放射、检验、心电图等医技科室，附属医院一应俱全。那时候，西医院还未装备脑电图机，附属医院的心电图室已首家装备，同时，放射科还装备了英国和国产X光机各一台。西医院还未用上的仪器，譬如荧光比色计、火焰光度计、72型分光光度计等，检验科也已装备应用。更让人意外的是，别的医院还在用计算尺或手工演算检验结果，检验科已用上手摇计算机！李渠气魄大，手笔大，在他主政时期，附属医院的放射、检验在省内一直处于领先水平。

李渠举重若轻，高瞻远瞩，对医院建设倾注了全部心血。作为大管家，医院大小事务他都心中有数，医院大小设施他都如数家珍，某台仪器出现故障找他去汇报，他都能马上说出是哪一年、在什么地方购置的。毫不夸张地说，没有李渠，就没有省中医研究所及附属医院那个年代的辉煌，但李渠最大的贡献，还是广纳贤才！

李渠“挖”人不惜代价，只要被他盯上，总要想尽办法，把人“抢”到省中医研究所来。1957年，李渠从五台县东冶镇五级村聘来中医临床家、佛学家张子琳。张子琳善中医内科、妇科和外科，辨证论治精准，用药平正轻灵，加减贴切妥当，举凡临证治疗、文献收集、考训医籍，乃至指导实习、进修，培训年轻医家，都事必躬亲，兢兢业业。人以群分，物以类聚，张子琳身边多有才俊，经他介绍，李渠又将赵德三、张欣纳入麾下。赵德三早年毕业于山西大学，进所后负责图书馆管理，人称“活字典”。张欣早年毕业于川至医专，中西医兼备，正是李渠亟须的双料人才。紧接着，李渠又与山医二院交涉，将放射线专家蒋维祥招至旗下，加上原有专才常庆仪、曾作栋等，附属医院放射诊断水平立即换挡升级，闻名整个卫生系统。1961年，张俊卿将由工人疗养院调至山医三院工作，报到前夕，他去省中医研究所宿舍看望父亲张子琳，院里遇到李渠。李渠正在物色检验技术人才，闻听此事，未征得张俊卿同意，便通过工人疗养院上级领导、太原市工会主席马子谦，把张俊卿的人事关系直接从工人疗养院转到省中医研究所。李渠举贤不避“子弟兵”，慧眼识珠，张俊卿主持检验科工作期间，多次获得全国生化单项奖、全国免疫室间质量评价优秀奖，连续6年获得全国生化室间质量评价奖。

李渠不仅在山西“挖”同行的墙脚，还跑到北京去“淘宝”。1961年，李渠通过中央组织部把微生物学专家黄元桐和实验动物专家李乃甘、崔振铎调至山西，与他们同时入晋的科技人员还有崔杰、董瑞通等。黄元桐1924年出生于浙江义乌，1948年毕业于国民政府卫生部公共卫生人员训练所，任国民政府卫生部防疫总队技术员。新中国成立后，黄元桐任职北京生物制品研究所，被李渠“挖”到山西后，担任省中医研究所细菌免疫室主任。其时，黄元桐正当年，他很快便组织大家开展起微生物和免疫学的检验与研究，分离培养了世界上第一株沙眼病毒、我国第一株麻疹病毒，发明了泌尿系感染小培养检测技术、霉菌小培养方法、结核菌特征性微菌落培养法、快速结核菌药物敏感性试验等。黄元桐发表学术论文98篇，获国内外科技奖励11项，1989年，还荣立山西省社会主义劳动竞赛委员会二等功。与此同时，李渠还请进和培养了俞荣青、黄文传等中西医结合的中青年专家，选拔定向培养了王德堃、李风阁、沈述约、李昌阳等新一代大学毕业生。

何为群英荟萃？

何为少长咸集？

何为海纳百川，有容乃大？

翻开省中医研究所及附属医院的创建史，不难找到我们想要的答案。

李渠把主要精力放在医院建设和管理上，但也未远离临床。李渠善针灸，每于功效显著而常人不敢下针、用针处做文章，所谓艺高人胆大，大概就是这个意思吧。1951年5月10日，《山西日报》刊发了《介绍我的针灸经验》的文章，李渠在这篇文章中列举了多个医案，总结了自己关于选穴用针的思考，谦虚，坦荡，大医精诚之心昭然：

我自幼家传针灸手术，前又在朱琏同志领导的哈里逊医院工作时在理论与经验上获得了相当的开拓，在多年临床实践中深深体验到针灸疗法施治于神经病类与风湿病类确有伟大的功效。当兹抗美援朝保家卫国新的爱国主义高潮下，愿将这些心得提供出来。一则发扬我们祖国医学的优良性，二则将这一己之得提供出来大家共同研究、参考、应用。希望从事医务工作的同志批评、讨论、指正，以资掘发它的真理，走向科学化，使其更好地为人民服务。

延髓神经障碍案：戎靖国于1950年夏季罹患偏头疼甚剧，彻夜呻吟不能入睡，曾经医药治疗，例用镇痛等剂旬余病仍不愈，渐至项强不能转动，目张眼球突出言语謇涩，口内流涎不止，耳鸣头部知觉消失，但神识如常，饮食便溺均无变化。经初次施用风池透风府法两睛明各一针、地仓一针，项部渐能回转，眼球收缩如常，语言清晰，口涎减少，次日转用右风池透风府法，合谷一针，地仓一针，左右听会各一针，此法连施二次，第三日诸病霍然。

脑神经痛案：杨国平久患脑神经痛，多方求治无效，兹引1950年9月底患者来信："……我的病还是过去的老病，前些时到北京住了一月，经协和医院和北京医院检查后没有好办法，长期休养现已4个月了不见好转，而且有时很重……"10月间来并就诊。患者后脑掣痛，彻夜不眠，不思饮食，精神倦怠，施用左右风池透风府法并取天柱、大椎、陶道等穴间日施治，有时采用阿是乱刺方法，十余天后痛减已能入睡，饮食增加，精神好转，一月后病况痊愈。

以上二证皆系后头部疾患，在临床上用风池透风府法效验特著。杨国平曾谓“我的病在其他针穴虽多施治，但均无特殊感觉，唯用风池透风府法起了决定性的痊愈效能”。此穴施术前先将二寸至三寸毫针用酒精严密消毒，视患者体质肥瘦审穴明实，先为消毒，术者用左手拇指紧掐患者风池二穴，右手持针由风池穿过皮肤，然后依照左右肩之直线方向徐徐略向上方横刺，切忌过快，视针尖已至风府患者当有沉重麻木感觉即可停止进针。以上系右风池透风府法。如取左风池透风府法，仅以左手拇指紧掐左风池穴，然后依照前进针即可。术者施术之际，务须沉着镇静，则无危险，此法我国久有传述，但以过去社会制度不良，传授不广，又因入针过深逼近延髓，顾虑颇大。一般针灸工作人员多不喜应用，致对脑神经病之较重者每感棘手。为了发扬针灸效用特将此法介绍出来，以供大家研究参考与采用。

偏头痛案：王吉厚暴发偏头痛，痛势如劈，耳前静脉怒张，四肢厥冷，心烦汗出，目不能张，病经五六日百治无效，仅以吗啡注射略止片时，经取太阳、丝竹空、瞳子髎、睛明、耳门等穴，卧针2小时痛立止。5小时后又觉渐痛，遂用前法加合谷、列缺等穴卧针3小时，并于静脉怒张两侧采用阿是穴镇痛，连施二次，再未复犯。偏头痛多为体质孱弱者，也是最习见之疾患，一般内服药品虽然亦有相当效果，但大部分不够满意，并难根治此症，在经验上用“深刺太阳穴”法特具伟大效果。然因太阳穴迫近脑部，不敢深刺，又因针甫入内则板实难以深进，或在进针之际产生“嘎吱”响声不敢再行深刺，致对此穴的功效未得充分发挥，深刺太阳务须稳步缓进，进针虽觉极实，或有响声，不必顾虑针入寸许（约二生的半），患者有局部压迫始呈效验。

眉棱痛案：高拱辰妻突患眉棱痛，心烦呕吐，四肢逆冷，痛苦难忍，用印堂透鱼腰法一针立愈。

印堂透鱼腰法，即由印堂直刺入皮肤后转移针头横刺至鱼腰穴。此法简便易用，一针可刺印堂、攒竹、鱼腰三穴，较一般单刺一穴确有伟大效果。

膝关节炎案①：李云仙(女)于1950年春患腿脚疼痛，渐至两膝肿胀。据西医诊断确为关节炎，应用电疗法须半年方可痊愈，迁延月余始经赵少敏同志介绍往诊。患者两膝凸肿如覆碗，腿脚疼痛剧烈，不能稍动。经用“犊鼻透膝关法”并取鹤顶、环跳、阳陵泉、三阴交等穴连续施治七八次，肿已全消，痛已大减。10余日后已能着地行走。

膝关节炎案②：魏云于1948年患周身关节痛，治疗不效迁延年余，1950年夏初痛突加剧，3日光景右膝肿痛竟不能着地。经华北人民医院诊断，确系关节炎，服药注射烤电效果甚微，渐至全身痛剧。医生称已转入慢性，难取速效，乃因供给关系转回太原太铁医院治疗半月余，仍无效果，始转入本部(工人医院中医部)。经施用“犊鼻透膝关法”并取鹤顶、梁丘、阳陵泉、阴陵泉、阴市等穴20余天，可以扶杖行动。两月余痊愈。

膝关节炎(旧称鹤膝风)，此症多由生活环境不良，风寒侵袭，致使局部代谢机能衰减，治疗失当竟能迁延年月缠绵不愈。犹自“七七事变”日寇侵略及蒋介石发动内战以来，对人民的百般蹂躏，生活无着，迫使广大群众及军队等从事革命工作人员穴居山林，露宿旷野，体质上遭受到严重摧残而罹受此病者，亦较战前增多。在临床经验上用“犊鼻透膝关法”及“深刺阳陵泉、鹤顶二穴”收效颇著，希望大家对此法广泛研究应用，以便促成此病的早愈。使这些日寇、蒋介石遗留的灾害早日变成革命的力量，尤其在抗美援朝经济建设的情况下，如何使患者早愈，便是我们作为医务工作者的抗美援朝反对重新武装日本的实际行动。

眉棱骨痛是一种常见病症，因其发病位置特殊，少有人敢在这里施针灸术。李渠对此症有独到见解，认为此症有因阴虚肝火上犯者，有因停痰蓄饮清阳阻塞为患者，有因风热之邪郁结攻者。其痛或在一侧或在两侧，眉棱骨疼痛、痠楚、掣及目睛、闭目流泪、畏光，重者偶有神昏、心烦、胸闷、恶心、呕吐、四肢厥逆等症。痛势发作常有定时，多于日出始痛，日中最甚，日落消失，夜间如同常人；也有昼静夜剧者，与前者在时间上恰为一反；也有无规律之发作者。大抵日出即发者属肝肾阴虚，肝胆郁热上冲；昼静夜剧者，多属痰湿所致。一般多因情志之忧怒，更普风邪干犯而诱发。治法为：

用“印堂”透“鱼腰”法，令患者取仰卧位，以二寸毫针直刺“印堂”（两眉中心）一二分，然后针尖转向患侧，

（如两侧痛者，可于另一侧用“攒竹”透“鱼腰”法），平刺，横穿“攒竹”（眉头处），直抵“鱼腰”（眉毛正中，直对瞳孔）。只因眉棱骨处，形曲肌薄，如刺不当，不是碰着骨骼，便是浅达表皮，必须以右手持针，左手以拇食二指将“攒竹”至“鱼腰”穴处捏挟隆起，针体方能徐徐深入。入针后，患者当觉有局部沉重的酸困麻木感，而后留针。继取足部之“行间”（拇指次趾歧骨间，本节前）、“太冲”（行间穴直上一寸五分，在歧骨分叉根部），左痛针右，右痛针左，左右都痛者，左右都针。根据病症之属虚属实，行提插捻转之补法或泻法（虚则补之，实则泻之）。

于险处行针，且妙到毫厘，这便是大医风范。

毋庸置疑，李渠是省中医研究所和附属医院的创建者，是省中医药研究院和省中医院的奠基人。但痛心的是，“文化大革命”中李渠也受到冲击，他开创的“黄金十年”戛然而止。1978年，改革开放伊始，春回大地，而李渠年方六旬，正是中医人的最好年华，却不幸因病与世长辞，令人扼腕……

萧通吾是萧氏学术流派第七代传人，1973年去世后，他的弟子项琪、儿子萧汉玺在他遗存的医学资料基础上，整理出版了《萧通吾脉诀与脉案》，1981年由山西人民出版社出版，1986年再版。《萧通吾脉诀与脉案》系统归纳总结了28脉左右手寸、关、尺分部主病的理论，并附医案加以论证。能以名字入书名，足见其在这一领域的地位。萧通吾站在父辈的肩膀上，不断丰富完善脉学理论，对人迎、气口脉拿捏巧妙，见解独到，不愧为一代脉学大师。萧通吾认为，人迎脉在左关前一分之处，其脉上不及寸，下不及尺，独居于寸关之间，在主病中除外感证多见外，在内伤杂病中主肝气火旺、痰热上壅、血热经多等病证。气口脉在右关前一分之处，上不达寸，下不及尺，也居于寸关之间，主病以内伤饮食为主。萧通吾长期坚持临床，逐渐形成诊断疾病首要注重脉诊、脏腑辨证贯彻治疗疾病始终、治疗虚劳杂病尤重视调补脾肾、应用运气学说诊断治疗疾病等学术思想。

萧通吾是随师研学的受益者，对以师带徒十分看重。在太谷行医期间，他破除“父以传子”的传统思想，先后培养了十余位徒弟，大多成长为太谷、榆次、太原等地的中医内科、妇科、儿科、骨科业务骨干。1962年，萧通吾调到太原不久，二次突发脑血栓半身不遂。其时，国家正号召各地选拔青年才俊，开展名医带高徒的继承工作，以抢救名老中医学术思想和临床经验。萧通吾时年72岁，身体刚刚好转便积极响应。萧通吾治学严谨，带徒严格，除督促弟子精读四大经典外，尤重视弟子对《温病条辨》《临证指南医案》等辨证论治思维方法和用药规律、用药剂量的研学。当然，《萧氏家传脉诀》也是弟子的必修课，不仅要熟读熟记，会背善用，更要体会其中真谛，边学，边练，边写读书笔记和临床心得。带弟子出诊时，萧通吾把自己当年的学医经历照搬过来，先让弟子对患者进行辨证，提出诊断和处方用药意见，再让弟子旁观自己诊断开方，以期做到师徒一一对应。弟子若有错漏之处，萧通吾会一一指出，细心讲解，直到弟子弄懂弄通为止。萧通吾一再强调，望、闻、问、切，缺一不可，诊断要全面，辨证要准确，用药处方要刚柔相济。萧通吾不仅不排斥西医，还要求弟子摒弃门户之见，中西医结合，扬长避短。曾有一位噎膈症患者登门求诊，萧通吾详细分析西医诊断结果后，认为手术治疗比单纯用中药治疗效果要好，便建议患者先行手术，再用中药扶正培本。患者本是慕名而来，见萧通吾如此实事求是，越发对萧通吾信任，便依萧通吾的建议而行，治疗效果格外好。萧通吾晚年手把手带出一大批弟子，或成长为中医院校教授、主任医师、管理者，或成长为省直医疗机构专科带头人、名老中医。

1939年，萧通吾再添贵子，起名萧汉玺。萧汉玺行三，他小学毕业那年，父亲萧通吾半身不遂，卧床不起，病榻之上，父亲谆谆教导儿子："不为良相，便为良医，良相者能治天下，良医者能救一方。"良相或良医是旧时读书人的最好出路，儒医相亲，宋时尤甚，读书人不能科举中榜，出入庙堂，便转而悬壶民间，行医济世。父亲语重心长，儿子一一牢记在心，可萧汉玺毕竟小学毕业，没有医古文基础，读医学典籍如读天书，谈何容易！见儿子面有难色，萧通吾开解道，学中医首重记忆，增强记忆的最好方法就是背诵，先熟背重要章节，再消化其中要义，天长日久，自豁然开朗。萧汉玺谨遵父命，一头扎进故纸堆里，"左寸脉浮是伤风""目眩头痛风痰壅""浮兼虚迟心气少""心事恍惚不安宫"，囫囵吞枣，摇头晃脑，俨然一位小先生。那一年，萧汉玺还以学徒身份进入第八诊所，当起小大夫。当时，诊所仅有三位医师，一位是萧汉玺的二哥、中医师萧汉亭，一位是西医师刘书玉，一位是针灸医师梁世杰，"麻雀虽小，五脏俱全”。三位医师皆正当年，医学理论扎实，临床经验丰富，在当地颇有医名。萧汉玺追随三人左右，不算父亲耳提面命，仅这三师一徒配置，也羡煞人也！在诊所，萧汉玺担任司药，他联系《药性赋》《本草备要》，熟悉、品尝、辨认每味药的形态、性味及主治功能，遇到疑难病例，随时向老师请教。晚上，则由三位医师分别讲授中医经典、针灸理论和西医生理、解剖、物理诊断等课程。父亲精神状态好时，也会口传面授。若出诊遇到疑难病例，萧汉玺便把四诊资料记录下来，回家请父、兄分析辨证，遣方开药。虽长在乡下，萧汉玺却至少有一位相当于教授、三位相当于讲师的老师言传身教，三年学徒不亚于读一回中医药大学，文化课起点虽低，医学课起点却极高。1955年，太谷县卫生工作者协会组织全县中医学徒进行出徒考试，应试者五六十人，萧汉玺名列第一，被评定为中医士职称，正式开启行医生涯。

1957年，萧汉玺参加了晋中专区举办的中医进修班。

1959年，萧通吾痊愈后受太谷县人民医院之邀，携萧汉玺由任村公社医院（原第八诊所）到县医院工作。太谷县人民医院系一所教会医院，建院历史近百年，医疗规章制度健全，管理完善。萧汉玺干中学，学中干，转眼三年过去，病人管理、西医病历书写、写医嘱、开处方等样样精通，西医内科常见病、多发病常规处置得心应手。

1962年，萧汉玺随父调入省中医研究所。当时，省卫生厅令李渠在太原市仓门西街37号院成立高干门诊，由萧通吾坐诊，萧汉玺之外，还从省人民医院、省中医学校抽调了项琪、曹忠追随左右。那些年，萧通吾有时会到晋祠宾馆，白天诊病，晚上看戏。萧通吾年事已高，需萧汉玺陪伴照顾。就是在那个时候，萧汉玺养成听戏的习惯。萧汉玺少言，喜静，爱听戏，与他常年侍奉父亲身边不无关系。毕竟，父亲就是一座高山，不管在什么场合，见什么样的人，多看少说于他是规矩，也是习惯。1966年，高干门诊被取消，萧氏父子回到所里，萧通吾出专家门诊，萧汉玺到肝病科上班。当时，萧汉玺的上级医师是俞荣青、孙郁芝、王宁，三人都参加过卫生部在北京、武汉举办的第一批西医离职学习中医班，不仅西医理论与临床基础扎实，中医造诣也颇深，于萧汉玺而言，这无疑又是一个绝好的学习机会。

俞荣青出生于1924年，江苏无锡人，1948年江苏医学院毕业，1958年中国中医科学院第一届中医研究班结业。俞荣青到省中研所工作之前，曾获卫生部颁发的金质奖章。俞荣青擅长中西医结合治疗内科消化系病，在中西医结合临床肝病研究方面成绩突出，后被调回南京，为南京中医药大学教授、硕士研究生导师，江苏省中西医结合学会老年病专业副主任委员，江苏省中医学会肝胆病专业主任委员，1995年获江苏省科技进步三等奖。俞荣青从事医疗工作60余年，发表论文30余篇，参与编写了《中医对肝炎肝硬化的辨证论治》《病毒性肝炎防治手册》《呼吸系病现代治疗》等书籍。

孙郁芝出生于1930年，辽宁沈阳人，肾病专家，2017年与贾六金、王晞星同被评为全国名中医。孙郁芝1954年大连医学院毕业，1956年参加卫生部在武汉举办的全国首届西医学习中医班，攻读3年，毕业后在山西医学院西学中班任教。1963年调到省中医研究所，任内科主任、肾病科主任，九十高龄仍出门诊。

孙郁芝从事临床、科研、教学工作60余年，擅长肾病诊治，对各类型肾小球疾病，特别是血尿及过敏性紫癜性肾炎治疗，经验独到。孙郁芝创造性地提出重用活血化瘀、清热解毒药物治疗慢性肾小球肾炎的方法，取得临床疗效后，又开展动物实验研究，探讨治疗机理，为中医药治疗肾小球肾炎闯出一条新路。研究论文刊于《新医药杂志》1975年第6期，治病主方“益肾汤”收录于中国医学百科全书《肾病学》及《实用内科学》（第7版），获1978年全国医药卫生科技大会成果奖。20世纪末，孙郁芝主持“血尿停为主治疗血尿的临床研究”，研制的纯中药制剂“血尿停胶囊”疗效确切，其经验被载入《中华名医特技集成》一书。孙郁芝撰写学术论文30余篇，1979年获得全国“三八红旗手”荣誉称号。

王宁1931年出生于太原一个中医世家，1955年毕业于山西医学院医疗系，在卫生部举办的中医研究班深造3年，为卫生部第三、第四届药品审评委员会委员，省中医研究所消化血液科主任、肝病研究所名誉所长。王宁从事中西医临床、教学、科研工作近60年，对中医治疗消化系统疾病有深入研究，由其牵头研制的“猴头健胃灵”“胃舒灵”获山西省科技进步奖。王宁还编写出版了《实用金匮效方汇编》《中国乡村医生手册》《中医胃肠病学》等书7部，发表论文40余篇。

有如此众多的中西兼修的名医为上级医师，萧汉玺上班就像在“读研”，耳濡目染，在肝硬化合并肝性脑病救治、肝肾综合征诊断治疗、消化道大出血处理、三腔管应用及中医辨证治疗急慢性肝炎、肝硬化等方面受益匪浅。1976年，唐山发生大地震，附属医院收治了大量唐山地震伤残患者。当时病房不够，便取消肝炎病房，更名为内二科，主要收治消化性溃疡、慢性胃炎、慢性结肠炎等患者。1987年，大内科血液组与内二科合并为消化血液科。1989年，萧汉玺接替王宁科主任一职，消化血液科中西医结合的传统得以广大。

萧汉玺是山西最早掌握内镜技术的医师之一，长于从宏观和微观两方面辨证认识消化系统疾病。比如常见的消化性溃疡和慢性胃炎，中医认为治疗后患者自觉症状消失即算痊愈，西医则认为溃疡病整个痊愈过程需6周至8周左右，且溃疡愈合率需达90%以上，才算痊愈。也就是说，按照西医理论，自觉症状消失并不等于治愈，必须继续巩固治疗，再经内镜或X线钡餐造影复查，溃疡确实愈合才算临床治愈。即便如此，溃疡愈合后立即停药，一年内的复发率仍高达40%至80%（内镜下显示愈合，组织学和超微结构仍显异常）。防止溃疡病复发是消化领域重要课题之一，萧汉玺根据自己多年的临床经验认为，益气健脾、活血化瘀是防止复发的重要法则。益气健脾可恢复脾胃功能，药选黄芪、党参、白术等；活血化瘀可改善微循环，促使组织结构恢复正常，药选丹参、莪术、赤芍等。

中医是从整体出发进行辨证论治的，西医则以现代解剖学、生理学、病理学、分子生物学为基础，从微观上认识疾病，注重局部，忽视整体。中医很早也有辨病的记载，但比较模糊，西医则以疾病为临床认识单位，思维模式以辨病诊断为主。萧汉玺对中西医思维的差异感受深刻，他在临床中发现，借助现代医学技术观察所见作为中医辨证参考依据，虽可延伸和丰富中医辨证内容，但辨病与辨证结合不应简单地理解为西医诊断、中医分型论治，而应把要解决的问题融于整个辨证施治过程中去。如血液流变学检查可判定有血瘀，X线、B超及CT等影像学检查可发现有占位病变，中医可据此确认为痰瘀互结或痰毒瘀结。内镜下发现溃疡可视为中医之“内痈”，活动期溃疡基底黄厚、边缘充血水肿明显为湿热内蕴，治以清热利湿。愈合期溃疡基底变薄变白，周边充血水肿不明显，属脾胃虚寒，当温中健脾。内镜下黏膜红白相兼、以红为主，多属热属实，在辨证基础上可加入蒲公英、黄连等清解热邪。红白相兼、以白为主，多属虚属寒，可加黄芪、桂枝等补虚温中。水肿明显，加苍术、茯苓。糜烂为湿热并重，热壅肉腐，宜加蒲公英、白及、地榆、黄芩、金银花。黏膜粗糙不平，结节增生或黏膜变薄，血管显露，皆是瘀血表现，宜加丹参、三棱、莪术、白花蛇舌草、半枝莲。丹参、莪术、白花蛇舌草对粗糙不平、增生或不典型增生、肠化等病理变化，确有显著疗效。不过，内镜下胃肠黏膜形态学改变，与宏观辨证的寒、热、虚、实不尽一致，选用中药未必与寒证用热药、热证用寒药的原则相结合。

西医所说的溃疡性结肠炎于中医属“痢疾”范畴，是一种较疑难疾病。这种病病程长，易反复，常伴有脓血便，按照中医常规辨证治疗，即使脓血便消失，大便正常，肠道病灶也不一定痊愈，还须通过结肠镜复查，确实看到溃疡、糜烂消失，充血水肿消退，黏膜恢复正常，才算痊愈。通过肠镜检查，左半结肠观察到有溃疡、糜烂出血时，用血竭、儿茶、大黄、白及、三七粉、黄柏、地榆等组成具有祛腐生肌、凉血止血、清热利湿方剂，浓缩灌肠使药液直接接触病灶，坚持治疗两三个疗程，一般可痊愈。按照一般辨证施治效果差时，可结合微观辨证或按微观辨证治疗，往往可收到意想不到的效果。某男，呕吐一周就诊，水米不进，食入即吐，胃脘虽痛但不明显，大便两日未解，舌质红，苔黄厚腻，脉弦滑数，辨证为痰热中阻，胃失和降。萧汉玺给予黄连温胆汤加减治疗，服药三剂仍呕吐不止，进行胃镜检查，发现十二指肠球部有一活动性溃疡，约1cm×1.5cm大小，底覆黄厚苔，周边黏膜重度充血水肿、糜烂，几乎堵塞球腔，幽门开启不良，呕吐原因属不全梗阻所致。据胃镜所见进行辨证，属湿热中阻，热壅肉腐，腑气不通，和降失常。治以通腑泄热，利水降浊，施以己椒苈黄丸加味：

防己10g、川椒6g、葶苈子30g、茯苓15g、泽泻10g、代赭石18g、甘草6g、大黄10g、生姜3片。水煎服。

药进一剂后便呕吐减，三剂呕吐愈，大便通，能进食。后经中医辨证调理月余，复查胃镜，溃疡愈合，充血水肿消失，临床告愈。

幽门螺杆菌（Hp）被澳大利亚医师发现后，成为全球医学研究热点。Hp相关性胃病大多属中医“胃脘痛”“嘈杂”范畴，近些年，随着西医“三联”“四联”疗法的普及和应用，Hp的根除率明显提高，西药的耐药性也普遍升高。萧汉玺根据自己多年治疗胃病的经验，认为中医药治疗此类疾病有优势，他在临床中常以中医辨证为主，配合西药，不仅疗效稳定可靠，而且副作用小，费用低，依从性好。西医治疗重在直接拮抗致病因子，中医则重视对机体病理状态的调整，此间差异正好为中西医协同配合提供了用武之地。如治疗感染性疾病，西药用抗生素有强力的杀菌抑菌作用，中医则善于调整机体内环境，促进自身免疫机能发挥，减轻人体所遭受的病理损害，两者恰当配合，既可直接杀灭致病微生物，又能调动机体自身抗病力和康复力，既除去病原，又缓解症状，比单纯用中医或西医治疗更迅速、更显著。

李某，女，53岁，2005年8月25日就诊。李某主诉胃多年不适，伴有食欲不振，人渐消瘦，右胁时有不舒，厌油或有口酸。2003年、2005年，李某曾两次进行胃镜检查，皆被诊断为浅表性胃炎伴Hp感染，X线钡餐显示慢性胃炎，胃下垂。萧汉玺为李某诊脉，发现其舌质淡，苔黄厚腻，脉细滑，综合脉症，乃脾虚失运，湿热中阻，遂治以健脾利湿、清热解毒：

党参10g，苍、白术各12g，藿香10g，白蔻仁10g，黄芩10g，陈皮10g，柴胡10g，菖蒲10g，皂刺10g，薏苡仁30g，蒲公英30g，茵陈18g，白花蛇舌草30g，甘草10g。

上方稍事增减，服药20余剂，同时加服丽珠胃三联七天，李某精神食欲明显好转，胃无不适，黄腻苔退去。10月24日到医院复查，Hp转阴。

萧汉玺一生兼学众家，为人为医，皆有乃父风范。“学医者，首先求本，脉为病之本，五脏六腑具其位，气血之流行，诸病必现于脉。”萧通吾常以此告诫萧汉玺，反复叮嘱萧汉玺学习脉诊一定要理论联系实际，否则胸中了了，指下难明。萧汉玺生活、工作常伴父亲左右，尽得父亲真传，任职科主任期间，消化血液科被国家中医药管理局确定为重点专科，省卫生厅确定为重点学科，如今，又成为国家临床重点专科、国家中西医结合重点学科建设单位。1997年，萧汉玺被确定为全国第二批老中医带徒指导老师，后收王晞星为徒，冯五金、李廷荃、苏娟萍等皆是他的学生。

20世纪60年代末，在太原市仓门西街37号院大门外，经常能看到一个清癯老者身着一袭中式白衣，头戴一顶黑色瓜皮帽，手握一杆长长的旱烟袋，坐在藤椅里抽烟。老者叫萧通吾，“文化大革命”开始后受到冲击，被造反派从中医研究所“赶”了出来，病人便也跟着追到家里来。萧通吾点烟只用艾草，这是习惯；坐在藤椅里连抽三袋烟才起身，也是习惯；抽烟时双目微闭，不言不语，还是习惯；出诊时候，问过病人二便就开始把脉，每次把脉要半个小时，其间不抽烟，不喝水，也不与任何人搭话，更是人尽皆知的习惯！送走病人，萧通吾便坐在大门外抽烟，孙女几次喊他吃饭都浑然不知，直到把最后一口烟悠悠吐向半空，才踱着方步回家。萧通吾脾气好，爱干净，喜欢安静，常常突然盯着某个东西看半天，眼睛一眨不眨，没有人知道他在想什么。正对面是红星电影院，那时候，电影院里天天放映《朝阳沟》，萧通吾得空便进去看，有时还带着孙女去看，究竟看过多少遍，连他自己都不知道。或许，萧通吾看电影并非为了看电影，仅是喜欢闹中取静而已，就像他把脉，早习惯了从纷乱的脉动中找出病机和病证。

中医界有一句行话：不通五运六气，遍读方书何济？

二十世纪六七十年代，由于特殊的地理环境，山西农业只能靠天吃饭，一年是旱是涝，都是领导心目中的头等大事，尤其是分管农业的领导。山西的老领导有个秘而不宣的经验：南方大涝，山西风调雨顺；南方风调雨顺，山西大旱。自然规律使然，却只有在发生的时候才能知道，如何预判呢？据萧通吾的孙女萧红霞回忆，那时候，每年春节前后都有省领导登门拜访，一是慰问，一是让她精于五运六气的爷爷推算来年的气候变化、自然灾害和疾病发生的大致情况，尤其是可能发生的疫情，据此制订应对之策，有备无患。

五运即木、火、土、金、水五行的运动，也即木运、火运、土运、金运、水运的统称。运者，轮转运动，循环不已之谓也。五行临御五方，合应五时，便产生了寒、暑、燥、湿、风五时气候更迭的主气，反映出一年当中气候寒、热、温、凉的变化。五气和五行分之则二，合之则一，化气为风、寒、湿、燥、火，成形为木、火、土、金、水。形气相感，形化气，气成形，形为阴，气为阳，阴阳对立统一运动推动着事物的发展，故而《黄帝内经・素问・天元纪大论》有云："神在天为风，在地为木；在天为热，在地为火；在天为湿，在地为土；在天为燥，在地为金；在天为寒，在地为水。故在天为气，在地成形，形气相感而化生万物矣。"

六气即风、热（暑）、火、湿、燥、寒的简称，也即风、寒、暑、湿、燥、火六种气候的变化。这六种气候变化要素就是在天的阴阳之气，《黄帝内经·素问·天元纪大论》云：“寒暑燥湿风火，天之阴阳也，三阴三阳上奉之。”三阴为厥阴、少阴、太阴，三阳为少阳、阳明、太阳。六气是气候变化的本元，三阴三阳是六气的标象。标本相合，便是风化厥阴、热化少阴（君火）、湿化太阴、火化少阳（相火）、燥化阳明、寒化太阳。六气时至而至，便是天地间的六元正气，如非其时而至，则为邪气。六气以三阴三阳为主，结合地支，用以说明和推算每年气候的一般变化和特殊变化。

五行与十天干相合而能运，六气与十二地支相合而能化，所谓“运气者，以十干合，而为木火土金水之五运；以十二支对，而为风寒暑湿燥火之六气”（《运气易览》）。人与自然是个动态变化着的整体，中医学认为，一年四季的气候变化经历着春温、夏热、秋凉、冬寒的规律，它对人体的脏腑、经络、气血、阴阳皆有一定的影响。五运六气运行所形成的正常气候是人类赖以生存的必备条件，人体各组织器官的生命活动一刻也不能脱离自然条件，人只有顺从自然变化，及时做出适应性调节，才能保持健康。换言之，所谓疫病，便是气候反常、六气非其时而至所致，用当今的话讲，便是人与自然的关系失和。

五运六气常被人诟病，甚或被斥为迷信，但以今天的科学来理解，五运六气其实是一种高级的计算方法。阿兰·图灵是计算机科学之父、人工智能之父，他曾运用数学方程式描述生物现象和人类智能，通过数学方程式解释胚胎过程：起初，胚胎中的细胞都是相同的，组合在一起之后，有的细胞变成了皮肤，有的细胞变成了鼻子，有的细胞变成了眼睛，这些差异是如何发生的？

阿兰·图灵用数学方程式做了推演，他惊讶地发现：数学支配万物，复杂与混乱源于简单规则！阿兰·图灵用1和0建构起计算机世界，1和0间的奥妙与东方智慧中的阴阳何其相似！

如果说五运六气是人与自然的数学对话，那么，脉诊便是医者与患者的灵肉对话。脉诊是萧通吾的家传绝学，在他看来，脉诊虽居于四诊之末，却最为有效；当然，脉诊也最难把握，不经反复实践，不去细心揣摩、辨认、体会，就不可能达成心中了了，指下分明。脉诊是辨证施治不可缺少的客观依据，医生通过诊察脉象便可知病在何脏、何腑，属寒、属热，在表、在里，为虚、为实，以及疾病的进退和预后等。孙思邈《备急千金要方》曾曰："夫脉者，医之大业也。既不深究其道，何以为医者哉！"徐春甫《古今医统》也云："脉为医之关键，医不察脉，则无以别证；证不别，则无可以措治。医惟明脉，则诚为良医；诊候不明，则为庸妄，脉其可以弗辨乎哉！"吴鞠通《增订医医病书》更是一语中的："四诊之法，惟脉最难，然亦惟脉最可凭也。"萧通吾深谙此道，他一再强调诊断疾病应首重脉诊，因为"脉法为施治之本，善诊者，首求病本，而脉为求本之法也。盖五脏六腑居其中，气血之循行，必见于脉，或内伤，或外感，脉皆应之。识其脉而知其病，内伤外感概不混淆，细心推求，不致误病也。"

脉诊是中医人的立身之本，但历代医家对纲脉的认识并不一致，有的以浮、沉、迟、数为四大纲脉，有的以浮、沉、迟、数、滑、涩、虚、实为八纲脉。萧通吾临床60余年依照脉位、脉形、脉势、脉数的各自特点，独辟蹊径，提出以浮、沉、迟、数、虚、实为六纲脉，将28脉加以归类，更便于实际操作。

浮脉类以轻手取之即得，凡洪、芤、革、濡、弦、散六脉皆属此类；沉脉类以重手取之而得，包括伏、牢二脉；数脉类以脉来一息六至以上为特点，凡促、动、紧、疾四脉皆为此类；迟脉类以脉来一息三至为特点，包括缓、涩、结、代四脉；虚脉类是举按无力，凡散、细、弱、短、微五脉皆为此类；实脉类是脉来举按有力，长、滑二脉皆属此类。这样以六纲的分类方法，对脉象的鉴别有重要意义。例如虚脉类中细、弱、微三脉，从脉象来区别，共同点都是脉来不足，但又各有不同。微脉极细极软，按之欲绝，若有若无，细而稍长；细脉小于微脉，细直而软，若丝棉之应指；弱脉极软而沉，深按之乃得，举手无有。从主病来区别，共同点都主虚弱的病症，但微脉偏主阴阳气血两虚的疾病，细脉偏主阴血不足的病症，弱脉偏主阳气虚弱的疾病。

萧通吾认为“诊脉贵在三要”，即诊脉时要掌握好举、按、寻三候手法。具体而言，诊断患者脉象首浮取，次中取，后沉取，注重从脉位上分辨病位、病性和病机。在浮、中、沉三候中，要仔细寻求寸、关、尺三部脉之搏动变化，以脉搏之上下连接与否辨别脉之长短，以脉位之左右弹动辨别脉之动滑，以脉之气势大小辨别脉之虚实，综合脉象表现，确定病位、病性和病机。

中医学强调四诊断病，八纲辨证，分辨八纲，脉诊为要，因为脉诊最能反映阴阳、表里、寒热、虚实八纲的证候实质。萧通吾对此体悟深刻，曾一一做过辨析——

阴阳是八纲辨证的纲领，诊断脉象首从脉之阴阳分析主病，即阴脉主阴证，阳脉主阳证。凡是脉来有力，为太过之象，如浮、滑、实、洪、动等皆为阳脉，主阳、表、热、实证；凡是脉来无力，为不足之象，如沉、微、缓、涩、迟、伏、濡、细、弱等脉皆为阴脉，主阴、里、寒、虚证。其次，从脉的阴阳部位分析主病，即寸部为阳位，主上焦之疾患；尺部为阴位，主下焦之疾病。同时，还要从诊脉方法之举按来分析主病，即浮取为阳，主阳病；沉取为阴，主阴病。不仅如此，临床诊脉时还须对脉形、脉位和切按轻重进行综合分析，以脉辨证。譬如，若见寸脉浮而有力，为邪袭肌表正邪相搏之表实证，见有发热、恶寒、无汗等症状；若见寸脉浮而无力，为邪气侵犯卫气虚弱之表虚证，见有恶寒、汗出等症状；也有寸脉微弱者，为心阳不足之虚寒证，见有恶寒、自汗等症状。又如，若右尺脉见虚弱之象，主肾阳虚弱之腰膝冷痛，系遗精、滑泄的虚寒证；若见右尺脉细数者，系肾阴不足之阴虚发热、盗汗、遗精等虚热证；若见尺脉沉实有力者，系下焦寒湿壅滞之水肿、瘀血等病证。阴脉主阴证，阳脉主阳证，是通常的主病规律，临床上因病情复杂，需综合分析脉象情况，唯如此方能诊断明了，辨证准确。

表里是分析病位轻浅与深重的纲领，必然从脉象上表现出来。表证多见浮脉，因人体感受外邪后，会鼓舞气血与之抗争，故脉象以浮脉为特点。人体感受的邪气与人的体质并不相同，故有兼寒、兼热、兼虚、兼实之别。若脉见浮紧之象，主发热、恶风寒、无汗、身痛的表寒实证；若脉见浮缓之象，主发热、恶风、汗出、身酸无力的表寒虚证；若脉见浮数之象，主发热、恶风、咳嗽、咽痛之表热证。里证多见沉脉，因病邪停留体内，故脉象亦沉而在里。里证也有寒热虚实之分，若脉见沉而迟者，主形寒、肢冷、腹胀、便溏、尿清之里寒证；若脉见沉而数者，主壮热、口渴、小便短赤、大便秘结之里热证；若脉见沉而无力者，主纳呆、腹胀、便溏、短气懒言、身疲乏力之里虚证；若脉见沉实有力者，主腹痛、胀满、便秘，甚则烦躁、谵语之里实证。

寒热是辨别疾病性质的纲领，由阴阳偏胜或偏衰所导致。寒证多见迟、紧、沉、弱等脉象，热证多见洪、数、滑、实等脉象。寒热也有虚实之别，应从脉诊上加以鉴别。若脉见沉伏有力，或见弦紧之象，主恶寒、肢冷、腹部冷痛之寒实证；若脉见迟细微弱者，主四肢厥冷、下利清谷、小便清长之虚寒证；若脉见滑数或滑实者，主壮热、烦满、神昏、谵语、腹满痛之实热证；若脉见细而无力者，主潮热、盗汗、五心烦热、咽干口燥之虚热证。

虚实是辨别人体正气强弱和病邪盛衰之纲领。正气不足为主的虚证，脉多为虚、微、细、弱、涩、濡、短等无力之脉象。而实证系邪气盛实有余之候，脉多见长、洪、滑、实等有力之脉象。具体而言，若脉见虚大无力者，主声低气短、乏力自汗、头晕心悸、纳食不香等气虚证；若脉见沉细涩无力者，主面色苍白或萎黄、口唇爪甲淡白、心悸寐少、夜热盗汗、皮肤枯涩之阴血两虚证；若脉见沉实滑数之象，主腹满痛、大便秘结、小便短赤、口渴欲饮之实热证；若脉见沉伏有力者，主胸胁满痛、纳呆、大便不畅、善太息之肝郁气滞证。

《黄帝内经·素问·五藏生成》有云："诊病之始，五决为纪。欲知其始，先建其母。所谓五决者，五脉也。"萧通吾认为，脉诊为诊治内科杂症基本方法，须把脏腑辨证贯彻于临证始终，为此，他提出了脏腑辨证论治方法。譬如，肝为风木之脏，将军之官，主谋虑，其性急暴易动，故肝脏疾病比他脏为多见。尤其在内科杂病中，多兼见肝脏病变，临床辨证时应注意调理肝脏。因肝受肾水之滋养，内寄相火，体阴而用阳，故肝阴不足，阴不制阳，则诸证皆发，出现肝郁气滞、肝气火旺、肝阳上亢、肝风内动、肝胃不和等证。萧通吾以《黄帝内经·素问·藏气法时论》之"肝苦急，急食甘以缓之"理论为大法，认为"肝的疾病治疗时，宜疏、宜调、宜泻，不宜大补，此即肝无补法之意"。又譬如，心为君主之官，主神明和血脉，为全身之主宰。心为火脏，全赖肾水之上济，才能安然守职。如果思虑过度，暗耗肾阴，肾水不能上济心火，则出现心肾不交病证。久之脾气受损，心气不足，心脾两虚，心神无所依附，出现心气虚弱病证。内科杂症中，心病也为多见，必须注意调养心神。心既为火脏，又为血器，故治疗宜通，不宜滋腻或大寒之剂。再譬如，肺是主宰人身大气之脏，全身气血之敷布、气血之运行，皆由肺气主司。肺虚不能主气，则全身大气衰弱，出现气虚之病证。又因肺为娇脏，主司皮毛，为人身之外藩，外邪伤人，首当其冲，故多见邪犯肺卫之病证。同时，肺金之脏最怕邪火煎灼，一切虚热病者，应首治表卫之症，以宣通肺气为法。对于病久损伤肺气之气阴虚弱证，则应补肺养阴，恢复全身阴阳气血。

萧通吾临床每以脉诊为主，且多以脉象论证用药而起沉疴。萧通吾一生经典医案甚多，现辑录两则，以飨方家：

例一：咳喘

杜某某，女，8岁，1964年12月12日初诊。

主症：因着凉引起咳喘已3年，每逢气温骤变或因感冒而导致咳喘复发。经多次住院治疗，屡用西药氨茶碱、青霉素、激素等治疗，虽能暂时缓解，但未能根除。近日因感冒而致咳喘复发。主要症状有：咳嗽，气喘，喉中有痰鸣音，纳呆，舌苔白腻。

脉象：两寸关滑大，右甚于左。

凭脉辨证：滑脉主痰，缓大为不足，右寸关为肺脾的脉位，右甚于左，主肺脾气虚。病主脾肺气虚，痰湿内壅，风邪郁闭，肺失肃降的咳喘证。

治法：急则治其标，首当宣肺祛痰，止咳平喘。

方药：射干麻黄汤加减。

处方：炙麻黄3g，射干5g，制苦杏仁6g，橘皮6g，茯苓6g，桔梗5g，制半夏5g，炒远志5g，炙甘草2g，生姜3片为引，水煎服。

二诊：同年12月15日来诊，服上方3剂，气喘已止，仍有轻微咳嗽，纳呆，口干。脉象已不见缓脉，仅见滑大之象，说明有痰湿化热趋势，在上方的基础上，加除痰清热之药。

处方：上方去麻黄、炒远志，加瓜蒌5g、紫苏子

1.5g、黄芩1.5g、炙枇杷叶4.5g、炙桑白皮4.5g，水煎服，4剂。

三诊：同年12月30日，服上方后，咳嗽已平，食欲增加，脉缓滑无力。说明邪气已去，但正气未复，故治以健脾益气，除痰宣肺治其本，以防复发。

处方：党参9g，白术9g，陈皮12g，制半夏12g，茯苓15g，炒莱菔子7.5g，厚朴12g，制苦杏仁7.5g，炙紫菀9g，川贝母9g，炙马兜铃6g，炙甘草6g，以上共研细面，炼蜜为丸，每丸重9g，早晚各服1丸。

随访一年，患儿身体健康。

按：本例原为外感风寒的咳喘证，由于经常反复，身体虚弱，使疾病难以治愈。此次因外感而复发，以祛邪宣肺止咳之剂治其标，使病情得以控制。在外邪已去、正气尚未恢复时，采用健脾益气、除痰宣肺之法治其本使疾病痊愈。

例二：崩漏

吴某某，女，成人，1961年5月9日初诊。

主症：自诉一年来月经先后无定期，经来淋漓不断，经量较多，腰背劳困，纳少身倦，舌质红苔薄白。

脉象：左关细长，两尺脉弱。

凭脉辨证：两尺脉弱，为肾气、肾阴俱虚，左关细长为肝阴不足，肝经郁热。综合脉症，此为肝肾亏损，肝不藏血，冲任不固之崩漏证。

治法：育阴清热，补肾固经。

方药：胶艾四物汤加减。

处方：当归9g，白芍5g，生地黄6g，黑牡丹皮6g，阿胶珠5g，沙参9g，侧柏叶炭6g，炒荆芥穗3g，杜仲炭3g，川断3g，黑艾叶3g，甘草3g，水煎服。

二诊：1961年6月1日。上方连服18剂，已不出血，诸症亦减。其脉象较前有力，故继用养血补肾之剂，以固其本。

处方：当归9g，龟板胶（烊化）9g，鹿角胶（烊化）9g，海螵蛸9g，芡实9g，香附6g，炒杜仲6g，川芎6g，生地黄6g，牡丹皮6g，石斛6g，沙参9g，紫石英9g，黑艾叶3g，炒荆芥穗5g，炙甘草5g，以上共研细面，炼蜜为丸，每丸重9g，早晚各服1丸。

服上丸药1料，已不再出血，月经恢复正常。

按：弱脉的主病多为气血两亏，尤以阳气虚弱为主的病症更多见此脉。久病伤正，阳气虚弱，无力推动血行，故脉来软弱无力。如果新病见弱脉，为正虚不能胜邪，视为逆脉，说明病情危重，应慎重调治，方能转危为安。本例初因月经先后无定期，经来淋漓不断，已失去其周期性，为故诊断崩漏证。由于病期已经年余，久病体虚，肾气不足，以致闭藏失职，冲任功能失常，故两尺脉均见弱象。给予补肾固冲，养血调经之剂，使肾气健壮，气血充足，其经血恢复正常。

中医诊脉向有“五十动法”之说，即诊脉时必须摸到病人脉动50次以上，才不至于误诊。萧通吾尤善此道，可谓一脉知脏腑，再脉知变化，三脉知生死。

常有学生问萧汉玺，萧氏八代从医，是否有独家秘方？萧汉玺微微一笑：辨证施治就是中医的独家秘籍。

萧通吾坐堂，每半天诊脉不超10人，是为惯例。每次诊脉，萧通吾都端坐堂前，凝神静气，三指轻轻一搭，举、按、寻之间便与患者脉与脉相接，气息与气息相交，似在进行一场对话，又似要把病人的五脏六腑“切”个透彻。

萧汉玺出诊，每半天诊脉三四十人。萧汉玺气定神闲，春风满面，还不时与患者和弟子交流。苏娟萍刚大学毕业那年，跟着萧汉玺出诊，萧汉玺给患者开好药方后问她，苏大夫，还有什么需要加减的？苏娟萍一时不知如何回答，竟愣在那里。

王晞星出诊，每半天可诊脉百余人。王晞星看病速度比师父快一倍多，比师爷快十倍多，但他并非草率从事，而是把“心中了了”之事务交与弟子，把“指下分明”之关口留给自己。王晞星出徒考试时，曾问主考老师，要写与师父一样的方子，还是不一样的方子？主考老师答，一样的方子。于是，王晞星写了一张与萧汉玺一模一样的方子，又写了一张与萧汉玺不完全一样的方子。

谈到萧汉玺的诊脉经验，王晞星如是写道：

> 临床上常会遇到左右脉不同的情况，如左脉大右脉小，或左脉小右脉大，或左沉右浮、右沉左浮等等。萧师常讲：左脉大而有力为心肝火旺，左脉小为阴虚或血虚；右脉小为脾肺虚弱，大而有力为肺胃有热，无力为气虚。左脉沉多肝郁，右脉沉（沉而有力）多水湿痰饮内停，沉而无力为脾肾

阳虚。左脉滑多从热考虑，右脉滑多为有痰，滑数为痰热，缓滑多痰湿。左手三部脉异常多从心肝经去考虑，凡见阳脉多热甚，凡见阴脉（细小）多阴虚或血虚。右手三部脉多从肺脾去辨证，脉大有力为有热，脉大无力为气虚，脉象细小为虚寒。

其言简意赅，高度概括，特别对临床初学者有指导意义。

萧汉玺在大师的光环下长大，却无骄娇二气，凡与他相识的，都觉他质朴、敦厚、亲和，狂躁病人看到他，病情估计也会立减一半。或许出生在中医世家的缘故，萧汉玺一切都为病人着想，有时开的药比挂号费还便宜；外地病人来晚了挂不上号，他推迟下班也要给他们看病。王晞星是个有棱角的人，行事看似峻猛，底色却承继了萧汉玺的敦厚，一如他处方遣药，仅是在萧汉玺的主方之上添加一两味而已，这添加部分便是继承之上的创新，也是王晞星桀骜的个性。王晞星年轻时特立独行，若不是萧汉玺用温柔的光环罩着他，他或会受到伤害。带徒如带孩子，孩子捣乱不可怕，可怕的是父母不能罩着他，让他安全度过叛逆期，顺利长大。常言道，严师出高徒，其实，慈师同样出高徒，或严或慈，因人制宜罢了。采访中每每提到萧汉玺，王晞星的脸上都会漾起一层柔和的光泽，如此情感流露显然已超出师徒之谊，或许连王晞星自己也未意识到，萧汉玺在他心目中的地位远非师父那样简单，或者说，萧汉玺于他，像父亲，也是知己。2014年3月，萧汉玺因病去世，王晞星执孝子礼为其送行。2017年11月，省中医院六十周年庆典晚会演了一个节目《好人萧汉玺》，王晞星台下正襟危坐，眼泪从头流到尾……

萧汉玺处方简约，王晞星简约之外，略作添加，注重主证，兼顾其余。用李秉刚的话讲，王晞星诊脉喜欢正推反纠，即先察病之未来走向，再问病之过往来历，最后决定当下治则和处方。李廷荃入所便跟着萧汉玺、王晞星，为萧氏学术流派第十代传人，对萧汉玺、王晞星诊脉处方间的差异看得最是清楚，即萧汉玺喜简，王晞星简中有繁。谈到自己诊脉，李廷荃不好意思地笑笑："萧老当年手把手教我什么是浮数脉，什么是浮紧脉，什么样的脉相可知病情在何脏、何腑，属寒、属热，在表、在里，为虚、为实，以及疾病的进退和预后，一点一滴，耐心细致，可我把脉的水平不敢与前辈比。"顿一下，李廷荃又说："萧老的专业尽管是消化，但他的知识面、专业涉及面很宽厚。一次呼吸科有个病人咳嗽，用了很多方法，吃了很多药，都不见效，找萧老开了个方子，养阴清热化痰为主，简简单单几味药，吃了几副就不咳嗽了。"

李廷荃用"宽厚"二字形容萧汉玺的专业涉略，令人惊讶。

萧汉玺带徒风格与王晞星不同，王晞星是把你扔到水里，让你自个儿去扑腾，萧汉玺则是把你扶上马，再目送你一程。师徒二人一柔一刚，看似一物的两极，其实，本质上是一致的，即信任。王晞星刚跟师萧汉玺的时候，遇到一个病人胃疼，做了所有检查都找不到病因，可病人就是疼得厉害。很显然，这是个疑难病人，平时遇到这种情况都是萧汉玺问诊、把脉，王晞星抄方子、写病历，但那一天，萧汉玺却对病人说，今天就让小王大夫给你开方子吧。王晞星很是意外，赶紧给病人把脉、开方，萧汉玺始终微笑着坐在一旁，一句话也不说。王晞星明白，这是信任，如果自己开错方，萧汉玺肯定不会视而不见。自那以后，王晞星跟着萧汉玺出诊，望、闻、问、切之后，二人对一个眼神，便心领神会。后来，萧汉玺病重，也是让王晞星开的方子，当然，这也是信任。

萧汉玺待人一视同仁，对王晞星宽厚，对李廷荃宽厚，对苏娟萍宽厚，对所有年轻人都宽厚。萧汉玺40多岁时，曾多次写报告请辞科主任一职，目的只有一个，就是为年轻人让路。萧汉玺不贪名，不图利，喜欢提携后辈，科研项目获奖，他总是把自己的名字写在最后。萧汉玺眼中只有病人，一心只想做个好大夫，却不珍惜自己的身体。因常年坐诊，他患上腰椎管狭窄、椎间盘突出、腰椎滑脱。2003年，萧汉玺做了两次大手术，腰椎里留下一根尺余长的钢管和8颗钛合金钉子。他原本患有高血压、肾病，按理应该居家静养，但他仍拄着带凳子的拐杖出诊。从家到医院不过百米，萧汉玺却要坐下歇好几次，可一看到病人，他又神色如常。手术后，医院考虑到他的身体状况，每次出诊限号10个，可他仍像往常一样为外地患者加号，多时要看到30个。遇到身体不舒服，需要输液，萧汉玺就设法把门诊时间和输液时间错开，照旧穿上白大褂准时坐到诊室，一次不落下，一次不迟到。一天早起，萧汉玺感觉身体虚弱，没有一点力气，家人劝他休息一天，他淡然一笑，做人要有诚信，约好病人来看病，怎能言而无信呢？早春四月，天气还有些凉，萧汉玺艰难来到诊室，虚汗不断往外冒，写处方的手也在抖。萧汉玺知道自己这次病得重了，要撑不住了，但他仍不动声色，坚持看完最后一个病人。

萧汉玺爱帮人，却从不麻烦别人，当他拖着疲惫的身体，三步一挪，五步一歇，回到家里时，早已大汗淋漓，湿透衣背。萧汉玺刚坐到沙发上，便觉眼前一黑，昏迷过去。家人赶紧给急诊室打电话，借了担架把他抬到医院，做CT、核磁检查，抽血化验，血糖仅2.2ng/ml，是疲劳过度引发的低血糖，幸亏抢救及时，否则有生命之虞。在女儿萧红霞的记忆里，父亲每天都在看病、看病，却从不顾及自己也是病人，遇到急危重症患者，他随叫随到，家也时常变成临时诊室。萧汉玺有四个女儿，她们心疼父亲，四姐妹一商量，便在门上贴出一则“告示”：“请到门诊就诊。”萧汉玺对女儿一向慈爱有加，之所以没有让女儿们继承自己的衣钵，就是觉得学中医太过辛苦，没有20年的历练根本学不出名堂。可看到女儿们的“告示”，萧汉玺不禁大发雷霆，患者来家看病，也是无奈之举，怎可以在门上贴这种东西？以后记住，医生的天职就是治病救人，这可是咱萧家祖传的医训！王晞星出任院长的前一天晚上，萧汉玺把三个在医院工作的女儿叫到身边叮嘱，晞星虽是我的弟子，但你们不能搞特殊，无论遇到什么困难，都不许给医院找麻烦。

20世纪90年代，王晞星在萧汉玺经验方的基础上开展胃逆康胶囊研究，获得成功。1998年，胃逆康胶囊取得国家中药三类新药证书，同时获得山西省科技进步一等奖，次年又获得国家中医药科技进步三等奖。胃逆康胶囊是国内目前唯一的纯中药胃动力新药，填补了国内中成药治疗胃肠动力疾病的空白。王晞星因此被破格晋升为副教授，他在论文《萧汉玺学术思想及经验》中回顾了新药研制过程，并写道：

萧师精通中医理论，临床辨证准确，组方严谨，用药灵活。他认为，不论经方，还是时方，凡符合中医组方原则与施治规律的都可选择应用。他所用之方，或以经方化裁，或时方、验方同用，或自拟成方，但其特点是一致的，药味精而少，基本方8味至12味，配伍确当。他常说用药如用兵，兵不在多而在精，使人看了君、臣、佐、使一目了然；药物过多，药量过大，可产生副反应，或作用相互抵消；药味过少，剂量过小，恐药效不济；味多、量小或味少、量大，完全取决于临床病情轻重缓急而定。不能认为用药轻则好，用量大就有效，一切当从临床实际出发。如消痞和胃方是萧师常用治疗功能性消化不良的经验方，方中姜半夏、干姜、黄连同用，姜半夏为辛热之药，黄连为苦寒之品，辛则开，苦则降，两者相反相成，调和脾胃；党参、苍术、甘草，健脾助运，使清气得升，以黄连清胃热，陈皮助半夏和胃降逆，胃热清、浊阴降，升降恢复正常。由于功能性消化不良患者每因精神紧张或情志不畅诱发或加重，故于方中加柴胡、木香，疏肝理气，消胀除满，标本同治；白芍配甘草，酸甘化阴，缓急止痛，可防辛燥伤阴之弊。此方在临床上应用多年，屡用屡验，现已由我院制剂中心经现代提取制成胶囊剂，广泛应用于临床。除功能消化性不良外，慢性浅表性胃炎、慢性萎缩性胃炎属脾虚气滞，肝胃不和及寒热错杂诸证，出现胃脘痞满，胸胁不舒，嗳气呃逆，食欲不振，恶心呕吐等症均可服用。

用药是中医辨证施治的最终体现，故行医者对药物的性味、归经、作用、应用当深刻理解，才能准确体现于方剂之中，单纯按照教科书的使用是完全不够的。要深研本草，学习诸家之言，广收并蓄，不断发现药物的特殊作用，并运用于疾病的治疗中。如在临床上应用柴胡，作为升阳药时仅需3g，取其轻能升提之意，重则无效；疏肝理气时量用10g，与它药同煎30分钟至40分钟；如用于高热不退时，可用至30g，煎煮时间不可过长，15分钟至20分钟为宜。这是因为现代研究证明，起解表退热作用的有效成分是挥发油，起疏肝和胃作用的成分是柴胡皂苷，前者久煎易挥发而减效，后者浸泡煎煮可提高含量。生南星有大毒，教科书规定一般不内服或多在丸、散中用，一次量0.3g至1g。但萧师在治疗食管癌时不拘常制，用至30g至60g，取其以毒攻毒、化痰散结、和降之功，每遇食管癌晚期或术后复发者，出现吞咽困难，或吞咽胸痛，配瓜蒌、半夏、黄连、莪术、郁金等，共凑化痰软坚、活血散结、理气止痛之功，可明显改善吞咽困难和吞咽胸痛的症状，并对肿瘤细胞有一定的抑制和杀灭作用。生南星可治骨痛，对脑瘤、骨瘤或骨转移、肺癌所致疼痛效果较好，常在复方中加减使用。

萧汉玺擅长治疗脾胃病，认为治脾胃大法不外乎“升降”二字。《道德经》曰：“高者抑之，下者举之。”张仲景据此创立吐、下、苦降、辛开调理脾胃的方法。萧汉玺认为，脾胃病有寒热虚实，宜燥宜润，宜补宜泻，宜升宜降，故当详辨，而调理升降则须贯穿始终，且最为关键。升降失常主要表现为升降不及、升陷反作和升降失调三个方面。

所谓升降不及，即脾胃虚弱、脾气升运无力、胃气和降无能，治疗需用补益之法。譬如，治疗胃脘痛、胃痞、泄泻等病出现的脘腹痞胀、隐痛绵绵、喜温喜按、纳呆、乏力、便溏、嗳气、呕吐、苔白薄、脉细弦等证，萧汉玺常用香砂六君汤以健脾助运、理气行滞，恢复脾胃的升运和降功能。此方补脾不壅中，理气能助运，如以胃脘痛为主，偏寒者可加良附丸，偏热者常加金铃子散；脘痞加厚朴、甘松、槟榔；嗳气、呃逆加代赭石、旋复花、枳实、木香、丁香、沉香；寒热夹杂加黄连、干姜；腹胀加大腹皮、枳壳；纳呆加二芽、山楂、鸡内金等。对于慢性萎缩性胃炎、肿瘤、肠胃炎等病出现的胃阴不足证，表现为胃脘灼痛日久，嘈杂似饥而不欲食，或恶心干呕，口干咽燥，消瘦，舌红少津或有裂纹或苔少花剥，脉细数者，治当养阴益胃，但选方用药需滋而不腻，常用益胃汤、一贯煎。胃痛明显加白芍、甘草、金铃子散，酌加理气不伤阴之药，如佛手、玫瑰花；热甚者用竹叶石膏汤；便秘加麻仁、郁李仁、决明子、制首乌；口渴甚加花粉；嘈杂泛酸加左金丸、煅瓦楞子；呕吐加橘皮、竹茹、半夏等。

《临证指南医案》有云："盖脾气下陷固病，即使不陷，而但不健运，已病矣；胃气上逆固病，即不上逆，但不通降，亦病矣。"此即升陷反作，脾气当升不升反而下陷，胃气当降不降反而上逆，是脾气不升、胃气不降的进一步发展和加重。治脾气下陷，萧汉玺首推东垣补中益气汤。如久泄、久痢不收，加肉豆蔻、诃子、赤白石脂、五味子、炮姜炭、乌梅以固涩止泻。肠易激综合征常有便意，虚坐努责，时欲大便，久蹲不下，久治难愈者，加木香、薤白及少量槟榔。各种内脏下垂，如常见的胃下垂、子宫内膜脱垂、脱肛等，补中益气汤并加枳壳或枳实18g至30g。气虚甚者，重用黄芪至60g，党参易人参。气虚下陷、清阳不升而致的顽固性眩晕、耳鸣、面白少华、困倦乏力、纳减便溏、脉虚大无力者，加葛根、蔓荆子、黄柏、磁石。老年性痴呆、记忆力减退、反应迟钝属中气不足、清阳不升者，加远志、菖蒲、益智仁、天竺黄。顽固性腹胀加木香、厚朴。

萧汉玺曾治一女性患者，32岁，阑尾术后出现顽固性腹胀，间作五年，饱受折磨。病人找到萧汉玺时已腹胀如鼓，无法正常工作，之前遍求中西医治疗无效，经多家医院B超、全消化道造影、纤维肠镜检查，皆未发现器质性病变，也未发现肠粘连。按常理，腹胀应当用理气之剂，前医也曾用此法，但没有效果。病人大便数日不解，也无便意。萧汉玺察其舌淡苔白，右脉沉细，左脉虚大无力，综合脉证，乃中气不足致气机痞塞，肠运传导无力，治法当用益气健脾助运、塞因塞用，遂开出补中益气汤加味：

> 黄芪18g、党参10g、生白术30g、当归10g、陈皮10g、升麻3g、甘草6g。

服药6剂，病人胀满显减，大便日一行。再予6剂，病人胀满悉除。愈后，病人恢复正常工作，多年未复发。

怪病、疑难病多责于脾胃，而脾胃病又往往错综复杂，寒热虚实并见，同一患者既有脾失健运或清阳不升的病变，同时又有胃失和降的表现，此即升降失调。萧汉玺认为，治疗此病宜升降并举，不可偏执，治脾宜升、治胃宜降这是大法，但要知常达变，掌握升中有降、降中有升的原则。如治脾宜九升一降，寓降于升，治胃宜九降一升，寓升于降，这样才能调升降于平衡而脾健胃和。

人之为人，有七情六欲，中医是人学，情志致病一直是中医关注的话题。《黄帝内经·灵枢·本神》曰："天之在我者德也，地之在我者气也，德流气薄而生者也。故生之来谓之精，两精相搏谓之神，随神往来者谓之魂，并精而出入者谓之魄，所以任物者谓之心，心有所忆谓之意，意之所存谓之志，因志而存变谓之思，因思而远慕谓之虑，因虑而处物谓之智。"情志过激便会致病，当今社会竞争激烈，七情五志伤人表现尤甚。

王某，女，29岁，1989年9月18日初诊。7年前，王某因受到惊吓而导致呕吐，之后多年，王某每每牵及此事，便会呕吐不止。就诊前一个月，王某因呕吐频作，已影响到正常工作。王某入院后，经纤维胃内窥镜及化验检查未发现器质性疾病，诊断为神经性呕吐。前医曾用疏肝和胃、健中降逆等法为其治疗，不效。萧汉玺接诊后，症见呕吐量少，时作时止，口干咽燥，脘中灼热，大便干，数日一行，舌红瘦、苔轻剥少津，脉右沉细、左细弦。这是呕久伤阴，后又用疏肝理气之品，反致津愈耗伤，胃失濡润，升降失常。疏肝和胃而不效，当以养阴生津、和胃降逆论治。处方：

姜竹茹10g 、石斛15g、沉香10g、沙参30g、麦汀冬15g、陈皮10g、忍冬藤30g、绿萼梅12g、旋覆花10g、代赭石10g、葛根18g、甘草6g。

3剂，每日1剂，水煎服。

9月22日，二诊。服用上方3剂后，王某呕吐未发作，口咽干燥减轻，大便1次，偏干，舌脉同前。继用4剂，王某精神明显好转，口干不明显，唯大便仍干，量少，舌红、苔薄白，脉弦滑。上方加太子参15g、生白术30g、槟榔10g、莱菔子18g，以健脾理气通便。以上方为基础，随症加减，共服20余剂，王某痊愈出院。随访9年，王某呕吐再未发作。

萧汉玺是萧通吾和王晞星之间承前启后的桥梁，这座桥梁当得起四个字：大医精诚。

1973年，春节临近，萧汉玺收到太谷老家连续发来的加急电报：父亲病重，速归。当时科里大夫短缺，主任俞荣青正为安排谁春节加班而发愁。萧汉玺去找俞荣青请假，还没等他开口，俞荣青便问他能否多顶几个班。萧汉玺稍一犹豫，到嘴边的话又咽回肚里，强忍泪水点头答应，心却在隐隐作痛。腊月二十七，萧汉玺正在班上，又收到父亲病危的加急电报，霎时泪流满面。那天下着大雪，天地间一片洁白，萧汉玺飞也似的赶到火车站，已没有回家的火车。萧汉玺心急如焚，当即返回单位，骑上自行车，匆匆往老家赶。太原到任村有一百多里，大雪飘飞，天地苍茫，萧汉玺看不清来路，看不清去路，眼角的泪水湿了干，干了湿，风雪中到底骑了多长时间，自己也记不得了，依稀觉得父亲正护佑着自己一路前行……回到家里，天已黑透，萧通吾未能等到儿子回到身边，便撒手西去。萧汉玺“扑通”一声跌倒在父亲灵前，长跪不起，失声痛哭……

萧汉玺是萧通吾一手带上从医之路的，早些年，萧通吾走到哪儿，便把萧汉玺带到哪儿，可萧通吾病重期间，萧汉玺一天也未守在身边端汤递药。每每想起未能在床前尽孝，萧汉玺便心痛不已。有人问他是否后悔，他眼圈微微一红，老人家谆谆教导我要做这样一个人，他不会怪我的。父亲去世后，萧汉玺把母亲接到太原同住。有一次母亲患病，在家输液时药物过敏。女儿吓坏了，急忙打电话找萧汉玺，可哪儿也找不到。没有办法，女儿只好把电话打到苏娟萍那里。苏娟萍找到胃镜室，见萧汉玺正给病人做胃镜，她把情况告诉萧汉玺，萧汉玺让苏娟萍转告女儿，赶紧把液体拔了，吃点儿抗过敏的药。之后，萧汉玺继续手术，动作不慌不忙，俨然城楼上羽扇纶巾的诸葛孔明。萧汉玺最喜欢《空城计》，偶尔还会哼唱几句：“我正在城楼观山景，耳听得城外乱纷纷。旌旗招展空翻影，却原来是司马发来的兵……”萧汉玺觉得医者就应该像诸葛孔明那样，调兵遣将，从容淡定，纵然天塌下来，也神色自若，纹丝不乱。萧汉玺喜欢书法，偶有闲暇，便会挥毫反复写一个“静”字，以为静气乃医家之气，须终生修炼。那一天，萧汉玺做完胃镜，写好报告，天已很晚，他走出胃镜室，才急忙加快脚步。萧汉玺不想让患者感觉到自己心中的急切，更不想让患者因此而内疚。

萧汉玺行医62年，救人无数，帮人无数，却最怕给别人添麻烦。四个女儿的婚事都是老伴一手操办的，萧汉玺每天照常上班、出诊，没有请过一天假。2004年10月，老伴心梗发作住进省心血管病医院，大家都劝他去看看。萧汉玺却说，老伴有女儿照顾，不用我守着也可以，那些远道而来的患者找不见我，就怕他们心里没有着落。萧汉玺退休不久，女儿有个朋友的诊所要转让。大女儿萧瑞霞是搞财务的，二女儿萧红霞是搞检验的，三女儿萧霞是搞护理的，家里还有懂药的，女儿们便琢磨着把诊所盘下来，由他坐诊。可他坚决反对：挣多少钱是个够？好好为医院服务就行了！

在萧汉玺眼里，没有贵人穷人，只有病人。从省领导到门口看车的大娘，都是他的熟人，不管谁找他看病，他都不推脱。按他的话讲：都惯惯的。但有一个原则，从不占用门诊时间。20年前，一位职工刚调到医院后勤部门不久，老街坊说她丈夫胃病很严重，想让萧汉玺看看，他当即大包大揽，没问题，我给你把萧大夫请到家里来。其实，他只和萧汉玺见过几次面，说过一回话，但他知道萧汉玺亲和，没架子，不嫌贫爱富。果然，他和萧汉玺一说，萧汉玺毫不迟疑便答应了。萧汉玺乘坐公交车如约前往，钻进一座低矮、简陋的平房里，光线昏暗，望诊时须贴近病人的脸，才能看清病人的舌苔和表情。萧汉玺把过脉，写好处方，又轻声细语叮嘱一番，才独自离开。

陈女士是香港人，患有胃溃疡和十二指肠溃疡多年，遍访香港名医，吃了无数种药，总不见效。2008年11月，陈女士看到一本《疑难病患者寻名医指南》，书上有萧汉玺的介绍，便试着把电话打到医院来，医院总机又把电话转到萧汉玺家里。萧汉玺正在家休息，他拿着听筒耐心听陈女士讲述自己多年求医的遭遇，心生恻隐。胃溃疡和十二指肠溃疡之外，陈女士还患有合并神经官能症，身体和精神状况愈来愈差，西药治疗效果甚微，人几欲崩溃。陈女士一再恳求，自己不能到太原，想在电话里看病，且因工作原因，只能中午和晚上打电话。按常理，中医诊病必须面见病人，当面辨证施治，如今病人来不了，确诊困难，或有风险。但萧汉玺临床经验丰富，听了她的诉说便对病情有了较清晰的判断，旋即答应下来。萧汉玺开出处方，电话里一一告知对方。陈女士说有些中药香港买不到。那就只能从太原寄，可寄草药要过海关，又是难题。万般无奈，萧汉玺只好换成中药免煎剂，让女儿买好寄去。就这样，素未谋面的医患关系持续了四五个月，每次电话看病都在半小时以上，直到陈女士痊愈。

有一天，萧汉玺刚出诊回家，还没来得及吃饭，门铃响了。女儿接过门铃电话，听到一位女士颤抖着说，我是从吕梁来的，路途远，没赶上在门诊看病，想让萧大夫给看看。女儿心疼父亲，毫不客气地拒绝了。萧汉玺听到后说，走了这么长时间的路，多可怜啊！让她上来吧，对她来说看个病很难，对我来说就几分钟的事。

李红琪是沁源人，2010 年 8 月在北京某医院做了食管癌手术。一般情况下，留置的胃管保留到术后四五天便可拔除，可他术后恢复不好，胃肠道蠕动功能差，一个多月还不能进食，只能靠胃管补充营养，备受煎熬。李红琪慕名找到萧汉玺。萧汉玺详细询问了他的病情和生活情况，考虑到做手术已花费不少，便建议他在门诊治疗。又考虑到他家在外地，身体虚弱，便说，你以后来不用排队，直接找我就行。非亲非故，哪儿遇见过如此处处为患者着想的医生？李红琪和家人简直不敢相信！诊病三次以后，李红琪拔除胃管，食欲大增，身体很快恢复。李红琪到北京例行复诊，手术大夫对他的恢复状况惊诧不已。

郭明星患有溶血性贫血，看病时晕倒在诊室。萧汉玺立即为他联系血库紧急配血。看到郭家经济条件差，还替他付了2000多元医药费。之后，家属揣着1000块钱，提着一袋小米找到萧汉玺，千恩万谢。萧汉玺推脱不过，钱退了回去，把小米收下，分给科里的年轻大夫。

2010年6月，萧汉玺高血压、肾病加重，尿蛋白三个加号，血糖异常，腿部和脸部肿胀，住进老干部病房。一天，病房来了一对母女，要找萧汉玺看病。老太太叫王艳春，82岁，和女儿专程从北京赶来。老太太患有胃溃疡、胃食管反流病十多年，胃疼、烧心、吐酸水、嗳气，没有食欲，时有呕吐，伴有黑便。女儿看着母亲一天天消瘦下去，非常着急，无意间在中央电视台《中华医药》栏目上看到有关萧汉玺的介绍，便开车从北京直奔太原。谁知到医院一打听，萧汉玺竟住院了。母女费尽周折找到病房，看见躺在病床上的萧汉玺面容憔悴，还挂着点滴，甚是不忍，心想这趟算白来了。萧汉玺正备受病痛折磨，可看到母女渴求的目光，自己的病痛似乎也减轻一半。萧汉玺从不拒绝病人，他让护士把自己从床上扶起来，微笑着对老太太说，来，坐在我旁边的沙发上，我给你看看。老太太眼含泪花，女儿连连鞠躬道谢。之后，老太太隔两周来复查一次，每次来，萧汉玺都艰难起身，认真诊治。两周后，老太太不再便血。四周后，老太太胃痛缓解，食欲增加。数月后，老太太病情显著好转，面色红润。一家人念念不忘萧汉玺带病诊病的医者仁心，女儿特意从北京赶来，掏出一个厚厚的红包硬要塞给萧汉玺，被萧汉玺拒绝。女儿无以为谢，专门制作了一面锦旗，上写“妙手回春”四个字，送到萧汉玺的病床前。

2012年9月，萧汉玺脑出血出院不久，在家休息。一位30多年前曾找萧汉玺看过病的病人，叫武玉凤，已九十高龄，因贫血、厌食住在省中医院脾胃病科。有天晚上，老人病情突然加重。老人知道自己命不久矣，给子女提了个奇怪的要求，说想吃萧汉玺开的中药。女儿莫名其妙，又不愿拂老人的意，便四处打听，最后找到萧红霞，已是晚上10点多，萧汉玺已休息。若在平时，萧红霞会拒绝，可一想到这可能是老人最后一个愿望，她当即把电话打回家去，征求萧汉玺的意见。萧汉玺不假思索便答应了。萧红霞带着老人的女儿回到家，向萧汉玺讲了老人的病情，萧汉玺开了三副中药。老人的女儿眼含泪光，握住萧汉玺的手连声道谢。萧汉玺微微一笑，不用客气，快去拿药吧。时隔30多年，弥留之际居然想吃你的药，这该是怎样一种信任呢?

2013年11月，第二届“国医大师”评选正式启动，省卫健委推荐萧汉玺参评。萧汉玺具备“国医大师”的所有条件，通过了层层审核和最终评选。2014年3月7日，就在评选结果即将公布之时，萧汉玺却因病与世长辞。噩耗传来，评委会痛惜不已，特授予萧汉玺“中医药学术发展成就奖”。

虽因规则生前未能捧回“国医大师”证书，但毫无疑问，萧汉玺就是“国医大师”!

第五章 带瘤生存，奇异的『恶』之花

归根结底，中医药是以人为本的，人又是各自独立的，千人千面，各不相同，理论和临床皆自洽最为重要。

谨察阴阳所在而调之，以平为期。正者正治，反者反治。

——《黄帝内经·素问·至真要大论》

《山海经》是一部奇书，其《北山经》记曰：

> 又北二百里，曰发鸠之山，其上多柘木。有鸟焉，其状如乌，文首、白喙、赤足，名曰精卫，其鸣自詨。是炎帝之少女，名曰女娃。女娃游于东海，溺而不返，故为精卫。常衔西山之木石，以堙于东海。漳水出焉，东流注于河。

此即著名的上古神话“精卫填海”，故乡到处流传。我在发鸠山下长大，少时只知精卫，不知炎帝或神农氏。其实，在神话之乡上党还流传着一个影响力更广大的神话，叫“神农尝百草”。说到“神农尝百草”，不得不提《神农本草经》，又叫《神农本草》，简称《本草经》或《本经》，是我国现存最早的中药典籍。原书已散佚，现今看到的是由后人从历代本草书中集辑而成的，有三卷、四卷、八卷等版本。这部典籍托名神农所著，实际上是历代医家之集大成，成书年代一说春秋战国时期，一说汉代。关于“神农尝百草”的故事，历代有多种记述。

西汉刘安《淮南子·修务训》曰：“古者民茹草饮水，采树木之实，食蠃蛖之肉，时多疾病毒伤之害。于是神农乃始教民播种五谷，相土地宜燥湿肥硗高下，尝百草之滋味，水泉之甘苦，令民知所辟就。当此之时，一日而遇七十毒。”

晋干宝《搜神记》卷一曰：“神农以赭鞭鞭百草，尽知其平毒寒温之性，臭味所主，以播百谷。”

唐司马贞《史记·补三皇本纪》曰：“于是作蜡祭，以赭鞭鞭草木，始尝百草，始有医药。”

宋郑樵《通志》曰：“民有疾病未知药石，乃味草木之滋，察寒热之性，而知君臣佐使之义，皆口尝而身试之，一日之间而遇七十毒。或云神农尝百药之时，一日百死百生，其所得三百六十物，以应周天之数。后世承传为书，谓之《神农本草》。又作方书以救时疾。”

清袁了凡《增补资治纲鉴》兼具各家，言简意赅：

> 作蜡祭，以赭鞭鞭草木。民有疾病，未知药石，炎帝始味草木之滋，察其温平寒热之性，辨其君臣佐使之义，常一日遇十二毒，神而化之，遂作方书，以疗民疾，而医道立矣。

炎帝制耒耜，种五谷，立市廛，治麻为布，削木为弓，作五弦琴，制陶器，可谓上古无所不能之人，但最为后人称道的，还是“尝百草”。精卫是炎帝之女，名女娃，她的故事就发生在发鸠山，《山海经》白纸黑字，无可争辩，但若追溯炎帝当年的活动踪迹，便众说纷纭，莫衷一是。在古文字中，关于炎帝的记载甚是混乱，有说神农即炎帝，炎帝即神农，也有说炎帝是炎帝，神农氏不过是炎帝一族的名号。每种说法都言之凿凿，但事实上，古人常以一名为一族，将一族混于一名，炎帝与神农不分彼此，所有神农氏部落头领都可能是炎帝。当今争炎帝故里者众多，且不说陕西宝鸡、湖北随州、湖南炎陵，仅上党地区便有三处，即高平、长治县（现撤县设区，改为长治市上党区）和我的家乡长子。高平人坚信“神农尝百草”之地在羊头山，我的乡人不断论证“神农尝百草”之地在发鸠山或方山，其实，羊头山位于高平市、长治市上党区和长子县三地交界处，与发鸠山比邻，神农氏若在这一带活动，足迹不可能只停留在一处。

乡人对精卫耳熟能详，或与他们常去三圣公主庙求子祈福有关。三圣公主庙位于发鸠山东山脚下的房头村，全国独有，庙中祭祀的是炎帝的第一任妻子（据说为长治市上党区人）和大女儿瑶姬、小女儿女娃。庙前建一亭阁，悬一匾额“灵湫”，亭下即浊漳河源头。明朱载堉在《羊头山新记》记曰：

> 又西北三十里曰发鸠山，山下有泉，泉上有庙。宋政和间，祷雨辄应，赐额曰“灵湫”。盖浊漳水之源也。庙中塑如神女者三人，旁有女侍，手擎白鸠，俗称三圣公主，乃羊头山神之女，为漳水之神。漳水欲涨，则白鸠先见，使民觉而防之，不致暴溺。羊头山神，指神农也。

朱载堉（1536—1611），字伯勤，号句曲山人、九峰山人，青年时自号“狂生”“山阳酒狂仙客”，又称“端靖世子”。为朱元璋九世孙，出生于河南省怀庆府河内县（今河南省沁阳县，与李渠是乡党），是明代著名的律学家、历学家、音乐家，有“律圣”之称。著有《乐律全书》四十卷、《嘉量算经》三卷、《万年历》一卷、《万年历备考》二卷、《历学新说》二卷等，内容涉略音乐、天文、历法、数学、舞蹈、文学等，与李时珍、宋应星、徐光启、徐霞客齐名，成就震撼世界，中外学者尊崇他为“东方文艺复兴式的圣人”。朱载堉曾数次翻越太行山，到羊头山实地考察，对羊头山的记载甚是详尽：

> 羊头山在今山西之南境，泽、潞二郡交界，高平、长子、长治三邑之间。自山正南稍西去高平三十五里，西北去长子五十六里，东北去长治八十里。所谓岭限二郡，麓跨三邑也。山高千余丈，磅礴数十里。其巅有石，状若羊头，觑向东南，高阔皆六尺，长八尺余。山以此石得名焉。石之西南一百七十步有庙一所，正殿五间，殿中塑神农及后妃、太子像，皆冠冕若王者之服。……殿西稍北二十步，有小坪，周八十步。西北接连大坪，周四百六十步，上有古城遗址，谓之“神农城”。城内旧有庙，今废。城下六十步有二泉，相去十余步。左泉白，右泉清。泉侧有井，所谓“神农井”也。二泉南流二十步相合而南。《寰宇志》云：“神农尝五谷之所，上有神农城，下有神农泉。”后魏《风土记》云：“神农城在羊头山，其下有神农泉。”皆指此也。地名井子坪，有田可种，相传神农得嘉谷于此，始教播种，谓之“五谷畦”焉。

发鸠山、羊头山介于太行、太岳之间，相距仅15公里。古时有山岭为屏，有平原为基，有森林、草地、湖泽为给养，矿物丰富，植物茂盛，四季分明，鸟兽虫鱼活动其间，可猎可采可牧可渔可耕，最适合人类居住。三圣公主庙在房头村，发鸠山也叫廉山，“房”与“廉”二字造型与房屋布局有关，“廉”字本义又为一手执双禾状，与传说中的炎帝形象吻合。据医学家皇甫谧所著《帝王世纪》记载，炎帝“母曰任姒，有蟜氏女，登为少典妃，游华阳，有神龙首，感生炎帝。……又曰魁隗氏，又曰连山氏，又曰列山氏。”魁隗者，魁伟也。连山是列山的音别，列山也作烈山，即羊头山。炎帝曾创《连山易》推演四季，“廉”与“连”谐音，“房”与“方”谐音，而发鸠山主峰叫方山，距长子县城25公里，与羊头山至县城距离几乎相等。从这些姓氏和地名不难看出，长子县城与发鸠山、羊头山构成的三角地带很可能便是炎帝当年的活动场所。

方山位于长子县城正西，南北走向，余脉南跨沁水、高平，北携屯留、安泽，海拔高度1646米，比“一览众山小”的泰山还高120多米。接近山巅处有一出云洞，与连山之“山之出云，连连不绝”意境相仿。20世纪70年代末，我的父亲曾在方山正北半山腰的一个名叫东方山的村庄教书，我随父在那儿生活两年，天气变化之际常见对面山顶白云缠绕，乡人说，那儿便是出云洞。其实，史书所记出云洞位于方山东侧，道教建筑群九窑十八洞之间，今存遗址略比拳头大些。方山与天为党，人神共处，道家至尊、佛教禅宗、人文始祖同襄山巅，那儿不仅有医祖塔、医祖庙和精卫祠、女娃坟，还有尧封彭祖灵应侯庙。清长子县志《山川志》记载：“方山在发鸠山西……惟余一塔巍然。”“一塔”便指医祖塔，为纪念炎帝创始医药所建。二十世纪六七十年代，发鸠山林场施工，医祖塔被拆毁，医祖庙遗迹仍存，我曾在那座大院住过一晚，看过一场电影。说来可笑，父亲的学生是公社放映员，好酒肉，他让人把放映机抬到山顶林场，就是为了饕餮一顿野鸡野兔。可山顶风大，幕布根本挂不到外墙上，只好转到屋内。相传，尧时彭祖曾慕名来此寻根问祖，在山顶居住，或追随始祖足迹遍采方山药材，或为方圆百姓传授养生之法。忽一日，尧王患疾平阳，无人可医，便回转长子故里，闻听彭祖在此，诚心登山求治，终得痊愈。尧王遂封彭祖为灵应侯，后人在医祖庙内建有灵应真人庙一同祭祀，今亦废。

《神农本草经》载药365种，当中植物药252种、动物药67种、矿物药46种。根据药物性能和使用目的不同，又分上、中、下三品，以应“天地人”三才。其在《序录》中开宗明义：“上药一百二十种为君，主养命以应天，无毒，多服久服不伤人”，如人参、甘草、生地黄、大枣等；“中药一百二十种为臣，主养性以应人，无毒有毒，斟酌其宜”，如百合、当归、龙眼、麻黄、白芷、黄芩、鹿茸等；“下药一百二十五种为佐使，主治病以应地，多毒，不可久服”，如大黄、乌头、甘遂、巴豆等。其还提出君臣佐使组方原则，如上品药为君药，中品药为臣药，下品药为佐使药，组方时应考虑药物特性，既有君臣，还有佐使。两味或两味以上药物用在一方剂中，相互间会产生单行、相须、相使、相畏、相恶、相反、相杀等“七情”，故而要“合和视之”，也即“七情和合”配伍原则。方山脚下百姓大多不知四气五味、君臣佐使，却知山上各类药材计有365种，初学中医之人常手捧医书于山林间“按图索骥”，一不留神，便与松鼠撞个满怀。我的老家在发鸠山西北余脉，与安泽县搭界，小时候，我每年夏秋都要上山采药，常见品种为黄芩、丹参、黄芪、柴胡、知母、党参等，尤以黄芩、丹参为多。采回，晒干，卖到供销社，黄芩、丹参每斤2毛2分，柴胡每斤7毛，野生党参量少，价更高。靠山吃山，靠水吃水，长子自古以来便是医药之乡，至明代，鲍店药材贸易大会更是闻名全国。每年自农历九月十三始，到腊月二十三终，历时百天，各地药商络绎而来，人山人海，每家药店里都张挂着医祖炎帝的画像——腰围树叶，手执草药，头上长角，俨然一副浓眉大眼、笑容可掬的农家大叔形象。民谚有云：“长子药材地道货，先祖炎帝品尝过。黄芪党参补性大，柴胡黄芩治病多。”又云：“丹参产自发鸠山，女娃用它治偏瘫，能顶古方四物汤，百脉通畅气血安。”至今，每年还有药商在方山脚下收购各类药材，而上党党参无论野生，还是种植，都最为道地。

长子城北有一北高庙，现存一石碑，上刻清顺治十八年《重修炎帝神农庙碑记》曰：“治东南有神农井……世传炎帝神农于兹获秬黍，尝百谷，教民稼穑，敷种下土……自炎帝神农起而尝百草，降嘉种，创耒耜，教稼穑，作种植之书，撰医药之方……精卫填海，将欲变沧溟为桑田，虽厥功不竣，衔木之心依然……”

而精卫“衔木之心”，又何尝不是医者仁心呢？

古有三易，一曰《连山易》，一曰《归藏易》，一曰《周易》。

《连山易》创自神农时代，神农的世系名为“连山氏”。《连山易》所画八卦位置和《周易》的并不一样，其以艮卦开始，象征“山之出云，连绵不绝”。

《归藏易》创自黄帝时代，黄帝的世系名为“归藏氏”。《黄帝内经・素问・六元正纪大论》曰：“太阳所至，为寒府，为归藏。”《归藏易》以坤卦开始，象征“万物莫不归藏于其中”。

《周易》则从乾、坤两卦开始，是周文王在《连山易》《归藏易》基础上重新演绎的。但《周易》之“周”并非周王朝之“周”，而是宇宙周而复始、无有穷尽之“周”。书法大家林鹏先生在《平旦札》一书中如是注释道：“周也者，周正、周到、周密、周详、周游、周流、周边、周围、周而复始也，周之义大矣，不可不识也，周而复始正是《周易》的根本精神，此不可不察也。他如周正，正道也，正见也，正人君子也。其本质是反邪的，邪不压正也。《周易》是正人君子的东西，卑鄙小人无法接近他，此不可不省也。再有周边、周围之义，最需要明确。事物相连处，就是他们的边沿，其小处即科学的相连处，其大者，就是‘天人之际’，不可不精熟也。”

关于《连山易》《归藏易》，汉魏以后的道家多有分歧，有人认为《连山易》《归藏易》已失传，有人认为汉魏以后的象、数易学便是《连山易》《归藏易》的遗留，《连山易》《归藏易》的易学精义已成为秦汉以后道家学术思想的主干。也就是说，《连山易》《归藏易》并未失传，中医药、堪舆及道家关于这方面的学问，都是《连山易》《归藏易》的结合和延展。大陆现存有

《周易》和《连山易》水卷，海外现存有《连山易》二十七卷、《归藏易》二十三卷。

而周的始祖后稷是黄帝的玄孙、帝喾的嫡长子，姬姓，曾在一个叫稷王山的地方教人稼穑。稷王山是中条山的余脉，位于发鸠山西南方向。据《史记·周本纪》记载：

> 周后稷，名弃。其母有邰氏女，曰姜嫄。姜嫄为帝喾元妃。姜嫄出野，见巨人迹，心忻然说，欲践之，践之而身动如孕者。居期而生子，以为不祥，弃之隘巷，马牛过者皆辟不践；徙置之林中，适会山林多人，迁之；而弃渠中冰上，飞鸟以其翼覆荐之。姜嫄以为神，遂收养长之。初欲弃之，因名曰弃。

三弃而不死，三弃而后名弃，弃便是个植物一样生生不息的传说。《诗经·大雅·生民》歌曰：

> 厥初生民，时维姜嫄。生民如何？克禋克祀，以弗无子。履帝武敏歆，攸介攸止，载震载夙。载生载育，时维后稷。诞弥厥月，先生如达。不拆不副，无菑无害。以赫厥灵。上帝不宁，不康禋祀，居然生子。诞寘之隘巷，牛羊腓字之。诞寘之平林，会伐平林。诞寘之寒冰，鸟覆翼之。鸟乃去矣，后稷呱矣。实覃实訏，厥声载路。诞实匍匐，克岐克嶷。以就口食。蓺之荏菽，荏菽旆旆。禾役穟穟，麻麦幪幪，瓜瓞唪唪。诞后稷之穑，有相之道。茀厥丰草，种之黄

茂。实方实苞，实种实褎。实发实秀，实坚实好。实颖实栗，即有邰家室……

稷本指谷子，又叫粟，《说文解字》曰："稷为五谷之长。"弃少时好种麻菽，长大后好耕农，善种谷物稼穑，民皆效法。尧听说后，举弃为农师，主管农业，天下得其利。弃种地有功，舜封弃于邰，号曰后稷。舜曰："弃，黎民始饥，尔后稷播时百谷。"《书·舜典》疏引《国语》云："稷为天官，单名为稷，尊而君之，称为后稷。"自此，后稷作为农神几千年来一直受到帝王百姓的祭祀。

按照现代理念，如果说神农制耒耜、种五谷，发明的是原始农业，那么，后稷则培育了黍、稷等作物，推动了农业"科技"种植。再仔细推敲，弃的故事其实就是"神农尝百草"的翻版，或者说，是"神农尝百草"的延展版，二者之别仅是量级之别：前者为帝，后者做了一个王朝的祖先；前者一边种地，一边采药，后者只对种植感兴趣，且以谷子为号，被尊为"百谷之神"。

后稷在稷王山教民稼穑，又死于稷王山，后人便在此地建了稷王陵、稷王塔，塔上刻有"后稷明堂"四字。稷王山位于万荣、新绛、闻喜、稷山四县交界处，海拔1279米。稷王山周边有五座与后稷有关的庙宇，即万荣宋代稷王庙，新绛元代稷益庙、明代稷王庙，闻喜元代后稷庙，稷山元代稷王庙，皆为国家文物保护单位。

万荣稷王庙位于万荣县太赵村东，在稷王山西北，与稷王山相距20公里，是国内现存最早的稷王庙。

新绛县北池稷王庙在稷王山东北，与稷王山相距11公里。新绛县阳王镇稷益庙也在稷王山东北，与稷王山相距18公里，元明重修，现存正殿、戏台为明代建筑。

闻喜县吴吕村后稷庙在稷王山东北，距离稷王山6.6公里，现存正殿、戏台均为元代遗构。附近有个冰池村，此地即传说中弃被遗弃的地方。

稷山县稷王庙位于稷王山北的稷山县城，距离稷王山25公里，是周边五座庙宇中规模最大的，建筑工艺也最精湛。进入大门，迎面便是献殿，进深10米，东西宽14米，单檐硬山顶。献殿左右为钟鼓楼，长宽各4米，皆为楼阁式重檐十字歇山顶，翼角飞起，雕梁画栋。献殿之北为后稷楼，建在2米高的台基上，楼阁式重檐歇山顶，楼高30米，东西20米，南北19米，面阔，进深5间，四周有3米宽回廊，环廊有20根雕花石柱。前廊有两根浮雕盘龙石柱，用整块石头雕刻而成，柱础高52厘米，周长156厘米。两条石雕巨龙周长123厘米，东边是水龙，云腾浪涌，龙飞海上，西边是火龙，火焰熊熊，飞龙穿越。中轴线最北端是姜嫄殿，3间，单檐悬山顶，殿前有歇山式四柱亭一间，亭南为泮池，泮池两侧各有石栏板12块，雕刻着二十四节气农事活动场景，每块石雕上还镌刻两句农谚。如“雨水”是农夫头戴草帽、手执鞭子赶牛的场景，所谓“雨水逢旱农家愁，须知春雨贵似油”。“夏至”是农夫赶着黄牛、黄牛拉着碌碡碾麦子的场景，左上方有扇车和装粮食的桶、斗等器具，所谓“夏至到来遍地黄，碌碡扇车上麦场”。石雕线条流畅，视之若版画，国内以二十四节气为题材的石雕并不多见。泮池之上建一单孔石桥，长

15.5米，宽2.38米。桥两侧有护栏，桥栏上雕有“神农尝百草”“精卫填海”“女娲补天”“夸父追日”“后羿射日”“大禹治水”等神话故事。后稷楼、献殿、钟楼、鼓楼及姜嫄殿屋顶皆建有琉璃塔，阳光照射之下，富丽堂皇，绚丽夺目。

王晞星在稷王山下出生，在稷王山下长大。准确地说，王晞星是在稷王庙里玩大的，他托友人刻了一枚闲章，自称“后稷王氏”。小的时候，王晞星经常与小伙伴们流连泮池周边，或池边戏水，或桥上溜坡，或亭下歇凉、廊中避雨，或盘龙柱旁捉迷藏。晚上，庙里的戏台变成放电影的舞台，大人们挤在院子里，王晞星和小伙伴们圪蹴在幕布后面，看到的画面都是反的，所谓“内景反观”，他很小便有了这样的体验。

稷王庙后面有一条小巷，小巷深处向东拐个弯，是西街卫生所，绕过卫生所北行，便是王晞星的老宅。王晞星的名字是他的一位本家爷爷起的。“晞”者，破晓之谓也；“晞星”者，欲明不明，混沌之状也；更妙的是，王晞星姓“王”，中医行的又恰是王道！很显然，王晞星的名字大有讲究，非寻常农家起的，追问下去，方知这位本家爷爷不仅做过县太爷的师爷，还写得一手好字。不过，那时候，这位本家爷爷并不知道王晞星长大后会成为全国名中医，更不知道，王晞星一生行的竟是“欲明不明，混沌之状”的中医之道！那时，王晞星在县城逛来逛去，却很是自豪，因为街道两旁的店铺牌匾大多出自这位本家爷爷之手。王晞星动时若脱兔，静时若处子，玩起来昏天黑地，安静下去如一泓静水。他时常待在老先生身旁看老先生写字，替老先生研墨，老先生对这个后辈自是疼爱有加。村里的孩子大多好动，只有王晞星安静地侍立左右，老先生格外垂爱也是人之常情。在老先生身边耳濡目染久了，王晞星也自带几分儒雅。

王晞星1966年入小学，1976年高中毕业，他的10年农村读书生涯与“文化大革命”完全同步。高中毕业那年，王晞星17岁，在同龄人中，他是个爱读书的人，被时任城关西街卫生所所长张仁荣看中，当了药剂员。西街卫生所离稷王庙仅百步之遥，原是一个地主家的大宅院，坐东朝西，大门进去是正院，四角还有四道小门通向别院。王晞星无牵无挂，常年住在正院空荡荡的大房子里值班，晚上遇到急诊病人，有时需去仓库补药，月黑风高，老宅不时传出响动，惊出人一身冷汗。越是小地方，越是锻炼人。在诊所里，王晞星抓药、打针、输液、抄方、制药，另兼算账、记账；在药园里，王晞星种植红花、板蓝根、枸杞子，有时还要到云丘山上采五味子、柴胡、黄芩、玉竹、车前子……如此等等，不一而足，大小事务，无不上手。回忆起那段往事，王晞星一言以概之：“从小卖蒸馍，什么都经过。”那段难得的赤脚医生经历，让王晞星以后出门诊、建科室、当院长，一点儿都不怵。

稷山专科医院素有名声，或因历史传承，或与“文化大革命”时期北京中医研究院和北京中医学院在当地举办工农兵学习班有关。大批北京专家被下放到稷山，于专家是苦难，于稷山却是好事。张仁荣曾作为旁听生，跟着北京专家学习3年。王晞星那时还是毛头小伙子，没有资格听课，但也开始背着药箱走街串巷。暗红色，上镶白底红色的“十”字，箱内分层装有膏、丸、丹、散和针、灸、听诊器之类，与面朝黄土背朝天的同龄人相比，赤脚医生这个职业也是惹人艳羡的。王晞星的姐夫得了急性阑尾炎，疼得满炕打滚，张仁荣看了说必须做手术，可他姐夫死活不肯。王晞星想起《金匮要略》里有个大黄牡丹皮汤的方子，有牡丹皮、桃仁、冬瓜子等，是专治内痈的。王晞星见姐夫疼得厉害，便依样画葫芦，加大剂量，让姐夫服下，第二天便拉出许多脓来，病情缓解，再服两剂即愈。王晞星自作主张，救得一时之急，至今40余年，姐夫的病不曾复发。那是王晞星第一次处方用药，一点儿也不害怕，张仁荣见此情状，觉得这个孩子不只药感好，胆子也够大。一位50岁左右的妇女彻夜出汗，睡不着觉，到卫生所买安眠药，王晞星观其舌红苔少，立即想到当归六黄汤的汤头歌诀“阴虚火旺盗汗良”。征得妇人同意，王晞星自行处方当归六黄汤3剂，患者服用后失眠盗汗症状好转，欣然复诊。

那时候，王晞星东家进西家出，常听人议论这个北京专家看病好，那个北京专家讲课好，而所谓讲课好，实际上是指这个人只会说，不会做，一到看病就顾左右而言他。农民观念朴实，只会说、不会做是要被嘲笑的。王晞星在这样的乡野文明中长大，他就像一株野生植物，是敞开的、有蓬勃的生命力的，同时，还是与环境共生的。当赤脚医生的时候，王晞星最大的理想就是做一个会看病的医生，遇到萧汉玺之后，他的理想变成做一个师父那样的医生。

1977年，王晞星第一次参加高考，达到中专分数线，但未被录取。当时，王晞星觉得能去运城卫校也好，起码实现了“农转非”，逃离了黄土地。可不知为什么，他连卫校的入学通知书也未收到。上学无望，王晞星只好继续行走在稷王山下当赤脚医生，先在卫生所干了两年，后又调到公社卫生院。这期间，又有同学陆续考学离开，王晞星心有不甘，又拿起书本温习，1980年，终于考上山西医学院中医大学班。

喜欢的，几乎过目不忘；不喜欢的，常常视而不见；与人聊天，会突然陷入沉思，问什么都随口答应，却又不知道自己在说什么。王晞星就是这样一个人，在这点上，他与未曾耳提面命的师爷萧通吾倒有几分相似。一般而言，这样的人都有一个属于自己的世界，在这个世界里，他独立、自由、信马由缰，甚至忘乎所以，所谓灵感或奇思妙想，随时都会出现在眼前，仿佛凭空而来的彩虹，外人以为是玄虚，于他却是实在。

张仁荣的师父也姓张，是一名老中医，在当地很有名望。有一次闲聊，张仁荣大讲特讲张老先生用地黄饮子方治疗脑出血后遗症如何如何神奇，王晞星眼前一亮，便记住了。1996年，王晞星周末跑到霍州出诊，遇到一老者，个高，人胖，走路吃力，是被两个儿子架进诊室的。老者患有心肌梗死后下肢萎软，王晞星用听来的地黄饮子方加减，居然把他的病治好了。也是在霍州，一位老太太脑出血后经常尿裤子，身上有异味，老太太本爱干净，从此郁郁寡欢，不再出门。老头讲到老太太不愿见人时，一脸无奈，王晞星诊断为脑出血后遗症小便失禁。通常情况下，小便失禁是阳虚，但老太太之前患有阴虚症，属肾阴阳两虚。辨证后处方，王晞星依然用地黄饮子方加减，老太太的病居然也被治好了。中医在民间，王晞星对此深信不疑，年轻时他得空便往乡下跑，便因乡下有更多的疑难病人。王晞星有个老乡，父亲患脑出血，王晞星辨证后继续地黄饮子方加减，效果却不好。王晞星苦思冥想，终于明白，患者脑部本有瘀血，瘀血不除，此方不效。于是，王晞星先活血益气，去除瘀血，再用此方，果然效验。王晞星善治疑难杂症，便是常跑乡下跑出来的，他对异病同治有独到的见解，也是在实践中活学活用出来的。

李若1956年毕业于山西医学院，退休前任省中医院外科主任，早年患有肝炎，后转为肝硬化，最后转为肝癌晚期。李若在山西某医院住院，介入止血，不慎造成霉菌感染，一天跑好几趟厕所，大便都是黑色的。有次去厕所，又出现排尿性晕厥，化验结果显示是真菌感染。病未治好，还被莫名感染，李若也是医家，不好责怪大夫什么，一跺脚跑回家，不治了。那是1992年的事，王晞星刚跟师萧汉玺不久，看到前辈内心纠结，身体痛苦，王晞星想试一试。在当时，治疗真菌感染的药副作用都很大，中医人轻易不会使用。之前，王晞星发现大肠杆菌可以治疗菌群失调，便去找微生物专家黄元桐，商量培养大肠杆菌让李若饮用。李若出身西医，黄元桐担心他不会喝，王晞星笑一笑，先培养出来再说。看到王晞星信心满满，黄元桐答应了，让王晞星去找儿童大便。王晞星依言而行，3天之后，大肠杆菌培养成功。王晞星带着大肠杆菌去找李若，李若说，小王，我相信你，但你必须告诉我，这是什么东西。王晞星只告诉他是大肠杆菌，至于怎么培养的，闭口不提。李若不再追问，当时喝下，大便次数果然减少，身体也慢慢恢复。事后，黄元桐笑着对王晞星说，也只有你小子敢干这种事，也只有你小子能想出这种办法来。讲完这个故事，王晞星调侃道，如果当时沿着这条路研发下去，就能开发出双歧杆菌，我早发大财了。

此话不假，但做这种事的人不会是王晞星，因为王晞星像萧汉玺一样，每天想的就是怎么看病，而不是怎么赚钱。

大学毕业后，王晞星被分配到省中医研究所，先在人事科帮忙两年，之后去山医二院进修西医一年。1988年，王晞星回到单位，在消化血液科当住院医师。1992年，王晞星正式跟师萧汉玺，次年成为主治医师。不久，医院风传王晞星要去门诊办当主任，王晞星笑一笑，不予理会。紧接着，又传出他要去医教科当科长，王晞星这才急了，赶紧找到萧汉玺，让他找院领导“说情”，说自己只愿待在门诊，不想去“当官”。萧汉玺问，你真想好了？王晞星说，想好了，我就想在门诊。于是，风闻之事胎死腹中，让打破头都想“当官”的人觉得不可思议。其实，王晞星并非不想“当官”，只是不愿当“闲官”。了解王晞星的人劝他去找找领导，看能否安排到一线岗位，王晞星很是诧异，“当官”还要求人？王晞星自己“当官”不求人，当了院长以后，谁想“当官”也不用求他，只要好好干，该来的自然会来。

王晞星爱琢磨，闲不住，平时除了跟着萧汉玺出门诊、查病房、抄方子，但凡中医院有些名气的专家，他一有机会也跟着人家出门诊、查病房、抄方子。就这样，王晞星整整坐了六七年冷板凳，却乐此不疲。

1997年，王晞星正式拜萧汉玺为师，成为萧汉玺唯一嫡传弟子。集体拜师仪式是在大会议室举行的，场面一如旧时隆重，只不过，三叩首变成三鞠躬，“六礼束脩”变成一束鲜花。

“师带徒”本是中医传承最重要的形式，1949年新中国成立时，政府曾出台一系列政策，保留这一传统。1956年4月，卫生部还出台指示及规划，对“师带徒”的目标、形式等做了具体要求，明确了三种主要带徒形式：一是以个体间继承为主的个体带徒形式，即传统带徒形式；二是注重发挥集体优势的集体带徒形式，即由医疗卫生机构中学术理论水平较高的人进行理论讲授，其他医师结合各自优势进行配合授课、指导以及临床带教等；三是中医学徒班形式，即由卫生行政部门组织，针对初、高中毕业生，利用理论实践相结合、上课与临诊相并行或者先集中学理论然后进行从师临诊等方式，利用三至四年的时间完成学习。这场政府主导、多方参与的“师带徒”运动缓解了当时中医继承人缺乏的问题，但此后，伴随着医学院校培养体系的建立完善，“师带徒”教育逐渐式微，旧时的师徒关系变成新型的师生关系。但中医传承毕竟有其特殊性，随着叶橘泉、李聪甫等享誉国内外的老中医药专家相继离世，国家开始意识到抢救老中医药专家学术经验的重要性与紧迫性。1990年，人事部、卫生部、国家中医药管理局联合出台了《关于采取紧急措施做好老中医药专家学术经验继承工作的决定》，从全国范围内遴选出500名具有独到学术经验和技术专长的中医药专家作为指导教师，为每位专家选配一到两名理论与实际均有一定基础的中年继承人，以师承的形式进行学习。2002年，国家中医药管理局又出台了《关于进一步加强中医药继承发展工作意见的通知》，进一步推行与发展中医药继承工作。2007年，在全国中医药工作会议上，时任国务院副总理吴仪提出要注重发展中医药特色与优势，全方位推动中医药师承教育的发展。2012年6月，《中医药事业“十二五规划”》出台，明确提出要对师承教育给予支持，进一步探索多类型、多层级的模式。2016年2月，国务院又出台了《中医药发展战略规划（2016—2030年）》，明确将发展师承教育纳入国家战略，鼓励通过中医药师承教育的形式造就人才。2017年7月1日，《中华人民共和国中医药法》正式颁布实施，中医药师承教育得到法律保障。2018年，国家中医药管理局出台《关于深化中医药师承教育制度的指导意见》，进一步强化体系建设。在此期间，国家中医药管理局还先后于2010年推动名老中医传承工作室项目建设，于2013年推动中医药传承博士后项目建设，2017年，岐黄工程项目也正式启动。

萧汉玺是全国第二批名老中医药专家学术经验继承指导老师，王晞星是他唯一的官方认定师承弟子。2007年11月，王晞星被中华中医药学会授予全国首届中医药传承高徒奖，2008年8月，王晞星跻身全国第四批名老中医药专家行列，成为传承导师。2009年5月，王晞星被北京中医药大学聘为博士生导师。参加学位评定委员会答辩要过三关，难度一个比一个大，王晞星都是一次通过，在专业方面，他总是踌躇满志。2010年，王晞星开始招收博士生，也即师承徒弟，至今已招收三批，每批两人，分别是第四批师承徒弟李廷荃、李宜放，第五批师承徒弟南晓红、赵剑峰，第六批师承徒弟郝淑兰、高晋生。如果说旧时师徒是“家”之师徒，今日之师徒已是“国”之师徒，不仅拜师时要在国家中医药管理局备案，出师时还会授予相应学位。当然，前提是必须通过严格的出师考核。

1999年夏天，王晞星出师前夕，去上海参加消化内科培训，晚上得空便跑到上海中医药大学附属龙华医院，找正在肿瘤科学习的刘丽坤，私下考察中医药治疗肿瘤情况。王晞星用了两个晚上，把龙华医院肿瘤科的病历翻了个遍，全然不顾忌上海同行诧异的眼光。又用了一个晚上，去消化科专程拜访消化内科专家马贵同。说到马贵同，王晞星笑道，马教授才是廷荃真正的师父，廷荃读博时一直跟着他，只是那时拜师已很规范，我是捡了个徒弟。但在那一年，王晞星和李廷荃都还在萧汉玺门下，马贵同无疑是王晞星的前辈。9年后，李廷荃正式拜王晞星为师，马贵同和王晞星又同为李廷荃的师父，人与人的关系仿佛药与药的关系，不经意间便会发生某种奇妙的联系。那天晚上，王晞星拜访马贵同之余，依然不忘去翻阅病历，或者说，他"拜访"是假，"偷师"是真，任何时候，任何地方，王晞星都把学习看得比吃饭重要。

去上海之前，王晞星已萌生创建肿瘤科的想法。进入20世纪90年代后，肿瘤病人越来越多，如何通过中医药改善肿瘤患者的生活质量，延长肿瘤患者的寿命，无疑是今后医学的一个重大课题。王晞星明白，中医的出路在重病和疑难杂症上，当下最多发的重病或疑难杂症便是肿瘤，如果不能在这方面取得突破，中医的生存空间会越来越窄。当然，意识到这一问题的并非王晞星一人，此前，省中医院曾三次尝试开设肿瘤科，但不久便关门大吉。事是好事，想要做成则是难事，当时不用说山西，即便全国，肿瘤科也还是个新名词。龙华医院是中医药介入肿瘤治疗较早的医院之一，其之所以能成功，一是有雄厚的中医人才储备，二是有深厚的患者基础——上海人相信中医！谈到这一点，刘丽坤很是感慨，经历了李翰卿、李渠时代的辉煌之后，山西中医长期在低谷徘徊，在治疗肿瘤方面到底该如何做，并无现成经验可寻，上海的做法能否照搬到山西，谁心里都没底。

谋事在人，成事在天，王晞星一旦决定了的事，谁也拦不住。在上海，王晞星游说刘丽坤加盟，刘丽坤答应和他一起创业。返回太原，王晞星又去做杨晋田的工作，打算让她出任护士长。杨晋田曾在北京301医院实习一年，当时在护理部工作，性格安静，遇事沉稳，这是王晞星看好她的地方。与此同时，王晞星又去找李宜放、汪欣文谈话，开始搭建医生团队。李宜放1991年北京中医药大学毕业，先在消化血液科跟着萧汉玺见习，后安排在肾病科，底子好，有潜质，写得一手好字。汪欣文那年大学刚毕业，是个好苗子。院领导又向王晞星推荐了史志萍。1999年10月，院办会议研究同意由王晞星组建肿瘤科，消息一出，舆论哗然，有人劝王晞星继续留在消化血液科，继承师父衣钵；有人说肿瘤科成立三次，关门三次，提醒他三思而后行；也有人说王晞星胆子太大，没把握的事也敢做；当然，冷眼看笑话的也不在少数。但不管反对，还是支持，立场都泾渭分明。

千禧年伊始，山西首家中医肿瘤专科在悄无声息中“试营业”，对外的名字却是内科综合科。那时人们大多谈癌色变，知道中医药能治疗肿瘤的人寥寥，相信中医药能治疗肿瘤的更寥寥，王晞星不敢贸然打出肿瘤科的牌子，不是不相信自己的医术，而是怕把病人吓跑了。一间诊室，两个大夫，一个护士，这就是开科时的家底和班底。杨晋田是1999年12月报到的，刘丽坤比她晚一个月，李宜放等人还坚守在原岗位，随时等待召唤。至今想起，王晞星最感谢的，就是老同学刘丽坤。那一年，刘丽坤37岁，在老年科工作，待遇好，课题、项目多，日子过得滋润，放弃原岗位意味着要吃许多苦，冒一定风险，不过王晞星知道她对治疗肿瘤有兴趣，否则，她也不会跑到上海去“取经”。刘丽坤选择与王晞星一起创建肿瘤科，道理也很简单，一者是不想年纪轻轻就混日子，再者是信任——在刘丽坤的眼中，没有这位老班长干不成的事。事后多年，刘丽坤曾问过王晞星，那时建科，你相信自己一定能干成吗？王晞星笑一笑，我也不知道。可王晞星给刘丽坤的感觉，就是他肯定能干成。如今回忆，一切似乎都很美好，但在2000年，没有人知道以后的路该怎么走。

王晞星带着刘丽坤、杨晋田一起出诊，有病人看病，没病人时聊天，日子倒也自在。那时候，王晞星的名气虽不够响亮，但回头病人也不少，足以让他把整个科室养起来。就这样浑浑噩噩地过了一年多，没有谁觉得这样不好，当初说好一起创业的，如今却得过且过，养起老来，似乎不知不觉中，激情已消退。时间是温水，人就是温水里的青蛙，无波无澜，无忧无虑，这样的日子谁不喜欢呢？

2001年4月，张继贵老人找上门来，强烈要求住院。王晞星这才猛然想起，内科综合科居然还没有病床！

张继贵是省机械厅离休干部，患颈部转移性鳞癌多年。之前，老人长期找王晞星看病，对王晞星很是信任。如今年过七旬，往来医院不太方便，便想住院治疗。老人的不情之请打破了王晞星的按部就班。王晞星与刘丽坤、杨晋田一商量，既然老人想住院，那咱就干脆正式开科，收治病人吧。于是，这位慈祥的离休老干部便成为肿瘤科历史上的第一位住院病人，也自然而然成为肿瘤科全体的朋友。

收治病人需要护士和病床，当时外二科效益不好，张月娥、刘红、王志云、韩广萍、袁红等5名护士和她们护理的18张长期空置的病床便被王晞星悉数收编，杨晋田到岗快一年半，才真正当上护士长。编制早已列入内科综合科名下，但还在原科室出诊的李宜放、汪欣文、史志萍也正式归队。直到这时，嚷嚷了一年多的治肿瘤、但不挂肿瘤科牌子的“肿瘤科”才第一次吹响集结号，正式迎请张继贵老人入住。医生5人、护士6人、床位18张，而住院病人仅1位，大家都围着张继贵老人转，老人与大家相处得就像一家人。总算正式开科了，王晞星往那儿一站，也有点主任样子了，可这个主任与众不同。兵马结集完毕，王晞星既未约法三章，也未做训示，更少开会，那几位老护士却都服服帖帖。杨晋田是从护理部出来的，知道老护士并不好管，但在王晞星麾下，这些问题根本不存在。

当年院里要提拔，他拒绝了，如今这个自讨苦吃的内科综合科主任却是自找的，这就是王晞星：与己无关或自己不喜欢的，再好也不多看一眼；自己想做的，再难再苦也要做到底。开弓没有回头箭，既然拉开架势，就得大干一场。一间诊室，18张病床，11张嘴，开科之初，王晞星与医院达成协议，半年之内领取全院平均奖，之后单独考核。王晞星的要求并不高，医院痛快答应，毕竟，王晞星帮医院消化掉5位赋闲的护士和18张闲置的床位呢！王晞星设想过各种可能出现的问题，做了应对各种困难的打算，可谁曾想，内科综合科仅领了一个月平均奖，便实现自养，一年后，全员奖金直追一流科室！空空荡荡的病房热闹起来，有时病床不够用，还得向别的科室借。内科综合科的发展速度超出所有人的预期，连王晞星自己都觉得像做梦一样。从旧住院部四楼几间病房，到旧门诊楼三层，病床扩张速度赶不上病人入住速度，病人入住速度赶不上口口相传速度，病人仿佛突然从地下冒出来似的。于一个新建科室而言，这组数据无疑最具说服力：2001年，病床只有18张；2003年，病床扩张到23张；2005年，病床扩张到34张；2006年，病床扩张到42张；2007年，病床扩张到50张；2009年，病床扩张到60张；2010年，病床扩张到66张；2011年，病床扩张到114张；2017年，病床扩张到171张，为开科之初的9.5倍！随着病床扩张，设备也在升级换代，譬如美国VARIAN CX直线加速器、SL-IE型全数字化放射治疗模拟机、模拟定位CT机等肿瘤基因靶向治疗全套设备，还譬如海扶刀JC型聚焦超声肿瘤治疗系统和飞利浦-FD20平板血管造影系统等，有些设备国际领先，即便专业的肿瘤医院都没有。王晞星的手笔让人想起李渠，即便只是一个科室，人、设备和管理都必须是一流甚至超一流的！目前，肿瘤科除三个住院病区外，还设有肿瘤放疗中心、超声聚焦治疗中心等，学术团队更非昔日可比：全国名中医1名、省名中医2名、省优秀专家2名、博士生导师1人、硕士生导师7人、医学博士5名、硕士25名。地盘急速扩张，队伍兵强马壮，建科以来先后承担国家级及省部级重大科研课题20余项，通过山西省科技成果鉴定9项，获省部级科技成果奖8项、国家发明专利6项，春华秋实，硕果累累……

新建一个科室通常需要10年时间，但王晞星仅用了2年，便将内科综合科打造为全院一流科室，他也因此被推选为副院长。2006年，内科综合科成为全院最大的科室，王晞星在这一年出任院长。不久，王晞星辞掉肿瘤科主任职务，由刘丽坤接任。2011年，搬到新住院大楼时，肿瘤科的牌子终于挂出，114张床位几乎天天爆满。

搬进新住院楼的那一天，新的工位牌也发下来，王晞星是2601号，刘丽坤是2602号。

“26”代表肿瘤科，离他们正式开科整整10年。换句话说，肿瘤科“隐姓埋名”10年，才露出“庐山真面目”来，而沧海横流，此时已非彼时。

无论当院长之前，还是当院长之时，王晞星晚上无事，都喜欢去病房转转，几十年已成习惯。

2007年，杨晞报考了王晞星的硕士研究生，收到录取通知书后她特别开心，原本打算好好放松放松，玩几个月，谁知行程还未来得及规划，王晞星便通知她提前入科。当时肿瘤科一床难求，正式在岗的管床医生只有3位。接到电话，杨晞立即赶到医院报到，一见面，王晞星仅简单交代几句注意事项，便把她推到病房一线。从学生到医生，杨晞从前虽也在医院实习过，但毕竟与实战不同，踏进病房的那一刻，患者、医生、护士都在不停地喊她的名字，从早到晚都在“打仗”。杨晞是个自信的孩子，可之前从未觉得自己会如此重要，这样的工作状态自己也压根想象不出来。一天晚上9点，杨晞下班准备回家，楼下碰到王晞星一路小跑而来。怎么这么晚还来？杨晞心里嘀咕，王晞星却有些诧异，这么早你就回去啊？走，跟我查房去！进了病房，王晞星或询问患者病情，或拉着患者的手拉家常，患者看到王晞星就王院长长、王院长短，不停地说着感谢的话，有的还拉着王晞星的手流下眼泪。这一幕让杨晞很是震动，王晞星却习以为常。查房结束，王晞星下楼时告诉杨晞，我做住院医生的时候，晚上11点前从没回过家，不管值班不值班，我都待在病房里，谁的病人我都管，遇到抢救、会诊，我就参与。杨晞从未想到自己的导师竟如此拼命，有些惊讶，王晞星却微微一笑，轻描淡写道，不泡病房，不多跟病人打交道，当不了好医生。2018年9月，杨晞去了上海，跟随上海中医药大学中医肿瘤研究所所长贾立军读博士后。回想起那段经历，杨晞刻骨铭心，所谓言传身教，大体如此吧。对此，郝淑兰也深有体会，老师就喜欢出门诊、查房，看见病人就开心，不让他看病，能憋坏他。

弹指20年过去。

夜深人静，走出新住院部大楼，回首当年创业岁月，王晞星耳边或会响起那代人最熟悉的一段京剧唱腔："想当初，老子的队伍才开张……"王晞星不爱听戏，但萧汉玺喜欢，如果把这段戏文唱给萧老先生听，九泉之下，他可欣慰？

王晞星递给我一只藏青色香囊，上面高飞低落着五只白鹤，右上角印有"馨香"二字，红色，隽秀，质朴，一看就是王晞星的手笔。王晞星说，香囊里的配药比益气除瘟颗粒多了两味，可以预防新冠肺炎。我笑一笑，谢过。或许，看到我天天在医院里跑来跑去，王晞星觉得我也算"高危人群"吧。王晞星又说，香囊贴身存放可扶正气，调节机体内环境，香囊挥发物质还可以刺激血清IgA、IgG水平，提升免疫力。我嗅到一股浓郁的中草药味道，提神醒脑，心想，王晞星倡导的和法治疗，或许就是一只香囊，能够让焦虑、恐惧、痛苦、绝望，甚至走投无路的患者安心、舒心、放心。

我把香囊放到贴身口袋里，又想，即便这只香囊不能防疫，至少也很有文化吧。

但中医不只是文化，更是实践。或者说，中医像书法一样，也是中国传统文化在实践中结出的中国果实。这果实道地，有异香，一如王晞星挂在嘴边的“带瘤生存”——一朵奇异的“恶”之花。

开科不久，诊室来了一位忻州老太太，宫颈癌术后放疗出血，治疗3年未见好转。老人慕名找到王晞星，王晞星诊断为放疗导致的放射性直肠炎，症见便血、稀便、便次增加、里急后重、肛门直肠部疼痛等。一人得病，全家不安，患者心理沮丧，精神萎靡，家人处于高度紧张状态。如此症状在中医属脾胃病，王晞星之前专攻脾胃，对此最有发言权，认为治疗不外乎几种：或益气扶正、补气扶正，促使精神好转；或健脾和胃，提高消化功能；或补肾壮骨，减轻痛苦。脾胃问题是放化疗面临的最普遍问题，患者睡不着，吃不下，甚至一吃就吐，生活质量严重下降。内科综合科开始收治病人后，王晞星把精力投放到患者术后改善方面，研发成功一种新药，这种新药很适合这位患者，使用后临床效果超出预期。新药组方为地榆、大黄、阿胶、三七、白及、仙鹤草、儿茶等，具有解毒清热、祛腐生肌、凉血止血等功效，适用于腹盆腔肿瘤放疗后引起的放射性直肠炎。王晞星把这种新药命名为肠瑞灌肠剂，当年获得山西省科技进步二等奖。2002年，王晞星又依托这项科研成果，争取到硕士研究生招生资格，把内科综合科从单一门诊推向临床、科研、教学一体化之路。牛刀小试，初战告捷，王晞星团队又针对临床遇到的各种难题，相继研发了软坚散结胶囊、二藤散结胶囊、益气散结胶囊、三仙胶囊等。软坚散结胶囊组方为猫爪草、玄参、山慈菇、莪术、枸橘、夏枯草、浙贝母、天龙、鸡内金、醋山甲、牡蛎，具有软坚散结、活血化瘀等功效，主治各种肿瘤、痰核、瘰疬、瘿瘤等。二藤散结胶囊组方为太子参、白术、薏苡仁、半夏、陈皮、砂仁、天龙、鸡血藤、菝葜、野葡萄藤、猕猴桃根、夏枯草、牡蛎、莪术、槟榔、甘草，具有益气健脾、活血化瘀等功效，主要用于消化道肿瘤的辅助治疗。益气散结胶囊组方为黄芪、沙参、麦门冬、天门冬、浙贝母、天龙、薏苡仁、石上柏、石见穿、瓜蒌、百部、鱼腥草、重楼、杏仁、牡蛎、白花蛇舌草、僵蚕、甘草，具有益气养阴、消肿散结、化痰解毒等功效，主要用于支气管肺癌的辅助治疗。三仙胶囊组方为仙茅、仙灵脾、知母、白花蛇舌草、浙贝母、苦参、莪术、薏苡仁、仙鹤草、黄柏、当归、八月札，具有温阳散结、化痰解毒等功效，主要用于妇科及泌尿生殖系统肿瘤的治疗。病人不断增加，病床不断扩张，科研成果遍地开花，2006年，内科综合科获批省级重点专科、“十一五”重点专科。2007年，又获批国家重点专科，两年后再上台阶，跻身国家重点学科行列。2010年，王晞星开始招收博士研究生。

于肿瘤患者而言，放化疗是一道坎，既要过生理关，还要过心理关，每每遇到这个问题，患者和家属都很矛盾：做吧，副作用大，精神压力大，患者痛苦，家人难过；暂停或放弃吧，病情随时有可能恶化，谁都不愿看到这种情况发生。在当时，遇到患者放化疗后呕吐不止、无法吃东西等症状，西医只有吗丁啉可以派上用场，而吗丁啉并非专门的止吐药，使用不当还有副作用。用也不对，不用也不对，这是个两难选择，好的医者所做的，便是不让患者或家属纠结其中、进退两难。那么，如何既治病，又治心，既让患者顺利完成放化疗，又能避免副作用带来的精神压力呢？西医显然没有太多办法，而中医不仅擅长此道，且治法多样，简单有效。譬如放化疗后恶性呕吐者，可在足三里注射胃复安；打嗝、膈肌痉挛者，可在内关穴注射胃复安。有的患者放化疗后副作用严重，口腔黏膜损伤，疼痛，影响进食，中医也有妙招。2004年，王晞星用麦门冬、双花、蒲公英、薄荷等组方，配制了一种漱口水，专门治疗放化疗副反应口腔炎、口腔溃疡，临床实用、管用。王晞星的医学理念简单务实，他一再对患者讲，中医杀不死癌细胞，但可以改善病人的生活质量。人吃五谷杂粮不可能不得病，而病后如何活得有质量，这不仅是个医学问题，还是个社会学问题。所谓“大医治未病”，其实仅是一种理想，当下最现实的问题，便是如何让肿瘤患者像正常人一样过日子，这是最大的人道，与“治未病”本质无二。

2006年，王先生在某肿瘤医院化疗时，因医护操作失误，药物外渗到血管内，造成左臂红肿、热痛、变厚，血管暴起，功能丧失，视之令人惊惧。王先生年已七旬，什么都经见过，看到自己好好一只手臂莫名变得又黑又暗又粗，宛若一条枯死的树根，甚是恼怒。大夫也很自责，带着王先生跑遍太原烧伤类医院治疗半年，未见效果。万般无奈，他们抱着试一试的心态来到省中医院。遇见罕见病例，王晞星便兴奋，他立即组织院内各科专家会诊，认为是化疗性静脉炎，但如此症状谁也没见过，能否治好大家心里都没底。王晞星和刘丽坤反复斟酌，决定先用自研的复方藤芷膏尝试医治，边治疗边视情况调整方案。复方藤芷膏由藤黄、白芷、冰片组方，具有清热解毒、除瘟辟秽等功效，主治化疗性静脉炎，那时刚临床使用。敷药护理的重任落到杨晋田身上，看到那条如烧坏的树枝一般的胳膊，杨晋田心中忐忑，好在家属不抱多大希望，尽心尽力便好。但老人脾气大，不太好沟通，又遭此意外，心情糟糕，动辄发火，甚至对医护存有敌意。杨晋田也理解，谁每天面对一只紫胀得面目全非的手臂能开心呢？杨晋田每天小心翼翼地按时敷药，生怕动作重了，惹老人不高兴。令人意外的是，老人那只枯木一样的手臂日渐有了起色，一个多月后，竟神奇地复原如初，简直就是“枯木逢春”！老人脸上有了笑容，见到杨晋田就像见到亲女儿一样，王晞星、刘丽坤大喜过望，主治大夫史志萍也觉光彩。当然，首功当记在杨晋田名下，王晞星和刘丽坤一商量，决定以此申报省卫生厅科技攻关项目，项目主持人是杨晋田。2007年，由护士领衔的复方藤芷膏项目正式立项，这在山西中医史上绝无仅有，在全国也十分罕见。2011年，复方藤芷膏经鉴定处于国际先进水平。2013年，复方藤芷膏获国家专利。

杜女士出生于1964年，朔州市平鲁区人。2009年，杜女士右乳破裂，4月8日在省肿瘤医院做了右乳切除手术，术后半月进行化疗，6个周期。化疗后出现消化道反应，重度骨髓抑制。8月6日，杜女士来并求诊于王晞星，四诊资料显示，病人纳差，打嗝，眠差，潮热，乏力，晨起大便两三次不成形，舌红胖，苔黄厚，诊断为三阴性乳腺癌。所谓三阴性，即雄激素、雌激素、HerbB-2三者皆为阴性，预后较差，病人高危因素多，复发风险高，是肿瘤中较难缠的一种。杜女士对王晞星很信任，从那时起，她坚持中医药治疗，至今10年有余，未出现大的反复。翻阅其密密麻麻的病历，其间虽小毛病不断，但总体状况良好。近几年，杜女士的身体状况愈发见好，除了身体偶有不适时求诊，平时只在春秋两季用药。杜女士的丈夫姓崔，在政府部门工作，谈到妻子的求诊经历，雁北人的直爽表露无遗，一再说王院长不只病看得好……言外之意，人也很好。我笑问怎么个好法，他笑答，反正看见他我就放心，我们都成朋友了。完了，他又不忘强调一句，一般情况下，我们是不愿接受采访的，但与王院长有关的采访例外。

掐指算来，杜女士“带瘤生存”已整整11年，这无疑是个奇迹。

乳腺癌属中医学“乳岩”“乳石痈”“妒乳”等范畴，发病与情志有关。元代朱震亨在《格致余论·乳硬论》中曰：“忧怒抑郁，朝夕累积，脾气消阻，肝气横逆，遂成隐核，如大棋子，不痛不痒，数十年后方疮陷，名曰乳岩，以其疮形嵌凹似岩穴位也，不成治矣。”明代陈实功所著《外科正宗》也云：“忧郁伤肝，思虑伤脾，积想在心，所愿不得志者，致经络痞涩，聚结成核。”乳腺癌的发生与肝失疏泄密切相关，又与肝脾、肝肾有关，王晞星根据临床辨治经验，将此病分为肝脾不调型、痰毒互结型、肝肾亏虚型、阴阳两虚型，遣方用药上以逍遥散、小柴胡汤、温胆汤、滋水清肝饮以及二仙汤为基础，调和脏腑气血阴阳。肝火上炎加丹皮、焦山栀清泄肝火；睡眠差者加合欢花、夜交藤、酸枣仁解郁养血安神；汗出甚者加龙骨牡蛎养阴敛汗；而浙贝母、天龙、僵蚕、浙贝母、猫爪草、芙蓉叶具清热解毒、化痰散结之功；夏枯草、山慈菇、三棱、莪术、天南星、浙贝母可消散局部结块，乳房气血流畅则邪气无所附着，不能化毒成癌，减少侵袭、转移机会。七情怫郁因素在乳腺癌发生发展中不可忽视，王晞星临床特别重视调理患者情绪，这也是其和法治疗肿瘤要义之一——以人为本。即人第一，病第二，通盘考虑，适度治疗，处理好人与肿瘤的关系，患者才可能带瘤长期生存。

鲍女士祖籍山东莱州，出生于北京，1960年随父母支持山西建设，来到太原。鲍女士患心脏病20余年，2011年6月入住太原市人民医院治疗，大夫建议她做个全身检查，却意外发现左侧乳房有肿块。鲍女士平时并无感觉，突然查出小鸡蛋那么大个瘤子来，自己也被吓了一跳，旋即转到省肿瘤医院行穿刺，确诊为三阴性乳腺癌。后行根治术，化疗6个疗程。鲍女士是典型的山东人，性格开朗，想得开，可化疗后呕吐不止，什么东西都吃不下，整个人顿时垮了。2011年12月，经人推荐，鲍女士挂了王晞星的专家门诊。初见王晞星，鲍女士觉得眼前这个专家年轻而和蔼，问他可有办法，王晞星笑一笑，癌细胞我杀不死，但吃上我的药，保管你吃得下，睡得着。鲍女士半信半疑，谁知仅服一剂，呕吐便止住，吃饭恢复正常。年后去省肿瘤医院复查，癌细胞有扩散迹象，大夫建议放疗6个周期。一听说又要放疗，鲍女士的脸立马白了，胃里的东西也在向上翻。鲍女士被折腾过一回，实在受不了那个罪，只好又找到王晞星，一心一意中医调理。2015年，鲍女士去医院复查，被确诊为肺转移，但自己并无不适。鲍女士心中不安，问王晞星怎么办，王晞星笑一笑，没事，继续吃药就行。王晞星的淡定让人心安，鲍女士便听王晞星的，继续坚持服用中药。2019年，鲍女士例行检查，又发现癌细胞向刀口位置转移。久病成医，鲍女士这次不再心慌，她把检查结果告诉王晞星，听到的还是两个字：没事。自信也会传染，尤其大夫和病人之间。如今听鲍女士回顾自己的治疗史，感觉像在讲别人的故事，竟无一丝沮丧。疫情期间，王晞星在一线抗击新冠疫情，暂停出诊，鲍女士年前备的药吃完了，只好找其他大夫抄了一张王晞星新近的处方。谁知大夫抄方时自作主张，加了两味药，鲍女士吃后当晚便发低烧、拉肚子。说到这个“小插曲”，鲍女士居然朗声大笑起来，全无病号的感觉，而提到王院长，她俨然“铁杆粉丝”一枚。鲍女士说，从手术到现在已经9年了，我吃饭好，睡眠好，从前肠胃干燥，五六天才大便一次，现在这个老毛病也没了。鲍女士还说，原来想着能活到70岁就赚了，我今年整70岁，精神得很，什么活都能干，吃上王院长的药，我且要好好活呢。

鲍女士不只是王晞星的“铁杆粉丝”，还是王晞星的义务宣传员。鲍女士有个老姐妹，在山东老家务农，3年前肺癌骨转移，疼得死去活来，去当地肿瘤医院求治，大夫告诉家属，最多还能活3个月。很显然，这是一份提前下达的“死亡通知书”，家属闻听几近绝望。鲍女士听说此事，便打电话过去，现身说法，建议她来太原找王晞星。这位老姐妹的子女很孝顺，便陪着母亲坐火车来到太原，鲍女士带着她们去了门诊楼302诊室。王晞星诊断后，问开多长时间的药，有说两个月的，有说一个月的，有说半个月的——最后这句话是鲍女士的丈夫说的，潜台词是病人命不久矣，山东跑到山西看病又不能走医保，何苦花冤枉钱？子女不敢多开，不是舍不得花钱，是担心吃上不管用；也不愿少开，毕竟大老远跑一趟不容易。王晞星看出他们的难处，笑一笑说：“先吃一个月的药试试，管用了再来。”家属点头同意，带着一个月的药回了山东，第三天便打来电话，老人不仅骨头不疼了，竟然还下地了！之后，子女定期把母亲的舌苔拍成照片发给王晞星，王晞星根据舌象变化调整处方，配好药后再快递到山东。如是往来，已有3年，病人今年79岁高龄，能洗衣，能做饭，农忙时还去地里帮忙干活。子女保密工作也做得好，老人至今不知自己患了癌症，更不知3年前曾被人宣判过一次：生命仅剩3个月！

所谓“带瘤生存”，其实就是在中医药的调理下，营造一个新的机体内环境，让患者与肿瘤我活我的，你活你的，和平相处。当然，这种“和平”是动态的，而非静态的，更非绝对的，但在一个时期内，维持最大可能的平衡，中医不仅可以做到，而且可以做得很好。曾几何时，肿瘤几乎就是恶的代名词，如今却可以花一样存在于人体之内，各自相安，岁月静好，这难道还不够神奇吗？

2020年5月28日，周四。这天上午是王晞星的出诊日，鲍女士预约而来，在302诊室，遇到大同的赵先生。两个“老病号”前后脚进出诊室，见面互相打过招呼，又当着王晞星的面将他猛夸了一通。在诊室，见惯愁容满面，见惯凄凄惨惨戚戚，乍一遇到如此场面，竟觉十分温馨。

赵先生也是王晞星的“粉丝”，不过，与鲍女士相比，他有些“三心二意”。

赵先生是大同电力公司职工，2011年9月23日，在北大一院做了右肾切除手术，那一年，他48岁。2014年，赵先生去北京复查，发现肾癌肺转移，遵医嘱，又化疗6个周期。赵先生总觉得这样折腾下去不是个事，便想着用中医调理一下。赵先生跑到太原，挂了肾病专家孙郁芝的门诊。孙郁芝看过病历，直言相告，大同家，你走错门了，我看的是肾病，不是肾癌，你这病得找王晞星。赵先生这才知道，原来中医也能治疗肿瘤。

肾癌是泌尿系统最常见的恶性肿瘤之一，典型的肾癌“三联征”为尿血、腰痛和肿块，属中医学“血尿”“溺血”“溲血”“腰痛”“症积”范畴。《黄帝内经・四时刺逆从论》云：“少阴……涩则病溲血。”元代朱震亨《丹溪心法》云：“腰痛主湿热，肾虚，瘀血，挫闪，有痰积。”肾癌的发生与先天禀赋不足、肾元亏虚，后天脾胃虚弱、情志因素、过度劳累、外受湿邪、湿热下注等有关。肾癌病位在肾，与肝、脾、肾相关，总属本虚标实之证，因虚致实，虚实相兼，整体虚与局部实互见。发病之根本为肾脏亏虚，病机之关键为肝、脾、肾三脏功能失调，出现阴阳失调，脾肾阳虚，肝血肾阴不足，最终导致气血痰瘀毒互结。临床辨证多见肝肾阴虚、阴阳两虚、湿热下注、肾虚肝脾不调四型，处方以知柏地黄丸、二仙汤、四妙散、滋肾调肝汤化裁。

“走错门”的赵先生从此成了王晞星的“粉丝”，每月跑一次太原，风雨无阻。第一次吃中药后赵先生的病灶变小，恶心、呕吐之类的化疗不良反应也消失不见。赵先生工作生活都不受影响，感觉和正常人并无两样，深以为奇，其间病灶虽时大时小，但从无不适。2019年下半年，北京某西医研究项目招募志愿者，赵先生征求王晞星意见，王晞星不建议去，赵先生犹豫再三，还是决定参加。其时，肺部转移灶已长大到20mm×23mm，赵先生把几年来的病灶变化一五一十告诉院方，并说病灶虽长大一倍，可从无不适，院方听后不敢相信。赵先生用药两个月后，肺部转移灶缩小到18mm×15mm，又吃药两个月，肺部转移灶突然增大到25mm×25mm，副作用也显现出来，呕吐，不想吃饭，睡不好觉。赵先生感觉不妙，立即退出临床研究，又来找王晞星，继续服用中药，很快便调理过来。疫情趋缓，赵先生自驾车去盘锦旅行，1000多公里的路程，开车十多个小时，并不觉得累。5月27日，赵先生从辽宁返回太原，次日上午，如约来到302诊室复诊。谈起去北京参加临床研究的事，赵先生有些不好意思，他转移话题道，我有个朋友得了和我一样的病，他年龄比我小，手术比我晚，几乎吃遍了所有的西药，包括印度的药，也不见效。我劝他吃中药，他不信，前几天走了。

中医药也不是万能的。王晞星说。事实上，这20年来，肿瘤科走的路子，就是将传统中医疗法，譬如中药内服、外敷、肛滴、雾化、熏洗、穴位、贴敷、静脉注射、胸腹腔内注射、瘤内注射、针灸治疗等，与现代医学最新的诊疗技术，譬如手术、放疗、化疗、海扶治疗、射频消融等相结合，同时，又与现代医学精准检测理念，譬如基因靶向治疗、免疫治疗等相融合，坚持中西医并举，改善患者生活质量，延长患者生命。简单来说，中医治疗肿瘤主要在治人，不是在治病，在无法彻底制服癌细胞之前，中医可以实现人与肿瘤共存，让病人像正常人一样活着。

王晞星精通中医，熟悉西医。用李廷荃的话讲，王院长如果学西医，肯定是个绝好的西医大夫。当然，中国也就少了一个顶尖的中医大夫。

好中医都是将军。刘丽坤说这句话时，脸微微扬起，巾帼气概尽显，让人觉得她随时都要扬鞭策马似的。

同是将军，打仗方法并不一样。有人开方什么也不说，方子写好压在玻璃板下面，病人用着有效，却不知哪味药有效。其实，明眼人都知道，他洋洋洒洒写那么多，管用的只有两三味药，这两三味药藏在其他药中间，好像真有秘方似的。可王晞星不一样，他遣方用药明明白白，君臣佐使一目了然，但他的方子别人未必敢用。刘丽坤说话语速快，思维缜密，逻辑性强，她说这番话时脸上挂着笑，起始略带几分讥诮，此后，便是由衷钦佩。

王晞星驾轻就熟，能在疫情期间研制出“泻肺利水、凉血清热”组方葶苈泻肺颗粒，是有渊源的。炎症与肿瘤一“墙”之隔，王晞星专攻肿瘤20余年，临床长期与慢性阻塞性肺炎、间质性肺炎和肺癌等胸部肿瘤放疗引起的放射性肺炎等病人打交道，这些病多是渐进性的，病情发展慢，难缠，尤其炎性包块、炎性结节，包块、结节稳定，顽固，治疗难度大，治法多用葶苈大枣泻肺汤、三仁汤、苇茎汤等。新冠肺炎则与此不同，它来得急，进展快，病情突然加重，虽十分凶险，但只要抓住它的“七寸”，向好的方向转变也很快。这个“七寸”便是“炎症风暴”，王晞星把日常治疗各类疑难炎症的经验借鉴过来，集中优势兵力，加大剂量，一击而中，彰显了中医急症急治的神奇。抗击新冠肺炎疫情告一段落后，王晞星、刘丽坤、郝淑兰、张福鹏撰写了《“泻肺利水、凉血清热”治疗重症期新型冠状病毒肺炎2例》的论文，文中总结道：

> 泻肺利水、凉血清热组方由葶苈大枣泻肺汤合三仁汤、生脉散化裁而来，方名葶苈泻肺颗粒，以葶苈子、白茅根为君药。葶苈子苦寒，能开泄肺气，具有泻肺逐痰之功。葶苈大枣泻肺汤出自《金匮要略》，所谓“支饮不得息，葶苈大枣泻肺汤主之”，李时珍称“肺中水气贲郁满急者，非此不能除”。白茅根甘寒，归肺胃膀胱经，清热凉血，主治肺热喘咳，且其偏入血分。《本草正义》曰：“白茅根，寒凉而味甚甘，能清血分之热，而不伤于燥，又不黏腻……肺热气逆喘满。”临床观察新冠肺炎进入重症期，可出现心功能及心肌损伤标志物异常，现代药理学研究提示葶苈子具有镇咳祛痰、舒张支气管平滑肌以及强心的作用，有利于改善患者心肺功能。此期湿、热、毒、瘀闭阻肺气，当以宣通肺气为

治。肺主一身之气，为水之上源，肺气宣通，则可外通皮毛，内而通调三焦水道，使体内多余之水湿顺利下输膀胱，从小便而出。而三焦为气水运行的通道，上中下三焦在结构上相互连通，在功能上协作共济。上焦肺主气、宣发肃降、通调水道的功能有赖于中焦脾的转输，下焦肾与膀胱的决渎之功。三仁汤首见于吴鞠通的《温病条辨》，具上开肺气，宣通气机，通调水道；中运脾胃，燥湿化浊，调畅气机；下渗湿浊，通利膀胱，去水蠲饮之功。故方中选苦杏仁、白蔻仁、薏苡仁、茯苓开上焦肺气，畅中焦脾胃，渗下焦湿浊，而使三焦畅达，湿浊得化，恢复肺的宣发肃降功能。如明末清初医家喻昌所言，治疗瘟疫“上焦如雾，升而逐之，兼以解毒；中焦如枢，疏而逐之，兼以解毒；下焦如渎，决而逐之，兼以解毒”。现代研究证实三仁汤有抗内毒素作用及调节免疫功能作用。重症期邪毒化瘀，耗气伤阴，故当以清热解毒，凉血散瘀之品清散血分瘀热。方中选用牡丹皮苦辛微寒，入血分，清营分、血分之热，清热凉血；生地黄甘苦寒，清热凉血，养阴生津，善治温热病热入营血之症。牡丹皮与生地黄，均治阴伤发热，然牡丹皮清芳透散，能使热退而阴生，而生地黄甘寒滋阴，能使阴生而热退，二者常相须为用，清热凉血生津。治疗新冠肺炎临床观察发现两药合用能减轻肺部炎性渗出，丹皮酚作为中药牡丹皮的主要活性成分，具有抗菌消炎作用。同时，固扶正气至关重要。由于疫毒属于烈性毒邪，容易损伤正气，故治疗过程中注意固护正气。生脉饮始载于金代张元素的《医学启源》，以其“补肺中元气不足”。《内外伤辨惑论·卷中之暑伤胃气论》曰：“圣人立法，夏月宜补者，补天真元气，非补热火也，夏食寒者是也。故以人参之甘补气，麦门冬苦寒，泻热补水之源，五味子之酸，清肃燥金，名曰生脉散。”疫毒闭肺可兼有气阴两伤，故在针对主证治疗时佐以益气养阴、养阴生津，选用生脉饮，方中人参易为太子参，太子参味甘、微苦，性平。入脾、肺经，具有益气健脾、生津润肺的功效，与人参相比，具有温而不燥，补而不腻，兼有益气与养阴之效。麦门冬甘寒养阴生津，清心除烦，与太子参合用，可使气旺津生，五味子酸温，敛肺宁心，止汗生津，共奏益气养阴，生津复脉之功。茵陈清热利湿退黄，其对于湿热病证最为相宜；黄芩清热解毒燥湿，二药共奏利湿化浊解毒之功。病理研究证实，生脉饮有保护心肌及免疫调节等作用。“茵陈蒿”中的各类物质还具有保护肝脏的作用。诸药相合，泻肺利水，畅利三焦，凉血解毒，使湿毒祛，热瘀清，肺络宁而取效。高热不退者可加青蒿、柴胡清透邪热；气短乏力者可加黄芪益气升阳；舌苔黄厚秽浊者，加草果、苍术、槟榔燥湿化浊；邪毒扰闭心神，高热、烦躁甚至谵语神昏者，加水牛角、羚羊角或安宫牛黄丸清心涤痰；热伤津液，舌红少苔、口渴明显者，加玄参、知母、西洋参养阴生津。

王晞星除了善用葶苈大枣泻肺汤、三仁汤、生脉散，对西医治疗炎症也颇有心得，他还把一批西医毕业的高才生培养成中医大夫。李晓丽2008年毕业于山西医科大学，硕士研究生，专业肿瘤放疗，是地地道道的西医，但被省中医院聘用后，开始学习中医理论和临床。像李晓丽这样的省中医院有30多人，王晞星还专门为他们举行过3个月的中医培训，那段时间，他们白天跟师出门诊、查病房，晚上和周末上课，比考研时还忙。如今，李晓丽已开始出门诊，在同学中，她是第一个“改行”的，也是第一个有了处方权的，当初不理解她为何要“改行”的同学，如今反倒羡慕起她来。

李晓丽跟着王晞星学的第一个方子是温胆汤。

仁者不忧，智者不惑，勇者不惧。药与人一样，也是有性格的，在王晞星看来，温胆汤便是这样一副兼具仁、智、勇的方子，运用得当，奥妙无穷。有时应邀去讲课，单单一个温胆汤，王晞星便可以滔滔不绝地讲三四个小时。譬如三参温胆汤，组方有丹参、党参、苦参、竹茹、枳实、茯苓、半夏、陈皮、甘草等，有活血化痰、宁心定悸之功效，可治心悸怔忡、胸闷、心烦，伴失眠、干呕、舌红或暗，有瘀斑、苔黄白或薄黄脉结代或数等。若做加减，变化多多，比如舌暗加桃仁、红花，汗多加浮小麦、五味子，眠差加石菖蒲、远志、忍冬藤、合欢皮，痰多明显加瓜蒌、薤白，胸闷明显加桂枝、薤白等等。还譬如生脉温胆汤，组方有太子参、麦门冬、五味子、竹茹、枳实、茯苓、半夏、陈皮、甘草等，有养阴化痰、宁心安神之功效，可治心悸怔忡、神疲乏力、心神不宁、烦躁，伴失眠、舌淡胖苔薄白或少苔脉弦细或数等。如果阴虚明显，可加石斛，如果眠差，可加酸枣仁、柏子仁，等等。

因人而异，一方多变，中医药如此，中医人也如此。刘丽坤诊病喜从呼吸入手，王晞星诊病直切脾胃。刘丽坤喜用小柴胡汤，半表半里，生发阳气，王晞星喜用四君子汤，有胃气则生，无胃气则死。二人看病习惯不一样，看病效果却相近，此间并无高下之分，仅是医者性格不同而已。郝淑兰2004年师从刘丽坤读硕士，2018年拜师王晞星读博士，自己又临床20多年，才渐渐窥得其间堂奥。归根结底，中医药是以人为本的，人又是各自独立的，千人千面，各不相同，理论和临床皆自洽最为重要。就像王晞星，他是萧汉玺的嫡传弟子，但诊病风格与萧汉玺并不完全相同。作为萧氏学术流派第十代传人，郝淑兰仅远远听过师爷萧汉玺讲课。那是20世纪90年代，郝淑兰还在山西中医学院学习推拿针灸，见习期间，萧汉玺每十天要给学生讲一次医案，郝淑兰第一次看到这位儒雅长者，便觉不管什么病，只要让他一看，准能看好。郝淑兰至今都奇怪这种感觉，这或许便是缘分，20多年后，郝淑兰也成为萧氏学术传人，似乎印证了这一感觉。2011年，省中医院建名医工作室，郝淑兰陪同消化血液科主任苏娟萍去家里探望萧汉玺，整理他的医案资料。那时，萧汉玺已重病在床，她们那次资料收集、整理、挖掘，已是抢救性的。郝淑兰没有想到，那是她与师爷唯一一次近距离交流，至今回想，萧汉玺的音容笑貌依然历历在目。那时候年轻，不懂得那些资料的珍贵，会有遗失，现在想起仍感痛惜。回忆那段往事时，郝淑兰心中满是遗憾。

南晓红是郝淑兰的师姐，跟随王晞星出诊时间最长，对王晞星的和法治疗感悟最深。她曾在论文《王晞星教授和法治疗杂病学术思想》中写道：

东汉仲景《伤寒杂病论》进一步充实发展了《内经》的和合思想，在临床诊治中总结了调和愈病经验，提出“凡病……阴阳自和者，必自愈”（58 条），指出“须表里实，津液自和，使自汗出愈”（49 条），“复发其汗，荣卫和则愈，宜桂枝汤”（53 条），“当和胃气，与调胃承气汤”（70 条），“……令胃气和则愈”（71 条），“……胃气因和，身濈然汗出而解”（230 条），“此属胃，胃和则愈，胃不和，烦而悸”（265 条）。此外仲景《伤寒论》组方配伍亦处处彰显调和、和谐之意，临证中其遣药常常寒热并用，攻补兼施，辛开苦降，散敛相济，创制了桂枝汤、小柴胡汤、半夏泻心汤、四逆散等著名和法方剂，其目的是达到“人即安和”。仲景《伤寒论》为后世“和法”的形成和发挥打下了坚实的实践基础。

金元以后的历代医家进一步丰富拓展“和法”的医疗实践，金代人成无己把“和”发挥为“和解”，首次提出“和解”概念，明代以后“和法”的内涵与外延更是不断扩展。张景岳《景岳全书》指出“和方之制，和其不合者也”“和之义广矣，亦犹土兼四气，其于补泻温凉之无所不及，务在调平元气，不失中和之为贵也”；程钟龄《医学心悟》明确提出了“和法”，并将其纳入中医学治疗八法之一，此外程氏还强调“和法”之灵活变通应用，指出“和之义则一，而和之法变化无穷焉”；戴天章《广瘟疫论·和法》则丰富和完善了“和法”，指出“寒热并用之谓和，补泻合剂之谓和，表里双解之谓和，平其亢厉之谓和”。

综上所述，中医“和法”的形成和发展，根植于中国传统文化“和合思想”，“和”是“和合思想”在中医学中的精华提炼，是中医学治疗疾病的目的，亦是中医学治疗疾病的治则治法。

王晞星是个继承和创新并举的人，他在系统总结萧汉玺学术思想及临床经验的基础上，将“肝脾同治”理论加以拓展，并运用于恶性肿瘤治疗当中，引申了传统中医和法内涵，初步形成了和法治疗体系。王晞星治疗肿瘤主张立足脏腑，尤重肝脾；斡旋中焦，健脾当先；疾病发生诸般不和，只有症证相符，证病相符，抓其不和，和其不和，方能卓效。

王晞星认为，肿瘤发病部位不同、病因不同、病机不同，治疗原则也不同。肿瘤发病病因有体质内虚、脏腑失调，加之情志变化、饮食失节、寒温失宜、劳倦过度、纵欲竭精等，导致体内气血运行失常，升降失司，气滞血瘀，痰浊凝结，积久成毒，发为癌肿。病理产物包括痰、瘀、毒等，治疗原则有化痰散结、清热解毒、扶正培本等。王晞星主张立足病变部位，紧抓病变脏腑，从脏腑辨证入手，重视肝脾，因为肝脾共主气机升降：肝属木，有疏泄条达之功，脾属土，有运化升清之用，木植土中，土赖木疏，木赖土荣，两者相辅相成。脾胃为气机升降之枢纽，脾宜升则健，胃宜降则和，脾升清阳，升肝肾之阴精以济心肺，胃降浊阴，降心肺之阳气以和肝肾，脾胃升降有序气机才能平衡。而肝主疏泄，喜条达，恶抑郁，调畅周身气机，能疏通血脉，通调水道，疏泄胆汁，助脾胃消化，协调呼吸等。同时，怒伤肝、忧伤脾又是肝脾两脏的重要特征，而甲状腺癌、乳腺癌、胃癌、肝癌、妇科肿瘤及肿瘤抑郁状态的临床表现与情志变化密切相关。此外，肝与脾在血的生成、贮藏、运行和防止出血等方面亦有密切联系，脾主生血、统血，肝主藏血和调节血量，二者共同作用以保障血之运行，脾运健旺，生血有源，统血有力，则肝有所藏，肝有所藏反过来助脾之正常的统血功能以防出血。脾胃虽受肝之功用，但对肝脏也有一定帮助。肝脏必赖脾土供给血液营养，才能实现“体阴而用阳”，更好地发挥疏泄作用。故肝脾调和，则气机畅达，血运得旺，情志平和。王晞星曾言：

> 肝实可及脾，肝虚亦可及脾，脾失运化可影响肝，脾不统血亦可及肝。故在治疗上无论肝脾一脏病或两脏病，均应重视肝脾同调，或治肝兼调脾胃，或补脾胃于疏肝，最终达到肝脾同治的目的。肝脾同治主要包括抑木扶土法和疏肝健脾法。抑木扶土有泄肝和胃、平肝益胃、抑肝扶脾等治法，泄肝和胃法临床症状表现为胸胁胃脘攻窜作痛、痛势较剧，嗳气呕逆、吞酸嘈杂、舌苔薄黄、脉弦，治当泄肝和胃，方用四逆散合左金丸加减，左金丸辛散苦降，发泄肝郁，以四逆散疏肝理气。平肝益胃法临床症状表现为胸脘痞硬，嗳气呕逆、纳呆、舌淡苔白、脉沉弦。治当平肝益胃、降逆止呕，方用逍遥散或旋覆代赭汤加减。抑肝扶脾法临床症状表现为肠鸣攻痛、腹痛即泻、泻后痛减、矢气频作、舌淡苔薄白、脉弦。治当抑肝扶脾，方用痛泻要方。若兼见食后腹胀

加重、舌苔黄，可加用半夏泻心汤辛开苦降，调节肝胃气机。疏肝健脾法有健脾疏肝和胃、疏肝燥湿运脾、柔肝滋胃法，健脾疏肝和胃法临床症状表现为胁痛不疏、腹胀、纳呆、神疲乏力、频频嗳气、大便溏泻或不畅、舌淡苔白、脉沉弦或细弦，法当疏肝健脾和胃，药用六君子汤合四逆散加减或逍遥散加减。疏肝燥湿运脾法临床症状表现为脘腹胀满不适，纳食不香，嗳气泛恶、口粘、苔腻等，治宜疏肝解郁、燥湿运脾，平胃散加减。若兼见大便溏稀，予参苓白术散加减健脾祛湿治疗。柔肝滋胃法临床症状表现为胸胁满痛、胃脘灼热痛或胃中嘈杂、口干咽干、食少便干、消瘦、五心烦热、舌光红无苔、脉细数或弦细，治宜柔肝滋胃，方以一贯煎加减。

肿瘤发生正气虚是根本。李东恒《脾胃论·脾胃虚实传变论》曰："善治病者，唯在调和脾胃，治脾胃即所以安五脏。"其还在《兰室秘藏》中曰："推其百病之源，皆因饮食劳倦而胃气元气散解，不能滋荣百脉，灌溉脏腑，卫护周身之所致也。"隋代巢元方、吴景贤监修、编撰的《诸病源候论》亦曰："凡脾胃不足，虚弱失调之人，多有积聚之病。"中焦脾胃与肿瘤形成有着密切联系，为正气亏虚、气血阴阳失衡、脏腑功能紊乱、机体抗病能力下降、邪气乘虚而入所致。邪气入内，留滞不去，气机不畅，气滞血瘀，阻塞脉络，津液输布不利，壅而为痰，痰瘀胶结，形成肿块。此乃因虚而得病，因虚而致实，因虚而患癌，虚是病之本，正虚是癌肿发生的基础。临证中，王晞星常投六君子汤调和脾胃，方中四君子汤健脾益气，半夏、陈皮和胃降逆。王晞星认为，治疗肿瘤的关键是以脏腑和谐为本，采取补泻兼施、调和阴阳、调和寒热、调和肝脾等治疗方法，以达到内环境平衡，起到抗肿瘤作用。

肿瘤多表现为虚实夹杂、脏腑不和、气血不调、寒热互见等病机比较复杂的病症。譬如消化系统肿瘤多见肝脾不调、肝胃不和、脾胃不和、寒热不调等；呼吸系统肿瘤多见气阴不和、肺脾不调等；泌尿生殖系统肿瘤多见阴阳失调；乳腺癌及甲状腺癌多见肝脾不调、肝气不调、痰气交阻、肝肾不和、营卫不和等；晚期肿瘤及放化疗后多见气血不和、脾胃不和、脾肾不调……均突出表现为不和或不调的病机特点。同时，肿瘤病症变化多端，纯攻、纯补均难以契合病机，唯有采用和法，从多个工作靶点和环节上发挥作用，兼顾正邪、调和各脏、寒热并用、补泻兼施、升降配合等，纠正肿瘤导致的功能性及器质性紊乱，使失衡的阴阳气血重新达到动态平衡，方可愈病。肿瘤险恶顽固，单一方法很难达到理想效果，中西医结合是不二选择，正如《国语·郑语》所云：“和实生物，同则不继。”

张某，男，60岁。

2011年3月8日初诊。

患者因“肝癌术后4年，发现右肺转移、腹腔淋巴结转移半月”就诊，既往于2007年7月在省外某三甲医院行肝癌手术，术后2年发现局部复发，进行无水酒精介入治疗，腹腔淋巴结转移手术切除，此次因发现右肺转移、腹腔淋巴结转移无法手术治疗就诊。

手术刀口处隐隐疼痛，纳呆，口中和，二便调。舌淡苔薄白脉弦滑。

证型：肝脾不调。

治法：调和肝脾。

方药：逍遥散加减。

当归10g、炒白芍30g、柴胡10g、炒白术10g、茯苓30g、白花蛇舌草30g、女贞子15g、半枝莲30g、八月札30g、天龙6g、莪术30g、生地黄10g、山茱萸30g、太子参30g、甘草6g。14剂，水煎服。

2011年3月24日，二诊。

刀口隐痛有好转，纳食正常，大便正常。舌胖苔薄白脉弦。

证型：肝脾不调。

治法：调和肝脾。

方药：逍遥散加减。

当归10g、炒白芍15g、柴胡10g、炒白术10g、茯苓30g、陈皮10g、片姜黄30g、郁金30g、八月札30g、山慈菇30g、夏枯草30g、蛇六谷（先煎1小时）30g、生地黄10g、山茱萸30g、白花蛇舌草30g、女贞子15g、甘草6g。30剂，水煎服。

2011年5月1日，三诊。

精神好，纳食好，二便正常，舌淡胖苔薄黄，脉弦数。

辨证：肝脾不调，痰毒互结。

治法：调和肝脾，解毒散结。

处方：逍遥散加减。

方药：当归10g、白芍15g、柴胡10g、白术15g、茯苓10g、天龙6g、八月札30g、山慈菇30g、半枝莲30g、白花蛇舌草30g、蜈蚣2条、郁金15g、片姜黄30g、牡丹皮30g、甘草6g。30剂，水煎服。

坚持门诊中医药治疗，独自乘公交就诊，日常生活自理，2015年2月发现脑转移，又坚持服用中药治疗2年，2017年11月去世。

晚期肝癌无法手术，化疗效果不理想。张某长期服用中药，仍生存7年，实乃和法之调和肝脾在临床中的典型案例。

肝癌属中医学“肝积、肥气、脾积、痞气、伏梁、积聚”范畴，发病与情志因素极为密切，《吴少怀医案》云：“气郁而湿滞，湿郁而生热，热郁而痰结，痰郁而血凝，血瘀而食不化，食积而积成。”肝癌患者多长期急躁易怒，外感邪毒或嗜酒无度，致肝气不疏，克伐脾土，脾失健运，气血津液生化不足，气虚无力鼓动血运受阻而成血瘀，气虚无以气化，则酿生痰饮、湿浊。此外，气郁滞于肝，气滞则血瘀，瘀滞而成积。总之，肝癌以“虚”为本，局部“痰、湿、滞、瘀、热”为标，壅于肝胆，血败肉腐而致癌毒，积聚成瘤而发为本病。原发性肝癌病位在肝，涉及肝、脾、胃、肾多脏，以中医和法阐释肝癌发病演变过程最为适合。早期肝胃不和，中期肝脾不和，晚期肝肾、脾胃不和，遣方用药上依次予大柴胡汤、逍遥散、健脾和胃利水方及滋肾调肝方加减，和法贯穿疾病治疗始终。带瘤是“和”之手段，生存是“和”之目的，对于肝癌尤其中晚期肝癌患者，长期带瘤生存，并维持良好生存质量是“和”的最好体现。

高某，女，72岁。

2014年7月15日初诊。

患者因“身目黄染、上腹疼痛、消瘦”于2014年6月6日在省内某三甲医院行腹部CT、MRI等临床诊断胆囊癌晚期，肝转移。无手术、介入、放疗机会，预期生存期3个月，抱着试试看的心态就诊。初诊症见：身黄、目黄、小便黄，上腹部疼痛，消瘦，双下肢水肿，大便二日一行，舌红，有瘀斑，苔黄，脉滑数。

证型：肝胆瘀滞，痰毒互结。

治法：疏肝利胆，解毒散结。

方药：大柴胡汤加减。

柴胡10g、黄芩10g、半夏10g、白芍30g、枳实30g、鸡内金30g、蜈蚣2条、半枝莲30g、郁金30g、片姜黄30g、莪术30g、天龙6g、浙贝母30g、山慈菇30g、白花蛇舌草30g、甘草6g。14剂，水煎服。

2014年7月30日，二诊。

身目黄染减轻，小便仍黄，上腹疼痛好转，口苦，大便畅，舌质偏暗。证型同上，酌加解毒散结之力，上方加蛇六谷（先煎1小时）30g，改白花蛇舌草60g。30剂，水煎服。

2014年9月1日，三诊。

身目黄染好转，上腹疼痛明显减轻，偶有上腹及胃脘部憋胀，小便淡黄，大便正常，舌红苔黄，脉滑数。

证型：肝胆湿热。

治法：疏肝利胆，和解少阳。

方药：大柴胡汤加减。

柴胡10g、半夏10g、黄芩10g、白芍15g、枳实10g、三棱10g、莪术30g、厚朴15g、木香10g、砂仁（后下）10g、鸡内金15g、天龙6g、蜈蚣2条、郁金15g、片姜黄30g、山慈姑30g、甘草6g。30剂，水煎服。

此后坚持门诊规律就诊，大柴胡汤加减变化，症状基本消失，胆囊病变由原来的10cm×12cm缩小至3cm×4cm。肝转移瘤无明显变化。患者长期带瘤生存，生活质量高，下地干活不受影响，截至2019年8月底随访仍健在。

大肠癌是常见的恶性肿瘤，包括结肠癌和直肠癌。大肠癌的发病率从高到低依次为直肠、乙状结肠、盲肠、升结肠、降结肠及横结肠，现有向近端（右半结肠）发展的趋势。发病年龄趋老年化，男女之比为1.65∶1。大肠癌属于中医“肠覃”“症瘕”“积聚”“锁肛痔”等范畴，病因主要与饮食关系密切，包括饮食不节，恣食肥腻，醇酒厚味，或误食不洁之品等。同时，与忧思抑郁、遗传、正气不足有关，引起气滞、血瘀、痰凝、热毒、湿邪久聚，浸淫肠道，邪毒瘀滞，气血不畅，日久积结而成。王晞星曾编著《中医肠疗》一书，认为大肠癌病位在肠道，与脾、胃、肝、肾有密切关系。临床常见脾虚湿盛、寒热错杂、中气下陷、脾虚肝胃不和、脾虚水停、湿热互结等六种基本证型，代表方剂有参苓白术散、半夏泻心汤、补中益气汤、健脾疏肝方、健脾利水方、大柴胡汤等。

董某，男，43岁。

2005年7月15日初诊。

患者因“腹痛”于2005年4月29日在北京某三甲医院行结肠镜检查确诊结肠癌。行手术治疗，术后病理提示淋巴结有转移2/15，术后坚持口服中医药治疗。初诊症见：神疲乏力，口干，腹部下坠感，下肢麻木，大便稀，每日1行至2行，小便正常。舌淡胖有齿痕苔薄白脉弦细。

证型：中气不足。

治法：补中益气。

方药：补中益气汤加减。

黄芪30g、党参10g、炒白术15g、升麻6g、柴胡10g、当归10g、陈皮10g、黄连10g、枳实10g、炒白芍15g、浙贝母30g、山慈菇30g、百合30g、龙葵30g、白花蛇舌草30g、炙甘草6g。14剂，水煎服。

2005年8月2日，二诊。

神疲乏力、腹部下坠感均有减轻，受凉后腹泻，肠鸣，大便稀，每日1行至2行，舌胖苔薄白脉弦细。

证型：脾虚湿盛。

治法：健脾渗湿止泻。

方药：升阳益胃汤加减。

黄芪30g、党参10g、炒白术15g、茯苓15g、半夏10g、陈皮10g、羌活6g、防风6g、黄连10g、炒薏苡仁20g、砂仁10g、柴胡10g、炒白芍15g、乌梅10g、浙贝母30g、肉豆蔻6g、炙甘草6g。14剂，水煎服。

2005年8月17日，三诊。

乏力、下坠、腹泻均消失，精神好转，进食好，大便稀，每日1行，舌胖苔薄白脉弦细。

证型：脾虚湿盛。

治法：健脾渗湿。

方药：参苓白术散加减。

黄芪30g、党参15g、炒白术15g、茯苓15g、升麻6g、柴胡10g、当归10g、陈皮10g、黄连10g、炮姜10g、乌梅10g、蒲公英30g、浙贝母30g、山慈菇30g、炙甘草6g。14剂，水煎服。

此后坚持门诊规律就诊，中药以补益中焦脾胃为主加减变化，症状基本消失，随访至今仍健在。

西医不落后，中医要领先。

创科伊始，这是王晞星最简单的想法，开科之后，这句话渐渐变成肿瘤科人人皆知的科室文化。

摊子越来越大，病人越来越多，偶尔闲下来，刘丽坤会怀念创业之初的那段时光，觉得那时的样子更像中医的样子，除了给病人看病，还跟病人聊天，不仅知道病人的身体状况，还知道病人的心思。可如今，仅手下的医护就120多人，刘丽坤忙里忙外，许多病人于她仅是一个符号，叫某某床，也难得记住病人的那张脸，但她对病人的病情还是一清二楚，尤其危重症病人。忙也是一种病，可作为医者，又不得不为病人忙碌。刘丽坤至今忘不掉一个乡宁病人，偶尔还会为他难过，那时如果有手机视频或拍照，有无处不到的快递小哥，他应该还活着吧？朴实，精干，有主见，五十刚出头，憨憨地走进诊室的时候，他只反复说一句话，我不做手术，我就吃中药。刘丽坤只知道他家在乡宁的大山里，却未问过那座山的名字。其实，乡宁最大的山叫云丘山，介于乡宁和稷山之间，当年王晞星上山采药，去的就是云丘山。他得的是胃癌，吃饭不好，睡眠不好，心态却很好。吃上中药以后，三年多身体再没出过问题。半个月或一个月，他自己坐车来太原，找刘丽坤诊脉开方，有时还拉拉家常。有一次，他还在家里提前蒸好包子，带到医院来，让刘丽坤品尝他的手艺。刘丽坤喜欢与这样的病人打交道，通情达理，温暖，仿佛一个远房亲戚。可那年冬天他没有来，第二年春天他依然没有来。有一天，刘丽坤碰到他的一个亲戚，也在卫生系统工作，便问起他的情况，对方不由一阵唏嘘。原来那年冬天下了一场很大的雪，把山路都封了，他下不了山。好不容易等到路通了，又快到春节，他想过了春节再去太原吧。过了春节，因为长时间没有药吃，他的身体已有些顶不住，可想到儿子马上要完婚，他想就再坚持一下吧。就这样一拖再拖，他没能等到春天……刘丽坤不记得他的名字，但记得他的样子，朴实，精干，有主见，五十刚出头。如果当时没有停药，他会是什么样子呢？可生活没有如果，刘丽坤是个医者，也从不做假设，但每每想到这些，她依然神色黯然……

第六章　精气是最盛大的药

若医药之道，偶尔撞着一遭，即得意以为圣人复出，不易吾言。留其说于人间，为害不小。处一得意之方，亦须一味味千锤百炼。『文章千古事，得失寸心知』，此道亦尔。鲁莽应接，正非医王救济本旨。

内无思想之患，以恬愉为务，以自得为功，形体不敝，精神不散，亦可以百数。

——《黄帝内经·素问·上古天真论》

王晞星常年写方子，右手患了“网球肘”，即肱骨外上髁炎。病因是前臂反复屈伸，导致伸肌总腱劳损撕裂，出现肱骨外上髁明显疼痛及前臂无力，用力提重物或旋转前臂时疼痛加重，有时甚至会出现拿东西时突然掉落的现象。人如机器，反复劳作会磨损，即便医生也有职业病。王晞星的“网球肘”显然与网球无关，他上午出门诊七点半准时到诊室，查房常常晚上十一二点才离开——如果第二天上午出门诊，他很早便会歇下，即便医名在外，依然如此，他要确保精神饱满——与朋友小聚，也随身携带处方笺，他这个病叫“处方肘”或更准确。王晞星是个工作狂，最不理解人为什么可以不干活，更不理解当领导怎么可以不负责任。王晞星还是个完美主义者，若做普通员工，他一定是最自由但不散漫的那一个；若当领导，他一定是最严厉但不整人的那一个，管理王晞星这类人的最好办法，就是给他压担子。当了院长以后，若无门诊，王晞星早上七点半准时出现在工地。盖门诊综合楼、住院部，王晞星是“总设计师”，还是“总监工”，从不迟到早退。院长自律如斯，员工不敢懈怠，那些年，省中医院迟到早退现象几乎绝迹。

王晞星不抽烟，少量饮酒，每天傍晚快走8000步。退休后，若无特殊状况，下午五点半准时穿行在汾河公园。省中医院对面就是迎泽公园，问他为何舍近求远，他说迎泽公园熟人太多，一路上都是打招呼的人，无法安心走路。要么不做，做便一心一意，心无旁骛，这就是王晞星。我跟着他去过汾河公园，他的速度几近竞走，我上下班步行已有10年，竟跟不上他的节奏。从北中环桥到摄乐桥，在摄乐桥下的空地上喘口气，做十分钟颈椎操，再原路返回，往返约6公里，用时不到一小时，似在与时间赛跑。健步走后，王晞星有时会到朋友的茶社喝喝茶，写写字，看似闲散，其实他根本闲不下来。别人习字是一笔一画，王晞星却喜欢观摩整体再落笔，与他诊病如出一辙。那一天，王晞星挥毫写下的是李中梓的《不失人情论》：

> 尝读《内经》至《方盛衰论》而殿之曰："不失人情。"未曾不瞿然起，喟然叹轩岐之入人深也！夫不失人情，医家所甚亟，然戛戛乎难之矣。大约人情之类有三：一曰病人之情，二曰旁人之情，三曰医人之情。

李中梓（1588—1655），字士材，号念莪，华亭（今上海松江）人，明末医学家。少时擅长文学，淡于仕途，后因病习医，著有《内经知要》《医宗必读》《删补颐生微论》《伤寒括要》《士材三书》等。《医宗必读》成书于1637年，计有十卷，包括医论、内景图说、诊断、本草、病机等，论述三十六种病证诊治及医案，内容简要，选方实用，是一部颇有影响的医学入门书。退休之后，王晞星莫名喜欢上李中梓的《不失人情论》，感慨自己花甲之年才会看病，内心柔软的一面表露无遗。有一段时期，每每见到王晞星，他都会忽然提到《不失人情论》，喟叹顺应之人情与迁就之人情的微妙，心境与忙碌时明显有别，或者说，已非医者或管理者心态，而渐入智者之境。王晞星是拿得起放得下的人，拿便轰轰烈烈，放便满眼空旷。或许，那些年他走得太快了，根本无暇顾及路边风景，现在终于慢下来，终于有时间跳出医者看医者，便有豁然之慨，对生命也愈发敬畏。何况，突如其来的疫情改变的不只是寻常百姓的生活，更有医者的生活，王晞星对医者不只医病，还应医心、医人有了更深一层体悟。

茶社的墙上挂着几幅字帖，是王晞星前不久写下的新冠肺炎全周期药方。这组“特殊药方”已被省博物院“预订”，省博物院还专为王晞星设立专题，收藏他抗疫期间用过的物件。在当下，那些物件还属于新鲜事物，若干年后，无疑将成为文物。王晞星业余也搞些收藏，但并非为了增值，更未想过自己用过的东西也会成为藏品。王晞星的收藏不是个人爱好，而是职业爱好，准确地说，是中医药爱好，藏品也多与中医药有关。自当上院长那天起，王晞星便留意起与中医药有关的老物件，建门诊综合楼时还预留下一层，那时候，很多人不明白王晞星要干什么，而现在，他不仅为后人留下一座现代化的中医院，还留下一座“古老”的中医博物馆。王晞星是个医者，却在日常中淘回一座博物馆来，且馆中藏品大多是赠品：一部分，是省中医院前辈或家属捐献的；一部分是他看中某件藏品后找朋友“化缘”购买来的，而他给朋友的回报仅是在赠品下方刻上人家的名字；当然，也有一部分是王晞星自掏腰包买来的。2017年10月30日，省中医院建院60周年纪念日，中医博物馆正式开馆迎客。从旧石器时期的石斧、砭石、药碾、陶釜、针灸用具锥形器，到新石器时期的黑陶杯、玉猪龙及春秋时期的熏炉、战国时期的药杯，再到与《伤寒杂病论》同时期出土的汉代木牍，唐代的煎药锅、药碾和扁鹊行医图拓片，陈列文物有600件之多。尤其是碾槽、黑陶杯、砭石、汉代木牍、扁鹊行医图拓片、线装古籍等，既是无价之宝，也是镇馆之宝，你很难想象这是一个不懂考古的人的手笔。

在这座博物馆里，还有人物和药材，譬如伏羲画八卦、伊尹制汤药，譬如医缓医和、金元四大家、巾帼医家义姁、大贤名医傅山，以及党参、连翘、黄芪、龟龄集、定坤丹等。当然，也还有省中医院的发展历史和王晞星的墨宝。

书法与中医同为中国文化在中国土地上结出的中国式果实，所谓“一手好字，二会双簧，三指按脉，四季衣裳”，自古以来，这四样东西同为中医人的标配，意思是医道高明之外，还要有好的“笔头”“口头”和“派头”，而“笔头”居首，可见古代医家对书法何等重视。或为相，或为医，儒医向来不分彼此，大儒之人笔下方药字帖屡见不鲜，譬如王献之的《鸭头丸帖》、张旭的《肚痛帖》、苏东坡的《覆盆子帖》、黄庭坚的《方药墨迹》等。同样，名医是书法大家的也不在少数，远有葛洪为天台山摩崖石刻所书“天台之观”，被米芾称为“大字之冠，古今第一”；近有傅山为晋祠千年古柏所书“晋源之柏第一章”的题款，风格遒劲，气势磅礴，为晋祠三绝之一。自古以来“书医相彰，书者知医”，清代名医何鸿舫（1821—1889）凡处方必亲手书写，时人获其处方，珍贵不啻拱璧，日本人来沪收购，一纸值银圆十枚，少也四五枚。丁甘仁的弟子程门雪（1902—1972）曾为《何鸿舫编年药方墨迹》题诗曰：“每于烂漫见天真，草草方笺手自亲。不独医林仰宗匠，即论书法亦传人。”沪上名医顾筱岩（1892—1968）曾说，字是一张方子的门面，是一个医生文化底蕴、学识才华的外露。旧时，病家延请大夫会先借来方子一看，以此揣度对方学问之深浅、医道之高低。顾筱岩收徒有一定例，凡入门弟子，晨起第一件事便是临写字帖，字帖批阅合格后才可读医书。中医与书法息息相通，一脉流传，譬如中医八纲有表、里、寒、热、虚、实、阴、阳，方药运用分汗、吐、下、和、温、清、消、补，“永”字八法有侧、勒、努、趯、策、掠、啄、磔，笔墨强调筋、骨、血、肉、精、神、气、脉。中医讲究阴阳五行、寒热温凉，书法追求疏密开合、浓淡枯湿。中医的最高境界是致中和，即天人合一、形神兼养、动静结合，书法的最高境界是内容、行笔、情感和谐统一。中医处方上病下取、阴中求阳、提壶揭盖、逆流挽舟、甘温除热、引火归原，书法运笔则欲左先右、欲上先下、横画直起、欲快先慢、欲扬先抑、无往不收。中医和书法同宗同源、同气连枝，无论从哪个角度讲，都是两味道地的中国“药材”。

5月18日，“大爱无疆，不负韶华”山西省抗击新冠肺炎疫情书画作品展开展，策展人韩少辉是我的乡党，他长大在发鸠山之南，我长大在发鸠山之北，先后随做教师的父亲进城读书，住在同一座大院。韩少辉是省书协副主席，一手创办山西金石书法篆刻研究院，精研行草书、隶书、篆书有年，与王晞星是朋友，特邀王晞星献出他的六个“特殊药方”，为展览涂抹一道最正宗的抗疫色彩。5月20日，王晞星又将其手书的九米药方长卷《山西省防治新冠肺炎中医方案》捐赠给省博物院，书法家赵望进特为药方长卷题写了跋文，并赞曰：

乐道悬壶广，仁心术不群。
宽余追逸少，笔墨亦多神。

我是从韩少辉的微信中得知这个消息的，便有了让他评价王晞星书法的想法，术业有专攻嘛。其时，韩少辉骨折做了手术，正卧床在家，闲来无事，遂洋洋洒洒写来一封信，名为《灵与肉的安妥》。藏去私谊部分，录之以记：

树义兄：

学书日久，知道了文字最初的功能是记事、记录、交流的实用性工具而已。至汉末字体演变完成，才有了艺术性的品格。自此，汉字有了实用和艺术的双重属性，一直延续至今；也知道了在距今2000年前秦汉时期的帛书上，有了我国最早的医书《五十二病方》，记录病方的文字是古隶，它即将走向两极——一极整饬、定型而为东汉端雅、庄重的标准隶书，一极满足进一步快写、便捷的要求，而为流变、连绵的章草；还知道了更为久远和神秘的《神农尝百草》而有草药和仓颉造字而有文字的传说，都发生在上古的炎黄时期。中华文明也在这一时期露出黎明的曙色。人们津津乐道的华夏四大国粹，其实只有中医和书法与人类的命运最为密切——中医关乎身体的安宁，书法关乎心灵的陶粹！

中医和书法的核心要义，都在讲究和强调着天人合一、阴阳调和、虚实相生，过与不及都是病相。从马王堆帛书中的医书到王羲之的《黄庭经》再到明末清初傅山的儿科、妇科，中医和书法如影随形。

……

知道王院长学习书法是早几年的事了。他陪我到省中研22楼的博物馆看了中医的发展史、省中研的发展史，他们很热情地介绍，但与我隔膜如雾里看花。我的眼睛一直在那些横的竖的楹联匾额中堂条幅上游移，作品的落款多是王晞星。我就惊讶了：碗大的字沉静、优雅、不温不火、不激不厉，可以看出他书写时心静如水、从容不迫、一派自在。使转擎掣如屋漏之痕，曲折有致，如千里阵云，宕往有形。字形字势介于右军子敬父子之间，或内擫紧劲，遒美奇逸；或外拓宽博，蕴藉浑穆。收放张弛，不因格拘，因字赋形，随心所欲而不逾规矩。对于我这个专业的书法工作者，见惯了各种形式、各类风格为书法而书法的书法作品，对于王晞星业之余的书写自是意外和兴味盎然。古人讲，书学小道，壮夫不为。在古代，写字、书法是一个读书人最起码的生存手段。所以，中国的书法史不仅仅是二王父子、颜柳欧赵这些文化精英的书写史，还有更广众的、未名的“书法家”，因为没有入仕、未取得功名，而没有青史留名。有句话说，人民创造了历史，历史记住的却是英雄。现当代，书法人看厌了经典作品的循规蹈矩和森严法则，从大量的民间金器砖瓦刻石尺牍讨生活，自生一番鲜活、生动、自然，令人怦然心动、伏案长啸了。业之余的王晞星书法，较之于科班出身的书法家作品，少了圆熟和安排，有了一份洒脱、自由和浪漫——书法人称之为生涩之美。

最让我感兴趣的还是他用毛笔字开的药方。40多年了，再次见到，感觉药效都比电脑和硬笔开的方子提升了许多。药名、剂量、功能、主治、服法，一方一世界，一药一菩提。治病救人的良方，追虚履玄，抱阴舒阳，写来也清新雅致，不疾不徐，正如汉代的蔡邕所言：夫书，默坐静思，随意所适，言不出口，气不盈息，沉密神采，如对至尊，则无不善矣。想：王院长每写一个方子，也定是如此情形吧？

五月份省文旅厅和省文联举办“大爱无疆，不负韶华”山西抗击新冠肺炎疫情书画名家作品展览，我是特邀了王院长作品的，但我对他提出了要求：必须是此次山西抗疫中医防治的中药药方，一定会有奇特的展览效果。王院长很是配合，但也要求我展后作品必须退回，博物馆要收藏哩。果不出我所料，展览开幕后，他的作品前，观众最是踊跃，摩肩接踵的，都在一睹山西抗疫中药方案的真身、尊容。

中医和书法最讲继承。王院长于书法一途，朝临暮写二王一脉几十载，累积几千遍，得圆融中和之理，意不在书而书自妙，有了知非诗诗、未为奇奇之玄相。但无论是他专业的中医还是业之余的书法，都是他襟怀、识见、学养、性情、智慧、品行的凸显啊！

多希望所有的中医都拿起毛笔，看似放慢了节奏，可文化的浸润能使灵魂和肉体都得以安妥！

少辉顿首

2020年6月12日

韩少辉虽熟悉《五十二病方》的字体演变，对《神农尝百草》的故事却有些懵懂。其实，他少时玩耍的地方，或许曾留下过神农的脚印，他少时采的药，或许便是在神农采过药的地方长出来的。

无论中医，还是书法，在山西都绕不过一个人，那就是明末清初的奇人傅山。而傅山与医学结缘，则与瘟疫有关。

明末清初，战争频仍，大疫流行，南方是重灾区，新的医学思想便应运而生，譬如温病学术的奠基人吴有性及其后的温病四大家叶桂、薛雪、吴瑭、王士雄等。温病一词最早见于《黄帝内经·素问·六元正纪大论》："民疠温病"，《难经·五十八难》云："伤寒有五，有中风，有伤寒，有湿温，有热病，有温病。"《伤寒论》也云："太阳病，发热而渴，不恶寒者，为温病。"其后，晋代王叔和、葛洪，隋代巢元方，唐代孙思邈，宋代庞安时、朱肱等先后从不同角度对温病进行了阐释。朱肱（1050—1125），字翼中，号无求子，晚号大隐翁，吴兴（今浙江湖州）人，元祐三年（1088）进士，历任雄州（今属河北）防御推官、知邓州（今河南邓县）录事、奉议郎。朱肱以为“天下之事，名定而实辨，言顺则事成，又况伤寒之名，种种不同，若识其名，纵有差失，功有浅深，效有迟速耳。不得其名，妄加治疗，往往中暑乃作热病治之反用湿药；湿温乃作风温治之，复加发汗，名实混淆，是非纷乱，性命之寄，危于风烛。”朱肱将伤寒与伤风、热病、中暑、温病、温疟、风温、温疫、中湿、湿温、痉病、温毒等病名区分开来，认为“名定而实辨”，才可“因名识病，因病识证”，而治无差误。朱肱潜心研读《伤寒论》，“考古验今，首尾二十一年”，于宋徽宗大观二年（1108），撰成首部著作《无求子伤寒百问》，刊行问世。宋徽宗政和元年（1111），又予以修补，增为二十卷，改名为《南阳活人书》。朱肱开创了以方类证、以证论方的先河，认为天行温病与异气有关，既可随时而发，又可伏而后发，季节不同，则证型不同、治法有别。王履，字安道，号畸叟，又号抱独老人，生卒年不详，江苏昆山人，元末明初医学家、画家、诗人。王履为朱肱门人，尽得朱氏之学，《古今医统》称其“学究天人，文章冠世，极深医源，直穷奥妙”。王履在临床研究中承袭《黄帝内经》中“冬伤于寒，春必病温”的思想，以感邪的即病与不即病，指出伤寒与温病的不同之处：

夫伤于寒有即病者，焉有不即病者。焉即病者，发于所感之时。不即病者，过时而发于春夏也。即病谓之伤寒，不即病谓之温与暑。夫伤寒温暑，其类虽殊，其所受之原则不殊也。由其原之不殊，故一以伤寒而为称由，其类之殊，故

> 施治不得以相混，以所称而混其治宜乎，贻祸后人，以归咎于仲景之法，而委废其大半也。吁，可谓溺井怨伯益，失火怨燧人矣！夫法也，方也。仲景专为即病之伤寒设，不兼为不即病之温暑设也。

王履明确提出“温病不得混称伤寒”的医学观点，澄清了当时关于温病、伤寒的模糊看法，认为温病与伤寒是两类疾病，在治法上应“治以辛凉苦寒”，有异于伤寒的“辛温解表”，让温病在名称和治法上摆脱伤寒的羁绊，走上独立发展之路。王履著有《医经溯洄集》《百病钩玄》《医韵统》等，现唯有《医经溯洄集》一卷行于世。王履由书传人，以温病学说的先驱者名留青史。

明崇祯年间，一场瘟疫席卷山东、浙江、河南、河北、苏南等地。疫情凶猛，“一巷百余家，无一家幸免；一家数十口，无一口仅存”。众生求神问卜，无济于事，医家或用治疗伤寒病之法，或用峻攻祛邪之剂，往往无效，导致病情迁延或转危重，枉死者不计其数。

每逢大疫，必有大医，温病学术创始人吴有性的横空出世再次验证了这一规律。吴有性（1582—1652），字又可，号淡斋，江苏吴县洞庭东山人。目睹疫病流行之惨状，吴有性放弃科举，深入疫区，登门串户，查疫情，察症状，记录、分析、研究病情，于1642年撰写了《瘟疫论》。《瘟疫论》分上下两卷，分列85个论题，全书以随笔札录方式阐释疫病的发生、发展、演变规律及辨证论治的原则、方法，揭示了疫病的传染方式、入侵部位和传变特点，创立了疏利膜原、分消表里的治则。吴有性提出“瘟疫自口鼻而入，伏于募原（即膜原）”之说，认为“瘟疫之为病，非风、非寒、非暑、非湿，乃天地间别有一种异气所感”，在风寒暑湿燥火“六淫”之外又创戾气之名，强调温病与伤寒决然不同。吴有性突破六气致病之说，肯定“戾气”是一种物质，“物者气之化也，气者物之变也”，颠覆了传染病病原的传统观点。吴有性针对发颐、大头瘟、虾膜瘟、瓜瓤瘟、疙瘩瘟及疟疾、痢疾等瘟病一一分辨论述，论著制方，其所创达原饮、三消饮尤为著名。《瘟疫论》为我国继《伤寒论》之后又一部论述急性外感传染病的专著，开创了中医传染病学研究的先河。《瘟疫论》成书不到两年，便有印本刊行，之后各种版本层出不穷，康熙年间，日本医家也翻刻了这部著作。但在那时，医家仍受到“尊经”观念的束缚，不敢直面温病，只是强调温病与伤寒不同。清初以后，温病学说日趋成熟，到叶桂《温热论》问世，宣告了温病学说理论体系的确立和吴中温病学派的诞生。

叶桂（1666—1745），字天士，号香岩，别号南阳先生，江苏吴县（今江苏苏州）人。叶桂少承家学，“神悟绝人”，18岁前先后拜师周扬俊、王子接等17人，“师门深广”。叶桂精于家传儿科，在杂病方面，补充了李东垣《脾胃论》详于脾而略于胃的不足，提出“胃为阳明之土，非阴柔不肯协和”，主张养胃阴。叶桂善治时疫和痧痘等症，是我国最早发现猩红热的人。叶桂大胆创见，认为伤寒一症由感受风寒所致，而温病的病因则是温热之邪。《温热论》开宗明义：“温邪上受，首先犯肺，逆传心包。”这十二个字概括了温病的发展和传变途径，为外感温病之纲领。在治法上，叶桂认为伤寒在表，用辛温发汗，疏散风寒；温病在表，用辛凉轻清，透泄热邪，以顾护津液为主。叶桂将温病病变分为卫、气、营、血四个阶段，“大凡看法，卫之后方言气，营之后方言血”，发展了察舌、验齿、辨斑疹、辨白痦等诊断方法，制订了“在卫汗之可也，到气才可清气，入营犹可透热转气……入血就恐耗血动血，直须凉血散血”的治疗原则，弥补了仲景之缺。叶桂治学精细严谨，认为“学问无穷，读书不可轻量也”，其一生为医，却不喜以医自名，临终前曾告诫儿子：“医可为而不可为，必天资敏悟，又读万卷书而后可借术济世。不然，鲜有不杀人者，是以药饵为刃也。吾死，子孙慎勿轻言医。”叶桂生前忙于诊治病人，无暇亲笔著述，存世的医学著作都是他的门人和后人搜集、整理的，《温热论》之外，还有《临证医案指南》《未刻本叶氏医案》等。

在清代以前，中医论治热病大都沿用《伤寒论》，吴有性《瘟疫论》虽把伤寒与温疫分别对待，但并未分清瘟疫、温病的界限。叶桂首次阐明温病的病因、感受途径和传变规律，明确提出“温邪”是导致温病的主因，突破了“伏寒化温”的传统认知，从根本上划清了温病与伤寒的界限。乾隆后期，江南又出现了一批温病学家，佼佼者有吴瑭、章楠、王士雄等，他们都是叶桂的私淑弟子。吴瑭，字鞠通，江苏淮安人。1793年，京都瘟疫大行，吴鞠通经过临床实践，把温病传变与脏腑病机联系起来，将温病分为上焦（肺与心）、中焦（胃与脾）、下焦（肝与肾）三个阶段，确立了“三焦辨证”理论体系，所著《温病条辨》成为温病学代表之作。章楠，字虚谷，浙江会稽（今绍兴）人。章楠是明确提出“辨证论治”一词的第一人，也是集中医体质学说大成的第一人，针对伤寒和温病认识之混乱，他提出将温病按照春温、风温、暑温、湿温、瘟疫分列证治。对于伏气，他建议改称“伏邪”，因为气是邪正的总称，能病人的，应称为邪。对暑邪的性质，他总结出“暑因湿火郁蒸而气浊，由口鼻吸受，蓄于膜原，流传三焦，必归脾胃。治法不独异于伤寒，亦与温热迥别”的系统认识。章楠所著《医门棒喝》对温病学说做了整理和发扬，此后，王士雄所著的《温热经纬》即以此书为依据。王士雄，字孟英，浙江盐官（今属海宁）人。清道光年间，江浙霍乱流行，王士雄前往救治，所著《霍乱论》次年刊行，时年仅31岁。同治元年，上海霍乱流行，王士雄又迁居上海研治疫病，所著《温热经纬》奠定了他温病学家的地位，世人赞其“二十年间战霍乱，两部专著盈桔泉”。

温病学派诞生于江南有其特殊原因。其一，明清两代由于城市扩张而导致人口集中，流行性疾病成为当时医学界面临的新问题。据有关文献统计，明代276年中大疫流行64次，清代266年中大疫流行74次，如明永乐六年（1408年），江西建昌，浙江杭州，福建建宁、绍武等地，因疫病而致死者多达78400余人，伤寒法治疗此类瘟疫效果并不理想，迫使医家不得不寻找新的出路。其二，南方地理环境特殊，尤其江浙一带，湖河渚泊，地处卑湿，气候四季分明，却又较北方溽暑，造成江南多温病，江南医家便多了治疗温病的医学实践。傅山比吴有性小25岁，比叶桂大59岁，从年龄和医学造诣上看，傅山非常有可能成为二者之间的过渡或桥梁，但北方的疫病毕竟与南方的疫病有明显的不同，傅山只能遗憾地与温病学失之交臂。但《傅青主女科》现今仍广为人知，《外经微言》第八卷也曾专门论治伤寒、瘟疫，只不过，在南方创建温病学说之时，寒冷的北方依然恪守《伤寒论》罢了。傅山与吴有性、叶桂之别，像极了当今湿温疫和寒湿疫之辨，所谓时势造英雄，历史演变总是惊人的相似。

傅山（1607—1684），字青竹、青主，初名鼎臣，一字仁仲，别号甚多，有公之它、石道人、丹崖子、青羊庵主、侨黄老人、朱衣道人、酒道人等。祖籍忻州顿村，曾祖父时迁居阳曲西村，今归太原市尖草坪区管辖。傅山博通经、史、诸子、佛道之学，认为"古学不可废"，提倡"经子平等"，开创了研究子学一代风气。明亡后，傅山隐居土室养母，有竹子气节，与顾炎武相交甚笃。傅山精于岐黄之术，擅长真草隶篆，著有《霜红龛集》《傅青主女科》《傅青主男科》《青囊秘诀》等，梁启超将他与顾炎武、黄宗羲、王夫之、李颙、颜元并称为"清初六大师"。

傅山出身于官宦书香之家，祖父傅霖累官山东参议、辽海兵备，颇有政绩。父亲傅子谟终生不仕，精于治学。傅山博闻强记，过目能诵，15岁补博士弟子员，20岁试高等廪饩。27岁那年，傅山入三立书院，深受时任山西提学佥事袁继咸器重。

三立书院前身为河汾书院。据《山西通志》卷七十六记载："旧《志》：府东旧有晋阳书院，后名河汾。明万历初，废。癸巳，巡抚魏允贞复之，改名三立祠，王道行为记。辛亥，督学王三才移祠于后，前建考棚，自为记。崇祯间，巡抚吴甡檄督学袁继咸修葺，基址卑湿，寻圮。"旧《志》当为旧《山西通志》，古人记事只有骨头，没有肉，但这段历史毕竟是山西教育的经络之一，容我慢慢梳理。明嘉靖九年（1530），山西按察副使陈讲在城东南隅的侯家巷瓜菜地上（今太原市公安局所在地）辟建院舍，开办晋阳书院，筑三贤堂，祀奉讲学河汾、生长于河汾的三位先贤——王通、司马光、薛瑄。后更名为河汾书院，侯家巷随即改为书院街。其时，书院有藏书1600卷，学田100余顷，在院生员150名。明中叶，书院盛行于各府郡州治地，“讲学自由，议论朝政，裁量人物”的“清议”之风风靡一时，对当时的社会风气和吏制颇有影响。万历帝朱翊钧登基不久，采纳执政宰相张居正之奏疏，“诏毁天下书院”。河汾书院未能幸免，于万历七年（1579）被废止停办。万历二十一年（1593），时任山西巡抚魏允贞将河汾书院内的三贤堂移建至右所街（今旧城街一带），扩为三立祠，祀奉名臣、乡贤55人，托祠之名行书院之实。其时，山西三年一次的乡试从无固定地方，或在抚院巡抚衙门，或在太原知府衙门。万历三十八年（1610），山西提学使王三才在三立祠新建考棚50间，结束了晋省乡试无定址的尴尬。天启五年（1625），魏忠贤矫诏尽毁天下书院，三立祠又废。崇祯七年（1634），袁继咸修复三立书院，从考生中择录优等生300人入其中，并将三立祠名臣、乡贤续增至71人，袁为其各著一传，名为《三立祠传》。明末清初，三立书院毁于兵燹，顺治十七年（1660），山西巡抚白汝梅在书院街河汾书院故址购地，另建三立祠，增建房舍70余间，仍以三立祠之名恢复书院活动。雍正十一年（1733），皇帝下令在各个县城设立书院，并由朝廷拨银千两，三立书院遂由地方官办变为国家创办的晋省最高学府，复名晋阳书院。1902年，晋阳书院与令德堂合并，成立山西大学堂，即今山西大学前身。

袁继咸（1593—1646），字季通，号临侯，江西宜春人，与文山（文天祥）、叠山（谢枋得）并称为“江右三山”。袁继咸曾为兵部侍郎，因为人耿直，为官清廉，得罪权贵被贬至山西。袁继咸主持三立书院时，以“立法严而用意宽”为精神宗旨，整顿学风，极重文章、气节教育，对傅山一生影响颇深，堪称傅山的精神导师。崇祯九年（1636）十月，袁继咸遭山西巡按御史张孙振诬告，拟逮入北京，山西巡抚吴甡上奏为袁辩诬。三立书院学子更是激愤，傅山、薛宗周、白孕彩等倡议进京为袁继咸申冤，傅山撰写讼状，103名学子在上面签名。之后，白孕彩先行入京，联络安排各项事宜。十月二十日，傅山、薛宗周等百余学子跟随押送袁继咸的囚车入京。白孕彩入京后，到琉璃厂关帝祠联系在京山西诸生百余人上疏为袁继咸申诉，多次投书到通政司以求转到崇祯皇帝御前。但因张孙振为当时首辅温体仁一派，数次上疏皆被退回。傅山、薛宗周入京后，与白孕彩一起率众学子在京城四处印发《辩诬公揭》的揭贴，惊动朝野上下，竟致千余人联名为袁继咸一起申冤，一时轰动京城，史称明末“伏阙讼冤”案。不久，崇祯皇帝得知实情，下诏大理寺、刑部官员详审此案。傅山两次出堂做证，终为袁继咸昭雪，袁继咸官复武昌道，张孙振被发配到边地充军。“伏阙讼冤”后傅山名声大噪，但他无意仕途，悄然返回太原，将城西北一所寺庙辟为书斋，潜心读书。

崇祯十六年（1643），三立书院最鼎盛的时候，傅山曾受聘在书院讲学。不久，李自成起义军进发太原，傅山奉陪老母投奔白孕彩，寄住平定。明亡，傅山挥泪写下“哭国书难著，依亲命苟逃”句，又在明亡后的第一个除夕夜写道“无情今夜贪除酒，有约明朝不拜年”，以明反清复明之志。

傅山学医之前，家中多人因病罹难，痛若锥心。天启四年（1624），傅山时年17岁，父亲染上伤寒病，傅山到南关文昌庙祈药，不效。崇祯五年（1632），傅山时年25岁，妻子张静君病卒，傅山痛彻心扉，誓不复娶。崇祯十四年（1641），傅山时年34岁，那年春天，傅山染上瘟疫，久治不愈，差点命丧病床，多亏兄长傅庚悉心照料，才于秋天康复。次年四月，傅庚不幸染病撒手人寰，老母日夜悲戚。亲人相继离世，傅山痛定思痛，决心学医。傅山虽曾读过不少医学经典，“家传有禁方”，也曾辟谷食柏叶，但他深知，不经名师指点，自己很难成为真正的医家。崇祯十七年（1644）秋天，傅山拜在寿阳五峰山龙泉寺道士郭静中门下，闭门一心一意研习医学，道号真山。郭静中为明末全真龙门派第五代道士，河南修武人，相传曾在华山遇到刘姓异人，授以金丹术及五雷正法，医术高超，善祈雨。此后五年，傅山常住五峰山中，直到郭静中归真，才辞别云游。傅山喜着红色道袍，自号朱衣道人，别号石道人。朱衣者，朱姓之衣也，暗含怀念亡明之意；石道者，志如石坚也，意谓决不屈服于大清。傅山以道士和医家身份往来于寿阳、盂县、平定、祁县、汾阳、晋源一带，边悬壶济世，边秘密从事反清联络活动，反清复明之志虽未如愿，医德医技却声名远播，时人称其为“仙医”。

清军入关之初，傅山日夜渴望南明王朝早日北上驱逐清王朝，匡复明室，曾积极同桂王派来山西的总兵官宋谦联系，密谋于顺治十一年（1654）三月十五日在河南武安五汲镇起义。然机事不密，宋谦潜往武安不久便被捕，供出傅山。傅山、傅眉父子双双被捕，关押在太原府监狱，此即“朱衣道人案”。羁拘期间，傅山矢口否认与宋谦有政治上的关系，即便严刑逼供，也只说宋谦曾求他医病，遭到拒绝后，遂怀恨在心。一年后，清廷拿不到傅山口供，只得以“傅山的确诬报，相应释宥”，将他释放。出狱后，傅山反清之心不改。顺治十四年至十六年间，傅山南下江淮察看反清形势，看到清室日趋巩固，复明已然无望，只好黯然返并，隐居太原东山脚下的松庄，“僦陋”而栖：

> 壁榻悬山郭，村房僦陋栖。
> 蓬蒿仍旧径，简牍顾新奚。
> 风雨不题凤，槐榆长坐鹂。
> 得无华屋士，为我雪穷涕。

傅山“松庄烟树十余年”，自号“松乔”“侨黄”，喟叹“太原人作太原侨”，寓意无国无家，只是在人世间做客罢了。康熙二年（1663），顾炎武抵晋寻访英雄豪杰，与傅山相会松庄，同道相见，抱头痛哭，商定组织票号作为反清经济机构，此即票号思想最早的萌芽。顾炎武（1613—1682），江苏昆山人，本名绛，乳名藩汉，别名继坤、圭年，字忠清、宁人，因仰慕文天祥学生王炎午的为人，改名炎武。顾炎武学问渊博，于国家典制、郡邑掌故、天文仪象、河漕、兵农及经史百家、音韵训诂等皆有研究，为清初继往开来的一代宗师，被誉为清学“开山始祖”，主要作品有《日知录》《天下郡国利病书》《肇域志》《音学五书》《韵补正》《金石文字记》《亭林诗文集》等。顾炎武曾在绛山书院（今曲沃中学）讲学，考证出晋国古都在曲沃，并在曲沃县东韩村宜园完成《日知录》。傅山与顾炎武结伴同行，发现当地野生的白蒿可以预防、治疗肝病。此外，傅山还与申涵光、孙奇逢、李因笃、屈大均、王显祚、阎若璩、阎尔梅等反清名士交往频密。王显祚见松庄土窑太过简陋，特为傅山购得一所房院，即今太原傅家巷四号院。

康熙十七年（1678），康熙颁诏天下，令三品以上官员推荐“学行兼优、文词卓越之人”，“朕将亲试录用”。给事中李宗孔、刘沛先推荐傅山应博学鸿词试。傅山称病不出，阳曲知县戴梦熊奉命促驾，强行将傅山押往北京。到了京城30里外，傅山拒不入城，住在崇文门外园教寺。次年三月殿试，傅山七日不食，称病卧床。宰相冯溥并一干满汉大员多次拜望劝导，傅山靠坐床头，不为所动。康熙念其志坚，恩准免试，并诏令“傅山文学素著，念其年迈，特授内阁中书，着地方官存问”。傅山安然返并，地方诸官闻讯前去拜望，且以“内阁中书”相称，傅山低头闭目，不语不应。戴梦熊奉命欲在傅家门首悬挂“凤阁蒲轮”匾额，傅山坚拒不受。

傅山时称“医圣”，但最为后人称道的，还是人品。王道平在《傅青主女科序》中如是写道：“世传先生字不如诗，诗不如画，画不如医，医不如人。”傅山在《作字示儿孙》诗中也告诫后人：“作字先作人，人奇字自古。纲常叛周孔，文章不可补……”傅山认为，想要把字写好，必须先把人做好，人之为人，贵在精神，正如王安石《读史》中所说：“糟粕所传非粹美，丹青难写是精神。”

傅山一生著述颇多，传世最广的是诗文集《霜红龛集》。徐澄《卓观斋脞录》记曰：“傅青主山有《霜红龛集》，其读书处本名青羊庵，蹲屈围松林中，故名。后改霜红龛者，因林中树草叶色，秋来如一片红霞也。”青羊庵是傅山的室名，明亡后，傅山曾着道士服居于此。邓之诚《清诗纪事初编》称傅山“诗文外若真率，实则劲气内敛，蕴蓄无穷，世人莫能测之。至于心伤故国，虽开怀笑语，而沉痛既隐寓其中，读之令人凄怆。”《青羊庵》便是傅山“劲气内敛，蕴蓄无穷”的佳作：

芟苍凿翠一庵经，不为瞿昙作客星。
既是为山平不得，我来添尔一峰青。

《甲申集》收录傅山甲申、乙酉两年各体诗作90首，国破家亡之悲苦跃然纸上：

三十八岁尽可死，栖栖不死复何言。
徐生许下愁方寸，庾子江关黯一天。
蒲坐小团消客夜，烛深寒泪下残编。
怕闻谁与闻鸡舞，恋著崇祯十七年。

掩泪山城看岁除，春正谁辨有王无。

远臣有历谈天度，处士无年纪帝图。
北塞那堪留景略，东迁岂必少夷吾。
朝元白兽尊当殿，梦入南天建业都。

甲申年（1644），明王朝覆没，傅山在除夕之夜守岁不寐，留恋故国，心头依然“恋著崇祯十七年”。乙酉年（1645），傅山隐居青羊山，涕泪而作此诗。

傅山书法出自颜真卿，倡导“宁拙毋巧，宁丑毋媚，宁支离毋轻滑，宁直率毋安排”之风，被人尊为“清初第一写家”。傅山所画山水、梅、兰、竹等皆精妙，被方家列入逸品之列。清代张庚《国朝画征录》称其“善画山水，皴擦不多，丘壑磊砢，以骨胜。墨竹亦有气”。傅山书画品格孤高，一如其人，备受后人推崇，当今以收藏傅山书画为生者，不在少数。傅山还是出了名的酒徒，嗜酒如命，自号“孽禅”，在霜红龛读书时，曾作《红叶楼》自况：“江泌惜阴乘月白，傅山彻夜醉霜红。”傅山毫不避讳自己好酒，终生与酒为伴，常寄居汾阳，出入酒肆。顺治三年（1646）秋，汾阳名士朱之俊赋诗《赠傅青主》一首，生动勾勒了傅山一生：

云客不惯城市步，要入千峰万峰住。
啸傲散作满林风，鹤语时堕青天路。
乘兴偶来汾上侧，挈壶怀刺人争识。
一见开襟胜所闻，樽前顿长青松色。
星冠鹤氅何岁始，云经乱离方尔尔。

书著一部晋春秋，诗记三年新甲子。
满腔肝胆不尽吐，霜夕哦成月卓午。
儿问题诗赠阿谁，太原高士傅青主。

顺治五年（1648）、八年（1651）、九年（1652），傅山寓居汾阳，作《李御史传》。杏花村今尚存申明亭一座，是傅山当年与薛宗周、王如金、胡款、胡庭、胡同诸义士反清复明聚会之地，傅山曾赋诗记曰："长夜梦不成，到处野草生。斟酒尽善村，寄意在申明。"尽善村即杏花村，傅山为杏花村古井亭题写"得造花香"匾额，乃杏花村汾酒厂一宝，至今仍保留在汾酒老作坊里。

傅山注重"用药之微"，《医药论略》记录了他的用药心得："若医药之道，偶尔撞着一遭，即得意以为圣人复出，不易吾言。留其说于人间，为害不小。处一得意之方，亦须一味味千锤百炼。'文章千古事，得失寸心知'，此道亦尔。鲁莽应接，正非医王救济本旨。"傅山的每剂传世药方都经过精心配制，竹叶青酒的配方便是其中范例。傅山在《药性大纲》中写道："药性大纲，莫过于精读经"（《神农本草经》）、录（《名医别录》）及历代以来续入本草。"寓居汾阳期间，傅山对竹叶青酒中添加的四五种中药材进行精选，最后定型为12种，即竹叶、栀子、菊花、当归、陈皮、砂仁、广木香、紫檀香、公丁香、零陵香、山奈、冰糖等。这12种药材功效大致分为三类：一是清热类，如竹叶、栀子、菊花，入酒可制约其热性，清心除烦，利尿解毒，平眩晕，明眼目；一是诸香类，多具健脾开胃、理气和中功能，可防酒湿伤中，且助消化；一是补养类，如当归之补血养血、公丁香之温肾助阳、冰糖之润肺生津等。竹叶青酒以贮存后的汾酒为基质，味道芳醇爽口，色泽金黄微翠，诸药配伍恰当，可健脾和胃、清心除烦、利湿解毒、清肝明目、润肺生津、补肾兴阳、理气养血、调和阴阳、悦神养容，适当饮用可养生。现代实验研究也证明竹叶青酒具有提高免疫功能、调整肠道菌群、抗氧化、抗疲劳等作用。

傅山对竹叶青酒情有独钟，或与其爱竹有关。傅山一生挚爱汾酒，曾在寄与忻州知州魏一鳌的信中写道："侨汾而汾之名酒不可常得。间一沽之，村醪而已。良酝远至，深快旧肠。"傅山年轻时好酒，到老"醉岂酒犹酒，老来狂更狂"（《秉烛》），尝自号"酒道人""酒肉道人"。流寓生活期间，傅山除了书籍与笔墨，唯一离不开的就是酒，"极知酒犹兵，一日不可缺"。傅山寄情于酒，有酒便可诗间"磅礴万物，往而不返"，有酒便可纸上"万毫齐力，笔下生风"，酒于傅山并非"何以解忧，唯有杜康"那么简单。查阅傅山遗文，酒在他的诗文中占据了相当篇幅，譬如闲暇时"细盏对僧尽"（《虹巢二首》），解乏时"劳倦酒寻楼"（《儿辈卖药城市诽谐杜工部诗五字起得十有二章》），卖药后"沽酒醉山宾"（《朝阳洞》），见师时"深杯酒漾春"（《书扇贻还阳道师》），会友时"有约携尊过"（《喜雪峰开士住双塔寺》），祭奠时"慰尔满壶频"（《哭侄仁》），悲愤时"对酒不成醉"（《七亘老杏》），失望时"杯中万虑冥"（《秋径》），烦恼时"壶觞愁不解"（《自顾》），即便手不释卷时，也"摊书把浊醪"（《即事口占为友人劝酒》）……

傅山在《霜红龛集》杂记中声言“吾自二十岁以来交游颇多”，一生颠沛流离，却高龄77岁，与其善养生不无关系。傅山主张“养生之道即是神仙之道”，修养要从日常人事做起，“不诱于誉，不恐于诽，率道而行，端然正己。”《黄帝内经·素问·上古天真论》有云：“恬淡虚无，真气从之，精神内守，病安从来?”孙思邈《千金要方》也云：“性既自善，内外百病皆悉不生，祸乱灾害亦无由作，此养性之大经也。”“一缕沉烟萦白牖，先生正著养生书”，傅山曾批注荀子修身养性篇，北京大学图书馆所藏《黄帝内经》有多处为傅山朱笔批注。《寿亲养老新书》曰：“述齐斋十乐云：读义理学，学法帖字，澄心静坐，益友清谈，小酌半醺，浇花种竹，听琴玩鹤，焚香煎茶，登城观山，寓意弈棋。心喜则乐，知足则乐，内得则乐，能得常乐，便能寿年。”傅山在《霜红龛集·卷二十五·家训》中也提出十六字格言：“静、淡、远、藏、忍、乐、默、谦、重、审、勤、俭、宽、安、蜕、归。”傅山认为精气是“最盛大的药”，“早自爱惜精气”远比病后求药重要，他作小楷《心经》、篆书《妙法莲华经》，意旨皆在于此。

傅山“石顽木不材，冷劲两相得”，不慕荣利；“一半句吟裁不及，从风吹去和山禽”，甘于淡泊；“净界无人共，平林一鸟分”，僻居远村；“幽德不修容，放意弄水石”，不入城府。但傅山并非不食人间烟火，他曾和傅眉在太原南门附近的玄通观旁开设药局，只不过，生意主要由傅眉打理。有趣的是，傅山曾亲书广告招贴，贴于大街旁，省博物院今藏有傅山亲笔广告招贴一张，让人大开眼界：

> 世传儒医西村傅氏，善治男女杂症，兼理外感内伤。专长眼疾头风，能止心痛寒嗽。除年深坚固之沉积，破日久闭积之滞瘀。不妊者亦胎，难生者易产。顿起沉疴，永消烦苦。滋补元气，益寿延年。诸疮内脱，尤愚所长。不发空言，见诸实效。令人三十年安稳无恙，所谓无病第一利益也。凡欲诊脉调治者，向省南门铁匠巷元通观阁东问之。

广告竟也写得如此工整，傅山算得上中医广告第一人了。

傅山是出了名的孝子，老母染有痼疾，每日进食甚少，傅山惦念母亲的身体，便依据“药食同源”之理创制出八珍汤，以尽孝心。傅山日日熬制八珍汤，于拂晓前端于母亲床前，母亲的身体渐渐康复，寿84岁而终。所谓八珍，即黄芪、良姜、羊肉、羊髓、黄酒、煨面、藕块、长山药。其中，黄芪乃山西特产，主治气短、虚脱、心悸、自汗、体虚浮肿，归脾、肺经；良姜治脾胃中寒，脘腹冷痛，归脾、胃经；羊肉温中暖肾，补益气血，主治形寒肢冷，气血亏虚，归心、肾经；羊髓补肾益髓，润燥泽肌，主治虚劳体弱、腰酸膝软、肺痿咳嗽，归肺、肝经；黄酒主行药势，杀百邪恶毒，通经络，行血脉，温脾胃，散湿气，扶肝，除风下气；煨面即炒熟的面粉，可暖胃；莲藕可健脾开胃，止泻固精，强健脑力；长山药益气力，长肌肉，久服耳聪目明。

八珍汤后来易名为头脑，成为太原首屈一指的名吃，与“清和元”不无关系。“清和元”开业于明崇祯年间，店址位于太原市桥头街与大濮府相交路口东北，为阳曲回族朵氏所创，当时还是个不知名的清真小吃铺，专卖羊肉杂割汤。傅山将头脑制法无偿授予阳曲老乡朵氏，还特为小店题写了店招“清和元”，小店从此声名大噪。“清和元”招牌至今仍存于柳巷总店，最让人津津乐道的是，傅山还在这三个大字上边写了一行小字“头脑杂割”，连起来便是“头脑杂割清和元”，暗示割掉“清”和“元”的脑袋，反清之寓意不言自明。有傅山站台，“清和元”生意日渐兴隆，到道光年间，朵氏后裔朵林风接掌时，店铺除了两层雕龙画凤的木制小楼，还配有四合过庭院。“清和元”俨然山西清真风味商号龙头，尤其头脑，传播甚广，多有饭馆经营。白露至立春，为头脑传统上市时期，凡经营头脑的饭馆门前都会挂一盏红灯幌子，上写“头脑”二字，意思天亮前便已供应，也暗合了傅山每至拂晓便要为老母进奉八珍汤的习俗。太原人五更时分提着灯笼从城内各处汇拢而来，就为喝一碗热气腾腾的头脑。据说，这样的场景还隐喻着“明”朝之意，真所谓“天不欲明人欲明”了，但太原人偏爱头脑倒是不争的事实。

制作头脑须注意几点：其一，羊肉要选绵羊腰窝肉，易煮烂，且不腥膻；其二，黄芪以正北芪为正选，切好放三四片即可；其三，羊肉煮好后清羊汤拌煨面，加上长山药小段，细细熬到面糊发稠、不分离为止；其四，面糊煮好后加藕片，稍沸即离火。头脑看上去面糊稠白，浓黏而厚重，入口却甜、软、绵、香、热，几口下肚，顿觉胃里暖烘烘的，一碗喝下，身不见汗，却通体舒泰，冬天再冷，风雪再大，都无所畏惧。

喝头脑一要有腌韭菜，一要有佐食，好酒之人还可配一壶温过的黄酒。腌韭菜选用霜降前收获的宽韭菜，去掉黄梢，择拣洗净，控干水分，切成五六厘米的长段，再加精盐腌制一两日便可。喝头脑时配一小碟腌韭菜，不仅口味鲜爽，还是药引子，配上温热的黄酒，更能发挥头脑的养生功效。佐食有帽盒子和烧麦两种。帽盒子是炉食，在硬面团（不发酵）中放入椒盐，揉匀，饧后揪挤，再擀扁，捏成烧饼大小的窝形，状似小圆帽，烤熟至褐色即可出炉。帽盒子两个为一卖，合在一起还可夹菜，故称帽盒子。也可将帽盒子掰成碎块，泡在头脑里，干湿相合，口感喷香耐嚼，别有风味。烧麦也称烧卖、稍麦、稍美、稍梅，形似梅花，煞是好看。烧麦是很早以前从内蒙古传到山西的，内蒙古烧麦的馅料只选用牛羊肉和大葱，“清和元”烧麦的馅料则以羊肉、白菜、大葱、韭菜为主。烧麦的原料皆经过严格筛选，从揉面、做剂、擀片、压花边、拌馅，到上笼蒸制，每步都是手工制作。民间有“烧麦好吃难和面，皮薄挑馅打花难”之说，一如“樱桃好吃树难栽”之理。打花要用一种特制的擀杖，人称“枣锤”，是专门用来打制烧麦皮边花的，褶子打得越多，花牙越美。好的烧麦圆如盘，边花多，晶莹透明，挑成的烧麦馅大、香醇、利口，味浓不腻，放在笼里犹如朵朵雪梅。烧麦出笼，皮薄如蝉翼，柔韧而不破，用筷子夹起来，垂垂如细囊。

傅山专为母亲配制的营养早餐，至今仍为太原居民冬季首选，常见老头老太太手持月票在“清和元”或“鸿宾楼”前排队。外地人冬天来并，太原人首推美食便是头脑，还会补上一句，此物大补，全国唯太原独有。

傅山在山西，尤其是太原，被百姓传为“仙医”，上海辞书出版社出版的《辞海·医药卫生分册》中，收录5000多年来中医药界重要人物71人，山西只有傅山。在《辞海》所收71名中医中药学界的大家中，绝大部分是一生从事医药的，精通经史或兼工书画的，全书仅收录了七八人。在《中国大百科全书》中，傅山被收入《哲学》卷中，其医学成就同样得到肯定。《哲学》卷所列中国古今哲学家约200名，除傅山外，同样精于医学的只有宋代沈括。傅山在《辞海》或《中国大百科全书》中都能赢得一席之地，其生平却不见于正史，甚至连地方县志、府志也仅寥寥数语，这无疑是怪事一桩，或与其反清复明的政治倾向有关。古有“宁治十男子，不治一妇人”之说，傅山却专攻女科，《傅青主女科》中的药方临床甚是效验，即便今天，许多妇科医生仍沿用书中方剂进行加减，可傅山医书真伪却频频被人提起，这无疑又是悬案一桩。

有存疑处，便有解疑人，何高民可谓后人中傅山知音之一。更巧的是，何高民居然是在狱中知道傅山其人的，似乎傅山一生的坎坷也映射到喜欢他的人身上。

何高民（1909—1986）祖籍河南安阳，原名景岳，字飞生，别署石林老人。他的父亲是私塾先生，早年参加科举，中过秀才，清末加入“同盟会”。何高民小学就读于新式学校，但这并不影响他接受父亲四书五经的熏陶。1928年，何高民毕业于河南省立第一高中。1932年，何高民加入中国共产党，两年后担任中共安阳县委宣传部部长，年底被捕入狱。1935年春，何高民被转押至河南省第一监狱。所谓祸福相依，入狱本是何高民一生最大的磨难，他却在狱中遇到一位改变他命运的六旬老人。老人名叫程厚轩，河南固始人，清末时曾中过秀才。程厚轩在开封经营一家药店，坐堂行医，公开身份是药店经理，药店实际上是中共河南省委秘密联络点。1931年，程厚轩被捕。在狱中，程厚轩告诉何高民，学会中医到乡村从事地下活动，很容易建立群众关系，生活问题也好解决；特别是来往住宿，不会引起人们的注意。何高民深以为然，遂拜程厚轩为师。狱友、战友变师徒，何高民写信给家人，让家人买了很多中医书籍送到狱中，开始悉心研读。

狱中时光，度日如年，然有同道相伴，仿佛大冬天喝到一碗头脑，周身融融。当时，程厚轩双目将要失明，既不能看书，又无人闲谈，遇到何高民前一直默诵"阿弥陀佛"，静待日出日落。自从收下何高民这个徒弟，程厚轩日日口授岐黄之学，精气神又提了起来。何高民半日学医，半日学文，有师父晨昏耳提面命，日子倒也充实。何高民有四书五经打底，理解《黄帝内经》《伤寒论》《金匮要略》并无太多困难，医文两课齐头并进，兴趣盎然。程厚轩尊尚医学经典，不喜后世医学，对傅山著作却倍加推崇。程厚轩认为傅山所著《傅青主女科》价值极高，可熟读。至于《傅青主男科》，则系伪托，不可相信。但为何《傅青主女科》《傅青主男科》一真一伪，程厚轩也说不出个所以然来，何高民更是不明所以，但傅山其人自此便扎根在何高民的心中。

西安事变后，迫于舆论压力，国民党不得不与共产党再度合作，国民党政府开始释放中共政治犯。七七事变后，河北、山西相继陷落。1937年年底，河南也遭日军进攻，直到这时，何高民才被释放。之后不久，程厚轩也被释放。程厚轩返回故里，师徒二人从此音信断绝。解放战争胜利后，何高民四处寻找恩师，踪影全无。

走出牢房后，何高民初心不改，直奔太行山区参加抗战，最初担任八路军129师第4支队民运股长，后又先后出任林县（今林州市）县长，平北（今平顺县）县委书记、县长，中共太行区五地委宣传部部长、中共太行五专署专员。其时，陶鲁笳担任地委书记，二人并肩战斗多年，感情甚笃。抗日根据地缺医少药，何高民工作之暇为军民诊病，临证每获良效。

1947年，地主还乡团反攻倒算，五专署管辖下的一些县、区行为过激，镇压扩大化。何高民负有领导责任，被撤职，调任"太行联中"政治教员。1948年河南解放，何高民调任汲县卫辉中学任校长。1950年，何高民又调任平原省（辖河南北部、河北南部、山东西部）文教委员会办公室主任。1953年，平原省撤销，何高民调至北京华北行政委员会下属的文教委员会卫生局，任中医处处长，在此期间，曾负责组建华北中医研究所，后并入北京中医研究院。华北行政委员会撤销后，何高民调至卫生部，先担任政策研究室主任，继而负责筹建北京中医研究院。筹建工作结束后，何高民出任中医司副司长，接收、创办《中医杂志》，筹建北京中医学院等。1958年初，何高民调任《健康报》总编辑。1959年，全国掀起轰轰烈烈的"反右倾运动"，何高民因"严重右倾"受到党内留党察看处分，降级下放宁夏，1980年平反。

1961年初，何高民应时任山西省委书记陶鲁笳之邀，来到山西，任省中医研究所副所长。1962年，山西省委决定成立傅山著作整理委员会，何高民兼任副主任委员，同年著成《傅青主医学著作考》（内部印行）。1983年始，何高民陆续出版经其考校整理的《傅山医学著作研究丛书》，获1983年度全国优秀科技图书二等奖。何高民生前曾计划考证整理《傅青主医学全集》，奈何壮志未酬，便抱憾离世，徒留一声嗟叹。

何高民一生命运多舛，那三年牢狱之灾无疑是他生命中的一次重大转折。换句话说，如果没有那三年磨难，何高民此生很可能遇不到程厚轩，也不一定知道傅山，便可能与中医擦肩而过。何高民狱中结缘中医，出狱后开始留心搜集傅山医学著作。1954年，何高民在华北行政委员会从事中医管理，第一次读到山西省博物馆赠送的傅山诗文集《霜红龛集》，发现书中谈论医药的诗句很多，更激起他发掘考证傅山医学著作的兴趣。任职卫生部期间，人民卫生出版社出版的中医著作都要送中医司审阅，何高民又借机重温了历代医学家学说，但他最关注的还是傅山。之后二三十年间，何高民利用各种机会，走访河南、河北、山东、北京、上海，以及山西的太原、大同、忻州、阳曲等地，考察、求教、搜集傅山相关文献资料数十种，他潜心其间，对比、分析、鉴别、整理，乐此不疲。

关于傅山医术，同时代的人曾不吝溢美之词。稽会筠赞其“精岐黄术，邃于脉理，而时通以儒义，不拘于叔和、丹溪之言”。戴梦熊赞其“避居远村，惟以医术活人，登门求方者户常满”，“以余力致岐黄，擅医之名，山右罔弗知者”。刘绍攽赞其“凡沉疴遇先生无不瘳，用药不依方书，多意为之，每以一二味取验”。蔡璜赞其“精于医，人称医圣，所至老幼男妇以疾请者，辄留不得去，从容诊治，多奇验，酬之金，不受也”。《忻州志》也赞其“日以医道活人，神奇变化，泄《素问》之秘”。很显然，这众多的赞美都仅限于“医术”，并未提及“医书”，而傅山既为当时北方硕彦鸿儒、医学大家，揆情度理，怎么可能没有医学著作问世呢？还很显然，这是一桩悬案。在当时，传世本《傅青主女科》《傅青主男科》流传虽广，但两种说法一直争论不休：一说《傅青主女科》《傅青主男科》确系傅山所著，一说其是托名傅氏的伪书。陆定圃（1802—1865）、王孟英（1808—1868）、谢诵穆（1911—1973）等认为，《傅青主女科》《傅青主男科》都是“假托傅氏之名而刊行的伪书，也就是说，尽管傅山被誉为‘医术入神’的‘医圣’，却似乎没有什么医学著作传世”。谢诵穆还在《中医伪书考》中直截了当地指出：“或云《傅青主女科》，系从陈敬之《辨证录》中录出。”

那么，傅山究竟有无医学著作传世？传世本《傅青主女科》《傅青主男科》是否他人的伪作？《傅青主女科》是否从陈敬之《辨证录》中录出？这些问题很有挑战性，何高民决心毕其一生精力，将其澄清。

1956年，何高民开始搜集傅山相关资料。1957年12月25日，他在《中医杂志》上发表了《傅青主》一文，开启了“辨证”傅山之门。而想要真正踏进这扇大门，首先必须回答的问题便是，傅山是否著有医学著作？

调到省中医研究所之后，何高民分管科研工作，搜集图书资料更为方便，与傅山相关的医学钞本、刻本也不断出现在他的案头，何高民一一捧读，兴奋不已。读到存疑处，攒眉蹙额，心有黄连。读到明朗处，舞之蹈之，甘之如饴。省博物馆存有一部署名“松侨老人傅山稿”的《医学手稿》，虽只是傅氏《女科》的一部分，但经过专家考校，认为其“内容与《傅青主女科》的调经部分相同”，其用纸又确系清初竹纸。更为重要的是，《医学手稿》中加味四物汤内有“玄胡”一名，而《女科》《辨证录》已将“玄胡”改为“元胡”，这说明《医学手稿》应写于顺治年间，因为在那时还无须避讳康熙皇帝之名“玄烨”。何高民根据这些内容和时间推断出傅山不仅有《女科》医著，且是在清初顺治年间便完成了。何高民还在省图书馆的藏书中找到又一证据，即傅山“手著”的《大小诸证方论》抄本，经专家鉴定，用纸也是康熙时期制品。更令人意外的是，傅山一生知音顾炎武曾于康熙十二年（1673）为《大小诸证方论》作序，序文曰：

> 古之时，庸医杀人。今之时，庸医不杀人亦不活人，使其人在不死不活之间，其病日甚，而卒至于死。夫药有君臣，人有强弱，有君臣则用有多少，有强弱则剂有半倍；多则专，专则效速；倍则厚，厚则力深。今日之用药者，大抵杂泛而均停，既见之不明，而又治之不勇，病所以不能愈也。
>
> 予友傅青主先生，学问渊博，精实纯萃，而又隐于医。手著《女科》一卷、《小儿科》一卷、《男科杂证》一卷，翻阅其书，分门别类，无症不备，无方不全，治一病必发明受病之因，用一药必指示用药之故，曲折详尽，诚卫生之善道，救死之良方也。

……是集精于方药，理明词简，即令不知医之人读之，亦了如指掌，诚医林不可不有之书。而先生著书之心，亦犹陆（宣公）、范（文正）二公之心，其意之切于救人者，岂有异欤？是为序。

傅山还有个朋友叫曹溶（1613—1685），字秋岳，明崇祯十年（1637）进士，到了清朝又历任户部右侍郎、广东布政史、山西阳和道。曹溶工于诗文，著有《崇祯五十宰相传》《刘豫事迹》《倦圃莳植记》《金石表》《粤游草》《静惕堂诗集》等。康熙十三年（1674），曹溶在《送傅青主恭谒孔林》一诗中写道："山川留著述，龙蠖悟行藏……拟获相知素，粗传避俗方。"曹溶与傅山同时代，此诗也可佐证《大小诸证方论》传出时间应为康熙十三年以前。

傅山曾在多首诗中透露，晚年悔恨未将自己所著的书焚去：

墨池生悔吝，药庋混慈悲；
子敬犹今在，真人到底疑。
佳书须慧眼，俗病枉精思；
投笔于今老，焚方亦既迟。

这首《墨池》收于《霜红龛集》，从傅山的为人推断，诗中所焚之"方"不可能是他人之"方"，也就是说，傅山是写过方书的。傅山《览岩径诗即事》云："好我有秘方，治之救衰馁。传云多奇效，服之得清祉。"由此不难看出，傅山是有"秘方"

的，且广为流传，且“多奇效”。那么，这些“秘方”是怎么传播的呢？口口相传显然不大可能，自然非书莫属了。

傅山既为“医圣”，其医学造诣自无人质疑。傅山生前并无正式刊印行世本，这也是事实，但这并不妨碍傅山是写过医书的。据考证，以傅山之名公开命名行世的刻本有多种，影响较大的，有道光七年（1827）张凤翔刻本，有道光十一年（1831）祁尔诚重校刻本，有同治二年（1863）陆懋修重订刻本。毋庸置疑，这些刻本都是后人整理的，但后人整理并不能否认是傅山所著，诚如祁尔诚在《傅青主女科》重校刻本序中所言：

> 此书为傅青主徵君手著，其居心与仲景同，立方与仲景异。……读徵君此书，谈证不落古人窠臼，制方不失古人准绳。用药纯和，无一峻品；辨证详明，一目了然。病重者，十剂奏功；病浅者，数服立愈。较仲景之《伤寒论》，方虽不同，而济世之功则一也。此书晋省抄本甚伙，然多秘而不传，间有减去药味，错乱分量者，彼此参证，多不相符。兹不揣冒昧，详校而重刊之。窃愿家置一编，遇症翻检，照方煎服，必能立起沉疴，并登寿域。或亦济人利世之一端也夫。

至于《傅青主女科》是否录自《辨证录》，何高民在研究“松侨老人傅山稿”时发现：“我们将《手稿》和《女科》《辨证录》加以对照，可以看出《女科》与《手稿》基本相同而与《辨证录》不同。说明《女科》不是录自《辨证录》。”“《傅山医学手稿》是傅山生前墨迹，傅山是于1684年（康熙二十三年甲子）逝世，而《辨证录》约成书于1689年（康熙二十八年己巳），说明傅山在康熙二十三年以前，是不可能抄录康熙二十八年成书的《辨证录》的。”何高民还发现，《女科》中有近四分之一的方名和《辨证录》不同，这无疑也是《女科》并非录自《辨证录》的佐证。

何高民认为，《傅青主女科》确系傅山所著，而《傅青主男科》是不是“伪书”，何高民首先考证了这本书的版本体系：

同治二年（1863）秋，介休王道平据罗邦定家抄藏之《傅青主男科》上下二卷（附有《女科》中未载数条）和《小儿科》一卷的抄本，重加抄录，捐资合刊，于同治二年十二月序刊印行，版存介休西段屯义仓中。这是《傅青主男科》最早的刊本，也是传世本所依据的唯一《傅青主男科》版本。

同治四年（1865），介休瑞祥仁借用西段屯义仓所藏《男科》《小儿科》刻版，重印《傅青主男科》二卷，附《小儿科》一卷，同时，将其与道光七年（1827）张凤翔序刊之《傅青主女科》原版合编成书，名为《傅青主男女科》，这是我国最早的《傅青主男女科》版本。这个版本不仅将王道平序刊的《男科》原样保存下来，还将张凤翔序刊的《女科》也原样保存下来。

同治年间，湖北崇文书局将王道平序刊之《傅青主男科》二卷及《小儿科》一卷加以重刊，这是《傅青主男科》第一次重刊本。

光绪五年（1879），石耀卿序刊的《傅青主男科》乃是王道平序刊本的第二次重刊本。

光绪七年（1881），江都郭钟岳据湖北崇文书局《男科》版本加以校刊，仍为上下两卷，却将《小儿科》并入下卷末，并将原附录《女科》数条删去，其余目录、内容均与王道平序刊本相同。

光绪十二年（1886），汾阳田嵩峻官湖南湘中时，由同人助资，重刊王道平序刊之《男科》，却分为四卷，《女科》数条仍附后，《小儿科》改为第五卷。同时将道光十一年（1831）祁尔诚序刊之《女科》重刊，名为《傅青主全集》，又名《傅徵君全集》。这是《傅青主男科》又一次重刊本，也是《傅青主男女科》第二种版本。

之后版本多为《傅青主男女科》，如上海千顷堂、扫叶山房、广益书局等，或石印，或铅印，版本甚多，有60余种。

《男科》于同治二年十二月由王道平出版后，陆懋修于次年重订《女科》。在跋中，陆懋修认为《男科》的刊印乃是王道平和书商坊友相勾结，为了图利谋财而刊行的“伪书”：“余谓傅青主所传医书，只有《女科》，安有所谓《男科》《儿科》者？玩罗公所言，‘因子好《女科》，特为相赠（示）’二语，明是投其所好，使人谓《女科》之外，又有《男科》《儿科》，其书一出，购者必多，因与坊友议刻以图利，所以有梓人索序之事，否则索序者，何以独在梓人哉?”陆懋修此番推论难免有以小人之心度君子之腹之嫌。王道平曾在《男科》序中声明：“宝翰罗公、正南王公、书铭安公、敦友罗公，亦善此书，各捐板资于亲友，以共成其事。愿仁人君子，勿视此为易易。”书末附有西段屯、东段屯、洪善村、城关和各乡捐款者姓名及款数，罗、王等人各捐资五千文（其时纹银一两兑六百文），王道平也捐资二千文。《男科》扉页上为“同治二年十二月新镌”“瑞祥仁镌”“板存介休县西段屯地藏庙社义仓内愿印者取板板资随意”。依据这些资料来判断，王道平出版《男科》实乃民间共襄的善举，只不过是由王道平经管、在西段屯由梓人瑞祥仁刻印而已，并非与书商勾结图利。书成后板存西段屯义仓中，愿印书者可以借用，板资随意，说明其既非书商私有版，王道平等也未奇货自珍，以此牟利。

综上所述，何高民认为《大小诸证方论》是傅青主最初的医学著作，由《女科》《小儿科》《男妇杂症》三部分组成，虽“分门别类，无症不备”，实则以方为主，体例紊乱，故而名为“方论”。后由人详加厘定，重新编改，将《女科方论》校订为传世本《傅青主女科》，剩余部分《小儿科方论》《杂症方论》与《傅青主男科》内容及文字基本相同，应是后人合《杂症方论》《小儿科方论》为《傅青主男科》，改编而成。也就是说，《傅青主男科》脱胎于《杂症方论》《小儿科方论》，并非“伪书”，至于何人改编，改编于何时，则无从考证，不过，当在道光年前若干年。

何高民左迁山西后，李渠曾赠送其“守拙堂”藏本《青囊秘诀》一部，何高民经过反复推敲，仔细考证，认定《青囊秘诀》是傅山的中医外科遗著。理由有三：

其一，《青囊秘诀》虽未明确交代年代，但其经“济源庙道张士学秘藏”，辗转到王大德抄录时，已是“大清雍正元年岁次癸卯巧月”，如此看来，《青囊秘诀》成书应在雍正元年前若干年。喻嘉言（1585—1670）为明末清初医学家，《青囊秘诀》曾引用其学术观点，譬如《肺痈论》：

> 或问：肺痈已入里，似不能升提肺气，喻氏谓宜“引之从胃入肠”，而先生仍用桔梗以提肺气，恐不可为训。嗟乎！余所用之药，无非治胃之药，一入于胃，有不下引入肠者乎？

以此判断，《青囊秘诀》成书不应在喻嘉言医著问世之前，即在顺治年间之后。既然早于雍正元年，又晚于顺治年间，那么，《青囊秘诀》的著作年代当在康熙年间。

其二，虽无法从《青囊秘诀》中直接找到作者的籍贯信息，但从其用药精神看，作者应是北方人。《青囊秘诀》中所有处方使用的君药，轻则数两，重则半斤，连配伍的臣药也是成两或数两使用，这种用药方法在南方人的医著中根本找不到。

其三，《青囊秘诀》文理畅达豪放，简洁清晰，言及古典医学理论深入浅出，议论纯正，绝非一般医家可为。而康熙年间北方学问渊博的儒医，非“太原高士傅青主”莫属。何高民还研究发现，《青囊秘诀》的文笔、医理和用药特点与《傅青主女科》及傅山行医招贴手迹（即前文所录广告帖）精神相同，进一步证实了其乃傅山外科著作的推断。

1962年，何高民集数年研究成果完成《傅山医学著作考》一书，由省中医研究所内部印行，引起学界关注。同年，何高民还撰写了《傅青主医话》，连载在内部刊物《中医研究通讯》上。

就在何高民研究傅山医著渐入佳境之时，“文化大革命”惊涛骇浪般劈面而来，打了何高民一个措手不及。造反派声称

“《傅山医学著作考》和《傅青主医话》是两株毒草”“傅山是地主阶级”“傅山是叛徒”，何高民是“为地主阶级涂脂抹粉”，“叛徒吹捧叛徒”。何高民曾在文章中写道，傅山出狱那年夏天，正值郑成功进攻南京，张煌言转战皖南，傅山反清复明心切，遂乘舟南下金陵，途中赋诗《江风》一首：

舵舣狂澜紫，芦怜断岸青。
东西好山色，出没绮窗棂。
鸥白贞堪狎，鹅黄不待醒。
雄奇惊睡眼，电搅大江明。

傅山意气风发，期盼乾坤倒转，“雄奇惊睡眼，电搅大江明”的局面早日出现。可当他兴冲冲地赶到南京时，明军已经失败撤离，徒留一地破盔破甲。傅山悲从中来，遂赋诗礼赞郑成功、张煌言为凭据海岛抗秦不屈的田横。何高民为郑成功唱赞歌，成了他“盼望蒋介石反攻大陆”的反革命罪证，造反派批斗何高民长达八年之久，饱受皮肉之苦不说，最让何高民痛心疾首的是，造反派竟将他辛辛苦苦搜集到的有关傅山的资料统统抄走，那可是他十多年的心血啊！

1974年，何高民得到“解放”。重获自由后，何高民“躲进小楼成一统”，孜孜矻矻，一心“收拾旧河山”。当时条件非常艰苦，许多资料还得重新搜集，搜集不到的就只能靠借，靠抄，靠回忆，靠多方寻访……就这样，何高民又在故纸堆里熬过十年。

十年磨一剑，砺得梅花香。自1983年始，何高民编著的

《傅山医学著作研究丛书》正式由山西人民出版社陆续出版，包括:《大小诸证方论》(《傅山医学著作研究丛书》之一)，1983年8月第一版，1985年8月第二次印刷，共发行27500册；《傅山医学手稿》(《傅山医学著作研究丛书》之二)，1983年出版，发行12000册；《青囊秘诀》(《傅山医学著作研究丛书》之三)，1983年出版，发行26000册；《傅山验方秘方辑》(《傅山医学著作研究丛书》之四)，1983年出版，发行21000册；《傅青主女科校释》(《傅山医学著作研究丛书》之五)，1984年第一版，1985年第二次印刷，共发行35000册；《傅青主男科重编校释》(《傅山医学著作研究丛书》之六)，1986年7月出版，发行15000册。1986年4月，何高民出版了《本草秘录》，发行10000册。

何高民精研傅山30余年，还考证出陈士铎托名岐伯、岐天师所传的《石室秘录》《本草秘录》《辨证奇闻》《洞天奥旨》(又名《外科秘录》)《外经微言》五部书，也出自傅山之手，只因政治原因，傅山才隐名而作。何高民生前已与山西科技教育出版社订立出版合同，决定于1989年8月前将《傅山医学全集》出齐(共4集，200余万字)，可惜书稿未竣，斯人已去。

何高民去粗取精，去伪存真，花费数十年精力，对傅山文献进行全面研究，得出几个重要结论:

1. 确定傅山确有医学著作传世；
2. 认定《青囊秘诀》是傅山的中医外科著作；
3. 肯定《傅青主女科》不是录自《辨证录》；
4.《傅青主男科》并不是“伪书”；
5. 对“遇仙传书”进行了一系列的考证；

6. 总结了鉴别傅山医学著作应掌握的四大特点。

这些结论虽只是一家之言，也常遭人质疑，但于学术研究而言，这种现象再正常不过。何高民青灯黄卷，皓首穷经，在鱼龙混杂中披沙沥金，提炼总结了傅山从证不从脉，辨证详明，五行生克，重在调理肝、脾、肾等医理特点，值得后人借鉴。

古代方书均有脉有证，或言从脉不从证，或言宜从脉不宜从证，但傅山《医学手稿》却从证不从脉，有症状而无脉象，与各家方书迥异。傅山之所以如此，并非不懂脉学，而是辨脉不如辨证易。“夫医道之难，不辨脉，罔识脉之微；不辨证，罔识证之变。今世人习医者，亦甚多矣；言人人殊，究不得其指归，似宜辨脉，不必辨证也。虽然辨脉难知，不若辨证易也。古虽有从脉不从证之文，毕竟从脉者少，从证者众，且证亦不易辨也。”傅山“辨论微妙，并附良方，细心阅之，在精医者固足以资识见，即未精医者，亦可辨其证而用其方也”，为未精医者指出一条新的道路，即只要把气血、阴阳、水火、寒热、虚实辨别清楚，便可用他的方书治病，且不至于误治、治错，可谓用心良苦。

“辨证详明，一目了然”，这是傅山医学的标签，正如陈士铎在《辨证录》自序中所言：“今人所共知者，不必辨也；古人所已言者，不可辨也。必取今人之所不敢言，与古人之所未及言者，而畅辨之。论其证之所必有，非诡其理之所或无。乍闻之而奇，徐思之而实未奇也。”傅山注重肝、脾、肾三经的调理，曾在《医学手稿》中写道：“舒肝之郁，即所以开肾之郁也。肝肾之郁既开，经自有一定之期矣。肝气不逆，而能气自顺也；肾气自顺，而经何能逆哉?”“补肝脾之气，气足自能生血，且能摄血也。尤妙大补肾水，肾水足而肝气大益，舒肝而脾气得养，肝藏血而脾统血，安有泄泻哉？又何虑其血崩哉？”“补脾气以固脾血，则血摄于气之中，脾血日甚，自能运化其湿，湿既化为乌有，又何能作泄哉？”“肾肝气舒而经通，肝肾津旺而水利，不治之治，正妙于治也”……

傅山医著文笔洗练，体例一致，在阐释《黄帝内经》《伤寒论》《金匮要略》等奥旨方面，傅山不拘泥于一家之言，有继承，有发展，理、法、方、药等密切结合，与其他方书文体截然不同。傅山多采用孟子笔法，先从反面提出问题，再从正面予以反驳，然后给出自己的答案，正反鲜明对照，避免在医疗上发生误治和治错。诸如此类的思辨文字，《医学手稿》中比比皆是：“妇人有经前腹痛……人以为寒极而至也，谁知是热极而火不能化乎？夫肝中有火郁则不扬，经欲行而肝不应，则抑拂其气而火生。”“妇人有先期而经来者，其经水甚多，人以为血热之极也，谁知是肾中水火之旺乎？夫火旺则血热，水旺则血多，此有余之症，非不足之症也。”“妇人有经水方来三五日前，脐下疼痛……人以为血热之故，谁知是下焦虚寒相争之故？夫寒湿之气，乃邪气也……而寒湿之气，弥漫于二经之外，势必两相争而作痛矣。”……

祁尔诚在《傅青主女科》序中赞傅山曰：“制方则平易精详之至，不失古人准绳。用药醇和，无一峻品，补多于攻，或攻补兼施。”傅山不仅制方精详，用药主攻方向也很明确，君臣药的用量皆重，佐使药的用量却极轻，他坚决反对“杂泛均停，既见不明，而又治之不勇”。譬如，定经汤中的当归、白芍、菟丝子皆用一两，而柴胡只用五分。温经摄血汤中的熟地、白芍皆用一两，而肉桂、五味子只用三分。安老汤中的人参、黄芪、熟地皆用一两，而香附只用五分。清经散中的地骨皮用五钱，而黄柏只用五分。如此处方用药，可谓君臣佐使，泾渭分明，又似把事物之两极融于一体，端的是上天入地，出神入化，非一般医家所敢为。

在傅山之前，唯有张仲景的《伤寒杂病论》对疗效有明显判断，其他方书则较少见。而傅山《医学手稿》不然，譬如，关于治经水先期而来少的病症，处方用两地汤，“四剂而经调矣”。治经水先后无定期的病症，处方用定经汤，“二剂而经水净，四剂而经既定矣”。疗效记载如此明确，并非主观臆想，傅山长于实践，曾赋《卖药》诗一首，感慨传承之艰：

衡尹传汤液，畴箕不见书。
想来明晦际，亦事鬼臾区。
所以长沙老，相承金匮俱。
既无尝药圣，谁是折肱儒。
既不千缗也，其能一视欤。
真人十六字，一半老夫除。

傅山研究佛学数十年，佛家思想渗透到他生命的各个阶段，《霜红龛集》中几乎卷卷都有涉及佛学的文字。傅山佛学造诣深厚，却选择道教作为政治身份的掩护和精神上的归属，令人疑惑，一如他医著甚丰，却多以手抄本传世。

康熙元年（1662）六月，55岁的傅山“仓皇一登”北岳恒山，从恒山返回途中取道繁峙沙河镇（现五台山火车站），走鸿门岩游览佛教圣境，写下《五台八首》，其《狮子窝》中有句“裂天鸣佛子，击塔一生龙”，振聋发聩。傅山不为佛家教义所囿，提出许多反常的个性之论，他对待佛教的态度一如对待医学的态度，何况，佛学与岐黄之学一样，都是大宇宙背景下的哲学，是相通的。《霜红龛集》卷七《静对西僧顿得》诗云：

诸妄苦一遣，对师都若逋。
容他原是我，有待亦非夫。
世界甘同处，皈依浪远图。
扳缘终不济，啼佛泪何奴。

《金刚经》有云：“实相者则是非相。”也即“凡所有相，皆是虚妄，若见诸相非相，即见如来”。傅山却曰：“如来即在吾心，离心别无如来。”并用佛家偈语喻己一生：

分明有身，不是如来。
如来舍身，又安在哉。

第七章 中医何以屹立千年而不倒？

中医是人的、宇宙的、自洽的生命科学。

或曰：中医是治人的，西医是治病的；中医是智慧的、道技兼有的，西医是智能的、技术为先的；中医是整体的、动态的、平衡的，西医是局部的、静态的（于局部而言当然是动态的，相对于整体则是静态的）、消灭的；中医医患是一一对应的，能够通过望、闻、问、切构建对话关系，是人性的，西医医患是割裂的，通过化验、设备检查等探查病症，是机械的。

至道在微，变化无穷，孰知其原。

——《黄帝内经·素问·灵兰秘典论》

庚子鼠年。夏。

雨水多，天气凉爽，湿气也重。于农人而言，雨水多少意味着丰收或歉收；于城市人而言，雨水多少意味着出行方便与否；于中医人而言，雨水多少便是自然传递出的某种强烈信息，就像“湿”是中医人本年度最关注的一个词。新冠肺炎或近或远，寒湿疫也罢，湿温疫也罢，只不过是中医人津津乐道的永恒话题，于寻常百姓而言，这就是一场瘟疫。

大街上戴口罩的人越来越少，各地虽偶有局部疫情暴发，也很快得到控制，且无死亡消息传来。中国式抗疫无疑是全球的样板，有朋友问我，我们为什么做得这么好？我说，因为我们有中医。朋友甚是不解，我说中医直接把感染人群这个分母消灭掉，只剩下危重症患者这个分子，解决起来自然就简单。此话虽不够严谨，道理却讲得通，公共卫生管理归根结底是个计算问题，就像阿兰·图灵所讲，数学支配万物，复杂与混乱源于简单规则。大道至简是中国智慧，标本兼治还是中国智慧，中医解决分母，中西医联手解决分子，事半功倍。西方医疗技术虽然发达，但轻症患者如果做不到居家自我隔离，感染者便有可能越来越多，轻症转重症、重症转危重症者便有可能越来越多，不消灭分母，分子便会不断增加，治标不治本，事倍功半。东西方文化差异亘古存在，东方文明之所以绵延数千年而不断，自有其独特的文化基因，遗憾我们说“博大精深”太久太久了，以至于忘记“博大精深”之本义，就像中医一直护佑在我们身边，却常常被我们忽略。

2017年正月初六，春节长假的最后一天。晚上与友人小聚，酒后回家，不慎一脚踩空，扭伤左脚踝，当时便肿了。年轻时常遇这种事，不以为意，次日照常步行上下班。谁料第三日晨起，左脚踝便肿大如馒头，根本无法行走。在我的生活经验里，医院这一项几近空白，只好打电话找朋友咨询，朋友推荐我到省盲人按摩学校，找赵副院长。我依言打车前往，赵副院长知道我是朋友介绍过来的，很热情，但我还是有些忐忑。躺在按摩床上，想象着赵副院长下手时会如何疼，我便鼓励自己一定要淡定。可当他的手从我的左脚踝周边掠过时，我终于明白何为吹气如雾岚。是的，就是一缕微风从肌肤上轻轻掠过，我还未来得及反应，赵副院长便拍拍我的后背说，好了，起来吧。见惯了把人折腾得“吱吱哇哇”乱叫的所谓按摩，初遇如此手法，我大为惊讶。我问，骨头有问题吗？赵副院长摇摇头，轻描淡写道：没问题，只是脚踝下方的碎骨错位，复位就没事了。想象那些碎骨仿佛竹块编的凉席，有小小的竹块凸出席面，席子便不再舒展，我登时释然。

次日，我行走如常，之后虽偶有不适，但无大碍。

2018年3月12日，原本扭伤过的地方再次扭伤。晚上单位加班，凌晨三点多才休息。早起边走边看手机，左脚踩到路牙子上，我心中暗叫一声不好，本能地未敢让左脚吃力。纵然如此，还是旧伤复发，状况似乎比第一次还严重。我从地上爬起来，打车直奔省盲人按摩学校，找赵副院长去了。如是者二，有同事劝道，不年轻了，以后要注意，肌肉是有记性的。我明白，这句话的潜台词就是这种毛病没什么好办法，只能自己小心。可刚年过半百，便要为一只脚提心吊胆，这样的小心到什么时候才是个头呢?

上下班依然步行，但脚未病，心先病了。

2019年7月11日，去江苏东海做一个新闻讲座。东海是闻名中外的水晶之都，县人大常委会主任陈启发想陪我去水晶市场看看，我笑说自己是个“残疾人”，就不去了。陈主任看着我，有些莫名，我便把自己扭脚的故事当笑话讲了一遍。午饭时，陈主任问我，信中医不?我有个朋友搞经络的，信的话下午带你去找他。我无所谓信与不信，反正是没有办法的老毛病，为何不试一下?

午休起来去见中医大夫，进门便闻到浓重的香火味，心中不免嘀咕。上到二楼，坐下，挽起裤腿，但见他五只手指宛若五根钢棍，微黑，坚硬，浑如没有血色似的。他问我怕疼不，我说不怕。其实，我也不知道他所说的疼到底有多疼，只是故作无所谓而已。他伸手摸过我的左脚踝，又摸过我的右手腕，说我手脚无力。我想了想也是，以前以为是左脚踝受伤后不敢用力，实际上是根本无法用力，至于右手腕，不过是坐在电脑前养出的职业病——我打字是“一指禅”，只用右手中指，时间久了，有些麻木也正常。我问大夫这是何故，他说是经络堵塞，打通便好了。“经络”一词早有耳闻，但这是我第一次把它与身体或病联系到一起，并未在意他所说的经络指什么。聊天之间，他开始敲敲打打，旋即见右手腕处有瘀血渗出，紫黑一片。再敲打左臂，靠近手腕处也有瘀血渗出，但颜色偏红，也不似敲打右手臂时那般疼痛。看到他很有信心的样子，我便说腰和颈椎也不舒服，可不可以也敲打敲打？他笑一笑说，痛是因为经络不通，经络通了就不痛，你的毛病主要是手指、脚趾末梢堵塞，周身血气运行不畅，我把它们都疏通了，腰和颈椎就不疼了。我半信半疑，转而一想万物皆有关系，何况人的四肢百骸，便不再说话。他一下一下揪掐我的十指，手指的麻木感瞬间消失。他敲打我的右脚踝，略疼，略红。他敲打我的左脚踝，疼出我一身冷汗，但我硬是咬牙没吭一声。我终于明白刚见面时他为何问我怕不怕疼，那种疼痛的确难以忍受；同时也明白，我左脚踝的经络确实堵塞严重。我趴在沙发上，背对着他，任由他敲打，大汗淋漓，感觉脖子里都是水。之后，他开始揪掐我的脚趾，我身上的汗水慢慢退去。待到敲打、揪掐结束，回头看时，黑紫黑紫的瘀血几乎渗满左脚踝骨四周，脚面潮红透亮，略显肿胀，就像一只透明的红萝卜。他拍拍我的腿说，好了，三天之内不要洗澡，不要喝酒。我问为什么，他说，毛细血管都张开了，受不得风。又说，你在地上走几步，看看脚是不是和以前一样了。我依言而行，感觉左脚自如，有力，果然与未受伤前一模一样，尤其下楼梯时，左右脚交替，再也不用一个台阶一个台阶小心翼翼地往下挪了。

那次经历很奇特，江苏归来，我逢人便讲这个故事。遗憾的是，当时去找他看病更多是出于好奇，竟未问他高姓大名，便只能调侃说我在江苏遇到一个“神人”，他如何如何神奇之类。

谁知好景不长，去年秋天去晋城采访，晚上约朋友小聚，酒后出门一脚踩空，左脚踝又扭伤了！好在有过两次“惨痛”经历，踩空的刹那，身体立马右倾倒地，左脚踝受伤不重，只是走路有些不舒服，偶尔不知哪根筋搭错了，也会痛，但与第一次相比，轻了许多。但毕竟是老毛病，我便琢磨着哪天再去一趟东海，再让那位“神人”敲打敲打。遗憾的是年前未能成行，年后疫情来袭，出门几无可能。

三月中旬的一天，接到《山西文学》主编鲁顺民的电话，问我对中医有无兴趣。我说当然有兴趣。鲁顺民又说，这次抗疫中医表现不错，省作协打算找人写写山西中医。我问：“是只写中医抗疫，还是以抗疫为切入点，写整个中医？”鲁顺民说：“中医抗疫当然要写，山西中医也要写。”这个选题难度不小，却甚合我意，便答应下来。

那时候，我只是莫名地喜欢中医，却并不懂中医，虽然我的舅舅也是半个中医大夫。不过，我有一种感觉，即中医不只是医学，还是文化或哲学，中医不仅与老庄哲学相通，还与量子物理学相通。我愉快地接下这个任务，最大的私心便是想印证我的想法正确与否或是否有道理。

五月底的一个周末，我接到朋友电话，说有人听说我在写《经络山河》，想下午约我喝茶聊聊。我哪有时间闲扯淡，便说，喝茶没时间，喝酒可以。本是以此婉拒，不料对方竟爽快答应，那就晚上一起喝酒吧。我无法再拒绝，下班后如约去了桃园路。

路过山西经济日报社楼下，想到要见陌生人，便给屈建龙打了个电话，想喊他一起前往，可他家中有事，只好作罢。

朋友约我过来，是想引荐一位中医大夫，叫韩宗元，专攻经络的。两个多月采访下来，我自诩“半个中医”，对中医界鱼龙混杂的状况也略知一二，态度便不冷不热。韩大夫面善，不怎么说话，为了不让朋友尴尬，我便讲起东海遇到“神人”的故事。韩大夫微微一笑说，你那是陈旧伤，我能根治。韩大夫语气淡定，信心十足，而我因东海的经历和两个多月的采访，也不再怀疑，当即便让他给我治疗。韩大夫又是微微一笑，先去吃饭，饭后我给你按摩。

何为经络？

饭间，我故意问到这个问题，韩大夫说，人体处处皆经络穴位，而经络有运行气血、濡养组织、平衡阴阳、调整虚实、充皮肤、肥腠理、温分肉、利关节、内联脏腑、外络肢节的生理功能。这话说得一点漏洞都没有，但属于教科书范畴，于不懂中医的人来说，依然云里雾里。换句话说，中医理论太过高深，一般人是听不明白的，拿中医理论去讲中医，就像父母夸孩子，听者肯定半信半疑。于是，我便让韩大夫用通俗的话解释一下，韩大夫胸有成竹，笑道，经络就是人体的水道，骨骼与骨骼之间存在缝隙，这条水道就隐藏在骨骼的缝隙之间，它可以联络全身，让人体各器官运行自如。人体的水道如果堵塞，人就会生病，反之，人生病是因为经络不通。我想到中医所讲的气血，又想到山体间的岩隙水，笑一笑，不置可否。

酒后，回到办公室，韩大夫抚摸过我的左脚踝后说，有些肿胀。我仔细端详左右脚踝，踝骨一高一低，确有差异。韩大夫把右手轻轻搭在脚腕处边揉搓边说，你这是踝关节陈旧性扭伤，治疗不可能一蹴而就。第一次给你做，只能先擦热皮部，消去肿胀，之后，再视情况慢慢深入到肌肉，深入到筋骨，骨正筋柔则经络通，经络通则气行顺畅，气行顺畅则血行顺畅。我点燃一支烟，想象着气血像溪水一样在经络间潺潺流动，便觉自己浑身舒畅。我任由韩大夫揉捏，眼前浮现出东海那次经历，突然意识到那位"神人"的手法属于刚猛，韩大夫的手法属于轻柔，二人手法完全不同，甚至是两个极端，却可能同样有效。当然，前提是韩大夫的确能够把我的老毛病根治。想到这一层，我脱口说道，中医其实是自洽的，同样的病，不同的大夫治疗方法不同，但只要是好中医，同样有效。韩大夫点头道，以后，我会逐步在骨缝隙中揉筋点穴，一步步做下来，就能把病根祛除。韩大夫说话温言细语，按摩手法也很轻，又让我想起那位赵副院长来。我相信韩大夫的治疗逻辑，便继续道，其实，病人是自洽的存在，中医也是自洽的存在，中医之所以可以同病异治、异病同治，就是因为它是自洽的，所谓辨证施治，或许就是自洽与自洽的对话。说罢，我又特意强调我说的是好中医，因为我觉得中医不只是一门技术，还是"道"，并非人人可以学的，至少不是随随便便哪个人都能成为好中医的。韩大夫有些诧异，停下手看着我，我笑一笑说，西医可以手把手教，中医却要靠自己领悟，这也是中医不仅仅是医学，还是文化的原因吧。韩大夫微笑点头，或许是因为找到了自己希望要的答案了吧，我心情放松，差点睡过去。

那次按摩用时一个半小时，返回的路上天下起小雨，空气新鲜，我特意在迎泽公园绕了三圈，左脚竟无不适。

此后隔三岔五，我便约韩大夫按摩。屈建龙大学毕业后就到了报社，爬格子的人多有职业病，他这个总编辑就是用颈椎病换来的。他曾找中医治过，颈椎左边好了，右边却奇怪地怕冷、怕风，即使夏天，去汾河边散步也要戴着脖套。屈建龙笑称自己是“装在套子里的人”。听闻韩大夫能把我的陈旧伤根治，他便高兴地与我一起前往。我的颈椎也不好，与韩大夫熟了，按摩左脚踝后又加了颈椎一项。从脚踝到颈项，我发现韩大夫的手法又有变化：先按摩头部经络，让人身心放松，犹如进入休眠状态，而后才按摩颈部经络穴位，手法柔和，用气不用力，手臂从肩颈部滑过时仿佛一团棉花，轻柔，绵软，又似一只婴儿的手，毛茸茸的，很温暖。我问韩大夫这种手法有何特别之处，他笑说是“轻按摩”，按摩过程中加了点穴和气功。我又问中医上可有什么名堂，他说中医叫指针疗法，是从武术的点穴功夫演变而来的，手法有点、按、揉、掐、拍等，施治于患者腧穴、经络等部位，主要功效是疏通经络、调理气血。我想，中医讲究“扶正祛邪”，韩大夫之所以在按摩中揉进气功，或因气功祛除体内邪气的功效更为显著，这也是他敢于声称能根除病根的底气吧。我俩聊得高兴，韩大夫又比喻说，西医有微创手术，而我的治法是让病人在无创伤、无痛苦中得到修复，效果类似于做“无创手术”。

断断续续一个月，我左脚走路再无不适，颈椎状况明显改善，屈建龙的颈椎也不怕风了。我俩请韩大夫喝酒，席间聊起，才知道韩大夫的祖父是习武之人，他是跟着叔父学习中医的。近几年，他经常应邀去北上广出诊，因为疫情，今年才难得在太原住下来。韩大夫曾在商业部门从事管理工作，靠着“按摩手艺”协调各方关系，公司生意慢慢红火了，摘桃子的人也来了。韩大夫受不得那份拘束，便离职行医，渐渐在民间有了名声。于中医，韩大夫并非科班出身，造诣却不亚于专业人士，甚或在某些方面，专业人士也难以望其项背。这就是中医的妙处，好中医不一定有多高的学历，但一定是与中医有缘的人，是有悟性的人。或曰，中医貌似人人可学，却又非人人可以登堂入室，就像写作，虽人人可以涂鸦，但作家永远是少数；况且，有多少作家是科班出身的？

那么，到底该怎样看中医呢？

中医是人的、宇宙的、自洽的生命科学。

或曰：中医是治人的，西医是治病的；中医是智慧的、道技兼有的，西医是智能的、技术为先的；中医是整体的、动态的、平衡的，西医是局部的、静态的（于局部而言当然是动态的，相对于整体则是静态的）、消灭的；中医医患是一一对应的，能够通过望、闻、问、切构建对话关系，是人性的，西医医患是割裂的，通过化验、设备检查等探查病症，是机械的。

《老子·道经·二十五章》有云：“人法地，地法天，天法道，道法自然。”天人合一是中国文化的基石，中医由此出发，自然是道法自然的医学，是以生命为独立宇宙的医学。中医以人为本、和谐为要，认为人是一个有机整体，脏腑经络和四肢百骸相互联系、相互影响，人体与自然密不可分。中医以阴阳五行为方法论，以证候为研究对象，形成了以藏象经络、病因机理为核心，包括诊法、治则及方剂、药物理论在内的完整理论体系。尤其中医辨证论治所形成的诊治疾病的基本法则，是中医最突出的特色，西医不可替代。中医有不知之症，无不治之症，中医之所以能做到“以不变应万变”，是基于其对事物本质规律的深刻认知和清醒把握。百余年来，中西医之争貌似科学之争，更多时候却更像在各说各话，究其原委，概因忽略了中西文化之差异，或曰思维之差异。中医无疑是中国的，而中国式思维肇始于《易经》或老庄哲学，《易经》或老庄哲学的伟大之处，便是它是宇宙式思维。在科学领域，中医思维对应的是以量子物理学为代表的现代物理学，即以宇宙为背景的现代科学。而西医在科学上对应的是以牛顿物理学为代表的经典物理学，即以地球（至多超不出太阳系）为背景的经典科学。很显然，这两种思维方式完全不是一个谱系，以西医的局部思维质疑中医的整体思维，就像以理想状态下的牛顿物理学质疑复杂状态下的量子物理学，岂非本末倒置?

让中医适应西医，本就是削足适履，而今这种立场还大行其道，无疑是“一叶遮目，不见泰山”。譬如中西药：西药是用化学合成方法制成或从天然产物提制而成，这种流水线作业的产物含量是确定的，病菌很容易适应，从而产生耐药性，所谓道高一尺，魔高一丈，这是西药时常遭遇的尴尬。而中药是自然的产物，药性是确定的，药物含量却是变化的，毒邪很难对其产生抗体，正所谓道在此，而魔无可奈何。仅凭变与不变，中西医治疗逻辑便高下立见，更何况，西药的研发源自众多相似病症临床统计出的大概率事件，以统计学生产的广谱性药物去治疗个性化的病人，虽不失为一种便于推广的治疗手段，但在逻辑上，无疑是存在瑕疵的。换句话说，中医从病人到病到药、再从药到病到病人都处于一种自洽状态，逻辑上可以来去自由，而西医从病人到病到药逻辑上是合理的，但它能从药到病到病人倒推回去、做到个性化的精准施治吗？

当然，我提出这样的疑问，并无贬低西医的意思，事实上，中西医本属不同范畴，理论模型并不一致，用西医思维管理中医是错的，用中医思维管理西医同样不可取，中西医的关系更像道与技的关系，是相辅相成的。霍金是当代科学巨匠，他在《大设计》中提出了依赖模型的实在论，认为根据现有的观察结果，经典科学的世界观已经不适用了，因为经典科学是基于这样的信念建立起来的：存在一个真实的外部世界，其性质是确定的，且与感知它们的观察者无关。很显然，观察者与外部世界的关系不会如此简单，这样的认知是片面的甚或理想化的，从经典科学到依赖模型实在论，是一种认知上的巨大进步，有利于我们更好地理解中西医之本质差异。霍金举例说，“当一个人说我看到一把椅子时，他的意思仅仅是他利用椅子散射来的光建立一个椅子的心理图像或模型”。也就是说，客观的椅子并不存在，存在的仅是“椅子的心理图像或模型”。如此认知与老庄哲学何其相似，与岐黄之学何其相似，这意味着，最尖端的科学不仅可以与老庄进行对话，还可以与岐黄进行对话。或者说，在古老的东方，霍金式的依赖模型的实在论早已存在，《易经》《道德经》和《黄帝内经》便是依赖模型的实在论的范例，其实质更接近数学模型。霍金进一步解释说，数学模型是对各种层次的现象都多少能言之有物的语言，而牛顿语言用在日常水平上很合适，放到量子水平上就有些词穷理短，欧几里得的几何语言在研究平面上的线条时堪称达意，面对弯曲的表面时就得换种语言。同样的道理，西医也是经典科学的产物，它于已发现的病症是有效的，面对未知之证时却手足无措。中医则不然，在抗击新冠肺炎疫情的遭遇战中，中医辨证施治的优异表现堪为直接而完美的证据。

关于《大设计》，译者吴忠超在序言中作了很精辟的解读：

> 霍金认为实在不过是一套自洽的和观测对应的图景、模型或者理论。霍金将其称为依赖模型的实在论。如果两种图景满足同样的条件，你就不能讲哪种更实在些，你觉得哪种更方便就用哪种。如果没有一种理论满足这些条件，那么宇宙就消失了。自在之物在这里是多余的。这样，科学甚至数学研究既可看成发现，又可看成发明，由此澄清了许多研究似是而非的迷惑。这种新观点还使科学和哲学中的许多长期争论的问题成为伪问题。
>
> 宇宙和万物的演化不只经历一个历史，它们经历所有可能的历史。费恩曼的量子论的历史求和表述与依赖模型的实在论相协调，而与旧实在论相抵触。量子论只有在经典的近似范围才和旧实在论协调。惠勒把这些观点应用于宇宙尺度，于是因果的差异就消失了。过去和将来一样不是被确定的。
>
> 人类从蒙昧走向文明是一部伟大的史诗：牛顿的经典力学，法拉第和麦克斯韦的电磁学，爱因斯坦的相对论、量子

论、弱电理论、色动力学、大爆炸模型、无边界设想、超引力、超弦，直至迄今终极理论唯一的候选者——M理论。M理论中的时空是十一维的，当其中七维蜷缩成内空间后，留下各种四维时空及其表观定律。

M理论可以在无边界宇宙的框架中预言众多不同的宇宙及其表观定律，但只有极少数适合我们的存在。在观察者存在的条件下，寻求最大概率的无边界解便得到我们宇宙的历史。观察者作为某种意义上的万物之灵参与创造不仅将来的而且过去的历史。

正是因为这样，由我们的存在条件导出的结论和从表观定律导出的相一致。宇宙似乎特别宠爱观察者。这激起了斯宾诺莎、爱因斯坦和千千万万探索者的宇宙宗教情感。

宇宙中的凝聚物的能量被引力势能平衡，所以宇宙的总能量为零，由此万物不能无中生有，而宇宙却能。真正的太初黑洞必须让宇宙携带其同步才能创生。如果M理论最后被接受为终极理论，那我们就寻找到了大设计。

霍金说，宇宙是无中生有的，这无疑是对老庄哲学的“盗版”，只不过，霍金以量子物理学思维思考宇宙的源起时，并不知道《道德经》。按照霍金的依赖模型的实在论，中西医高下之争显然是个伪问题。霍金还为好的模型设定了四个标准：

1. 它是优美的；
2. 不包含任意的、可调整的要素；
3. 符合并能解释现存的所有观测；

4. 能够详尽预言未来观测，如果预言不成立则可证伪模型。

依照这四个标准，岐黄之学显然是个好的模型，因为它几乎囊括了人体宇宙的各种可能性，包括看得见的肉体和看不见的精神，包括感受得到的气血和感受不到的经络——当然，这里所说的感受是指日常感受，而在中医人面前，经络就是最生动的存在！

吴忠超在序言的最后还写道：

> 2006年夏天霍金第三次访问中国，并于6月21日在北京举行记者招待会。为了避免记者提问的无聊和空泛，我为之代拟问题，其中包括下面这一道。
>
> 问："你能对宇宙和我们自身的存在做些评论吗？"
>
> 答："根据实证主义哲学，宇宙之所以存在是因为存在一个描述它的协调的理论。我们正在寻求这个理论。但愿我们能找到它。因为没有一个理论，宇宙就会消失。"
>
> ……
>
> 我们似乎处于科学新变革的前夜，这个变革将和哲学的变革同时到来。

这段话直截了当，即只要找到一个能描述宇宙的协调的理论，宇宙就会存在，否则，宇宙就会消失。换句话说，所有实在都依赖于一个模型，如果没有一个模型可依赖，实在便不存在。很显然，岐黄之学便是描述人体宇宙的协调的理论模型，在这个模型中，医者是观察者，他所观察到的，不只有肉体组成的四维

"外空间"，还包括气血、经络、情志、思维等组成的七维"内空间"。这样的模型是宇宙的，而西医质疑的，恰恰是中医理论的宇宙性，或者说，是这个模型中的七维"内空间"的科学性，这难道不荒唐吗？

有意思的是，许多现当代西方物理学家晚年大多迷恋老庄哲学，认为老庄哲学与量子物理学惊人一致，甚至感慨中国春秋时期便有如此高妙的哲学，这绝非偶然现象。换句话说，越是大科学家，越认可正宗的东方哲学，中医自是正宗的东方哲学之一种。钱学森对中医学也情有独钟，早在20世纪80年代，他便提出"中医现代化，是中医的未来化，也就是21世纪我们要实现的一次科学革命，是地地道道的尖端科学"，他还公开表示："21世纪医学的发展方向是中医。"钱学森曾言："人体作为一个系统，首先，它是一个开放的系统，也就是说，这个系统与外界是有交往的。比如，通过呼吸、饮食、排泄等，进行物质交往；通过视觉、听觉、味觉、嗅觉、触觉等进行信息交往。此外，人体是由亿万个分子组成的，所以它不是一个小系统，也不是一个大系统，而是比大系统还大的巨系统。……和西医相反，中医理论才是和系统科学完全融合在一起，中医的看法跟现代科学中最先进、最尖端的系统科学的看法是一致的。"钱学森此处所说的"巨系统"，显然不是地球的，也不是太阳系的，而是宇宙的，也即人体即宇宙。1980年8月，时任卫生部中医局局长、中医专家吕炳奎曾给钱学森写信就中医学研究问题进行探讨，钱学森在回信中比较了西医和中医两种不同的研究事物的方法——分析法和综合法，明确提出："医学的前途是中医现代化，而不在什么其他途径。人体科学的方向是中医，不是西医，西医也要走到中医的道路上来。”钱学森的观点令人耳目一新，他的依据主要有二：第一，西医起源和发展于科学技术的“分析时代”。那时，为了深入研究，人们把事物分解为若干组成部分，一个一个地去认识。这有好处，便于认识；但也有坏处，把本来整体的东西分割了。西医的毛病就在于此。到了大约20年前，这一缺点终于被科技界所认识，要恢复“系统观”，有人称为“系统时代”。人体科学一定要有系统观，而这就是中医的观点。所以医学发展的方向是中医，不是西医，西医也要走到中医的道路上来。第二，当前存在的问题是，现有的中医理论尚不能同现代科学技术联系起来，而科学技术一定要联成一体，不能东一块、西一块。解决这个问题就是中医现代化，实际上是医学的现代化。1980年9月19日，新华社《内部参考》刊发了这封信，它就像一颗原子弹，在医学界引起不小风波。钱学森很意外，便虚心倾听各方的意见，又对传统中医文化作了反复的分析、比较，同时，还与中医学专家进行了多次探讨。1983年1月21日，在中华全国中医学会举办的迎春座谈会上，钱学森回忆这场风波时说：“可不得了，得罪了许多人!”“这一下倒是对我很大的帮助、很大的教育。我才知道原来这里头真是复杂啦。”最后，他坦诚道：“原来是一股子热情，不了解情况，想从现代科学技术的角度去阐述和解释中医，现在看恰恰相反。中医要是真正搞清楚了以后，要影响整个科学技术，要引起科学革命。”在钱学森看来，中医理论体系根本无须用现代科学技术去阐述和解释，而对中医理论体系的透彻研究却可能引起科学技术的革命。换句话说，中医的科学性远非我们能够想象，于那些动辄质疑中医科学性的人而言，这番话无异于兜头一盆凉水。

有意思，但也令人尴尬的，是西方中医研究泰斗满晰博对中医的认知与霍金的依赖模型的实在论和钱学森对中医学的看法极为相似，他对“藏象”和“阴阳五行”的解读甚至让国人有“不识庐山真面目，只缘身在此山中”之慨。满晰博1933年出生于捷克北部乌斯季州的杰钦，曾任德国慕尼黑大学东亚研究所所长，在欧洲，他不仅是与李约瑟齐名的汉学家，还是一位中医学家，他的名片上印着“德国慕尼黑大学汉学、中医理论基础教授”“中国中医科学院、国际中医规范辞典执行主编”。满晰博在慕尼黑和法国巴黎读大学时，选定了东方语言和汉学，因对道家学术感兴趣，爱屋及乌，喜欢上中医。20世纪50年代，满晰博获得巴黎大学博士学位后，又回到联邦德国学习西医。满晰博学贯中西，通晓德、英、拉丁、中、法等多国语言，中文藏书有中医书籍八千多种，文史哲书籍两万多种。满晰博是国际中医药学会的创始人和荣誉主席，从事中医教学与研究40多年，编著出版中医图书有《中医临床药理学》《中医方剂学》《中医针灸学》《中医论断学》《中药学》《中医基础理论》等，发表中医学论文四百多篇，其中，《中医基础理论》风靡欧美，被译成多种文字，屡屡再版。

满晰博把中医学看作“独具一格的科学”“现代的和将来的科学”，早在二十世纪五六十年代，他便指出，“藏象”绝非单纯的古代中医解剖学，而是一种模型，是古代中医学家用以解释和推演人体生理、病理机制和规律的模型，相当于核子物理学的原子模型等图示。那么，“藏象”学说中的所有表达为什么都建立在重叠和相倚的活动功能上、建立在循环的功能模式上呢？满晰博的理解和诠释可谓独辟蹊径，他说，一旦我们对中医理论的复杂性做深入研究，我们就会承认，选择这样一种模式来说明人体的功能及其变化是巧妙而又合宜的，这也正是中医学方法论上的独到之处。在古代，中医学家使用感应的和综合的观察方法来研究人体，他们着重考察了人体的功能及其变化，简略了对直观的解剖位置的描述。而西医至今仍漠视大量极有意义的功能性变化，虽然这些变化无须借助仪器，便能在医生自己和病人身上随时察觉到。满晰博还指出，“阴阳五行”不是一种学说，而是中国特有的、科学研究中所必须的协定标准，是各个学科都可以借用的。中医学引入这一协定标准，是因为它是唯一被公认的、“无歧解的”。“阴阳五行”的术语贯穿于中国各个传统学科之中，也贯穿于中医各个经典文献和现代教科书中，但了解中医经典的人都知道，从来就没有过什么“阴阳五行学说”之类的说法。所谓的“学说”，仅是20世纪一些学者的发明。标准的存在与持续的应用，是真科学的基本特征和必不可少的属性。没有应用标准、规范、规范术语，就没有精确、普遍有效和整体的表述，也就没有科学的交流。定量的方法描述过去的、也就是物化的效果，这就要求有定量的标准，如公制，这是今天最常用的西方科学的定量标准。而定性的方法描述现在的方向性，这就要求有方向性的即定性的标准，在中国科学和中医里，“阴阳五行”所起的作用就是一种定性标准的作用，它类似于在西方科学中，公制的定量标准的作用。

扁鹊行医图【汉画像石】

画分上下两格上格居中为建筑人物屋顶上面布满鸟猴两组羽人戏凤刻画精细两侧一样有捧彗者左侧堂下人首鸟身的扁鹊正在给一花冠女子右手把脉左手进针下格居中建鼓舞左一裸人奏丸有九丸之多建鼓两侧有四女作长袖舞右侧一组两羽人作抛猴戏最下端左起一人吹排箫一人吹长笛一戴进贤冠者回首作倾听状另左手伸出从一小人手里接过一物建鼓下是一对斗鸡右下三戴进贤冠者一抚琴一鼓掌一袖手旁观状

满晰博在《中医学理论基础》《中医的贬降》以及与友人的通信中多次讲道：两个或以上个体之间的交流依赖于他们（它们）之间通用的符号、语言和标准；所有理性的、明晰的、连贯的科学，即“精确”科学，都符合“单义性约定标准”。在所有中国古代科学中，有哪些其他约定标准比“五行”这一方向性标准被更为连贯一致地遵循了呢？满晰博还颇为遗憾地谈到，在过去，出于各种目的，不少中国学者多次引用他提出的“中医是一门成熟科学”的观点，却全然不知如何证明这一观点，好像他们忘了这样一个对于任何核物理学家都显而易见的事实——所有动态现象（中医所讨论的都是动态现象）都可以排他地应用方向性来解释（用更为接近西方的约定术语来说，就是定性说明）。

满晰博对中西医进行了比较，认为在方法论上，不能用西医的概念来套中医，甚至中医的方法论要高于西方生物学的方法论。在临床上，不应该用纯粹西方因果分析的方法，把中药学变成像西药学那样的药理学、制药学、生物化学等。满晰博特别强调，中医学者和从事中医研究者的任务，决不是无批判地运用西方人兜售的方法论，因为西方科学在几乎每个方面都与中国传统不同。满晰博认为，中医学是包罗宏富、条理连贯和卓有成效的知识体系，远非西方医学所能企及。

2014年，在中国科技信息所主办的中医药发展战略研讨会上，满晰博做了《为什么当代人类不能缺少中医》的专题讲演，认为科学必须符合三条标准：

一、以正面经验为基础。“正面经验”是针对确凿的事实而取得的实际效果。正面的事实与主观的臆测是相对立的，离开了事实，科学便失去了形成的必要条件。所以，“正面经验”是经验的事实资料的积累，是能够重复和验证的。

二、陈述的单一性。即在一定的上下文意中，具体名词术语的含义是单一的。所陈述的内容都是有一致规定的，并排除其他含义，哪怕是稍微相似的含义。

三、经验资料的严格、合理的综合。“严格”是指不是任意的、含糊的和近似的；“合理的综合”是指从收集到的经验资料中建立起合乎逻辑的联系。这种合乎逻辑的联系，就是这个学科的理论体系。这个理论体系能使人们对未来事物迅速做出有把握的灵活推断，并使原有的结果再度产生。

按照这三条标准，满晰博将20世纪的各种科学大致分为精密科学、原始科学和伪科学，他认为少数学科属于精密科学，如物理、化学、天文学等。多数学科只符合第一条，可称为原始科学。离开了取得正面经验的确凿事实，则应称为伪科学。而在现代医学（西医）中，绝大多数是原始科学的知识，只有一小部分是精密科学，其中还有较大的伪科学的成分。与此相反，中医除有一部分是原始科学和伪科学的残余外，就绝大部分或者主体而言，应当称得上是精密科学。譬如《黄帝内经》《神农本草经》《伤寒杂病论》等中国古代医书的传世，表明中国在2000多年前便已形成丰富、条理、有效的中医理论体系，且很早便有药物学专著。而西医学的发展只有几百年的历史，大踏步发展只有几十年。应当看到，西医是借助物理学、化学的方法和理论，作为自身使用的技术才发展起来的，事实上，它没有真正意义上的药理学基础。从根本上说，西医学还只是一种典型的生物医学或动物医学，还远未发展到真正意义上的人类医学。西医学将针对老鼠的实验结果应用于人类，须知，人类与老鼠毕竟有着天壤之别啊。当然，西医学在物理、化学方法基础上发展的医疗技术是很可贵的，但技术与科学是两回事。西医盲目用药的现象很普遍，动不动就用抗生素、激素，经常服用很容易造成药物依赖，破坏人体自身的免疫力。抗生素、激素的滥用，使高血压、心脏病、血栓等病症随处可见。

满晰博早年是学西医的，还在慕尼黑大学医学系当过老师，有行医资格。满晰博特别申明，如果不了解西医，我就没有资格批评西医。当然，我决不是说西医一无是处，我是从科学与技术的比较上讲的。从长远来看，中医应该比西医有更广阔的前景。因此，中医药学不仅是中国的骄傲，也是全人类的共同财富。

然而，“中医药在中国至今没有受到文化上的虔诚对待，没有确定其科学传统地位而进行认识论的研究和合理的科学探讨，所受到的是教条式的轻视和文化摧残”。作为一个外国人，满晰博居然发出如此感慨，难道不值得国人深思吗？

霍金说，哲学已经死了，因为它已经跟不上现代科学的步伐。其实，这个论断仅对西方哲学有效，当霍金头顶现代物理学的光环踽踽前行的时候，却发现东方哲人正站在他的前方颔首微笑！

霍金并不孤独，因为东方哲人都是他的知己。中医同样不应该孤独，因为未来科学就是开启它的钥匙！

中医是形而上之道，通天达地；是形而下之器，治病救人；

是日常之哲学、文化、艺术，是优雅的生活方式。中医的天性是个性的、多元的，人类回归自然的心理需求与中医之本质天然契合，中医本身便是一种生活态度。常听中医人感慨：这个方子好舒服。每每这个时候，我眼前便会出现诗人、书画家、音乐家在作品前脱口而出的喟叹：这个作品好舒服。如此场景何其相似乃尔！

然而，在西风东渐的岁月里，中医竟沦为中西文化冲突的靶子。1934年，傅斯年在《所谓国医问题》中，更将中西医学理之争放大为“中国人的劣根性”：

> 中国现在最可耻最可恨的最可使人气短的，不是匪患，不是外患，而应是所谓西医中医之争。匪患虽了不得，然如政治有办法，不怕不能解决，日本的侵略虽不得了，如我们有决心，有准备，加以极大之努力，而且善于利用局势，日本总有受教训之一日。只有中医西医之争，真把中国人的劣根性暴露得无所不至！到今天还在那里争着中医西医，岂不使全世界人觉得中国人另是人类之一种，办了四十年的学校不能脱离这个中世纪的阶段，岂不使人觉得前途仍是枉然！

在傅斯年的西化语境中，中医等于中世纪，即黑暗、迷信、巫术，等于中国人的劣根性，即愚昧、懒惰、肮脏、保守、堕落，中医是“国粹”，即小脚、八股文、鸦片、太监、姨太太，中医甚至比国难、匪患还臭名昭著，此等数典忘祖的言论何其荒谬！更匪夷所思的是，傅斯年居然将中医归入“医卜星相”行列，提议政府在取消中医之前，将中医划归“内政部礼俗司”管理。

而在更早的1879年，俞樾发表了惊世骇俗的《废医论》，旗帜鲜明地主张“废除中医”。俞樾是章太炎、吴昌硕的老师，学界泰斗，一言既出，波涛汹涌。紧随其后，一批近现代史上的著名人物，如孙中山、胡适、梁启超、严复等纷纷登场，“废医”主张一时甚嚣尘上。严复居然认为中医缺乏实际观察和逻辑推理，且将中医药归为风水、星相算命一类的方术。陈独秀也附和道：“中医既不解人身之构造，复不事药性之分析。……惟知附会五行生克寒热阴阳之说。”梁漱溟视中医为“手艺”，斥中医“没有客观的凭准”。胡适是受过中医惠泽的，词语婉转间也不忘为古人担忧，只可惜，他只是杞人忧天而已：“回头想想我们家里的阴阳五行的‘国医学’，在这个科学的医学史上能够占一个什么地位。”

在中国近现代史上，上列诸君无一不举足轻重，但言及中国传统文化，包括中医，他们竟近乎歇斯底里，令人难以想象；更可笑的是，他们打的旗号居然是“科学”，且在为“国医学”在“科学的医学史上”的地位忧心忡忡！而今，当相对论、量子物理学横空出世之际，当宇宙帷幕拉开、东方文明破空而出之时，再回头看看他们的论调，该是何等浅薄，何等陈腐——而在当年，他们就是用陈腐来指责中医的！

邓文初在《“失语”的中医》一文中写道：

从文化接触的角度看，中西医的冲突，确实是不同话语

> 之间的冲突。中西医各有不同的学理，也就是说，各有自己的不同的符号系统，只是，在这样的不同话语系统的对话或冲突中，要保持对话的有效性，必须有一个共同的基础，这一基础就是所谓的“共享知识”（common knowledge），或称为共同的知识结构。而在民国以来，可能作为这一共享的知识结构的唯一话语，就只有来自西方的科学话语。也就是说，采用西医的分类以及西医的术语系统，是有效对话的唯一选择。然而这样一来，中医就必然面临着失去自己的独立的符号系统，从而也必然失去自己的话语权的命运。最终结果是：不对话，中医面临的是自生自灭的命运；一对话，中医同样面临着“失语”的命运。

邓文初的剖析相对客观，但他忽略了最重要的一点，即中西文化不只是“不同的符号系统”，而是根本就不在一个谱系，自然不存在所谓的“共同的知识结构”。换句话说，以西方文化审视东方文化，就是站在地球上打量宇宙，即便不是井底之蛙，至少也是火车司机冷嘲热讽航天员吧！

在中西医之争最为激烈的时候，章太炎在上海创建了中国第一所现代中医学院——中国医学院，并被公推为首任院长。章太炎始终关注这场纷争，却从不直接参与。“余以为今之中医，务求自立，不在斤斤持论与西医抗辩也。”章太炎的立场是包容的，承认中医有缺陷，认同中西医是两种不同的文化系统也是客观的。但他指出中医的自立在于努力实现“凡病有西医所不能治而此能治者”，难免有委曲求全之嫌。章太炎认为，中西医应该取长补短，以创造出有我国特色的新医学。此观点的确是中医今后之方向，但中医之所以如此做，仅是旨在自我完善，并非技不如人，毕竟中国文化是宇宙观的，中医学也是宇宙观的，曾被视为“巫术”的中医，以今日之高端科学来审视，竟然是大科学！

历史之荒唐与历史局限有关。但忽略中医在中国历史中的作用，自以为是地以为自己站在变革的最前沿，便不分青红皂白地对中医横加指责，这显然不是一种科学的态度。弹指百年过去，争论余音至今犹存，然终归是“葫芦僧判断葫芦案”，徒增笑柄而已。沉下心来，重新梳理中医古籍，我们不难发现，其实在早期，中医便包含着今日之西医技术的。换句话说，所谓中西医结合，不过是把中医丢失的部分找回来，重新回到中医自身罢了！

20世纪70年代，马王堆汉墓出土了我国最早的方剂帛书《五十二病方》。全书分五十二题，每题治疗一类疾病，少则一方、二方，多则二十余方。原记载医方308例、药物299种，出土帛书虽有缺失，仍存医方283例、药物247种，提到病名103个，涉及内、外、妇、儿、五官各科。在论述疽病的治疗时，《五十二病方》已初步运用辨证论治原则，处方讲究加减化裁，注意对证用药:“睢（疽）病，冶白莶（蔹）、黄蓍（耆）、芍乐（药）、桂、姜、椒、朱（茱）臾（萸），凡七物。骨睢（疽）倍白签（蔹），（肉）睢（疽）（倍）黄蓍（耆），肾睢（疽）倍芍药，其余各一。并以三指大最（撮）一入怀酒中，日五六饮之……”即一般疽病用白蔹、黄耆、芍药、桂、姜、椒、茱萸等七味药物通治，但须注意辨证，症状不同，用药分量有别。让人意外的是《五十二病方》竟以外科病所占比重为最大、最突出，治疗手段也多样，如敷贴法、烟熏或蒸气熏法、熨法、砭法、灸法、按摩疗法、角法（火罐疗法）等。治疗手段中又以手术为主，其中一些医案技术含量极高，譬如《牝痔》第七方所记女性内痔割治：取狗膀胱，扎住其中两个管道，以细竹管插入一管道，塞入肛门之中，吹气使膀胱膨胀，然后再慢慢将膀胱往外牵引，待肛门向外翻转露出痔核时，用刀切除之。

《五十二病方》并非个案。2001年，在山东大汶口遗址发现一例开颅手术，证明五千年前古人便已实施高难度手术，而此类开颅术医学考古界共发现30多起。考古发现改变了我们对中医的习惯性认知，如果把《五十二病方》与《黄帝内经》《神农本草经》《八十一难经》《伤寒杂病论》《温病条辨》等中医经典合于一起，呈现出的图景无疑是一幅中西医结合的现代医学全景图。

关于手术，古籍记载颇多，最具传奇色彩的，当属华佗。据《三国志》记载：

> 若病结积在内，针药所不能及，当须刳割者，便饮其麻沸散，须臾便如醉死无所知。因破取。病若在肠中便断肠湔洗，缝腹膏摩，四五日瘥，不痛。人亦不自寤。一月之间即平复矣。

遗憾的是，华佗所创的麻沸散早已失传，所创的“刳割”“破取”“断肠湔洗”“缝腹膏摩”术也已成为传说。但在历史上华佗并不孤单，《刘涓子鬼遗方》便是一部外科专著。据传，晋末刘涓子在丹阳郊外巧遇“黄父鬼”，偶得此书，故称《神仙遗论》，又称《痈疽方》。原书十卷，今本仅存五卷，刘涓子后人将其传与北齐龚庆宣，龚庆宣整理成今本《刘涓子鬼遗方》。魏晋时期，名士多喜欢服五石散，此风之后渐盛，效仿者众，痈疽发病率大增。《鬼遗方》便出现在这个时期，也算应时而生吧。除专治痈疽证外，《鬼遗方》还涉及金疮、瘀血、外伤治疗等，载方一百四十余首，对痈疽的辨证论治尤为详尽。《鬼遗方》之后，外科文献迭出，明代最为突出。1602年，王肯堂著《外科准绳》，详细记载了诸如肿瘤摘除术、甲状腺切除术、肛门闭锁症成形术、耳外伤脱落缝合再植术、骨伤科整复术以及手术过程中的消毒技术等。1604年，申斗垣著《外科启玄》，列举外治法甚多，包括针灸、砭镰、火烙、埸浴、敷贴、薰烤、刀割、追蚀、吸脓诸法。另有二法为申斗垣独创：一为赛火针法。即将药末放于疮顶上，以香点之，其药一射而入，其脓大泄而出。二为点疮法。点者，化也，散也，凡疮疡初结之时，其根尚活动，其毒始凝，内服其内疏内托之剂，外以秘药点之即消。1617年，陈实功著《外科正宗》，“列症最详，论治最精”，创造和记载了当时多种外科技术，如截肢术、鼻息肉摘除术、气管缝合术、咽喉部异物剔除术，以及用枯痔散、枯痔钉、挂线法治疗痔屡等。同时，还记载了多种肿瘤，对乳癌的描述和预后判断全面具体，切合实际，所创和荣散坚丸、阿魏化坚膏能缓和恶性肿瘤“失荣”患者症状，延长其存活期。今读其《救自刎断喉法第一百三十二》篇，仍如读小说，令人拍案称奇：

> 自刎者，乃迅速之变，须救在早，迟则额冷气绝，必难救矣。初刎时，气未绝，身未冷，急用丝线缝合刀口，掺上桃花散，多掺为要；急以绵纸四五层，盖刀口药上，以旧布将头抬起，周遭缠绕五六转扎之，患者仰卧，以高枕枕在脑后，使项郁而不直，刀口不开，冬夏避风，衣被复暖，待患者气从口鼻通出，以姜五片、人参二钱、川米一合煎汤，或稀粥每日随便食之，接补元气。三日后，急手解去前药，用桃花散掺刀口上，仍急缠扎；扎二日，急用浓葱汤软绢蘸洗伤处，挹干用抿脚挑玉红膏放手心上捺化，搽于伤口处，再用旧棉花薄片盖之，外用长黑膏贴裹，周遭交扎不脱，近喉刀口两傍，再用黑膏长四寸、阔二寸，竖贴膏上，两头粘贴好肉，庶不脱落；外再用绢条围裹三转，针线缝头，冬月三日，夏月二日，每用葱汤洗挹换药，自然再不疼痛，其肉渐从两头长合。内服八珍汤调理月余，如大便结燥，用猪胆套法，不可利药利之；双颡俱断者，百日单断者，四十日必收功完口。此法曾治强盗郭忠、皂隶沙万、家人顾兴，俱双颡齐断将危者，用之全活。单颡伤断者十余人，治之俱保无虞矣。

如此神奇之术，当今读来依然惊心动魄。然从南宋始，理学兴起，科举为贵，读书人或为相，或为医，尊道贬技之风日盛，道技合一的中医竟被坐而论道的儒学肢解。元人齐德之甚至在《外科精义》中讥讽善技者曰：“独疮科之流，多有不诊其脉候，专攻治外；或有证候疑难，别召方脉诊察，于疮科之辈，甘当浅陋之名。噫！其小哉如是。”国人素有重道轻技之传统，道技相较，技为末流，故而有“上医治未病，中医治欲病，下医治已病”之说，即便神乎其神的扁鹊，也自甘“下医”。《史记》曾记载这样一则故事：

> 魏文王问扁鹊：“子昆弟三人其孰最善为医？”
> 扁鹊曰：“长兄最善，中兄次之，扁鹊最为下。”
> 魏文王曰：“可得闻邪？”
> 扁鹊曰：“长兄于病视神，未有形而除之，故名不出于家。中兄治病，其在毫毛，故名不出于闾。若扁鹊者，镵血脉，投毒药，副肌肤，闲而名出闻于诸侯。”

仅就医理而言，“治未病”无疑是上上策，但因此便鄙薄“治已病”者，显然有失公允，这也是中医外科内化之渊薮。中医兴也文化，败也文化，这是个怪圈，也是教训，明代外科术之兴盛竟成中医专科的回光返照。清人张璐将中医变迁划为三期，其一在明中叶之前，为“其技各专一门”，接着，就是大量儒者进入医界。第二期在明清交际，“壬寅以来，儒林上达。每多降志于医，医林好尚之士，日渐声气交通，便得名噪一时。于是医风大振，比户皆医，此道之再变也”。第三期是儒林医学全盛，专科医生由此式微。尽管大儒进出医学并非为稻粱谋，比如傅山、吕留良之清流，但绝大部分士子是科考失败，无官可做，无一技在身，只得靠背诵几首《汤头歌》活命。这些所谓儒医并未受过外科手术训练，不知刀针为何物，只能凭借几副汤药“悬壶济世”，技虽不如人，道德感却极强，于是乎“外治法衰，而汤药法兴”。此乃中医之殇，但罪不在中医，而在宋明之后日渐僵化之文化，五四新文化运动意在拨乱反正，却反错了地方。

王士雄曾在《归砚录》中对中医技术化路径的中断有过分析，说远古医学，无分内外，刀、针、砭、刺、蒸、灸、熨、洗诸法并用，不专注于汤液一端。今诸法失传，而专责之汤液，故有邪气隐伏于经络之间，而发为痈疽也。失之不可追，然亡羊补牢，未为晚也。假如中医能够借助西医补上技术之缺憾，以中医为道，以西医为技，中西医结合，正本清源，重回道技合一时代，何愁中医不重振雄风？

钱学森曾言：“中医理论包含了许多系统论的思想，而这是西医的严重缺点。所以中医现代化是医学发展的正道，而且最终会引起科学技术体系的改造——科学革命。”这场革命无疑是从经典科学走向现代科学的革命，是由四维时空向多维宇宙拓展的革命，是探索人肉体之未知和精神之神秘的革命。

果如是，中医幸甚，华夏幸甚，世界幸甚！

而最终，人类幸甚！

2020年4月6日—2020年7月15日　一稿于太原
2020年7月16日—2020年8月26日　二稿于太原
2020年9月20日—2020年10月8日　三稿于沁源

后记

中医何为？我何为？

2020年是个特殊的年份。

在这个特殊的年份，我做了一件特别的事：写中医。

朋友笑问，你学过中医吗？我笑答，没学过中医，就不能懂中医吗？

学与懂是两回事，懂与会是两回事，会与通又是两回事。

中医的博大在于此，中医的精深也在于此。

1973年，姐姐还是个小学生，她告别教室搬到隔壁药铺，跟着舅舅学医。我依稀记得姐姐踩着凳子抓药的模样，依稀记得我在药铺门口玩，姐姐把薄荷片塞到我衣兜里的情景。如果正常读完初高中，姐姐是可以赶上高考的，但作为长女，她要去挣工分，要去换回弟弟妹妹的口粮。像王晞星早年一样，姐姐是个赤脚医生，但她没有读过初高中，没有机会挤上高考的“独木桥”，自己改变自己的命运。上大学有门槛，学医没有门槛，姐姐不懂医古文，不会写化学分子式，但并不妨碍她《汤头歌》倒背如流，也不影响她像舅舅一样，土生土长为当地数一数二的医生。中医在民间，姐姐赢得乡人的尊重，但她这一生只能做一个乡村医生。

我小时候经常在药铺玩耍，但没有学过医，一天也没有。上大学时我学的是化学，课本上的分子结构或与西医有关，离中医却很远。

中医是混沌医学，浑似老庄哲学。中医是完整医学，道技合一。中医走着走着，就把技丢了一大半，被人误会为“坐而论道”的医学。误会归误会，中医就是道地的祖国医学，就是正宗的中国文化在中国大地上长出的道地果实。

丢掉的，捡回来，何苦去纠结？道技再次合璧，谁还能撼动中医？

相信会有那一天，因为那是中医的根本。

写这部书最大的企图，就是想告诉读者中医是什么。

我知道这个题目很大，知道很难完美地完成如此艰巨的任务，但作为中国人，我没有理由不去做一次尝试。

我知道我没有学过中医，知道我做不了中医大夫，但中国文化流淌在我的血液里，我完全有可能理解中医。

不求精通，但求懂。不求句句精准，但求言之有物。最重要的，希望写出来的中医是中医！

去年底，我的长篇小说《虫人》定稿。从《虫洞》《虫齿》到《虫人》，蹒跚而来，身心疲惫。朋友说是个三部曲，我说是个虫系列。两部散文，一部小说，怎么可能是三部曲呢？可她们的确相关，只是她们相关的不是虫世界，而是量子世界。孤独走来，很难很累，我不想也从不重复自己，便决定休息。不写作，不读书，每天找朋友喝酒，聊天，天南地北，放空自己。

疫情来袭，假日变成闭关日。省却拜年的繁文缛节，起初还挺开心，可随着疫情不断恶化，焦虑日甚一日。很久不看朋友圈，那时却离不开朋友圈，每天每时每刻每分抱着手机，关注武汉，关注武汉诗友发在微信上的每一条信息和每一天的日记。活在那样的状态里，晨昏颠倒，人是会崩溃的。于我，转移注意力的最好方式，还是写作。半年前曾想好一个题目——《悬而未决的人间》，却一直无法下笔，蝙蝠被怀疑为携带病毒的“嫌犯”之后，我终于找到“悬而不决”的喻体。2万字，17天，那是我用时最短的一次写作，也是发表最快的一次写作，一个月后便刊登在《美文》2020年第4期。此后，慢慢整理从前写的断章，将其一一收于《虫语》。这时，接到省作协副主席、《山西文学》主编鲁顺民打来的电话，说省作协想找人写中医，问我可有兴趣。此前，我对中医不闻不问，那一刻，却觉自己对中医有种莫名的情结，想都没想便答应下来。

其实，我并非对中医有情结，而是对量子世界有情结。从《虫洞》开始，我便执拗地认为量子物理学是宇宙科学，老庄哲学是宇宙哲学，中国文化是宇宙文化，她们以宇宙的名义相互贯通，是可以直接对话的！十年来，我对此深信不疑，却苦于没有直接的证据，无法说服更多人，让他们相信世上还有一种宇宙观的知识谱系。可在潜意识里，我总觉中医便是科学、哲学、文化的完美融合，但也仅是一种直觉而已，我毕竟不懂中医。如今，验证的机会找上门来，我岂能错过？

其实，作协找我来做这件事，原因有二：一、我是学理科的，比文科生更接近中医；二、我长期痴迷于量子物理学，有可能搞明白中医。作协的想法不无道理，中医的确太深奥，甚或玄妙。作协也多虑了，只要缘分和悟性在，谁都可以走进中医。

采访之始，困难多多。尤其是专业名词，多是第一次听到，望文生义很容易闹出笑话来。好在采访对象很配合，尤其是王晞星，前后采访不下30次，只要不出门诊，他都爽快答应，还不时给我补补中医基础课。这期间，我还抱着《黄帝内经》无师自通地粗粗读了一遍，这一读不打紧，越发觉得中医就是一种哲学，就是一种文化，当然，更是一种科学！只不过，中医哲学是宇宙观的哲学，中医文化是宇宙观的文化，中医科学是宇宙观的科学。切中宇宙这条脉，拿来量子物理学做比对，理解中医便不难，甚至，我可以毫不谦虚地说，我也是半个“老中医”，仅是不会开处方而已。

旧时读书人或为相，或为医，最重要、最直接的原因，便是中医与中国文化相通，看似跨界，实际上并不跨界——读书人科考失利，转而悬壶济世，概因《黄帝内经》和诸子百家同出一脉，此脉即《连山易》《归藏易》和《周易》。

懂中医容易，用中医难，用到脏腑通透、经络分明、天人合一更难。但中医的确是老祖宗留下的护佑中华文明的大智慧，假如有机会重新选择，我更愿意我的大学是一所中医药大学。可现在，我不再可能与医生这个职业结缘，但能讲好、讲明白中医和中医人的故事，也足以慰藉我心。

是为记。

2020年11月7日　于太原